AF304085

Katja Segin liebt Geheimnisse aller Art. Besonders gern verfasst sie deswegen geheimnisvoll-dramatische Fantasy- oder Familiengeschichten mit einem historischen Hintergrund. Dafür durchforstet sie regelmäßig Geschichtsbücher und alte Fotoalben und sucht nach Inspiration. Privat lebt sie ganz ohne Drama mit ihrem Mann und zwei Schildkröten in der Altstadt von Paderborn.
Geheimnissen krimineller Art geht sie unter dem Pseudonym Mina Giers auf den Grund.

KATJA SEGIN

Das Erbe *der* Schokoladenfabrik

ROMAN

Das Erbe der Schokoladenfabrik

ISBN 978-3-98778-400-2
E-Book-ISBN 978-3-98778-386-9

Covergestaltung: ARTC.ore Design / Wildly & Slow Photography
Umschlaggestaltung: ARTC.ore Design
Unter Verwendung von Abbildungen von
stock.adobe.com: © Falko Göthel, © kabir, © Ayesha, © Farantsa
Lektorat: Astrid Rahlfs
Satz: dp DIGITAL PUBLISHERS GmbH
Druck und Bindung: Books on Demand GmbH, Norderstedt

Für Margot.

*So war es in Wahrheit vermutlich nicht. Aber lass uns
noch mal auf dem Dachboden suchen.*

Kapitel 1

Charlotte starrte aus dem Fenster und ließ die Landschaft an sich vorbeirauschen. Bäume, Strommasten, Windkrafträder. Ab und zu ein Bauernhaus. Ihre Finger drehten den Goldring an ihrem Ringfinger. Doch sie nahm all das nur am Rande wahr. Mit den Gedanken war sie ganz woanders.

Dass er das nicht für dich tut.

Sie rauschten durch einen Tunnel, und unvermittelt sah sie statt der Landschaft in ihr eigenes blasses Gesicht. Kein Lächeln, doch das wäre dem Anlass ja auch nicht angemessen. Schließlich verlangsamte der Zug sein Tempo, und sie fuhren in den nächsten Bahnhof ein. Sie versuchte, die vorbeisausenden Schilder zu entziffern. Immer noch nicht ihrer. Noch lange nicht.

Charlie sah auf die Uhr und seufzte. Rechtzeitig käme sie auch nicht an. Unmöglich, dass der Zug diese Verspätung noch aufholte. Es nützte nichts. Sie musste ihren Vater anrufen. Sonst stand er gleich am Bahnhof und wartete völlig umsonst auf sie. Was er sagen würde, war klar: *Warum bist du nicht früher gefahren, wie ich es dir vorgeschlagen hatte? Warum wohnst du überhaupt so weit weg? Eine Kanzlei kann man auch bei uns eröffnen. Als wolltest du vor deiner Familie fliehen!*

In ihrer Kehle grollte es. Zum Glück saß niemand neben ihr, der sich hätte gestört fühlen können.

Sie sollte den Anruf schnell erledigen, solange sie im Bahnhof standen. Bei dem Gewusel der ein- und aussteigenden Leute, die sich gegenseitig anrempelten und anmotzten, fiele eine weitere Stimme gar nicht auf. Sie zog ihr Mobiltelefon aus der Jackentasche. Dabei streiften ihre Fingerspitzen die Praline, eingewickelt in golden schimmernder Folie. Ihre Lieblingssorte, sie hatte sie vorhin auf dem Weg nach draußen noch schnell eingesteckt. Ab und zu musste man sich einfach etwas gönnen. War es schon so weit? Pralinenzeit?

Vielleicht nach dem Anruf. Sie entsperrte ihr Telefon und öffnete das Menü der häufig gewählten Nummern. Sie musste ziemlich weit herunterscrollen, bis sie die Festnetznummer ihrer Eltern entdeckte. Möglicherweise hatte ihr Vater nicht ganz Unrecht. Sie meldete sich nicht allzu oft. Doch war das wirklich eine Flucht?

Und wenn, dann nicht ohne Grund.

Ein tiefer Atemzug, dann drückte sie auf den grünen Hörer. Es dauerte einen Moment, bis sich die Verbindung aufbaute. Dann erschien das Bild ihrer Eltern auf dem Display. Sie hatten die Arme beieinander untergehakt und strahlten in die Kamera.

Eine alte Aufnahme.

Es klingelte lange. Erst, als der Zug sich bereits wieder in Bewegung setzte, knackte es im Lautsprecher. Charlie hielt die Luft an und wappnete sich gegen was auch immer sie zu erwarten hatte.

»Wiel.«

»Hallo, Papa. Ich bin es.«

»Charlotte? Was ist los? Bist du etwa noch nicht unterwegs?«, erklang die Stimme ihres Vaters in dem Knopf in ihrem Ohr.

Eine typische Begrüßung. Kein *Hallo*, kein *Wie geht es dir*. Direkt in medias res.

Er ist gestresst. Das wärst du auch in seiner Situation.

Was Unsinn war. Denn sie war ja in der Tat selbst gestresst. Es war schließlich ihr Großvater, für den sie zurück in die Heimat fuhr.

»Doch, ich bin auf dem Weg.« Eigentlich müsste er das doch hören.

»Dann ist gut. Ich wollte gerade losfahren, um dich abzuholen. Wir müssen dann auch gleich weiter. Du bist doch passend angezogen?«

Instinktiv sah Charlie an sich hinab. Sie trug ein etwas spießiges schwarzes Kleid und elegante gleichfarbige Stiefel. Mit spießiger Kleidung in gedeckten Farben konnte sie dienen. Immer ordentlich. Obwohl das im Augenblick wirklich nicht das Wichtigste sein sollte. Mit den Fingerspitzen der freien Hand zupfte sie ein langes blondes Haar von der Brust, bevor sie antwortete. Das hätte Christoph wieder wahnsinnig gemacht. So gesehen gut, dass er nicht dabei war.

»Ja, bin ich«, erwiderte sie. Ihre Finger spielten mit dem knisternden Pralinenpapier. »Aber ...«

»Charlotte, wenn ich jetzt nicht losfahre, kommen wir zu spät. Der Weg zum Bahnhof ist schon ein ganz schöner Umweg.«

Sie zuckte zusammen. Ganz ohne Spitze ging es wohl einfach nicht. Oder lag es an ihr? War ihre Beziehung einfach so belastet, dass sie jedes Wort auf die Goldwaage legte und das Gewicht der Kritik abmaß? Auf die

Kritikwaage ihretwegen? Vielleicht meinte er es nicht so.

Doch, das tut er. Und das weißt du auch genau.

»Du musst mich nicht abholen, Papa. Fahrt ihr ruhig direkt zum Friedhof.« Ein Kloß bildete sich in ihrer Kehle. Sie versuchte, zu schlucken. Vergeblich, er steckte fest, und ihre Wasserflasche war unerreichbar in der Gepäckablage.

»Ach, nicht?« Der Tonfall ihres Vaters hatte sich geändert. Es klang, als hätte er sich hingesetzt. Vor Charlies innerem Auge sah sie ihn auf der Holzbank neben dem Telefonapparat im Flur sitzen, mit geradem Rücken, Knie und Füße in einer direkten Linie. Bestimmt hundertmal hatte sie ihn früher genauso dasitzen sehen. Nur der Bezug des Sitzkissens hatte mit der Zeit mal seine Farbe geändert. Sogar nachdem sie, viel später als alle anderen, zu einem schnurlosen Telefon gewechselt waren, telefonierte ihr Vater nur dort, im Flur, auf dieser Bank. Bloß nicht die Gewohnheiten ändern. Und immer Haltung bewahren.

»Ich komme allein zum Friedhof«, sagte Charlie und presste die Kiefer zusammen. Klar käme sie da irgendwie hin, und wenn sie Geld für ein Taxi ausgeben musste. Die Frage war nur, wann.

»Aha.«

Stille. Oder hörte sie, wie seine Zähne aufeinanderrieben? »Hat er dir doch das Auto gegeben?«

Als wäre das sein Auto und nicht ihr gemeinsames. Doch Christoph sah es vermutlich genauso wie ihr Vater.

»Nein, hat er nicht ...«, presste Charlie hervor. Sie hasste es, dass sie dabei wieder wie die Jugendliche klang, die sich vor ihrem Vater rechtfertigte. Änderten sich manche Dinge eigentlich nie? Wann wäre sie endlich alt genug, um von ihm als Erwachsene wahrgenommen zu werden?

Mit zweiunddreißig offensichtlich noch nicht.

Lass dich jetzt nicht zu einem Streit hinreißen. Nicht heute! Das hast du dir geschworen!

Streit vermeiden konnte sie richtig gut, seit sie mit Christoph verheiratet war.

»Ist er doch mitgekommen?« Die Stimme ihres Vaters klang nicht so, als hielte er das für sonderlich wahrscheinlich. War es auch nicht. Vielleicht hatte er Christoph immer schon am besten eingeschätzt.

»Nein. Ich sitze im Zug. Aber ...«

»Aber du kommst zu spät.«

Er betonte es nicht wie eine Frage. Natürlich nicht, er kannte sie ja bereits gut genug, um zu wissen, worauf das hinauslief. Charlotte, die Chaosqueen. Charlotte, die nichts zu einem guten Ende brachte. Charlotte, auf die man sich besser nicht verließ.

Sie drehte die Praline in der Hand. Die glänzende Verpackung reflektierte das Licht und warf ein warmes Muster an die Decke des Abteils. Ein kleines Mädchen im gegenüberliegenden Vierer hatte es entdeckt und starrte es mit offenem Mund an. Wie schön, wenn man von so etwas noch fasziniert war.

Darüber war sie leider hinaus. Und ihr Vater schon längst. Also, raus mit der Wahrheit.

»Der Zug hat Verspätung.«

Ein Seufzen am anderen Ende. »Natürlich.«

Charlie wartete. Sie kannte ihn gut genug, um zu wissen, dass er es nicht darauf beruhen lassen würde.

Allzu lange musste sie nicht warten. »Charlotte. Wie oft haben deine Mutter und ich dir früher schon gesagt, dass du ...« Er unterbrach sich und setzte erneut an. »Pünktlichkeit ist ...« Wieder eine Pause. »Und die Deutsche Bahn ... da muss man einfach früher fahren. Das weiß man doch!«

»Ja, ich weiß.« Charlie konnte über die noch viel zu große Entfernung hinweg spüren, wie es in ihm brodelte. Es würde nichts bringen, ihm zu sagen, dass sie bis vorhin noch in Christophs Vorzimmer gesessen und einen wichtigen Mandanten empfangen hatte. Das war schließlich ihr Job. Sie konnte nicht einfach alles stehen und liegen lassen.

»Es ist die Beerdigung meines Vaters!«

»Ja. Weiß ich.«

»Deines Großvaters!« Vermutlich war ihm gerade erst eingefallen, dass Charlie ebenfalls eine verwandtschaftliche Beziehung zu dem Verstorbenen hatte. Wenigstens das, das ließ sich wohl nicht leugnen.

»Ja. Es tut mir leid.«

Was sollte sie auch anderes sagen? Der Zug war abgefahren. Im wahrsten Sinne des Wortes. Sie beschleunigten bereits, und das Geräusch der Räder auf den Schienen übertönte ihre Worte beinahe. Metall kreischte, als sie sich in eine Kurve legten.

»Charlotte, also wirklich! Von *Tut mir leid* kann ich mir jetzt auch nichts kaufen!«

Wieso ihr Vater dauernd alles in eine Währung umrechnen musste, würde Charlie wohl nie verstehen. »Nein. Kannst du nicht.«

»Was soll ich denn sagen, wo du bist? Im Zug?«

Als wäre das so schlimm. »Ist ja so, Papa.« Charlie bemühte sich, nicht genervt zu klingen, doch es fiel ihr immer schwerer.

»Andere Leute in deinem Alter haben ein Auto. Und kommen pünktlich zur Beerdigung ihrer Verwandtschaft.«

Wenn sie nicht aufpasste, redete er sich noch weiter in Rage. »Normalerweise brauchen wir nur ein Auto.« Das war der Vorteil, wenn man mit seinem Ehemann zusammenarbeitete. Und kein anderweitiges Leben hatte.

»Charlotte! Wie das wieder aussieht.«

»Ja.« Sie war erneut die Schande der ganzen Familie. Gleich fing er sicher mit den Nachbarn an.

»Und was die Nachbarn wohl sag ...«

»Papa, wir fahren gerade in einen Tunnel. Ich komme so schnell, wie ich kann. Wir sehen uns.« Mit diesen Worten drückte sie einfach auf den roten Hörer. Ein für diese Situation viel zu fröhliches Piepen ertönte in ihrem Ohr, dann folgte Stille. Was blieb, war das Geräusch des Zuges.

Charlie warf die Praline zurück in ihre Tasche. Ihr war der Appetit vergangen. Sicher war das Teil inzwischen längst zu einem Klumpen verschmolzen. Sie legte den Kopf in den Nacken und schloss die Augen. Sie brannten, jedoch nicht vor Trauer um ihren Großvater. Auch nicht aus Scham, weil sie sich in den Augen ihrer Eltern schon wieder danebenbenahm. Nicht mal aus Ärger über Christoph, dessen Arbeit mal wieder wichtiger gewesen war als alles andere. Es war irgendwie alles. Alles zusammen.

Warum konnte es nicht endlich mal wieder gut laufen?

Beinahe eine Stunde, nachdem die Beerdigung anfangen sollte, stieg Charlie in ihrer alten Heimat Paderborn aus dem Zug. Neunzig Minuten Verspätung. Wenigstens bekäme sie einen Teil des Geldes zurück. Jedenfalls, wenn sie es schaffte, dieses Formular auszufüllen.

Christoph würde sich freuen.

Kaum war sie draußen, piepte ihr Handy. So viel zum WLAN im Zug. Es war eine Nachricht von ihrer Freundin Bea.

Ich denk an dich. Du packst das.

Ein warmes Gefühl machte sich in ihr breit, das sie gut gebrauchen konnte.

Sie scrollte durch die Liste ihrer Chats, doch von Christoph war nichts gekommen. Sie klickte den Chat mit ihm an. Er war online. Wem er wohl schrieb? Sicher hatte er wieder was mit Katrin zu besprechen, der Anwältin, die ihre Kanzlei unter ihrer hatte.

Kurz erwog sie, ihm eine Nachricht zu schicken, dass sie gut angekommen war, verwarf das jedoch wieder. Sie hatte es schließlich eilig. Und wenn es ihn interessierte, konnte er ja fragen.

Du willst nur, dass er bemerkt, wie verletzt du bist.

Doch für den ein Herz umarmenden Smiley für Bea war noch Zeit. Musste, sie hatte immerhin auch an sie gedacht.

Mit ihrer eleganten Reisetasche über der Schulter lief Charlie den Bahnsteig entlang. Immer repräsentativ auszusehen, das war ihr inzwischen ins Blut übergegangen. Ihr Blick fiel auf den Fahrplan im Schaukasten. Einen Augenblick lang erwog sie, einfach direkt wieder zurückzufahren. Musste sie sich den Ärger wirklich noch antun? Doch dann würde ihre Fahrkarte verfallen, die sie bereits gekauft hatte, kaum dass sie von dem Termin der Beerdigung gewusst hatte. Und, wie Christoph nicht müde wurde, zu betonen, er arbeitete hart für ihr Geld. Da sie bei ihm angestellt war, musste er das Geld, das sie verdiente, selbst erst erarbeiten. Er schaffte es immer, ihr das Gefühl zu geben, dadurch weiter darüber entscheiden zu können. Als sei sie völlig von seiner Gunst abhängig. Und er hasste es, wenn sie unnötige Ausgaben machte.

Außerdem war sie ja nicht wegen der Beerdigung hier. Nicht wirklich jedenfalls. Ihr Großvater würde nichts davon mitbekommen. Sie war hier, um Beistand zu leisten, wie es ihr Vater vermutlich nicht schaffen würde. Und das konnte sie auch nach der Feier noch tun. Viel besser vermutlich.

Sie verließ den Bahnhof durch einen Seitenausgang. Vor ihr lagen Taxistände und Busspuren. Menschen eilten hin und her. Ein Pärchen fiel sich in die Arme, als hätte es sich seit Monaten nicht gesehen. Der Mann drückte die Frau an sich, und es hatte den Anschein, als wollte er sie nie wieder gehen lassen. Ein Penner kauerte in einer Ecke eines der Bushäuschen und starrte vor sich hin. Es roch nach Abgasen und in der Sonne trocknendem Urin.

Charlie ließ den Blick schweifen. Ein Taxi? Wäre sie nur knapp zu spät, würde sie das Geld dafür vielleicht investieren, egal, was Christoph sagen würde. Doch jetzt kam es längst nicht mehr auf ein paar Minuten an. Da konnte sie auch den Bus nehmen. Die Linie sechs fuhr direkt zum Ostfriedhof, jedenfalls war das früher so gewesen.

Sie lief zu der Spur, die durch ein Schild mit einer großen Sechs darauf gekennzeichnet war. Auf dem Weg dahin kramte sie fünfzig Cent aus der Hosentasche, die sie für einen möglichen Toilettengang eingesteckt und nicht gebraucht hatte, und legte sie dem Obdachlosen in seinen Becher. Ein kleines Figürchen aus Papier hockte daneben, doch sie konnte nicht erkennen, was es darstellte. Der Mann hob nicht einmal den Blick.

Schon klar, warum du das tust. Du willst dir selbst verdeutlichen, dass es immer noch Menschen gibt, die schlechter dran sind als du.

Als sie gerade vor dem Fahrscheinautomaten stand, fuhr ein Bus der richtigen Linie auf den Platz und navigierte geschickt durch die Inseln aus Stein, auf denen Menschen auf im Boden einbetonierten Bänken saßen und warteten.

Schnell warf Charlie Kleingeld ein.

Als sie am Ende ihrer Münzen angelangt war, zeigte das Display des Automaten dummerweise immer noch einen fehlenden Betrag an.

Fünfzig Cents.

Sie wühlte sich durch alle ihre Taschen. Nichts. Instinktiv huschte ihr Blick zu dem Obdachlosen mit seinem Becher. Ernsthaft, Karma?

Vielleicht soll es so sein. Vielleicht sollst du niemals bei dieser Beerdigung ankommen. Steig einfach in den Zug und hau wieder dahin ab, von wo du gekommen bist. Zurück in dein wohlgeordnetes Leben.

Hinter ihr zischten die Türen des Busses. Menschen stiegen ein, andere aus. Achtlos liefen sie um Charlie herum, während sie panisch nach Münzen suchte. Ihr Blick fiel auf den Schlitz für die Scheine. Fünfer, Zehner, Zwanziger. In ihrem Scheinfach steckte nur ein Fünfziger. Natürlich war das so.

»Wie sieht's aus, junge Frau? Mitfahren oder nicht?«, ertönte eine Stimme in ihrem Rücken.

Charlie fuhr herum. Der Fahrer lehnte sich auf seinen Wechselgeldautomaten und grinste sie an. Dann tippte er auf sein bloßes Handgelenk. »Muss den Fahrplan einhalten.«

Charlies Herz raste. Wie konnte so eine dumme Situation sie nur so stressen? Am liebsten hätte sie tatsächlich aufgegeben. Doch eine Chance hatte sie noch. »Mitfahren. Auf jeden Fall mitfahren!« Sie wedelte mit dem Fünfziger. »Aber mir fehlen exakt fünfzig Cent. Können Sie den vielleicht wechseln?«

Der Fahrer hob die Brauen. »Seh ich vielleicht aus wie eine Bank? Nee, das geht nicht. Tut mir leid.« Sein Zeigefinger tippte auf ein verblichenes Schild, auf dem verschiedene Scheine abgebildet waren. Alles über zwanzig war durchgestrichen. Natürlich. So ein Mist.

Plötzlich tippte ihr jemand auf die Schulter. Sobald sie sich umdrehte, waberte ein Schwall üblen Geruchs in ihr Gesicht. Eine Mischung aus schlechtem Atem, ungewaschener Kleidung und Schweiß. Vor ihr stand der Obdachlose, der eben noch in der Ecke gekauert hatte. Er wirkte auf einmal gar nicht mehr so teilnahmslos. Aus wachen, recht freundlichen Augen blickte er sie an. Unter den struppigen Haaren und ungleichmäßigen

Bartstoppeln schien sich ein nettes Gesicht zu verbergen.

Doch beinahe sofort machte der Mann einen Schritt rückwärts und duckte sich weg, als hätte sie ausgeholt, um ihn zu schlagen. Sein Blick huschte über den Boden wie ein aufgescheuchtes Tier. Dann streckte er einen Arm in Charlies Richtung. Ganz langsam, als hätte er Angst, sie könnte sich gegen ihn wehren. Zwischen seinen schmutzigen Fingern hielt er einen kleinen flachen Gegenstand.

Charlie starrte darauf. Es war das Fünfzigcentstück, das sie ihm gerade in den Becher geworfen hatte. Oder irgendein anderes. Aber auf jeden Fall war es genau das, was sie jetzt brauchte.

Jemand rempelte sie unsanft an, und eine alte Frau warf erst ihr und dann dem Mann einen abschätzigen Blick zu. Sie sah aus, als wollte sie ihnen am liebsten vor die Füße spucken.

Charlie ignorierte sie. »Ähm ...«, entfuhr es ihr.

»Du brauchst das gerade dringender als ich«, murmelte der Mann vor ihr und entblößte dabei eine große Zahnlücke im Unterkiefer.

Charlie zögerte. »Aber ...« Das konnte sie doch nicht machen! Das war ja wie einem Baby den Schnuller zu klauen.

»Wird das jetzt was oder nicht?«, rief der Busfahrer. In dem Moment spürte Charlie den Blick aller anderen Fahrgäste auf sich. Sie brauchte sich dafür nicht einmal umzudrehen.

»Jetzt nehmen Sie schon«, erklang es gedämpft irgendwo hinter ihr.

Charlie merkte, wie ihr die Hitze aus dem Kragen heraufstieg und ihre Wangen erreichte. Sie musste regelrecht glühen. Alles in ihr schrie Nein. Sie wollte das Geldstück nicht nehmen. Wie sähe das denn aus?

Was würden die Nachbarn denken?

Der Mann sah sie ganz kurz scheu von unten herauf an und sofort wieder weg. Dann machte er einen schnellen Schritt vor und steckte das Geldstück in den Schlitz.

Der Automat spuckte das Ticket sofort aus. Jemand applaudierte. Charlie griff danach. Doch als sie sich wieder zu dem Mann umdrehte, hatte er sich bereits umgewandt und ging wieder in Richtung seiner Sachen, die immer noch in dem Wartehäuschen lagen. Sicher musste er nicht befürchten, dass sich jemand daran vergreifen würde. Er war ein Unberührbarer.

»Ich geb Ihnen noch zehn Sekunden!«, rief der Busfahrer. »Neun, acht, sieben ...«

Schnell streckte Charlie die Hand nach dem Mann aus, packte ihn an der Schulter und drückte ihm einen flüchtigen Kuss auf die bärtige Wange. Hoffentlich empfand er das nicht als allzu übergriffig. »Vielen Dank!«

Dann lief sie, so schnell es die Stiefel erlaubten, zum Bus, sprang die Stufen hoch und schob das Ticket in den Schlitz des Entwerters.

Die Blicke aller anderen Fahrgäste ignorierend, zog Charlie sich in die letzte Reihe zurück. Ihr Gesicht brannte. So etwas hatte sie noch nie getan. Was war nur in sie gefahren?

Der Bus fuhr mit einem Ruck an. Langsam verließ er die Busstation.

Auf der Warteinsel der Linie sechs stand immer noch der Obdachlose und hielt sich die Wange. Charlies Augen folgten der traurig aussehenden Gestalt, solange es möglich war. Bevor der Bus abbog und der Mann aus ihrem Blickfeld verschwand, erhaschte sie noch einen Blick auf sein Gesicht.

Es sah überhaupt nicht unglücklich aus.

Kapitel 2

Theodora
Köln, Januar 1960

Dora lief aufgeregt in ihr Schlafzimmer, dicht gefolgt von ihrer Schwester Viktoria.

»Du hast *was* vor?«, keuchte diese und strich sich über die sorgfältig frisierten roten Haare. Ihre runden Wangen hatten jetzt vor Anstrengung beinahe die gleiche Farbe. Wie immer sah sie ein bisschen aus wie Rita Hayworth, doch in ihrer pummeligen Phase. Die Treppenstufen brachten sie immer so außer Atem, dass Vicky schon plante, in ihrem eigenen Haus später ihr Schlafzimmer im Erdgeschoss einzurichten. Dora konnte darüber nur lachen. Von einem eigenen Haus träumte sie nie. Da gab es andere Sachen.

»Ich gehe in die Kammerspiele zu dem Vorsprechen für das neue Stück!«

»Die Kammerspiele? Ein richtiges Theater?« Viktoria schnaubte. »Das werden dir Mama und Papa nie erlauben. Denk mal an die ewigen Diskussionen zum Schultheater.«

Dora hielt inne. Das stimmte allerdings. Sie zuckte mit den Schultern. »Tja, ich hatte nicht vor, es ihnen zu sagen. Und dich möchte ich bitten, es auch nicht zu tun.«

»Ach, Dora ...« Viktoria ließ sich seufzend auf das Bett sinken. »Das werden sie doch bemerken. Und du wirst Vaters Unterschrift brauchen, meinst du nicht? Du bist erst zwanzig.«

»Seine ...« Dora überlegte. »Auch schon für das Vorsprechen, meinst du?«

Damit mochte Vicky richtig liegen. Ihre Großjährigkeit trat erst im nächsten Jahr ein. Dann holte sie Heft und Bleistift aus der Schublade ihres Pults.

»Wenn ich seine Unterschrift für das Vorsprechen brauche, dann muss ich sie eben irgendwie auf das Formular bekommen.«

Sie setzte den Stift an und versuchte, sich die Schrift ihres Vaters ins Gedächtnis zu rufen. Das L hatte oben eine Schleife und unten zwei, das war am schwersten. Doch die übrigen Buchstaben endeten ohnehin nur in einem langen Schlenker. Lambert. Sie übte ein paarmal und nickte zufrieden, dann drehte sie den Block zu ihrer Schwester.

Die schlug die Hand vor den Mund. »Theodora! Du willst doch nicht ernsthaft die Unterschrift des Vaters nachmachen!«

Wenn Viktoria sie bei ihrem vollen Namen nannte, war es ernst. Doch Dora zuckte mit den Achseln. »Warum nicht? Die kennen sie ja nicht. Niemals merken die, dass es nicht wirklich seine ist.«

»Aber darum geht es doch gar nicht!«

Das war Dora wohl bewusst, doch sie verdrängte den Gedanken. »Viktoria, ich werde die Rolle ohnehin nicht bekommen. Dann wird es niemand bemerken, doch ich habe eine wichtige Erfahrung gewonnen. Vielleicht falle ich positiv auf, und sie nehmen mich nächstes

Jahr. Und falls ich sie doch bekomme, sage ich es den Eltern, sobald es offiziell ist. Einem Erfolg konnte diese Familie noch nie widerstehen.«

Ihre Schwester überlegte. »Vielleicht findet Vater einen Weg, um es als Werbung für das Produkt zu nutzen.«

»Genau!« Da war Dora sich eigentlich nicht so sicher. Vor allem, weil ihr nicht ganz klar war, wie ihr Vater das bewerkstelligen würde. Ein unanständiges Theaterstück taugte nur bedingt dafür, Schokolade an den Mann zu bringen. Doch der Fall würde schon nicht eintreten. Und die Hauptsache war es doch jetzt, ihre Schwester zu beruhigen. Außerdem ... wer wusste schon, ob nicht doch ein Wunder geschah und Vater es erlaubte.

Ihr lief ein Schauer über den Rücken, wenn sie sich ihren Namen auf dem Plakat vorstellte. Theodora Lambert in der Rolle der ... tja, welche Rolle auch immer sie bekommen würde, sie würde sie nehmen. Wenn es die Eltern nur zuließen. Sie zog die flache Holzkiste mit dem Vorhängeschloss unter dem Bett hervor und holte den kleinen Schlüssel aus dem Ausschnitt, wo er sicher an einer langen Kette hing.

»Es mag ja sein, dass Vater nach außen hin so tun würde, als sei alles geplant gewesen und das Vorsprechen mit seinem Einverständnis abgelaufen. Aber Dora, kannst du dir vorstellen, was hier zu Hause los wäre?«

Tatsächlich schien Viktoria bei dem Gedanken ein wenig blass um die Nase zu werden. Sie war einfach zu brav und fügte sich in alles.

Doch Dora winkte ab. »Ach was. Damit werde ich schon fertig. Marilyn hat auch nicht alles in den Schoß geworfen bekommen. Manchmal muss man eben Opfer bringen für das, was man liebt.« Sie steckte den Schlüssel ins Schloss und drehte ihn um. Dann stemmte sie den Deckel hoch. Ein Bündel aus festem dunkelblauem Stoff lag in der Kiste, und sie nahm es heraus und entfaltete es. Ihr Herzschlag beschleunigte sich.

»Die willst du zum Vorsprechen tragen?« Viktoria beäugte die Hose mit kritischem Blick.

Dora kannte diesen Blick. Viktoria würde im Leben keine Hose tragen, wenn man sie nicht dazu zwang. Und das würde in diesem Haus wohl niemals geschehen.

»Ja, das habe ich vor.« Dora sah sich schon, in dieser dunkelblauen Hose und einer weißen Bluse, mit einem Band im Haar und den Schuhen mit den höchsten Absätzen, die sie besaß, auf die Bühne schreiten. Ihre Haare würde sie wie immer in Wellen legen, und einen roten Lippenstift, der zu ihrer blassen Haut passte, hatte sie sich auch zusammengespart. Sie würde aussehen wie eine dunkelhaarige Marilyn. Mit weniger üppigen Rundungen wohlgemerkt, doch das machte ja nichts. Die Kurven hatte eben Vicky abbekommen.

»Aber passt das zum Stück? Für was willst du überhaupt vorsprechen?«

»Nein, passt es nicht. Aber das macht nichts. Das Vorsprechen ist ja nicht mit Kostüm, und Edith hat gesagt, es wirkt unprofessionell, wenn man schon so tut, als hätte man die Rolle bereits.«

»Ach, die Edith. Die ist ja mal wieder die große Expertin, was?«

»Sie arbeitet immerhin im Theater.« Dora wusste, dass Viktoria ihre Freundin Edith nicht leiden konnte. Vermutlich fühlte sie sich durch sie bedroht. Früher war sie schließlich Doras engste Vertraute gewesen. Zwei Schwestern, die durch dick und dünn gingen. Doch wenn Dora es recht betrachtete, hatten sie nie echte Widerstände zu meistern gehabt. Und jetzt, wo es wirklich auf Viktorias Unterstützung ankäme …

»Und? Wirst du sagen, wer du bist? Wer Vater ist?«

Schnell schüttelte Dora den Kopf. Das fehlte noch, dass sie sich dort so aufspielte, als sei sie etwas Besonderes.

»Warum sollte ich? In dem Stück geht es ja nicht um Schokolade.«

Sie seufzte. Ihre Schwester würde sie wohl nicht verpfeifen. Doch mehr hatte sie vermutlich nicht zu erwarten. Sie packte die Hose in eine Tasche und schob die Kiste wieder unter das Bett. Die würde sie lieber bei Edith aufbewahren. Dort würde sie sich schließlich auch vorbereiten und umziehen.

»Falls jemand fragt, ich bin bei der Edith und lerne.«

Viktoria stöhnte auf. »Das ist ja nicht einmal gelogen, schätze ich.«

»Nein. Ich möchte doch nicht, dass du für mich lügen musst, Schwesterherz.« Dora war schon auf dem Weg zur Tür. Ihr Blut rauschte mit Macht durch ihren Körper. Kräftiger als je zuvor.

»Das ist nett von dir.« Viktoria drehte sich zu ihr um. »Aber jetzt sag mir wenigstens noch, für welches Stück du vorsprichst.«

Innerlich stöhnte jetzt Dora auf. Sie hatte die Antwort auf diese Frage vorhin bewusst vermieden. Doch nun würde sie wohl nicht mehr drum herum kommen. »Endstation Sehnsucht«, sagte sie leise.

»Theodora!« Viktoria sprang auf, Dora sah es in den Augenwinkeln. Doch auch so hätte sie die Erschütterung wohl gespürt. Dora musste sich nicht umdrehen, um sich den entrüsteten Gesichtsausdruck ihrer Schwester vorstellen zu können.

»Der Autor hat einen Pulitzer-Preis mit dem Stück gewonnen«, sagte sie und kam sich selbst schwach vor.

»Darin wird jemand vergewaltigt, Theodora! Die eine Frau hat eine Affäre mit einem Jungen!« Viktoria schien nach Luft zu schnappen. »Du sprichst doch nicht etwa für die Rolle dieser Frau ...«

»Die ist doch viel zu alt.« Was nicht hieß, dass sie sie nicht liebend gern spielen würde, wenn sie die Chance dazu bekäme. »Nein, ich spreche für Stella vor. Ihre Schwester.«

Und mit den Worten verschwand sie, bevor Viktoria weitere Bedenken vorbringen konnte. Denn es wäre nichts darunter, was ihr nicht auch bereits durch den Kopf gegangen wäre.

Kapitel 3

Der Bus entließ Charlie am hinteren Eingang des Friedhofs. Durch die Bäume und über die Hecke hinweg erhaschte sie einen Blick auf das Türmchen der Kapelle.

Ihre Mutter hatte ihr gesagt, dass Opa nicht weit davon entfernt seine letzte Ruhe finden würde. Ein rascher Blick sagte ihr, dass keiner der Trauergäste mehr anwesend war. Sicherlich saßen die längst beim traditionellen Leichenschmaus beisammen. Trockener Streuselkuchen und belegte Brötchenhälften mit einer labberigen sauren Gurke darauf. Und jede Menge alter Leute, die irgendwelche Floskeln von sich gaben. *Er war so ein netter Mann. Irgendwann müssen wir alle gehen. Er hatte doch ein schönes Leben. Wenn du was brauchst, sag einfach nur Bescheid.* Und später gingen sie dann nach Hause und waren einfach nur froh, dass es nicht einer der ihren war, den es erwischt hatte. Dieses Mal nicht, Glück gehabt.

Was hatte ihre Mutter gesagt? Wo fand der Leichenschmaus noch gleich statt? In der muffigen alten Kneipe um die Ecke, wenn sie sich richtig erinnerte. Doch wenn sie jetzt dort auftauchte, wären alle Blicke sofort auf sie gerichtet. Nein, so dringend zog es sie da nicht hin.

Charlie drückte die Klinke des Metalltürchens hinab und betrat den Friedhof. Stille empfing sie, eine Atmosphäre der Ruhe und des Friedens. Selbst das Licht schien sich verändert zu haben, war sanfter und ruhiger geworden. Sie schritt zwischen den Gräberreihen hindurch und ließ den Blick über die Namen und Daten schweifen. Im Kopf überschlug sie, wie alt die jeweiligen Personen geworden waren. Vierundfünfzig. Achtundneunzig. Sieben, wie traurig. Die armen Eltern, das musste schrecklich sein.

Eine scheußliche Engelsstatue breitete die Schwingen über das Grab einer Frau, in den nächsten Stein war das Bild einer Katze eingraviert worden. *In stillem Gedenken – Jan, Marie und Mitzi,* stand darunter.

Charlie bog an der Kapelle links ab und hielt Ausschau nach einem frischen Grab. Keine Urne, einen Sarg hatte ihr Opa sich gewünscht. Etwas altmodisch, so war er halt. Doch in diesem Gang standen nur verwitterte Steine aus einer längst vergangenen Zeit. Bei einem konnte man nicht einmal mehr die Jahreszahl lesen. Wer sich wohl darum kümmerte? Eine ältere Dame in brauner Barbour-Jacke und mit einer eleganten Hochsteckfrisur trug eine Gießkanne durch den Gang, der ihren kreuzte. Sie wirkte entspannt, so, als sei die Grabpflege ein geliebtes Hobby und keine lästige Pflicht. Vielleicht war es für manche so, und sie übernahmen freiwillig die Pflege alter Gräber, die unter irgendeinem Bestandsschutz standen.

Dann entdeckte Charlie durch die Lücke in der Hecke, die die einzelnen Grabreihen trennte, ein neu aussehendes Holzkreuz. Könnte es das sein?

Ihre Schritte beschleunigten sich. Sie eilte den Kiesweg entlang, bog einmal ab, dann noch einmal. Da war das Grab, das sie entdeckt hatte. Ein schlichtes Kreuz, das sicher nur vorübergehend dort stand, bis die Steinmetze mit dem eigentlichen Stein fertig waren.

Dann nahm sie die Gestalt wahr, die davor stand. Der Stamm der Eiche, die auf der freien Fläche zwischen den Gräbern wuchs und Schatten spendete, hatte sie erst verdeckt. Eine kleine Person in dunkler Kleidung, den Kopf gesenkt, die Hände gefaltet. Sie stand völlig reglos da.

Charlie näherte sich langsam. Erst als sie nur noch ein paar Meter entfernt war, erkannte sie, um wen es sich handelte. Die Umgebung verschwamm vor ihren Augen. Bisher hatte sie noch nicht geweint, seit sie von dem Tod ihres Opas erfahren hatte. Doch dieser Anblick schmerzte in ihrem Herzen.

Sie räusperte sich.

»Oma?«, fragte sie leise und war überrascht, wie brüchig ihre Stimme klang.

Die alte Frau mit den kurzen grauen Locken drehte sich langsam zu Charlie um. Ihre Augen waren gerötet, doch sie lächelte. Nicht nur mit dem Mund, sondern mit dem ganzen Gesicht. Das war fast noch schmerzhafter anzusehen.

Wann hat dich zuletzt jemand so angelächelt?

»Mein Liebes!« Ihre Großmutter breitete die Arme aus.

Es war keine bewusste Entscheidung, die wenigen Schritte bis zu ihr zu machen. Doch schon im nächsten Moment lag Charlie in den Armen der rundlichen, viel kleineren Frau und wurde mit der erstaunlichen Kraft, die nur Großmütter besaßen, gegen ihre weichen Brüste gepresst. War ihre Oma wirklich schon über achtzig?

Der Damm brach. »Es tut mir so leid!« Tränen benetzten das Kopftuch ihrer Oma und hinterließen dunklere Flecken auf dem ohnehin schon dunklen Stoff.

Die alte Dame rieb ihr den Rücken. »Ach Liebes, ist schon gut.« Dann fasst sie Charlies Schultern und drückte sie von sich. »Was ist es, das dir leidtut?« Ein Schluchzer schüttelte Charlies Körper. Er schmerzte überall. »Dass ich nicht für dich da war!«

Sofort zog ihre Oma sie wieder an sich. »Ach, was redest du denn da?«, murmelte sie so leise, dass Charlie es so gerade eben noch verstand. »Das hat dir dein Vater eingeredet, richtig?«

Ein Kloß versperrte Charlies Hals, also nickte sie nur.

»Das vergisst du mal schön wieder. Du bist jetzt da, das ist alles, was für mich zählt.« Sie begann, sich zu wiegen wie damals, als Charlie noch ein ganz kleines Mädchen gewesen war. Nur, dass sie jetzt zu groß war für ihren Schoß. Sie hätte eher ihre Oma auf den Schoß nehmen können.

»Aber ... die Trauerfeier ...«

»Schsch. Alles gut. Du hast wirklich nichts verpasst.« Ihre Oma wandte sich halb von Charlie ab, ließ jedoch ihren Arm um ihre Hüfte geschlungen. So konnten sie beide in Richtung des Grabes blicken. *Bernhard Wiel* stand dort auf dem Holzkreuz. »Die Schützen haben den Sarg getragen und ein riesiges Buhei veranstaltet. Als wäre dein Großvater jemals auf einem Schützenfest gewesen. Er war dort nur Mitglied, weil man das eben so macht. Stell dir mal vor, die haben sich ernsthaft vor mir von ihm verabschiedet!«

Jetzt tupfte Oma sich doch mit einem Taschentuch die Augen. Charlie kuschelte sich enger an sie und sog den Duft ihrer Oma ein, der irgendwie immer gleich war. Der Geruch von Lavendelseife und frisch gebackenen Plätzchen. Ganz egal, ob sie gerade Plätzchen gebacken hatte oder nicht, sie duftete immer danach. Das war schon vor dreißig Jahren so gewesen und würde sich wohl nicht mehr ändern.

»Und warum bist du nicht beim Leichenschmaus?«

Oma hob die Schultern. »Ach, weißt du, ich hatte irgendwie noch keine Gelegenheit, mich richtig von ihm zu verabschieden. Seit dem Herzinfarkt war immer jemand um mich herum: im Krankenhaus, dann zu Hause, bei den Vorbereitungen für die Beerdigung, abends ...« Sie seufzte. »Als hätten die Leute Angst, ich käme nicht zurecht ohne einen Mann.«

»Papa?«

Ihre Oma strich über Charlies Arm. »Der hat mich wahnsinnig gemacht.«

Sie sahen einander an, und als die Mundwinkel ihrer Großmutter zu zucken begannen, musste auch Charlie lächeln. »Ja, das kann er.« Nur zu gut.

»Er hat viel von deinem Großvater, Liebes. Aber nicht die guten Dinge. Er hat wohl versucht, seine Achtung zu erringen, weil er doch nicht Bernhards leiblicher Sohn war. Dabei kann er gar nichts dafür.«

Richtig, das hatte Charlie ja völlig vergessen. Ihr Vater war Omas Kind aus erster Ehe. Trotzdem würde sie bezüglich dessen, was er sich angeeignet hatte, sogar noch weiter gehen, sprach es aber nicht aus. Immerhin war ihr Vater der Sohn dieser Frau, die sie liebte. Doch Opa war nichts gewesen im Vergleich zu ihrem Vater. Man konnte Opas liebevolle Besorgnis nicht gleichsetzen mit dem Terror, den ihr Vater veranstaltet hatte, wenn ihm ihr Rock zu kurz erschienen war. Und ihm waren alle Röcke zu kurz erschienen.

Oma sah wieder auf das Kreuz. »So eine Heuchelei. Wir waren bei deiner Konfirmation das letzte Mal in einer Kirche.«

Charlie überlegte kurz, dann nickte sie. »Ja, kommt hin.«

Ihre Oma gab ein seltsames Geräusch von sich. Erst als Charlie ihr einen schnellen Blick zuwarf, erkannte sie, dass es ein Kichern war.

Eine Weile standen sie noch schweigend vorm Grab, dann klopfte Oma auf Charlies Arm. »Na komm. Lassen wir uns beim Leichenschmaus blicken, bevor dein Vater eine Suchmannschaft nach mir ausschickt.«

Charlies Körper versteifte sich. Alles in ihr wehrte sich. Sie konnte den Blick ihres Vaters schon beinahe sehen. Eine Mischung aus Enttäuschung und der Erkenntnis, dass von ihr nichts Besseres zu erwarten war. Ein Mann, den er nicht mochte, ein abgebrochenes Studium, und Enkel waren auch nicht in Sicht. Instinktiv strich Charlie sich über ihren flachen Bauch. Sie hörte schon das Getuschel: *Keine Kinder? Sie wird auch nicht jünger!* Das war doch Mist. Dennoch nickte sie, während ein Seufzer in ihrer Brust aufstieg.

Ihre Oma griff nach ihrer Hand. »Das wird schon. Du bist eine erwachsene Frau und musst dich nicht rechtfertigen. Und außerdem bist du ja nicht allein. Bleib einfach bei mir.«

***

Stickige Luft umgab Charlie, als sie die Tür zur Schankstube aufstieß und ihre Oma eintreten ließ. Dann folgte sie ihr. In einer Ecke saßen drei Männer in karierten Hemden und Cordhosen und spielten Karten. Eine junge Frau mit einem runden Tablett in der Hand musterte sie kurz von oben bis unten und deutete dann auf eine Tür am anderen Ende des Raumes. »Zur Beerdigung da entlang.«

Oma nickte und marschierte los. Resolut wie immer. Früher hatte Charlie sich selbst auch vorgenommen, so zu werden. Wenn sie nur wüsste, wie genau das ging. Es kam ihr so vor, als hätte sie dafür irgendwann die falsche Richtung eingeschlagen.

»Danke«, murmelte Charlie im Vorbeigehen und lächelte. Die Frau lächelte zurück. Immer nett sein zum Servicepersonal. Schließlich war sie während ihres Studiums selbst lange genug eine von ihnen gewesen.

Charlie wollte ihrer Oma auch die nächste Tür aufhalten, doch die alte Frau war schneller. Sie straffte die Schultern, atmete tief ein und stemmte sich dann gegen den Drücker. Charlie hielt sich dicht hinter ihr. Stimmengewirr empfing sie. Gedämpftes Gemurmel, ein kurzes Lachen. Klar, es war ja der passende Anlass für Witze.

Ihr habt selbst eben noch gelacht, Charlie. Du und die Frau, deren Mann heute begraben wurde. Dann dürfen andere das auch.

Die Stimmen verstummten, und Charlie duckte sich instinktiv hinter den Rücken der viel kleineren Frau vor sich. Trotzdem überragte sie ihre Oma noch um einen guten Kopf. Wie sie das hasste. Alle schienen sie anzustarren, doch natürlich sahen sie in Wahrheit ihre Großmutter an.

Oma hob die Hand. »Bitte, redet ruhig weiter. Charlie und ich hatten auch gerade ein schönes langes Gespräch über ihren Großvater. Deswegen sind wir doch alle hier: um seiner zu gedenken.«

Der eine oder die andere schauten betreten, doch die meisten lächelten und nickten. Oma drehte sich halb zu Charlie um und deutete auf den leeren Stuhl am Kopfende der Tafel. Links davon saß ihr Vater, die grauen Haare nach hinten gekämmt, daneben Mama mit ihrer strengen Hochsteckfrisur. Rechts davon saß der Pastor und schob sich eine Gabel voll Kuchen in den Mund. Er schloss die Augen und kaute genüsslich.

»Wollen wir uns da hinsetzen? Was meinst du?«

Charlie sah die versteinerte Miene ihres Vaters und musste schlucken. »Da ist kein Platz für mich, Oma. Ist kein Problem.«

Sie ließ den Blick schweifen, auf der Suche nach einem freien Stuhl. Gesprächsfetzen wehten vorbei. »... sah der Bernie aus wie ein Filmstar! Wie dieser, wie hieß er noch ...?«

Zwischen den Handarbeitsfreundinnen ihrer Oma entdeckte Charlie einen. Sie kannte keine von ihnen, doch die Frauen lächelten sanft, und alle hatten Strickzeug oder Häkelsachen vor sich liegen. Ja, da würde sie jetzt tausendmal lieber sitzen als in der Reichweite ihres Vaters. Oder besser in Hörweite.

»Ach was.« Ihre Großmutter durchkreuzte Charlies
Pläne, indem sie beherzt nach ihrem Handgelenk griff.
»Lass mich mal machen, Liebes.«

Mit Charlie im Schlepp marschierte sie auf den freien
Platz zu. Als sie hinter ihrem Sohn – Charlies Vater –
ankam, klopfte sie ihm auf die Schulter. Er fuhr herum.
Sein Gesicht wirkte ausdruckslos.

»Wo wart ihr denn?«, fragte er. »Alle warten auf dich,
Mutter.« Der Vorwurf in seiner Stimme war nur
schwer zu überhören.

»Elmar, sei doch so gut und mach mal Platz für deine
Tochter. Ich möchte mich noch ein bisschen mit ihr unterhalten, wenn es dir recht ist.«

Charlie starrte die alte Frau an. Wenn es ihr doch
auch nur gelänge, die mehr oder weniger unterschwelligen Botschaften ihres Vaters so auszublenden. Aber
ihre Oma hatte ihn schließlich aufgezogen. Vermutlich
machte sie das gegen ihn immun.

»Wie bitte?« Charlies Vater wirkte so perplex, dass er
sich tatsächlich aus dem Stuhl erhob. Ihre Oma packte
ihn am Arm und zeigte auf den freien Platz bei ihren
Freundinnen. »Die Helga hat sich erst neulich nach dir
erkundigt. Du weißt schon, das ist die, die dir früher immer deine Hose geflickt hat, wenn du wieder hingefal-
len bist. Bei der es immer den leckeren Apfelkuchen
gab.«

Charlies Vater nickte mit unnatürlich roten Wangen.
Dann schob er den Stuhl zurück und richtete sich vollends auf. Bevor er sich zu seinem neuen Sitzplatz aufmachte, warf er Charlie jedoch noch einen kurzen Blick
zu. Sie sah ihm nachdenklich nach. Wann hatte sich

seine Statur eigentlich in die eines alten Mannes verwandelt?

Das werden sicher tolle sechs Tage in deinem alten Kinderzimmer, Charlie. Aber wenigstens hast du elegante Klamotten mit, um dir selbst einzureden, eine Erwachsene zu sein.

Kurz überlegte sie, sich ein Hotel zu nehmen. Doch das hätte sie erst mit Christoph besprechen müssen, und wie der reagierte, konnte sie sich schon vorstellen. Sie schluckte, dann setzte sie sich. Ihre Mutter räusperte sich und sah betreten auf das Tischtuch. Ihre Hände strichen immer wieder über den Stoff, als versuchte sie, nicht existierende Falten herauszustreichen.

»Schön, dass du da bist«, sagte sie schließlich. Dann ließ sie ihren Blick ein wenig zu auffällig über Charlies Kleidung schweifen und runzelte die Stirn.

Natürlich hatte sie etwas auszusetzen. Das war ja immer so. Charlie richtete sich auf. So fühlte sie sich gegen den unweigerlich folgenden Kommentar einigermaßen gewappnet. Doch der kam nicht. Jedenfalls noch nicht. Vermutlich sammelte ihre Mutter im Geiste schon die Kritikpunkte, um sie Charlie alle auf einmal an den Kopf zu werfen. Wie eine Kritikbombe.

Da werden doch Kindheitserinnerungen wach.

»Ach ja! Fräulein Wiel! Schön, dass Sie auch gekommen sind!« Der Pfarrer stieß mit einer Gabel voller Kuchen in Charlies Richtung. Ein paar Krümel rieselten herab und landeten auf der Tischdecke. »Ich glaube, ich habe Sie nicht mehr gesehen, seit ... ja, das müsste bei Ihrer Konfirmation gewesen sein. Stimmt das?«

Charlie wiegte den Kopf und tat so, als überlegte sie. Dabei wusste sie es ganz sicher. »Ja, schon möglich.«

»Ach ja, ist das lange her ...« Er betrachtete sie mit gehobenen Brauen, als versuchte er, ihr Alter einzuschätzen.

Den Gefallen, ihm dabei zu helfen, tat sie ihm nicht. Es reichte, dass er ihr Gesicht nach Falten absuchte. »Eine Ewigkeit«, sagte sie nur und fühlte sich uralt dabei.

»Ach ja, genau.« Der Mann lächelte und schob sich den Kuchen in den Mund. Er schluckte beinahe, ohne zu kauen. Wie ein Reptil. »Sie sind ja auch früh weggezogen, nicht wahr? Nach Heidelberg, zum Studium, richtig?« Er wartete keine Antwort ab. »Ach ja, was für eine tolle Zeit, das Studium. Jeder muss sich mal richtig austoben. Die Zeit der Besinnung kommt dann später.« Er zwinkerte ihr zu, als wüsste er genau, dass er sie eines Tages wieder in seiner Herde begrüßen würde.

Unwahrscheinlich.

»Ja, ich bin direkt nach dem Abitur weggegangen.«

Geflohen, wie ihr Vater sagen würde.

Charlie griff nach der silbernen Thermoskanne auf dem Tisch und schüttelte sie. Nur noch eine kleine Pfütze schwappte darin hin und her. Sie beugte sich zu ihrer Oma und ließ den letzten Rest Kaffee in deren Tasse tröpfeln. Gerade mal halb voll.

»Ach ja, Sie waren auf dem Goerdeler-Gymnasium, richtig? Für welches Fach haben Sie sich denn entschieden?«

Der Mann war eindeutig zu fröhlich für den Anlass – und viel zu interessiert an Charlies Leben. Dieses ständige *Ach ja* machte sie fast ein bisschen aggressiv.

Nicht nur sie, wie es schien. Ihre Mutter neben ihr schnaubte und bearbeitete die Tischdecke ein bisschen heftiger.

»Genau«, antwortete Charlie, wohlwissend, dass sie seine Frage damit nicht beantwortete.

»Und jetzt sind Sie glücklich ver...«

Sie rückte ihren Stuhl zurück, bevor der Mann die Frage beenden konnte. »Ich frage mal eben nach neuem Kaffee«, sagte sie und zwang sich zu einem Lächeln.

Die Art und Weise, wie sie aus dem Raum eilte, fühlte sich nicht nur nach Flucht an, es musste auch genauso ausgesehen haben.

Im Vorzimmer vor der Küche hielt sie kurz inne und lehnte sich gegen die Wand. Nur ein paar Sekunden tief durchatmen. Das war ja anstrengender als eine vierstündige Mandantenbesprechung. Und das, obwohl sie da auch hauptsächlich für den Kaffee zuständig war. Und dafür, betrogene Ehefrauen zu trösten.

Eine Kellnerin in weißer Bluse und schwarzer Hose hätte sie beinahe umgerannt. »Oh! Was machen Sie denn hier?«

Charlie hob die Kanne. »Haben Sie vielleicht Nachschub?«

Die Frau runzelte die Stirn. »Ich wollte gerade nachfragen.« Sie griff nach dem chromglänzenden Behälter und seufzte, als sei es eine Zumutung, jetzt mit einer einzelnen Kanne zurück in die Küche zu gehen. Charlie lächelte ihr aufmunternd zu, wie sie es mit den Frauen in der Kanzlei machte, die zu ihnen kamen und eigentlich reden wollten. Es funktionierte, die Runzeln der Frau glätteten sich.

Charlie atmete ein paarmal tief durch. Schließlich fühlte sie sich gewappnet, in die Höhle des Löwen zurückzukehren. Es ließ sich ja ohnehin nicht vermeiden.

Sie kam kurz vor der Kellnerin wieder an ihrem Platz an. War sie so langsam, oder war die Frau so schnell gewesen? Zum Glück war der Pfarrer ins Gespräch mit seiner Sitznachbarin vertieft. Ihre Mutter hatte jedoch alle Kapazitäten frei.

»War es wirklich zu viel verlangt, pünktlich zu sein?«, fragte sie, ohne Charlie dabei anzusehen.

Kälte erfasste Charlies Körper. Doch dann spürte sie die warme Hand ihrer Oma auf ihrer. »Mein Zug hatte Verspätung«, sagte sie, obwohl sie genau wusste, dass es ihre Mutter nicht kümmerte.

Damit gab sich ihre Mutter nicht zufrieden. »Die Frage nach deinem Studium, die hättest du auch ruhig mal beantworten können. So richtig habe ich nämlich noch nicht verstanden, welche Art Ausbildung wir dir drei Jahre lang finanziert haben, und was genau du in deinem Job jetzt davon hast. Wir sind auch nicht reich, Charlie!«

Natürlich. Geld. Immer drehte sich alles nur ums Geld. Wenigstens dabei waren sich Christoph und ihre Eltern einig.

Die Kellnerin stellte die Kanne in die Mitte, ohne ihnen einzuschenken. Dann sammelte sie die übrigen ein.

Oma räusperte sich. »Ich habe ja gar keine Ausbildung und habe dennoch mein Leben lang hart gearbeitet.« Sie warf Charlie einen sanften Blick zu. »Und du siehst aus, als würdest du auch zu viel arbeiten. Du könntest ein wenig Erholung gebrauchen, Liebes.«

Mama verzog die Lippen und griff nach dem Henkel. »Na ja, da können wir dann später noch drüber sprechen.«

Charlie seufzte und versuchte, zu lächeln. Auf keinen Fall würde sie jetzt einen Streit vom Zaun brechen. »Ja. Natürlich.«

Was gäbe es da noch zu besprechen? Ihre Eltern waren wütend und würden es sie spüren lassen. Eine Woche lang. Eine Woche, die sie nur hier verbrachte, damit sie endlich nicht mehr behaupteten, sie würde sich rarmachen.

»Charlie und ich hatten überlegt, dass sie mir ein wenig Gesellschaft leistet«, warf ihre Großmutter ein und drückte Charlies Hand ganz leicht. Dann schob sie ihre Tasse und die ihrer Enkelin näher zu Charlies Mutter. »Schenk uns doch bitte auch etwas ein, Hilde.«

Charlie konnte sehen, wie ihre Mutter schluckte. Dann goss sie Kaffee in die Tassen. Charlie ließ Milch und Zucker folgen. Sie hatten überlegt, dass sie bei ihrer Oma blieb? So so. Daran konnte sie sich gar nicht mehr erinnern. Doch der Gedanke beruhigte sie, auch wenn das kleine Häuschen, in dem sie wohnte, heruntergekommen war und nur ein Badezimmer hatte.

»Tja, dann ...«, sagte ihre Mutter und führte die Tasse zum Mund.

Und damit war das Thema offensichtlich erledigt.

Kapitel 4

Theodora

»Keine Panik.« Edith strich Dora beruhigend über den Rücken. Ihr blonder Pferdeschwanz schwang dabei hin und her. »Du siehst toll aus. Du kennst die Rolle, du hast den Text im Kopf und deine Mimik bei der einen Stelle … einfach toll!«

»Hm.« Mehr brachte sie nicht hervor.

»Und vergiss, was die gute Vicky sagt.« Edith nannte Doras Schwester immer bei ihrem Spitznamen. Wenn die das wüsste, würde sie von Doras bester Freundin noch weniger halten als ohnehin schon. »Du bist nicht nur auf der Welt, um einen Erben für die Fabrik zu produzieren. Das kann schön deine Schwester machen.«

Als ob die das täte. »Und wenn es schiefgeht, weil ich gemogelt habe?« Herrje, seit wann war sie denn so abergläubisch? Diese Theaterleute machten sie noch ganz verrückt!

»Ach was!« Edith winkte ab. Die resolute Geste passte gut zu ihrer kompakten Statur. »Du brauchtest ja nicht einmal eine Unterschrift. Es ist also alles in Butter. Es soll so sein.« Sie spuckte dreimal über die Schulter.

Dora nickte, doch sie merkte selbst, wie sehr sie zitterte. In ihrem ganzen Leben war sie noch nie so nervös gewesen. Und zu allem Überfluss war das Mädchen, das vor ihr dran war, eine Wucht.

Sie zuckte zusammen, als der Scheinwerfer ausging. Eine erhitzt aussehende Schauspielerin lief leichtfüßig an ihr vorüber. Dora sah an sich hinab und überlegte, ihre Schuhe auszuziehen. Wirkten sie nicht ohnehin lächerlich zu diesem Outfit? Wirkte nicht das ganze Outfit lächerlich? Sie war doch nicht Marilyn, ihre Schuhe waren nicht die von Marilyn, und ihre Kurven auch nicht.

»Los, jetzt geh schon!« Edith gab ihr einen kleinen Schubs Richtung Bühne. »Du wurdest aufgerufen.«

»Was?« Wie aus einem Traum erwacht, sah Dora ihre Freundin an. »Wirklich?« Sie hatte nichts gehört. Doch sie war auch völlig in ihren Selbstzweifeln gefangen gewesen.

»Natürlich! Hau sie um, Süße!« Edith zwinkerte. »Und Hals und Beinbruch!«

Dora musste schwer schlucken, dann betrat sie die Bühne. Kaum geriet sie in Sicht des Publikums, stolperte sie prompt. Zum Glück fing sie sich wieder, sonst hätte sie Ediths gut gemeinten Wunsch wohl zur Wahrheit werden lassen. Ihre Absätze klackerten laut auf dem Parkett. Sie blinzelte gegen das Licht ins Publikum, konnte jedoch nichts erkennen. Doch sie wusste, dass lediglich drei Leute im Zuschauerraum saßen: der Regisseur, der Produzent und die Bühnenbildnerin. Und irgendwo über allem schwebte derjenige, der ihr jetzt den Scheinwerfer auf das Gesicht richtete.

Es war so hell, dass sie am liebsten die Augen mit der Hand abgeschirmt hätte, doch sie konnte sich gerade noch zurückhalten. Es sollte nicht so wirken, als sei sie zum ersten Mal auf einer Bühne. Denn das war nicht der Fall, wenngleich man die Bühne in der Aula der Kaiserin-Augusta-Schule nicht mit dieser hier vergleichen konnte.

Dora blieb auf der Markierung stehen und räusperte sich. »Theodora Lambert für die Rolle der Stella Kowalski«, sagte sie, so laut sie konnte.

»Bitte«, erklang eine gesichtslose Stimme im Zuschauerraum. »Fangen Sie an, Fräulein Lambert.«

Dora spulte ihren Text hinunter. An einer Stelle stolperte sie, doch im Großen und Ganzen kam es ihr ganz gut vor. Am Ende ihres Vortrages hielt sie inne und blinzelte ins Licht. Sollte sie sich verbeugen? Knicksen? Einfach gehen? Sie hatte nicht darauf geachtet, wie die anderen es gemacht hatten.

»Danke. Sie können jetzt gehen.« Diesmal war es eine andere Stimme.

Instinktiv machte sie einen kleinen Knicks, ärgerte sich aber sogleich über sich selbst. So schnell ihre furchtbaren, viel zu plumpen Schuhe es zuließen, verließ sie die Bühne und lief Edith geradezu in die Arme.

»Und? Wie war es?«, fragte sie atemlos.

Edith strahlte. »Super! Bis auf diese eine Stelle ... aber das wird schon nicht so arg gewesen sein.«

Doch Dora war nicht beruhigt. »Und konntest du sehen, was sie gemacht haben? Konntest du ihre Gesichter erkennen?«

Edith war die Aufgabe zugefallen, die drei Theaterleute im Auditorium zu beobachten. Von der Seite war das einigermaßen möglich. Doch sie hob nur eine Schulter. »Ich weiß nicht. Sie haben sich was notiert. Ihre Gesichter konnte ich nicht so recht erkennen.« Sie packte Dora am Arm. »Komm, wir gehen nach draußen und warten da auf die Entscheidung. Es spricht nur noch eine vor, dann beraten sie sich, und wenn wir Glück haben, erfahren wir das Ergebnis noch heute Nachmittag. Bei dem Darsteller für Stanley war es gestern so.«

Gemeinsam liefen sie zum Hintereingang, der direkt hinter die Bühne und zu den Garderoben führte. Dort saßen schon einige Mädchen, vielleicht zehn oder elf. Manche plauderten leise miteinander, doch die meisten hockten nur da und starrten vor sich hin. Edith und Dora setzten sich etwas abseits auf ein Mäuerchen. Ein Stück von ihnen entfernt saß diejenige, die vor Dora dran gewesen war.

Dora nickte ihr zu. »Du warst echt gut eben.«

Das Mädchen, oder besser die junge Frau, denn sie war sicher schon ein paar Jahre älter als sie und Edith, drehte nur den Kopf weg und verdrehte die Augen.

So viel zum kollegialen Miteinander.

Edith stieß Dora in die Seite und prustete. »So ein arrogantes ...«

Dora hieb ihr die Hacke auf die Zehen, was dank des Absatzes sicher einigermaßen schmerzhaft war. »Sch-sch.«

Noch hatte sie schließlich Hoffnung auf die Rolle und wollte es sich mit ihren Kolleginnen nicht verscherzen. Es war ohnehin immer gut, wenn man sich nichts vorzuwerfen hatte.

Kurze Zeit später öffnete sich die Tür zum Bühneneingang, und die Köpfe aller fuhren herum. Jegliches Gespräch verstummte, und Adrenalin flutete durch Doras Adern. Doch es war nur ein einzelner junger Mann, der hindurchkam, die Tür hinter sich zufallen ließ und sich daneben an die Wand lehnte. Er stemmte einen Fuß gegen die Mauer und zog lässig eine Zigarette hinter dem Ohr hervor. Diese landete zwischen seinen Lippen, wo er sie mit einem Zip-Feuerzeug entflammte. Er nahm einen tiefen Zug und sah dabei in seinem karierten Hemd mit den hochgekrempelten Ärmeln aus wie James Dean. Sogar die Frisur passte. Seine hellblauen Augen blickten zu Boden, aber einer seiner Mundwinkel zuckte leicht, als sei er sich der Blicke der Mädchen sehr wohl bewusst.

Dora senkte den Blick. Sie wollte doch keine von denen sein, die einen jungen Mann anstarrten. Egal, wie gut er aussehen mochte. Außerdem machte sie sich gar nichts aus Männern. Sie interessierte sich nur für ihre Karriere. Fürs Schauspiel und sonst nichts.

Edith stieß sie in die Seite. »Sieht der nicht toll aus?«, raunte die Freundin ihr zu.

Wie ohne ihr Zutun wanderte Doras Blick doch wieder zu ihm. Genau in dem Moment sah er zu ihr. Ihre Blicke trafen sich, und ein heißer Stich durchfuhr ihren Leib. So schnell sie konnte, sah sie weg, merkte aber gerade noch, wie sich sein Mundwinkel hob. Die Zigarette, die an seiner Unterlippe zu kleben schien, wackelte auf und ab.

Sie verdrehte die Augen. Der sollte sich bloß nichts einbilden.

»Wer ist das denn?«, flüsterte sie in Ediths Richtung.

»Das ist Bernd, unser Beleuchter.« Wie immer klang Edith stolz, wenn sie ihre Anstellung am Theater ins

Spiel bringen konnte, auch wenn sie nur an der Näh-
maschine saß und Kostüme flickte. »Den himmeln alle
an.«

»Das scheint er auch zu wissen«, murmelte Dora. Den
Umgang mit so einem Kerl würde ihr Vater ihr niemals
erlauben.

»O ja! Auf jeden Fall. Doch er lässt sie alle abblitzen.«

»Ach ja?« Dora versuchte, desinteressiert zu wirken,
doch ein vorsichtiger Blick in Bernds Richtung zeigte
ihr, dass er sie tatsächlich immer noch ansah. Schnell
ließ sie den Blick weiterschweifen, damit er nicht
merkte, dass sie zurückgesehen hatte.

Als ob er es nicht wüsste.

»Dich scheint er ja ganz schön im Blick zu haben,
Dora.« Ediths Stimme klang zum Glück amüsiert. Sie
schien es nicht selbst auf ihn abgesehen zu haben. Doch
ein paar der anderen Mädchen warfen ihr bereits miss-
günstige Blicke zu.

Dora rutschte auf der Mauer hin und her. Es wurde
wirklich Zeit, dass das Ergebnis bekannt gegeben
wurde. Sie musste heute unbedingt rechtzeitig zum Essen zu Hause sein.

Sie sah auf die Uhr. Eine Stunde hatte sie noch. Sie
würde ein Weilchen abwarten und hoffen, dass sie
nicht die Erste wäre, die ging. Das würde sich so nach
Aufgeben anfühlen.

In dem Moment, in dem sie diesen Entschluss gefasst
hatte, öffnete sich die Tür erneut. Die Bühnenbildnerin
trat hinaus. In ihrer Hand hielt sie ein Klemmbrett. Sie
rückte ihre Brille zurecht und sah darauf. Dann hob sie
den Blick.

Die Gesamtheit der versammelten Damen schien den Atem anzuhalten.

Dora bemerkte, dass es ihr auch so ging. Sie senkte den Kopf und atmete ein paarmal tief ein und aus. Sie versuchte, so die Aufregung niederzukämpfen. Es gelang ihr nur bedingt. Und der Blick von Bernd, den sie auffing, als sie wieder aufsah, machte es nicht besser.

»So, die Damen. Die Entscheidung ist gefallen. Die Rolle der Stella Kowalski geht an ...« Sie runzelte die Stirn, und Dora war sicher nicht die Einzige, die ihr liebend gern das Klemmbrett entrissen und selbst nachgesehen hätte. »... Fräulein Rosi Bergheimer.«

Eine der jungen Frauen sprang auf und wurde sofort von Blicken erdolcht. Enttäuschung lag in der Luft wie Watte und machte es schwer, die Szenerie zu überblicken.

»Na toll ...«, murmelte Dora in Ediths Richtung. »Ich muss dann nach Haus. Wir sehen uns ...«

Doch Ediths Hand schloss sich um Doras Handgelenk. »Warte«, zischte sie ihr zu. »Es geht doch noch weiter.«

Tatsächlich wirkte die Dame vom Theater nicht, als wollte sie schon wieder gehen. Sie kniff die Augen zusammen. »Die Zweitbesetzung wird dann ... Fräulein ...«

Doras Herz machte einen Satz, als der verkniffene Blick an ihr hängen blieb. Doch dann wanderte er weiter. »Meier. Eva Meier.«

Dora sackte in sich zusammen. Eine Enttäuschung am Tag war ja zu ertragen. Aber warum musste die zweite gleich darauf folgen?

Edith stieß sie an und gluckste, als wüsste sie etwas, das Dora nicht wusste. »Warte!«

»Und weil wir zuletzt keine guten Erfahrungen mit unzuverlässigen Zweitbesetzungen machen mussten, brauchen wir noch eine Drittbesetzung, die sowohl die Rolle der Stella als auch die der Blanche lernt.« Jetzt blieb der Blick der Frau doch wirklich auf Dora ruhen. Sie war ganz sicher. »Und dafür hätten wir gern Fräulein Lambert. Sie scheint uns am vielseitigsten zu sein.«

Edith gab ein triumphierendes Geräusch von sich, stieß mit der Faust in die Luft und pikste ihrer Freundin in die Seite.

Dora blickte verwirrt um sich. Einige der Mädchen warfen ihr nun wirklich böse Blicke zu. Natürlich. Sie wusste ja selbst zur Genüge, wie sie sich fühlten. Dann erst sickerte die Erkenntnis in ihr Bewusstsein. Sie war dabei. Sie war beim Theater. Wenn auch nicht in der Hauptbesetzung, so doch wenigstens als Notfallplan. Oder als Notfallplan für den Notfallplan.

Ein Glücksgefühl durchströmte sie. Glück – und auch ein wenig Angst. Es wurde ernst. Jetzt musste sie entweder ihren Eltern davon erzählen oder es wagen und doch die Unterschrift ihres Vaters fälschen.

Die Drittbesetzung. Das würde Vater nicht als Erfolg verbuchen.

Einige der Mädels erhoben sich murrend. Eine machte einen Schritt auf die Dame vom Theater zu, fing sich jedoch sofort einen vernichtenden Blick ein.

Die Frau räusperte sich. »Die Erstbesetzung erwarten wir morgen früh um acht zu den Proben. Die Zweit- und Drittbesetzungen sollten sich möglichst oft ebenfalls dort blicken lassen. Deren Proben finden separat statt und sind nicht so intensiv, weil wir natürlich hoffen, dass ein Einsatz nicht nötig sein wird. Die Termine

...«, sie blätterte auf dem Klemmbrett um, »... stehen noch nicht fest. Doch Sie müssen natürlich auch mit den Erstbesetzungen der übrigen Hauptdarsteller harmonieren. Und den übrigen Fräulein ...«, jetzt warf sie einen strengen Blick in die sich auflösende Runde, »... wünsche ich viel Erfolg beim nächsten Mal. Wie immer gilt, dass Diskussionen nicht erwünscht sind und zum Ausschluss von weiteren Vorsprechen in der Zukunft führen.« Mit diesen Worten drehte sie sich auf ihrem breiten, bequemen Absatz um, öffnete die Tür und verschwand.

Durch Doras Adern rauschte das Blut in Höchstgeschwindigkeit. Ihr Herzschlag pochte in den Ohren. Morgen früh um acht! Ihre erste Probe in einem richtigen Theater. Sie musste eine Ausrede finden, warum sie so früh weg musste. Seit sie die Schule abgeschlossen hatte, schienen ihre Eltern nur noch drauf zu warten, sie gut verheiraten zu können. Am besten mit einem Mann, der sich im Geschäft auskannte. Bei ihr schätzten sie die Chancen wohl höher ein als bei der pausbäckigen Viktoria. Da hätte sie nicht mehr viel zu tun, außer repräsentativ herumzusitzen und sich damenhaft zu verhalten. Doch ihr war das egal. Sie hatte es geschafft.

Edith schlang ihre Arme um sie. »Ich gratuliere! Das ist ein erster Schritt zu einer fantastischen Karriere, glaub mir!« Sie erhob sich und klopfte sich den dunklen Baumwollrock hinten sauber. »So, jetzt muss ich aber wieder rein. Ich muss noch ein Kostüm fertig nähen. Der Stan ist viel breitschultriger als derjenige, der das Hemd in dem Theater trug, von dem wir die Ausrüstung übernommen haben.« Genießerisch verdrehte sie die Augen, dann zwinkerte sie Dora noch einmal zu. »Wir sehen uns morgen früh.«

Flink lief Edith zur Hintertür und schlüpfte hindurch. Dass sie ihre Zeit mit Dora verplempert hatte, würde ihr sicher noch viel Arbeit in den Abendstunden einbringen. Auch die übrigen Mädchen verschwanden eine nach der anderen, zwei von ihnen strahlend, die anderen eher mürrisch.

Die Zweitbesetzung zwinkerte Dora zu. Sie war eine üppige junge Frau, die Marilyn viel ähnlicher sah als Dora selbst.

Als sie sich das nächste Mal umsah, stand nur noch dieser Bernd an der Mauer. Sein Blick ruhte völlig unverhohlen auf ihr. Sie sah schnell weg und erhob sich. Doch selbst als sie ihm den Rücken zuwandte, spürte sie, dass er sie noch ansah.

»Wenn es nach mir gegangen wäre, hättest du die Rolle bekommen.«

Seine Stimme jagte ihr einen wohligen Schauer über den Rücken. Er sah nicht nur aus wie James Dean, er klang auch so wie der Schauspieler in den Filmen. Jedenfalls was den Tonfall anging.

Beinahe gegen ihren Willen drehte sie sich um. »Ach ja?«

Die Zigarettenkippe, beinahe bis auf den Filter zurückgeschrumpft, hing nur noch an seiner Unterlippe. Er lächelte. »Klar. Ich hätte den Spot dann nur auf dich gerichtet. Alle anderen wären im Dunkeln geblieben.«

»Dann hätte man dich gefeuert«, antwortete Dora in dem Bewusstsein, dass diese Antwort nicht sonderlich geistreich war und sie besser daran täte, sich mit diesem jungen Mann gar nicht erst einzulassen. Doch seine Ausstrahlung nahm sie gefangen. Sie konnte gar nicht wegsehen.

Bevor er antwortete, nahm er die Zigarette aus dem Mund, ließ sie fallen und trat sie aus. Zu seinen Füßen lagen einige Stummel, die darauf hindeuteten, dass das nicht zum ersten Mal geschah. Dann sagte er: »Das wäre es mir wert gewesen.« Seine Augen suchten die von Dora, fanden sie und bohrten sich hinein.

Sein Blick traf sie direkt ins Herz, das ohnehin schon schneller schlug als jemals zuvor. Jetzt schien es sich zu überschlagen. Dann senkten sich seine Lider, und er stieß sich von der Wand ab. An der Tür drehte er sich noch einmal kurz um.

»Bis morgen früh, Dora. Wir sehen uns ja jetzt öfter.«

Er verschwand, bevor sie etwas erwidern konnte. Doch dazu wäre ihr ohnehin nicht viel eingefallen. Beschwingt wie noch nie lief sie zur nächsten Haltestelle.

Kapitel 5

Charlie schlug die Augen auf. Ihr Blick fiel auf eine vergilbte Gardine, hinter der eine schmutzige Jalousie zu sehen war. Zerquetschte Insekten klebten daran.

Überhaupt sah man es Omas Haus deutlich an, dass sie es allein nicht schaffte, es in ihrem Alter in Schuss zu halten.

Nur die wenigen Räume, die sie nutzte, sahen tadellos aus: Küche, Wohnzimmer, Schlafzimmer, Bad. Dieser Raum, in dem Charlie übernachtet hatte, fiel nicht darunter. Es musste das alte Zimmer ihres Vaters sein. Sie erinnerte sich, dass sie als Kind schon ein paarmal in dem schmalen Bett geschlafen hatte. Schlummerparty mit Omi. Nur war ihr damals alles viel größer und toller vorgekommen.

Sie schwang die Beine über die Bettkante. Ihre Füße berührten einen staubig aussehenden Teppich. Wie viele Milben es sich darin wohl in den letzten vierzig Jahren gemütlich gemacht hatten? Für sie musste es das Paradies sein. Ihre Füße kribbelten schon allein bei dem Gedanken daran.

Schnell erhob sie sich, ging auf den Flur und von da ins Bad. Sofort empfing sie eine der Nuancen ihrer Großmutter: Lavendel. Hübsche lilafarbene Seifenstückchen waren liebevoll in einer Schale arrangiert, die Vorhänge und die Handtücher passten farblich dazu. Charlie begutachtete sich im Spiegel. Gestern war sie sich noch alt und verbraucht vorgekommen. Doch so arg war es gar nicht. Noch sah sie ganz gut aus.

Ihr fiel etwas ein, was ihr Opa einmal gesagt hatte: *Einer Frau, die mit Anfang dreißig noch keine Fältchen um die Augen hat, der ist nicht zu trauen. Die hat weder Lust, zu lachen, noch genug erlebt, um zu weinen.*

Sie kniff die Augen zusammen. Ein paar Fältchen waren da, aber es könnten mehr sein. Probeweise grinste sie breit. Die Falten vertieften sich. Opa hatte recht, das sollte sie wirklich öfter machen. Vermutlich hatte sie wirklich zu selten Lust, zu lachen.

Sie klatschte sich kaltes Wasser ins Gesicht und presste es dann in flauschigen Frottee. Dabei fasste sie einen Entschluss: Wenn sie sich schon bei ihrer Oma einnistete, dann konnte sie auch etwas dafür tun.

Sie hat dich hierhergeholt. Sogar, ohne dich vorher zu fragen. Von Einnisten kann keine Rede sein.

Egal. Sie würde das Haus trotzdem ein wenig auf Vordermann bringen, solange sie hier war. Immerhin war ihre Großmutter jetzt ganz allein. Wie oft sich ihr Vater hier blicken ließ, konnte sie sich vorstellen.

Eine weitere Nuance ihrer Oma wallte unter dem Türspalt hindurch: süßer Vanilleduft. Aus der Küche erklangen das Geräusch der Dunstabzugshaube und das Brutzeln von Fett in einer Pfanne. Ein heimeliges Gefühl breitete sich in Charlie aus. Das kannte sie gar nicht mehr.

Charlie huschte in ihr Zimmer zurück und zog sich rasch um. Die schwarzen Sachen vom Vortag ließ sie in der Versenkung verschwinden. Ihre Oma würde sicherlich nicht erwarten, dass sie Trauer trug, und ihre Stimmung war auch so schon nicht die beste. Da konnte sie wenigstens versuchen, mittels ihrer Kleiderwahl dagegen anzukämpfen.

Sie entschied sich für ein lilafarbenes Sweatshirt, das gut zu ihrer hellen Haut passte. Dazu weite Jeans. Christoph hasste es, wenn sie so etwas trug, es war ihm zu wenig repräsentativ. Doch bei dem, was sie vorhatte, durfte es ruhig bequem zugehen.

Charlie klopfte an den Türrahmen, damit ihre Oma keinen Schrecken bekam. Die alte Frau stand am Herd, einen Pfannenwender in der Hand, und summte vor sich hin. Ein Waffeleisen gab duftenden Dampf von sich, und in der Pfanne reihten sich Speckstreifen aneinander.

Ihre Oma drehte sich um und lächelte Charlie an. Ihr Gesicht schien zu leuchten, genau wie ihr paprikafarbenes Oberteil. Gewürzfarben hatten ihr schon früher immer gut gestanden. Trauer trug hier wohl niemand so wirklich. Vermutlich war das so, wenn ein fast neunzig Jahre alter Mann starb. Und Oma wusste ja auch nicht, wie viele Gelegenheiten sie noch hatte, dieses warme Orangerot zu tragen.

»Charlie, Liebes! Wie schön! Ich wollte dich nicht wecken und dachte mir, dass der Speck das für mich erledigen könnte.«

»Das riecht wirklich toll, Oma.« Charlie lief das Wasser im Munde zusammen. Speck und Waffeln hatte sie seit Ewigkeiten nicht bekommen.

»Deck doch schon mal den Tisch. Der Sirup steht im Schrank neben dem Kühlschrank.«

Charlie holte den Sirup, der ordentlich in einem sorgfältig geputzten Fach stand. Dann suchte sie Teller und Besteck. Die ganze Küche blitzte vor Sauberkeit. Ganz so schlecht schien ihre Großmutter zum Glück nicht zurechtzukommen. Das kleine Haus war wohl doch einfach nur zu groß für sie. Ob sie darüber nachdachte, es zu verkaufen, jetzt, da sie allein hier wohnte?

Kurz darauf saßen sie einander gegenüber und futterten, wobei Charlie den Hauptanteil verdrückte. Sie schob eine Gabel voll mit Waffeln, Speck und Sirup nach der anderen in den Mund. Ihre Oma sah ihr amüsiert zu. Nur ab und zu pickte sie ein Stückchen Teig von ihrem Teller.

Irgendwann, nachdem sich das erste Sättigungsgefühl eingestellt hatte, fragte Charlie vorsichtig: »Wie sind eigentlich deine Pläne? Willst du jetzt ganz allein hier wohnen?«

Ihre Oma verschluckte sich an ihrem Kaffee und hustete.

Charlie klopfte ihr behutsam auf den Rücken. »Sorry, Oma.«

»Schon gut.« Tränen glitzerten in den Augen ihrer Großmutter, und Charlie hoffte inständig, dass sie nur vom Husten kamen. »Na, bis ich mir einen knackigen jungen Kerl angelacht habe, muss ich das wohl!«

Charlies Mundwinkel zuckten. »Einen knackigen, jungen Kerl?«

»Sicher. Jünger als du es bist, Liebes. Aber du musst mir versprechen, die Finger von ihm zu lassen.«

Sie sahen einander an, dann brach Charlie in schallendes Gelächter aus. Ihre Oma fiel mit ein. »Weißt du, ich meine so einen, der mich selbst jung hält!«

»Genau!« Charlie kicherte und wischte sich jetzt selbst Tränen aus den Augenwinkeln. Das tat gut! Sie konnte sich tatsächlich nicht erinnern, wann sie das letzte Mal so gelacht hatte. Geschweige denn an einen knackigen jungen Mann gedacht, mit dem sie flirten könnte. »Wenn du ihn gefunden hast, sag mir Bescheid, wie das funktioniert!«

Ihre Oma drückte ihre Schulter. »Vielleicht hat er ja einen älteren Bruder!«

Kichernd verspeisten sie den Rest des Frühstücks. Gut, dass ihre Großmutter so reagiert hatte. Auch, wenn ihre eigentliche Frage nicht beantwortet worden war. Das sollte sie ihr durchgehen lassen. Immerhin hatte sie nicht nach Christoph gefragt oder warum er sie nicht begleitet hatte. Oder wie es bei ihnen lief, bei der Arbeit, privat ... die ganze Zeit noch nicht. Das wäre einer der Punkte, über die sie nicht hätte reden wollen.

Nachdem Charlie mit dem letzten Stückchen Waffel den letzten Rest Sirup von ihrem Teller gewischt hatte, lehnte sie sich zufrieden im Stuhl zurück und rieb sich den Bauch. »Ah, das war fantastisch!«

Ein Blick in das Gesicht ihrer Oma zeigte ihr, dass diese genau das hatte hören wollen. Sie nickte zufrieden. Niemand würde glauben, dass sie gestern ihren Ehemann, den sie sehr geliebt hatte, begraben hatte. Charlie hatte Liebesbezeugungen zwar nie direkt mitbekommen, doch das Verhalten ihrer Großmutter hatte immer darauf hingedeutet, dass es so war. »So. Bis du diesen Liebhaber aufgerissen hast, werde ich dir ein bisschen helfen. Was hältst du davon?«

»Aufgerissen!« Ihre Oma kicherte schon wieder, dann runzelte sie die Stirn. »Das stelle ich mir gerade bildhaft vor. Keine schöne Wortwahl, so gesehen.«

Auf diese Weise hatte Charlie das noch nie betrachtet. »Stimmt. Sagt man halt so. Ist ja auch egal ... ich hatte mir überlegt, dass ich mir mal die Räume vornehme, die du nicht so häufig brauchst. Dann sind die schon bereit für deinen Loverboy!« Charlie hielt den Atem an. Hoffentlich bekam ihre Oma das nicht in den falschen Hals. Immerhin könnte man es auch als Beschwerde darüber auffassen, dass es ihr hier zu dreckig war.

Doch ihre Oma nickte. »Das wäre schön, Charlie. Irgendwann wird ja auf jeden Fall jemand hier einziehen müssen, und dann wäre es nicht verkehrt, wenn schon mal eine Grundlage geschaffen wurde.«

»Jemand muss hier einziehen?« In Charlies Magen kribbelte es unschön, und das lag nicht am Nahrungs-Overload.

»Na ja. Es ist dir vielleicht noch gar nicht aufgefallen ...«, sie strich sich die grauen Haare zurück und runzelte die Stirn, »... aber ich bin nicht mehr die Jüngste. Und wenn ich allein nicht mehr zurechtkomme, werde ich wohl Hilfe brauchen.«

»Aber du bist doch noch topfit!«

Ihre Oma wiegte den Kopf. »Topfit, also weißt du! Das nun wirklich nicht. Es geht noch. Aber wer weiß, wie lange. Du hast ja mitbekommen, wie schnell dein Großvater ...«

»Der war auch überängstlich«, entfuhr es Charlie, bevor sie es verhindern konnte. Sie biss sich auf die Zunge. Das war der erste Gedanke gewesen, als sie von dem Herzinfarkt erfahren hatte: Sein Herz war vor Sorge stehen geblieben.

Doch Oma nickte nur schwach. »Ja. Das war er. Aber er war nie besorgt seinetwegen. Er hatte immer nur Angst um seine Lieben.« Sie strich Charlie durch die Haare. Ihre Stimme war leise.

Charlie schluckte. Das war nicht zu leugnen. Und er hatte seine Sorge wenigstens nicht auf so cholerische Art und Weise gezeigt wie ihr Vater. Wenn der einen Herzinfarkt bekäme, dann wüsste sie, woher das käme.

»Also gut. Dann machen wir es halt hübsch für deine zukünftige Pflegekraft. Auch wenn das noch Jahre dauern wird.«

»Vielleicht könntest du mir helfen bei ...« Die alte Frau unterbrach sich.

»Ja?« Plötzlich hatten sich die Augen ihrer Oma merklich verdunkelt. »Ich helfe dir bei allem.«

»Also ...« Oma rutschte auf dem Stuhl hin und her. »Zuerst will ich einmal selber schauen. Aber dann ... das Zimmer deines Opas, also, sein Arbeitszimmer, das würde ich gern so schnell wie möglich ausräumen. Dann habe ich es hinter mir.«

»Das Kabuff unter dem Dach?« Charlie musste schlucken. Der einzige Raum, den sie als Kind nie hatte betreten dürfen. Einmal hatte sie sich heimlich hereingeschlichen. Sie erinnerte sich an den Geruch von warmem Staub, altem Papier und Kohle oder Teer – Letzterer vermutlich durch das Dach über ihrem Kopf hervorgerufen, auf das die Sonne niederbrannte. Sie war sofort wieder umgedreht, aus Angst, ihr Opa könnte sie in seiner Männerhöhle erwischen. Es war wohl die Klospülung gewesen, die sie aufgeschreckt hatte. Doch sie erinnerte sich, dass die Wand am Kopf des Zimmers bis hinauf zum spitzen Giebel mit Regalbrettern bedeckt gewesen war.

»Was genau hat er da oben eigentlich gemacht, Oma? War das eine Art Bibliothek?«

Die alte Frau lachte auf. »Na, das kann man eigentlich nicht so nennen.«

»Ich dachte, weil da ein Regal ...«, verhaspelte sich Charlie. Ob Oma wusste, dass sie einmal da oben gewesen war?

»Da bewahrte er seine Groschenheftchen auf. Es müssen Hunderte, wenn nicht tausende sein. Jeden Freitag ist er zum Kiosk marschiert und hat sich diese Westernhefte geholt, in denen Cowboys in Not geratene Bardamen vor den Schurken retten mussten. Und das mit diesem unsterblichen Astronauten auch.« Sie lachte erneut. »Ich durfte da oben ja nicht mal sauber machen. Aber ab und zu habe ich natürlich nach dem Rechten gesehen, wenn er beim Skat war oder beim Arzt.«

Sie war also auch mal hinaufgeschlichen. Gut zu wissen.

»Und dann saß er da oben und hat geschmökert?« Die Vorstellung gefiel Charlie. Das passte zu ihrem ruhigen, ernsten Opa.

»Ja, vermutlich.« Ihre Oma stand auf und räumte die Teller ab. Sofort sprang Charlie in die Höhe und trug die Tassen zur Spüle. »Oder willst du noch Kaffee?«, fragte sie und zeigte darauf.

Ihre Großmutter schüttelte den Kopf, und Charlie ließ Wasser in das Becken laufen und gab einen Spritzer Spülmittel hinzu. Mit dem Sich-nützlich-machen konnte sie auch sofort beginnen. Sie nahm ihrer Oma die Teller aus der Hand.

Die stand einfach nur da und starrte vor sich hin. Sie sah aus, als sei sie ganz woanders. Oder nicht woanders, sondern *wann anders*. Ihr Blick schien durch Charlie hindurchzugehen.

»Weißt du«, sagte sie schließlich. »Ich glaube, nur wenn er da oben allein war und wusste, dass ich in der Küche Essen zubereitet oder im Wohnzimmer gebügelt oder ferngesehen habe, war er richtig zufrieden. Nicht glücklich, das nicht. Aber zufrieden.«

Kapitel 6

Charlie scheuerte das Rollo des Kinderzimmers von innen.

Irgendwo im oberen Bereich des Hauses polterte es. Sie hielt in ihrer Arbeit inne und lauschte. Kein Hilferuf ertönte, stattdessen das leise Klappern von Büchern, die in eine Kiste geräumt wurden. Also machte sie weiter. Wenn ihre Großmutter nicht mehr allein sein wollte, würde sie sich schon bei ihr melden. Oder wenn sie Hilfe brauchte. Jedenfalls war es gut, dass sie Charlie eingeladen hatte. Nicht auszudenken, wenn sie da oben stürzte und niemand wäre da, um Hilfe zu rufen.

Charlie zog das Rollo hoch und machte sich danach an den Fensterrahmen. Der musste von außen seit einer Ewigkeit nicht mehr geschrubbt worden sein. Sie ließ gerade einen Klecks Scheuermilch auf einen Schwamm laufen, als sich eine Hand auf ihre Schulter legte. Sie fuhr herum.

Ihre Großmutter stand hinter ihr, mit zerzausten Haaren und staubiger Kleidung. Sie lächelte, doch ihre Augen blieben starr. »Das sieht sehr gut aus, Liebes. Das habe ich ewig nicht gemacht. Ich habe immer überlegt, mal jemanden dafür kommen zu lassen, aber die meisten Fensterputzer säubern ja auch nur die Scheiben. Die schaffe ich gerade noch selbst.«

Das stimmte. Es war Charlie bereits aufgefallen, dass jede Glasfläche hier im Haus blinkte und strahlte.

Als ob deine Oma eine Pflegekraft brauchen würde! Die kommt prima allein klar! Dann schon lieber den Loverboy ...

»Und wie kommst du unter dem Dach zurecht?«, fragte Charlie und ließ den Schwamm sinken. Ihre Hände schrien bereits seit einiger Zeit nach Handcreme. Ob das bedeutete, dass es Zeit für eine Pause war?

»Ganz gut«, antwortete Oma ausweichend. »Ich habe mir das Regal vorgenommen. Tatsächlich alles diese Schundheftchen. Meinst du, es gibt irgendwelche Sammler, die sich dafür interessieren? Oder muss ich das irgendwie zum Altpapier schaffen?«

Charlie überlegte kurz. Dann fiel ihr etwas ein. Oder besser, jemand. Eine Person, die sie nicht mehr gesehen hatte, seit ... seit sie mit Christoph zusammengekommen war. Ihr Herz machte einen lustigen Sprung bei dem Gedanken, sich bei ihm zu melden: ihrem alten Schulfreund Björn.

»Warte mal mit dem Altpapier, Oma. Ich kenne jemanden, der sich eventuell damit auskennt. Wenn jemand weiß, was das Zeug wert ist, dann er!«

Hoffentlich hatte sie noch irgendwo Björns Nummer. Doch vermutlich wohnte er immer noch in dem gleichen schäbigen Loch wie damals, als sie noch hier zur Schule gegangen war. Die coolste Wohnung, die sie sich hatte vorstellen können, zumindest mit achtzehn. Aber er war ja auch der einzige ihrer Freunde gewesen, der schon als Schüler eine eigene Bude gehabt hatte. Und falls er da nicht mehr wohnte, konnte sie Bea fragen.

Die hielt mit allen von früher Kontakt. Wie sie das nur schaffte, mit zwei Kindern, einem Mann und einem spannenden Job in der Werbung?

Wenn es gut läuft, ist das Leben nicht kräftezehrend. Wenn es gut läuft, so wie es sollte, dann gibt es Kraft!

»Na gut, Liebes. So sehr eilt es ja nicht.« Die alte Frau senkte den Blick. »Dann ist da noch eine Sache, die du dir ansehen könntest ...«

Na endlich. Charlie legte den Schwamm weg und wischte sich die Hände an der Hose trocken. »Klar, was denn?«

»Da ist so ein Fach mit einer Klappe. Die bekomme ich nicht auf. Vielleicht hast du mehr Glück.«

Es schien die alte Dame zu wurmen, dass sie Hilfe benötigte. Dabei gab es doch überhaupt keinen Grund dafür. Lag es daran, dass Opa bisher jedes Problem für sie gelöst hatte? Hatte sie jetzt doch Angst, dass sie nicht allein zurechtkäme, wenn sie nicht einmal eine klemmende Klappe öffnen konnte?

»Ist doch kein Thema, Oma. Gemeinsam schaffen wir das sicher.« Charlie schielte zu ihrem Kulturbeutel auf dem mit Fußballstickern beklebten Nachttisch. »Lass mich nur eben die Hände eincremen.«

Die Creme noch in die Haut einmassierend, stieg Charlie die steile Stiege zu Opas Zimmer hinauf. Ihr Herz klopfte dabei unnötig schnell.

Niemand wird dich hier verjagen, Charlie. Du wurdest eingeladen.

Sie stieß die Tür auf. Ihre Oma saß auf einem Hocker und beugte sich so weit vor, dass Charlie schon fürchtete, sie würde vornüberfallen. Ächzend richtete die alte Frau sich schließlich auf.

»Ah, gut. Da bist du ja.« Sie deutete auf eine Klappe in der altmodischen Holzvertäfelung, unterhalb der Dachschräge. »Es muss etwas dahinter sein. Oder was meinst du?«

Charlie ging davor in die Hocke und sah im Augenwinkel, wie ihre Oma sich erneut vorbeugte. Tatsächlich war da eine Klappe mit Scharnieren eingelassen. Fast wie eine kleine Tür.

»Hm. Glaubst du? Eigentlich sieht mir das aus wie eine Wartungsklappe. Dahinter müsste ja das Dach sein.« Sie überlegte kurz, dann fügte sie hinzu: »Bei meinen Eltern gibt es da einen Hohlraum zwischen der Dämmung und dem Dach, da liegen noch ein paar Pfannen. Falls mal eine vom Wind heruntergeweht wird oder so. Könnte das nicht sein?«

»Dachpfannen haben wir noch einen Stapel in der Garage. Und für einen Wartungszugang zum Dach ist die Klappe doch viel zu klein.« Oma zeigte auf den Boden. »Und siehst du diese Schleifspuren?«

Charlie nickte. Sie zogen sich in einem Viertelkreis von der Wand weg. Und es waren einige. Es sah so aus, als wäre diese Klappe regelmäßig geöffnet worden, und das über viele Jahre hinweg.

»Ja. Du hast vielleicht recht.«

Mit den Fingerspitzen fühlte Charlie erst über den Boden, dann über die Wand. Sie spürte keinen Lufthauch, es musste ein Falz eingearbeitet sein. Doch es gab keinen Griff oder Ähnliches. Nur die Scharniere waren zu sehen.

Unten schrillte das Telefon. Charlie zuckte zusammen. Ihr Kopf fuhr zu ihrer Großmutter herum, die sie mit weiten Augen ansah.

»Huch! Das hat mich jetzt aber erschreckt!« Die alte Frau kicherte. »Als ob wir hier was Verbotenes täten! Dabei ist das doch mein Haus, und wenn alles gut geht, wird es irgendwann deins sein!« Sie erhob sich.

»Wie bitte?« Charlie konnte ihr nur fassungslos nachstarren. »Mein Haus?«

»Ja, dachtest du etwa, ich vermache es deinem Vater?« Omis Augen wurden von feinen Fältchen umzogen, als bereitete ihr die Situation ein unbändiges Vergnügen. »Aber jetzt lass mich erst mal sehen, wer dran ist.« Sie drückte ihre Hände ins Kreuz und stöhnte, als ein Wirbel knackte. »Uh, irgendwann bricht da was einfach durch! Werd bloß nicht mal so krumm wie ich!«

Dann verschwand sie erstaunlich behände durch die Tür und ließ Charlie perplex zurück. Fassungslos sah sie ihrer Oma nach. Ihr Haus würde das mal werden? Na, hoffentlich nicht zu bald!

Doch einen Augenblick lang huschte das Wort *Unabhängigkeit* durch ihren Kopf.

Sie schüttelte die Benommenheit ab und wandte sich wieder ihrem Problem zu. Na schön. Irgendwie musste sie doch diese verdammte Klappe öffnen können!

Sie fuhr die gesamte Fuge mit den Fingern ab. Nirgendwo konnte sie ansetzen, nirgends ihren Finger oder auch nur den Nagel hineinschieben. Behutsam klopfte sie auf das Holz. Es klang dumpf, doch dass dahinter ein Hohlraum war, stand außer Zweifel.

Sie klopfte fester und arbeitete den ganzen Rand ab, doch das Geräusch änderte sich nicht. Verdammt! Musste sie etwa ein Brecheisen holen? Und dann am Ende entdecken, dass nur ein paar Dachbalken oder Dämmmaterial dahinter verborgen waren? Dann hätte sie ein unschönes Loch in der Wand hinterlassen, und das für nichts und wieder nichts.

Das Klingeln des Telefons verstummte, und Charlie hörte Omas Stimme. Ein sanftes Gemurmel erklang, immer wieder durch Pausen unterbrochen. Sicher ein Kondolenzanruf.

Charlie sah sich um. Hatte ihr Opa hier nicht irgendwas liegen, mit dem sie die Klappe öffnen könnte? Vielleicht gab es einen Mechanismus, der durch einen bestimmten Gegenstand bedient werden konnte. Sie entdeckte einen Holzblock im Regal, stand auf und holte ihn. Direkt vor ihren Augen drehte sie ihn hin und her, doch auch nach einer ausführlichen Untersuchung kam er ihr immer noch wie ein stinknormales Stück Holz vor. An einer Seite gab es eine runde Öffnung, die mit einem genau passenden Holzstück mit beinahe der gleichen Maserung verschlossen war. Es war so perfekt gearbeitet, dass Charlie es beinahe übersehen hätte.

Sie drückte darauf, doch es ließ sich nicht bewegen. Ob ihr Großvater das gemacht hatte? War vielleicht etwas darin eingelassen? Ein Magnet oder Ähnliches?

Das Stück auf die Fuge gedrückt, fuhr sie erneut den Rand der Klappe ab. Doch nirgendwo bemerkte sie eine Anziehung, und das Holztürchen blieb, wo es war.

Ein Ruf ertönte unten im Haus. Es war Omis Stimme. War ihr etwas geschehen? War sie etwa gestürzt? Charlie ließ den Holzquader fallen und stürmte zur Tür. Doch schon auf dem Absatz vernahm sie erneut die Stimme ihrer Großmutter. Sie schien immer noch mit jemandem zu sprechen, doch sie klang dabei aufgebracht.

»Das will ich aber nicht!«, sagte sie in diesem Moment mit Nachdruck. Der Tonfall ließ Charlie innehalten. Was wollte sie nicht? Und was machte sie so wütend?

Sie wird es dir schon sagen, wenn es dich etwas angeht, Charlotte!

Vielleicht war sie nur im Gespräch mit einer ihrer Handarbeitsfreundinnen, die ein neues gemeinsames Projekt vorgeschlagen hatte.

Doch sie glaubte nicht wirklich daran. So ging sie oben am Treppenabsatz in die Hocke und lauschte. Wie tief konnte man sinken? Sie belauschte ein privates Telefonat ihrer Oma! Doch etwas in deren Stimme weckte ihre Neugier.

»Wer sagt, dass ich das muss?«, fragte ihre Oma jetzt die Person am anderen Ende der Leitung. Wer das wohl war? Die Frage beantwortete sich im nächsten Moment von selbst.

»Es ist mir egal, was dieser Herr Sowieso sagt, Elmar. Ich habe das nie mit unterschrieben. Ich wusste gar nichts von einer Hypothek!«

Ihr Vater also. War ja klar, dass der ihre Oma so auf die Palme brachte. Sicher war er immer noch wütend wegen gestern, und vor allem, dass er seinen Frust nicht an seiner Tochter hatte auslassen können.

Wieder entstand eine Pause. In der Stille fühlte sich Charlies Herzschlag so laut an, dass sie meinte, ihre Oma müsste ihn ebenfalls hören. Im nächsten Moment sagte ihre Oma etwas, das Charlies Herz fast aussetzen ließ.

»Ich werde das Haus auf keinen Fall verkaufen, und damit basta! Und wenn ich wieder putzen gehen muss, um die Raten abzuzahlen!«

Weiter unten knallte Kunststoff auf Kunststoff. Charlie zuckte zusammen. Vor ihrem inneren Auge sah sie, wie ihre Oma das Mobilteil auf die Ladestation donnerte, so, wie man früher den Hörer auf die Gabel geknallt hatte. Hoffentlich hatte Oma vorher auf den roten Hörer gedrückt. Oder auch nicht, dann bekäme ihr Vater das wenigstens mit.

Ein leiser Schluchzer erklang, dann ein Plumpsen. Sicher hatte Oma sich erst einmal hingesetzt, nach all der Aufregung. Das war garantiert nicht gut für sie. Wenn schon Charlie sich so elend fühlte, obwohl sie nicht einmal die Hälfte des Gesprächs mitbekommen hatte, wie musste es dann erst Oma gehen?

So leise wie möglich erhob sie sich. Unter ihr ächzte ein Balken. Sie verharrte in der Bewegung und lauschte. Unten blieb es still.

Kapitel 7

Theodora

»Du bist spät dran«, flötete Viktoria Dora entgegen, als sie über die Dienstbotentreppe nach oben huschte. Sie musste die Tür unten gehört haben und erwartete sie nun am Treppenabsatz. Dann weiteten sich ihre Augen. »In dem Aufzug wagst du dich hierher?«

Dora sah an sich hinunter. Es war keine Zeit mehr geblieben, sich umzuziehen, deswegen steckte sie immer noch in der Hose aus festem Jeansstoff. »Ist jemand in der Nähe?«, wisperte sie ihrer Schwester zu.

Die schüttelte den Kopf.

In dem Moment öffnete sich unten die Tür zur Dienstbotentreppe, und Schritte erklangen. Irgendwo im Haus lachte ein Mann. Dora fuhr herum. Ihr Herz raste, dieses Mal jedoch auf sehr unangenehme Art und Weise. Sie atmete erst auf, als der Kopf von Milla, dem Dienstmädchen, erschien. Die blieb hinter Dora stehen und musterte sie mit einem verhaltenen Grinsen. »Guten Tag, Fräulein.«

Dora zwinkerte ihr zu. »Guten Tag, Milla. Weißt du zufällig, wo sich der Rest der Familie gerade aufhält?«

Milla wiegte den Kopf. »Die Herren befinden sich im Rauchersalon, Fräulein Theodora. Ihre Frau Mutter müsste sich allerdings noch in ihrem Boudoir aufhalten, wenn ich mich nicht irre.« Sie zwinkerte zurück. »Soll ich nachsehen und sie so lange ablenken, bis Sie in Ihrem Zimmer verschwinden konnten?«

»Das wäre ganz wunderbar, Milla.«

Dora drückte sich eng an die Wand des Aufgangs und ließ die junge Frau vorbeihuschen. Auch Viktoria machte ihr Platz. Doch bevor sie im Flur verschwinden konnte, fasste Dora sie noch am Arm. »Ach, Moment noch. Was meintest du mit Herren?«

»Oh, ach so.« Milla kratzte sich wenig damenhaft unter dem Häubchen. »Der Herr Gerber ist auch da. Er und seine Frau bleiben zum Essen. Gerade wird übers Geschäft geredet, über das streng geheime neue Produkt, das geplant ist. Seine Frau hat sich kurz in der Bibliothek hingelegt. Sie ist wohl etwas ...« Das Mädchen unterbrach sich, sah verschwörerisch von rechts nach links und machte dann eine Bewegung, als wollte sie etwas trinken. Dann huschte sie davon.

»O nein.« Dora merkte, wie sie unwillkürlich die Augen verdrehte. »Nicht der.«

Viktoria kicherte. »Wieso? Onkel Bruno ist doch immer so nett zu dir.«

»Ein bisschen zu nett.«

Viktoria hatte gut reden. Ihr schenkte der Mann ja auch kaum Beachtung. Doch von Dora schien er zu erwarten, dass sie sich immer noch wie ein kleines Mädchen auf seinen Schoß setzte. Und schon damals war ihr seine Hand auf ihrem Bein mehr als unangenehm gewesen.

»Seit er verheiratet ist, geht es doch, oder nicht?« Viktoria schmunzelte immer noch. Als wäre es ein Vergnügen. Aber sie musste das ja auch nicht ertragen. Dora schüttelte sich bei dem Gedanken.

»Aber gern bin ich der gnädigen Dame mit dem Verschluss der Kette behilflich«, ertönte Millas Stimme aus dem Schlafzimmer der Mutter. Die Tür schloss sich mit einem leisen Klicken. Viktoria lehnte sich in den Flur, dann gab sie Dora ein Zeichen. »Du kannst jetzt schnell in dein Zimmer laufen.«

Seite an Seite rannten sie, so schnell die Schuhe es zuließen, über den weichen Teppich. An Doras Tür blieb Viktoria stehen. Sie betrachtete ihre Schwester, und ein Hauch von Unmut huschte über ihr Gesicht.

»Ich gehe schon einmal hinunter. Sieh bitte zu, dass du schnell nachkommst. Ich will nicht so lange allein mit den beiden alten Herren da rumsitzen, ja?«

Dora nickte, dann drückte sie ihrer Schwester einen Schmatzer auf die Wange. »Natürlich, Schwesterchen.«

Sie wollte gerade ihre Zimmertür schließen, damit sie sich in Ruhe umziehen konnte, da stellte Viktoria ihren Fuß in den Rahmen. »Wie lief es eigentlich? Hast du die Rolle?«

Dora schüttelte den Kopf, doch sie konnte es wohl nicht verhindern, dass ein Strahlen über ihr Gesicht huschte.

»Warum bist du dann so glücklich? Hast du einen hübschen Schauspieler kennengelernt, der dich umgarnt?«

Natürlich. Als gäbe es nichts Wichtigeres, als einen Mann zu finden. Da war Viktoria fast wie ihre Mutter.

»Ich bin die Drittbesetzung.«

Oder hatte ihr Strahlen etwa doch andere Ursachen? Sie schüttelte diesen Gedanken ab und schlüpfte aus den Schuhen. Endlich. Ihre Füße atmeten geradezu auf. Ausnahmsweise freute sie sich auf die braven flachen Schnürschuhe.

»Die Drittbesetzung? Für die Stella?«

Dora nickte und unterließ es wohlweislich, die Rolle der Blanche ebenfalls zu erwähnen. Die Wahrscheinlichkeit, dass sie sie spielen durfte, war so gering, da konnte sie es auch genauso gut für sich behalten.

Viktoria nickte zackig. »Glückwunsch.« Dann lief sie leichtfüßig zur großen Treppe.

Dora lauschte auf ihre verklingenden Schritte. Zum ersten Mal stellte sie sich die Frage, ob ihre Schwester auch gern etwas wagen würde, sich aber einfach nicht traute. Dann öffnete sie ihre Hose und zog sie hinunter.

Sie stopfte gerade ihre weiße Bluse in einen biederen, weiten Wollrock, als die Tür zu ihrem Zimmer aufging. Dora fuhr herum, fest davon überzeugt, ihre Mutter sei auf der Suche nach ihr. Wer sonst würde ohne zu Klopfen einfach in ihr Zimmer kommen?

Doch es war nicht ihre Mutter. Im Türrahmen stand Bruno Gerber, der Kompagnon ihres Vaters. Der Geldgeber, ohne den das Geschäft nicht liefe, wie der Vater immer wieder betonte. Seine hellen Augen hefteten sich an ihren Ausschnitt, an dem immer noch die oberen Knöpfe offen standen. Dora musste hinten im Rücken ihren Rock festhalten, damit er nicht rutschte.

»Aha. Ich hab mir doch gedacht, dass ich dich eben durch den Garten huschen sah, als ich im Badezimmer war.« Brunos Gesicht verzog sich zu einem Grinsen, das er vermutlich für charmant hielt, was ihn in Wahrheit aber wie einen schmierigen blonden Mafioso aussehen ließ. Doch die dachten vermutlich auch, dass sie charmant wirkten.

Dora fingerte hastig an dem Reißverschluss, doch er ließ sich nicht schließen.

»Herr Gerber«, sagte sie etwas atemlos. »Haben Sie sich in der Tür vertan? Ihre Frau hat sich wohl in der Bibliothek hingelegt, wie ich hörte.«

Was er hier nur wollte? Konnte er nicht einfach wieder gehen und sie in Ruhe lassen? In seiner Gegenwart fühlte sie sich, als versuchte er, sie mit seinen Blicken auszuziehen. Doch wenn sie so in ihr Dekolleté schielte, fehlte dazu nicht viel.

»Aber nein, ich bin hier genau richtig. Doch wie ich sehe, hast du dich umgezogen. Wie schade.« Er hob seine hellblonden Augenbrauen und sah sich im Raum um.

Zum Glück hatte Dora die Jeanshose bereits unter dem Bett verstaut. Ihr wurde ganz anders bei dem Gedanken, dass er in dem Moment die Tür geöffnet hätte, in dem sie in Unterwäsche vor dem Bett ... nicht auszudenken.

Viel zu schnell sah er wieder zu ihr. »Darf ich dir zur Hand gehen?« Er machte einen Schritt auf Dora zu und schloss in der gleichen Bewegung die Tür hinter sich. »Bei meiner Frau schließe ich auch immer die Reißverschlüsse.«

Jetzt wurde ihr wirklich mulmig zumute. »Nein, danke. Es geht schon.«

Doch es ging nicht. Der Verschluss klemmte, und solange bekam sie keine Hand frei, um die oberen Knöpfe ihrer Bluse zu schließen. Sie stolperte ein paar Schritte rückwärts und fummelte weiter. Vielleicht sollte sie versuchen, ihn ein wenig herunterzuziehen und dann wieder nach oben? Sicher hatte sich nur etwas von dem Futter im Reißverschluss verklemmt. Sie tat es. Ihre Hand rutschte ab, und die eine Seite des Rockes rutschte über ihre Hüfte. Ein Teil ihrer Unterwäsche wurde sichtbar, und sie merkte, wie ihr Gesicht heiß wurde.

Schnell griff sie wieder nach dem Bündchen und raffte es hinter dem Rücken zusammen. Doch Bruno hatte offensichtlich genug gesehen. Seine Zungenspitze zuckte über seine Lippen, als seien sie plötzlich trocken geworden. Er schluckte, und sein Adamsapfel wanderte in seinem Hals auf und ab.

Dann erklangen draußen Schritte. Leise Frauenstimmen, die sich unterhielten. Plötzlich rutschte der kleine Reiter des Verschlusses wie von allein empor.

»Mutter!«, rief Dora gerade so laut, dass es nicht als Kreischen durchging. Dennoch kam ihre Stimme ihr unheimlich laut vor in ihren Ohren. Laut und schrill.

Bruno wich zurück zur Tür. Seine Hand legte sich in dem Moment auf die Klinke, als sie heruntergedrückt wurde. Für einen Moment verzog er seine Mundwinkel nach unten. Unwillig, vielleicht ein wenig spöttisch. Dann brachte er seine Züge unter Kontrolle und riss die Tür auf.

Doras Mutter stolperte herein und sah mit vornehm gehobenen Brauen von einem zum anderen. Die Steine in ihrem Lieblingscollier blitzten und warfen ein buntes Lichtspiel an die Wände.

»Was ist denn hier geschehen? Mein Lieber?« Sofort wandte sie sich an Bruno.

»Ich Dummerchen habe mich in der Tür vertan. Ich wollte Zigarren aus Wilhelms Arbeitszimmer holen und bin einfach hier hineingestolpert.« Galant verbeugte er sich in Doras Richtung und besaß nicht einmal den Anstand, bei der Lüge rot zu werden.

Dora biss die Zähne zusammen. So ein Unsinn. Als hätte er sich versehentlich in ihr Schlafzimmer verirrt. Doch anstatt etwas zu sagen, senkte sie den Blick.

»Oh, das Arbeitszimmer liegt auf der anderen Seite des Flurs, direkt neben meinem Boudoir.« Doras Mutter deutete nach draußen. Dann sah sie Dora an und runzelte die Stirn. »Ich muss mich allerdings für Theodoras Aufzug entschuldigen. Sie war offenbar noch nicht fertig damit, sich anzukleiden.« Sie feuerte Blicke auf ihre Tochter ab, die ganze Schlachten hätten entscheiden können.

Dora nestelte an ihrem Ausschnitt herum. Noch bevor sie es schaffte, alle Knöpfe zu schließen, ergriff ihre Mutter den Arm von Bruno. »Ich begleite dich ins Arbeitszimmer, mein Lieber. Und danach gehen wir gemeinsam nach unten ins Esszimmer.« Und in Doras Richtung gewandt, fügte sie hinzu: »Vielleicht ist Fräulein Dora dann auch so weit und kann uns begleiten. Vollständig angekleidet, wie es sich für eine junge Dame in unseren Kreisen gehört.«

In unseren Kreisen. An nichts anderes dachte die Mutter. Sie sollte sich standesgemäß kleiden, damit sie möglichst schnell einen reichen Mann fand und aus dem Haus war. Fürs Unternehmen war sie selbst schließlich nicht vonnöten und nur im Weg. Frauen aßen Schokolade, sie stellten sie nicht her.

Am liebsten hätte Dora hinter ihr hergerufen, dass es sich ja wohl ganz und gar nicht gehörte, einfach in das Schlafzimmer einer jungen Dame einzudringen. Doch sie verkniff es sich und knöpfte die Bluse bis zum Hals zu. Bis sie kaum noch schlucken konnte.

Später am Tisch wagte sie es nicht, den Blick zu heben. Sie spürte, dass Bruno sie immer wieder ansah. Sie spürte es, ohne es zu sehen. Und das, obwohl er konzentriert und fokussiert nur über das neue Produkt zu sprechen schien, das die Fabrik ihres Vaters demnächst herstellen sollte.

Der Nachtisch bestand aus einer Schokoladencreme. Der Geruch verursachte Übelkeit in Dora. Wenn sie sich vorstellte, einen Mann zu heiraten, der ebenfalls in dieser Branche tätig war, bekam sie Bauchweh. Sie schob das Schüsselchen weit von sich.

Sobald sie konnte, schützte sie Kopfweh vor und verabschiedete sich.

In ihrem Zimmer stemmte sie einen Stuhl unter die Klinke. Sie setzte sich an ihr Schreibpult und begann, einen Eintrag in das Heft zu schreiben, dass sie gelegentlich als Tagebuch nutzte. Dabei schweiften ihre Gedanken ab.

Als sie das nächste Mal bewusst aufs Papier schaute, sah sie, dass sie ein verziertes, verschnörkeltes B gemalt hatte. Sie schluckte.

Das war wirklich ein sehr langer Tag gewesen.

Kapitel 8

Mit etwas mehr Umsicht schlich Charlie zurück in das Zimmer ihres Großvaters. In ihr rumorte es, und ein harter Knoten schmerzte in ihrem Magen. Ihre arme Großmutter! Das konnte doch nicht wahr sein, dass sie jetzt auch noch ihr Zuhause verlieren sollte. Wie ungerecht konnte die Welt sein?

Der Druck in ihrem Inneren stieg. Es fühlte sich an, als wollte er sie zum Zerbersten bringen. Ohne dass sie es hätte verhindern können, prallte ihre geschlossene Faust auf die Vertäfelung neben der Klappe. Dann noch einmal.

Ein bisschen half das. Und Oma würde sicherlich denken, dass sie dem Geheimfach inzwischen mit roher Gewalt begegnete.

Ach, dieses dumme Fach! Das hatte sie ja beinahe schon wieder vergessen. Es war immer noch nicht offen. Nicht einmal das konnte sie für eine der wichtigsten Personen in ihrem Leben tun!

Doch als ihr Blick wieder auf die Fuge fiel, stutzte sie. Sie hatte sich eindeutig verbreitert. Charlie näherte ihr Gesicht der Wand. Tatsächlich war die Klappe einen Spalt breit aufgesprungen.

Charlies Herz schlug schneller. Sie presste ihre Fingerkuppen gegen das Türchen und zog. Es ging schwer, und sie erkannte sofort, warum: Die untere Kante schleifte über den Boden. Klar, deshalb auch die Spuren auf dem Parkett.

Sobald sie die Klappe ein wenig nach oben kippte, ging es besser. Doch bei einem Winkel von ungefähr fünfundvierzig Grad war Schluss. Der Boden musste sich im Laufe der Zeit wohl verzogen und nach oben gewölbt haben, jedenfalls bewegte sich das Türchen kein Stück mehr. Doch immerhin war es offen.

Charlie atmete tief durch. Na also! Einen Erfolg konnte sie wenigstens verbuchen. Vielleicht würde das ihre Oma ein wenig aufmuntern.

Nicht, wenn hinter der Wand kein Goldschatz im Wert der Hypothek verborgen ist.

Wofür ihr Opa das Geld wohl verwendet hatte, wenn ihre Oma davon nichts wusste? Sie musste es doch gemerkt haben, wenn plötzlich so viel Kohle im Haus war. Oder war ihr Opa noch verschlossener gewesen, als sie es sich immer vorgestellt hatte? Wer wusste schon, was er seiner Familie noch alles verheimlicht hatte.

Einem dieser Geheimnisse war sie immerhin gerade auf der Spur. Hoffentlich war es nichts Ekliges. Da konnte sie sich einfach zu viel vorstellen. Doch es gab nur einen Weg, das herauszufinden. Sie holte ihr Handy heraus, schaltete die Taschenlampenfunktion ein und leuchtete mit einem mulmigen Gefühl im Herzen in die Finsternis.

Im ersten Moment war sie enttäuscht. Der Hohlraum hinter der Vertäfelung schien leer zu sein. Ein staubiger Abdruck inmitten einer noch dickeren Staubschicht deutete darauf hin, dass ihr Großvater hier irgendwann einmal etwas aufbewahrt hatte. Doch was auch immer es gewesen war, der Gegenstand war verschwunden.

»Mist«, murmelte Charlie vor sich hin, stützte sich mit einer Hand ab und steckte den Kopf, so weit es ging, in die Öffnung. In den Augenwinkeln sah sie, wie im Schein der kleinen Lampe etwas aufblitzte. Ein kleines Kästchen stand direkt um die Ecke an der Rückseite der Vertäfelung.

Charlie zog sich zurück und packte das Handy weg, um eine Hand frei zu haben. Dann tastete sie, ohne hinzusehen, nach der Schachtel. Erst fühlte sie nichts. Hatte sie sich geirrt? Ihre Fingerspitzen schoben sich immer weiter vorwärts und fühlten doch nichts als staubigen Dreck. Ein warmer Lufthauch wehte durch die Abseite und erinnerte Charlie daran, dass sie sich direkt unter den Dachpfannen befand. Irgendwo musste etwas undicht sein. Oder war das Absicht, zur Belüftung?

Dann stieß die Kuppe ihres Mittelfingers gegen etwas Hartes, Kühles. Beinahe hätte sie die Hand zurückgezogen. Dabei war es doch genau das, wonach sie gesucht hatte.

Sie umfasste den Gegenstand und zog ihn hervor. Ein kleines Metallkästchen mit einem Klappdeckel und einer blau-goldenen Bemalung. Vielleicht hatten sich einmal Pralinen darin befunden, doch es gab keine Beschriftung, die darüber Aufschluss gab. Charlie drehte es um und sah sich die Unterseite an. Auch da stand nichts, doch in seinem Inneren rutschte etwas Schweres zur Rückseite. Es schepperte metallisch. Doch ein Goldschatz?

Sie kippte die kleine Schatzkiste – na hoffentlich war es auch eine – wieder zurück und stellte sie vor sich ab. Ihr Herzschlag beschleunigte sich. In ihrem Kopf erschienen tausende Dinge, die sich darin befinden konnten. Als sie die Daumennägel unter den Rand des Deckels klemmte, zitterten ihre Finger.

Natürlich gab der Deckel nicht so einfach nach. Wieso sollte es auch auf einmal leicht sein? Sie drückte immer abwechselnd rechts und links, bis ihre Daumenkuppen schmerzten. Ganz langsam schob sie so den Deckel in die Höhe.

Die Stelle, wo er eingehängt war, knarzte protestierend. Er schien so eine Behandlung nicht mehr gewohnt zu sein. Auch der Staub auf dem Kästchen deutete darauf hin. Wie lange war es wohl her, dass ihr Opa es zuletzt geöffnet hatte?

Das erste, was ihr auffiel, war eine Fotografie. Sie war schwarz-weiß und hatte einen geriffelten Rand, der schon ganz vergilbt war. Darauf war ein Pärchen zu sehen. Die Frau trug ein hübsches Kleid mit Blumen am Saum, der Mann einen Anzug. Ohne der Aufnahme mehr Beachtung zu schenken, nahm Charlie sie heraus und legte sie neben die Schachtel. Sie war viel zu neugierig, worum es sich bei dem schweren Gegenstand handelte.

Dann sah sie, was sich unter dem Bild verbarg: eine goldene Kette, mehr schon ein Collier, blinkte ihr entgegen. Bunt funkelnde Edelsteine waren darin eingelassen und warfen Lichtreflexe an die Vertäfelung.

Charlie musste schlucken. Sie nahm es in die Hand. Es lag schwer in ihren Fingern. Doch das hieß noch lange nicht, dass es echt war. Wenn es so wäre, müsste es ein Vermögen wert sein.

Du wolltest doch einen Schatz finden, oder nicht? Also beschwer dich jetzt nicht!

Doch warum hatte ihr Großvater es dann hier deponiert, versteckt hinter einem Wandpaneel? In einem Haus, das so mit einer Hypothek belastet war, dass ihre Oma es zu verlieren drohte?

Charlie drehte das Schmuckstück hin und her und betrachtete es von allen Seiten. In den Steinen fing sich das Licht und wurde in der jeweiligen Farbe an die schrägen Wände geworfen. Rot, blau und grün wanderten die Reflektionen über das von der Sonne nachgedunkelte Holz. Staubpartikel tanzten in den Lichtstrahlen zu einer unhörbaren Melodie.

Am Verschluss entdeckte Charlie schließlich, wonach sie gesucht hatte. Eine eingeprägte Zahl, darunter ein hübsches Ornament. Erst, als sie das Schmuckstück nah an ihr Auge führte, konnte sie die Zahl erkennen. Sieben fünf null, darüber eine winzige Achtzehn. Das Ornament schien aus ineinander verschlungenen Blüten zu bestehen. Es wirkte sehr kunstvoll.

Sogar Charlie, die eigentlich nie etwas Wertvolles besessen hatte, konnte erkennen, dass es sich hierbei wohl nicht um Modeschmuck handelte. Damit kannte sie sich nämlich aus. Vermutlich wäre es einigermaßen kostbar. Hatte ihr Großvater es von dem Geld, für das er die Hypothek aufgenommen hatte, gekauft? Vielleicht als Geldanlage? Das wäre allerdings nicht besonders klug gewesen.

Charlies Blick fiel auf die Fotografie, die immer noch neben der Schatzkiste im Staub lag. Vielleicht hatte Opa den Schmuck ja für das abgebildete Pärchen aufbewahrt. Konnte das sein?

Charlie ließ das Collier wieder in die Metallbox gleiten. Obwohl sie es so behutsam wie möglich tat, schepperte es unerträglich laut. Sie lauschte in die danach eintretende Stille. Wo ihre Oma wohl blieb? Sicherlich musste sie sich nach dem aufwühlenden Telefonat noch ein wenig erholen. Gut, denn solange sie selbst nicht wusste, was es mit der Kette auf sich hatte, musste ihre Oma davon auch nichts erfahren. Nicht, dass sie sich noch mehr aufregte.

Mit spitzen Fingern nahm sie die Fotografie hoch und hielt sie ins Licht. Schade, dass sie so zerkratzt war. An einer Stelle war sogar ein richtiges Loch. Dann besah sie sich die beiden Menschen darauf genauer.

Die Frau war hübsch. Sie trug einen Blumenstrauß in der Hand, den sie auf Höhe des Herzens hielt. Ein Zeichen der Liebe? Ihr Lächeln wirkte ein wenig gequält, doch wer wusste schon, was sie den Tag über erlebt hatte. Erst auf den zweiten Blick fiel Charlie der Bauch auf, auf dem sie die Blumen abzulegen schien. Sie war also schwanger. Na, da konnte man ja wohl mal gequält schauen! Ihrer Freundin Bea nach war das nicht immer angenehm.

Da blitzte etwas zwischen den Blumen hindurch. Eine Kette vielleicht? Charlie kniff die Augen zusammen. Ja, es sah wie eine Kette aus. Ihr Blick fiel noch einmal in das Kästchen, dann wieder auf die Fotografie. Nicht wie irgendeine Kette. Das war die Kette, die sie gerade gefunden hatte!

Gehörte sie also wirklich der Frau? Charlies Hoffnung auf einen Schatz sank. Wenn ja, musste sie sicher zurückgegeben werden.

Dann erst richtete Charlie ihre Aufmerksamkeit auf den Mann.

Er hielt die Frau am Arm, und seine freie Hand hatte er auf ihren Unterarm gelegt. Er wirkte ihr zugewandt, die Haltung strahlte Zuneigung, vermutlich sogar Liebe aus. Vielleicht auch ein wenig Besitzerstolz. Aber so war das wohl damals einfach. Die Frau wirkte nicht so, als ob es sie störte.

Der Anzug des Mannes sah toll aus. Definitiv saß er sehr gut. Wie angegossen an den breiten Schultern. Ein wenig wirkte es sicher so wegen der geraden Haltung, die die Leute früher hatten. Heutzutage lief man ja eher vornübergebeugt herum.

Wie ertappt straffte Charlie ihre Haltung. Dabei konnte sie die Augen nicht von dem Mann lassen. Sein Gesicht zog ihren Blick geradezu auf sich. Irgendetwas war mit diesem Gesicht. Dieser Ausdruck ... er kam ihr seltsam vertraut vor. Sie suchte in ihrem Gedächtnis nach einer Ähnlichkeit zu ihrem Opa, wie sie ihn kannte. Es war schwierig, sie kannte ihn nur als alten Mann. Vielleicht, wenn sie ein älteres Bild entdeckte?

Auf der Treppe erklangen Schritte. Holz knarzte, und Charlie zuckte zusammen. Verflucht! Ihre Großmutter! Schnell klappte sie das Kästchen zu und schob es wieder in den Hohlraum. Dann schloss sie so leise wie möglich die Klappe. Das Bild steckte sie in die hintere Tasche ihrer Jeans.

Sie wusste selbst nicht, warum sie das tat. Eigentlich hatte sie Oma doch mit der wundersamen Öffnung des

Geheimfachs überraschen wollen. Doch irgendetwas hielt sie davon ab. War es der Blick des Mannes gewesen? Ihr Verdacht?

Was auch immer es war, sie wollte erst herausfinden, was es mit den Sachen auf sich hatte. Oma hatte schon genug mitgemacht, um sie jetzt noch mit der ominösen Kette einer fremden Frau zu beunruhigen. Auch, wenn vielleicht alles ganz harmlos war.

Du glaubst, dass es ganz harmlos ist?

Das Türchen schmiegte sich genau in dem Moment wieder in die Wand, in dem die Schritte verklangen. Charlie fuhr herum, sobald der Schatten der lieben alten Frau neben ihr auftauchte. Ihre Oma stand im Türrahmen und sah auf sie hinab.

»Na, kein Glück gehabt?« Ihr Gesicht wirkte wieder ganz entspannt. Nicht, als hätte sie soeben eine Hiobsbotschaft erhalten. Aber sie hatte sich ja auch ein wenig Zeit genommen, um sie zu verarbeiten.

»Nein, leider nicht. Die Klappe scheint zu klemmen. Aber ich bekomme sie schon noch auf.« Charlie schluckte und hoffte, dass ihre Großmutter das nicht bemerkte. Wenn, dann ließ sie es sich jedenfalls nicht anmerken.

Ihr war gar nicht wohl bei der Lüge. Aber sie war ja für einen guten Zweck.

»Ach, dann lass ruhig erst mal. Ich habe uns gerade eine Pizza bestellt. Die müsste ungefähr in zwanzig Minuten kommen.« Ihre Oma zwinkerte ihr zu. »Du hast doch Hunger, oder?«

Wie aufs Stichwort knurrte Charlies Magen. Oma lachte auf. Keine weitere Antwort nötig.

»Aber so lange kann ich es ja noch versuchen«, sagte Charlie und gab vor, weiter an der Tür herumzudrücken.

Nur nicht aus Versehen an der richtigen Stelle!

Ihre Oma trat neben sie. Ihr Hausschuh senkte sich auf eine Stelle auf dem Boden, die Charlie erst jetzt auffiel. War das etwa ein frischer Kratzer? Oje! Hoffentlich hatte ihre Großmutter den nicht bemerkt.

Doch den Anschein machte es nicht. Die alte Frau schlenderte hinüber zum Bücherregal und nahm eins der Groschenheftchen heraus. Ein burgähnliches Relief zierte den oberen Rand. Sie schlug es auf und blätterte darin.

Sofort rutschte Charlie auf Knien über den Kratzer und verdeckte ihn. Dann fiel ihr auf, wie unnatürlich der Staub jetzt verteilt war. Da, wo sie das Kästchen abgestellt hatte, sah sie sogar den Abdruck. Sie holte tief Luft und pustete. Ein paar Flöckchen wirbelten auf. Doch sie hatte Erfolg, der Abdruck wurde schwächer.

»Was ist denn, Liebes?«, kam es vom Regal her. »Was schnaufst du so?«

»Och, mein Hunger ist wohl größer als erwartet. Ich fühle mich schon ganz schwach.«

So ein Unsinn. Hoffentlich nahm ihre Oma ihr das ab.

***

Lustlos schob Charlie das Pizzastück auf dem Teller hin und her. Ihre Gedanken kreisten um ihren Fund. Das Bild in ihrer Hosentasche schien zu glühen.

Was war nur damit? Wer waren die Menschen, und warum lag es in diesem Versteck? Der Mann ging ihr einfach nicht aus dem Kopf. Er hatte gut ausgesehen. Konnte das sein? Hatte nicht auf der Beerdigung jemand gesagt, ihr Opa hätte früher ausgesehen wie ein Filmstar? Dummerweise hatte sie überhaupt kein Bild von ihm vor Augen. Hoffentlich irrte sie sich. Doch vorsichtshalber würde sie mal Ausschau nach alten Aufnahmen halten. Nicht schnüffeln, nur Ausschau halten. Das war nicht verwerflich.

»Schmeckt es dir nicht?«, fragte ihre Oma und musterte Charlie. »Champignonpizza war doch früher immer deine Lieblingssorte.«

Schnell schob Charlie eine Gabel voll in den Mund. »Doch! Die ist lecker, Oma«, sagte sie kauend. »Ich bin nur doch nicht so hungrig wie gedacht.« Das war glatt gelogen. Wenn es nach ihrem Magen gegangen wäre, hätte sie die Pizza längst verschlungen. Zum Beweis grummelte er ein wenig und verlangte nach Nachschub.

Erneut schnitt Charlie sich ein Stück ab, kaute und spülte mit der Saftschorle herunter, die ihre Oma schon gemacht hatte, als sie noch ein kleines Mädchen gewesen war. Maracujasaft und Kribbelwasser. Der Geschmack würde Charlie für immer an dieses Haus erinnern, dieses Esszimmer, diesen Tisch.

Ihre Großmutter lehnte sich im Stuhl zurück, seufzte und rieb sich den Bauch. »Ich bin auch ganz schön voll.« Sie zeigte auf ihren Teller, auf dem noch beinahe die Hälfte der Pizza lag. Fast genauso viel wie bei Charlie. »Wie wär's, wenn wir uns den Rest für heute Abend aufheben? Wir knuspern die Pizza im Ofen kurz auf, und ich mache einen schönen Salat dazu.«

Charlie nickte und schob den Teller von sich. »Gute Idee. Dann mache ich schnell den Abwasch und kümmere mich dann um die nächste Jalousie.«

Oma schüttelte den Kopf. »Nein, den Abwasch erledigt die Emma.« Sie zeigte auf die Spülmaschine. »Das musst du nicht machen. Aber da du von Rollos sprichst: Auf dem in meinem Schlafzimmer klebt auf der Innenseite ein dicker schwarzer Käfer. Jeden Abend, wenn ich den Raum abdunkeln will, scheint er mich vorwurfsvoll anzustarren.« Sie lachte auf. »Als hätte ich ihn absichtlich mit eingerollt.«

Charlie nickte. »Ich kümmere mich darum, Oma. Kein Problem!« Das würde sie gleich als Nächstes erledigen. Schließlich war sie hier, um zu helfen, und nicht, um ihrem Opa nachzuschnüffeln.

»Es würde ja reichen, wenn du mir hilfst, die schwere Blume von der Fensterbank ...«

»Nichts da. Wenn, dann mache ich den ganzen Job.« Das fehlte noch, dass sie ihre Großmutter auf einer Leiter herumklettern ließ. Nicht, solange sie hier war. »Du hast sicherlich noch was anderes zu tun, oder?«

Ihre Oma nickte. »Ja, tatsächlich müsste ich gleich einmal zur Bank und mich um etwas kümmern.«

Charlie erstarrte. Ob sie ihr jetzt von dem Anruf erzählen würde? Doch das tat sie nicht. Vielleicht war sie einfach noch nicht so weit. Und es war absolut nicht ihr Recht, sie zu drängen. »Ist gut. Wann musst du los?«

»Wenn es dir nichts ausmacht, allein zu bleiben, dann jetzt gleich. Die Filiale öffnet in zehn Minuten wieder.« Charlies Großmutter erhob sich und griff nach den Tellern. »Ich räume das nur eben weg.«

Schnell packte Charlie die Trinkgläser, bevor ihre Oma die auch noch zu tragen versuchte. Sie ging hinter ihr her in die Küche, zog die Spülmaschine auf, die ihre Oma so liebevoll *Emma* nannte, und räumte das Geschirr ein. Danach ließ sie frisches Wasser in den kleinen Eimer laufen, mit dessen Hilfe sie vorhin das Rollo in ihrem Zimmer geputzt hatte.

Ihre Großmutter strich sich über ihren Rock, als versuchte sie, Staub abzustreifen, der nicht da war. »So, dann ... will ich mal.«

Sie klang eigentlich nicht so, als ob sie das wollte, was sie vorhatte. Ganz und gar nicht. Trotzdem ging sie in den Flur und griff nach Mantel und Handtasche. Charlie folgte ihr. Chic sah ihre Oma so aus. Ein bisschen altmodisch. Wie eine Dame aus einer längst vergangenen Zeit. Es fehlte eigentlich nur noch ein Hut.

Charlie drückte sie zum Abschied.

»Wenn du wiederkommst, wirst du dein Rollo nicht wiedererkennen.«

Oma presste ihr einen Schmatzer auf die Wange. »Aber mach nicht zu viel, Liebes. Du musst dir deinen Aufenthalt hier wirklich nicht verdienen. Du bist immer herzlich willkommen, das weißt du.«

Tränen schossen in Charlies Augen. Schnell wandte sie sich ab. Ja, sie wusste es. Hier war sie willkommen.

Es ist nicht normal, dass du dich hier wohler fühlst als in deiner eigenen Wohnung.

Schnell schüttelte sie den Gedanken ab. »Bis später dann«, murmelte sie noch schnell, bevor sie auf die Schlafzimmertür zusteuerte. Sie kam sich dabei selbst unhöflich vor. Doch wenn jemand Verständnis hatte, dann ihre Großmutter.

»Bis später, Charlotte.«

Die Tür fiel hinter ihrer Oma ins Schloss, und Charlie atmete auf. Egal, wie sehr sie diese Frau liebte, im Augenblick war ihr das Alleinsein ganz recht.

Bevor sie loslegte, nahm sie ihr Handy zur Hand und scrollte durch ihre Kontakte auf der Suche nach ihrem alten Schulfreund. Je eher sie wusste, ob sich unter den Heftchen ein seltenes Kleinod verbarg, desto besser. Doch sie fand keinen Björn. Sicher war seine Nummer bei irgendeinem Handywechsel auf der Strecke geblieben. Schnell schrieb sie ein paar Worte an Bea, die sich ohnehin vorhin schon erkundigt hatte, wie es ihr denn ging. Und ob *der Mann*, wie sie Christoph nannte, sich denn schon gemeldet hätte. Hatte er nicht. Bea wusste einfach zu gut, wie es um ihre Ehe stand. Doch sie war ja auch die Einzige, mit der sie darüber reden konnte. Charlie ignorierte die Frage, berichtete nur knapp von den Arbeiten im Haus ihrer Oma und fragte dann nach Björns Nummer. Den Fund der Kette verschwieg sie vorerst. Es kam ihr ohnehin so vor, als hätte sie es nur geträumt.

Sofort war Bea online. Im nächsten Moment schrieb sie bereits.

Warum? Was willst du von Björn?

Charlie musste grinsen. Bea hatte schon früher immer gedacht, dass Björn und sie ein heimliches Paar waren. Fälschlicherweise wohlgemerkt.

Er soll sich mal die Groschenhefte von meinem Opa ansehen. Vielleicht sind Sammlerstücke darunter.

Ach soooooo!

Bea nutzte so oft multiple Os, dass ihr Handy diese Schreibweise sicherlich schon von allein vorschlug.

Im nächsten Moment traf Björns Kontakt ein. Charlie bedankte sich noch schnell, dann steckte sie ihr Telefon weg. Auf ihre Freundin war eben Verlass.

Sie stieß die Tür zum Schlafzimmer auf. Feiner Lavendelduft umfing sie. Er schien in der Luft zu schweben wie ein unsichtbarer Schleier. Auf dem breiten Bett lag eine helllilafarbene Tagesdecke, die bis zum Boden reichte. Zwei verschnörkelte Nachtkonsolen standen auf beiden Seiten des Kopfendes, sie waren mit Bilderrahmen übersät. Das Zimmer atmete ihre Großmutter aus jeder Ritze. Ihren Opa konnte sie sich hier allerdings eher nicht vorstellen. Dabei hatte er bis vor wenigen Wochen noch hier gelebt.

Beim Blick auf die Bilderrahmen kribbelten Charlies Fingerspitzen. »Erst die Arbeit, Charlie«, murmelte sie. Es wäre ihr ungehörig vorgekommen, sofort zum Bett ihrer Oma zu stürmen.

Charlie trat ans Fenster und stellte den Eimer ab. Der Inhalt schwappte bedenklich. Dann umfasste sie den großen Blumentopf mit dem buschigen Drachenbaum, der fast bis unter die Decke reichte, und hob ihn an. Klar, der war eindeutig zu schwer für ihre Großmutter. Das Bäumchen raschelte, als sie es abstellte. Die einzelnen Stämme schwankten noch ein wenig hin und her, als wären sie starkem Seegang ausgesetzt.

Charlie schaltete das Deckenlicht ein, das einmal kurz aufflackerte und sich dann beruhigte. Dann ließ sie die Jalousie herunter. Tatsächlich, da prangte dieses Prachtstück eines Käfers.

Sie begann zu putzen. Das Wasser färbte sich mit jedem Auswringen des Lappens dunkler. Dann kam sie bei dem Überrest des armen Insekts an. Igitt. Sogar in dem warmen Licht von Omas Lampe sah der Käfer unappetitlich aus. Wie aufs Stichwort flackerte es erneut.

Sie versuchte, den harten Chitinpanzer mithilfe des Tuchs abzulösen. Er fühlte sich an, als sei er mit dem grauen Kunststoff verschmolzen. Ob sie etwas zum Hebeln fand?

Sie versuchte es ein letztes Mal. Das Tuch bewegte sich auf dem Rückenpanzer, dann rutschte es ab. Sie ratschte mit dem Daumennagel gegen das arme Tier. Dabei musste sie es genau an der richtigen Stelle erwischt haben. Es löste sich und wurde davongeschleudert. Doch bevor Charlie sehen konnte, wohin, erlosch das Licht.

Sie schloss die Augen, was auch keinen Unterschied machte. Na toll. Sie stand im Dunkeln im Schlafzimmer ihrer Oma, und irgendwo lag der Überrest eines ekligen Käfers herum, den sie unter keinen Umständen auch noch in den Teppich trampeln wollte. Ging es noch bescheuerter?

In Charlies Kehle stieg ein Gluckern empor. Es kletterte langsam nach oben, bis es ihren Mund erreichte. Ihre Mundwinkel bewegten sich gegen ihren Willen. Dann prustete sie los.

Sie lachte, bis ihr die Tränen über die Wangen liefen. Wie absurd diese Situation war! Wie absurd ihr ganzes Leben zurzeit war!

Sie tastete sich vorsichtig zum Bett ihrer Oma und rechnete jeden Moment mit einem knirschenden Geräusch unter den Sohlen. Allein der Gedanke jagte ihr einen erneuten Lachflash durch den Körper, immer wieder unterbrochen von Schauern des Ekels. Dann stießen ihre Knie gegen die Bettkante, und sie drehte sich um und ließ sich fallen. Mit weit aufgerissenen Augen und immer noch kichernd starrte sie in Richtung Decke, ohne etwas zu erkennen. Wenn Christoph sie so sehen könnte, würde er wohl sofort einen Irrenarzt rufen. Falls es ihn überhaupt noch genug kümmerte, was mit ihr geschah.

Spinnst du? Wünschst du dir jetzt, dass dein Mann dich einweisen lässt, nur weil es ein Beweis für seine Aufmerksamkeit wäre?

Auf keinen Fall täte sie das. Schluss damit! Sie richtete sich auf. Inzwischen hatten ihre Augen sich so weit an die Lichtverhältnisse gewöhnt, dass sie helle Streifen zwischen den einzelnen Streben des Rollos wahrnehmen konnte. Doch wo die Käferleiche lag? Keine Ahnung.

Vorsichtig tastete sie sich, auf dem Bett rutschend, zum Kopfende vor. Hier musste doch irgendwo eine Nachttischlampe sein. Tatsächlich erfühlte sie einen runden Metallschirm, der in einen schmalen Bügel überging, an dessen Fuß sich ein Kippschalter befand. Charlie betätigte ihn, und noch wärmeres, noch dunkleres Licht als zuvor erleuchtete den Raum spärlich. Als Leselampe taugte das wohl eher nicht, aber ihre Oma hatte ja auch einen E-Book-Reader. Den hatte sie mal von ihr zu Weihnachten bekommen.

Doch immerhin reichte es, den Überrest des armen Käfers auszumachen. Er hing brav im Vorhang fest, als wäre er dort gelandet und machte einfach nur ein kleines Päuschen.

Charlie schüttelte sich. Sie schwankte schon wieder zwischen Lachen und Ekel. Ihr Bauch schmerzte noch vom ersten Lachanfall. Sie wollte gerade aufstehen und die Jalousie wieder hochziehen, als ihr Blick auf die Bilderrahmen fiel. Ganz vorn stand eine Aufnahme von ihrem kindlichen Ich mit ihrer Oma, wie sie Hand in Hand den Gehweg entlangspazierten. Charlie erinnerte sich an diese Situation. Sie war gerade eingeschult worden und hatte zur Belohnung ein Eis am Stiel bekommen. Es war ein heißer Tag gewesen, und immer, wenn ihr Eis zu schmelzen begann und sich Tropfen lösten, hatte ihre Oma ihre Hand genommen und die Tropfen weggeleckt, bevor sie auf ihr T-Shirt fallen konnten.

In dem Bild dahinter waren Charlies Eltern zu sehen. Ihr Vater sah gar nicht so missmutig aus wie sonst immer. Eine gute Aufnahme. Sie sollte ihre Oma um einen Abzug bitten. Dann gab es Fotografien von Omas Freundinnen und von ihr und Opa beim Kegeln. Sie lachte, er guckte ernst. Wie eigentlich immer. Er schien die Last der ganzen Welt auf seinen Schultern zu tragen. Woher das wohl kam? Erst jetzt, da Charlie sich selbst manchmal so fühlte, wie er aussah, stellte sie sich diese Frage. Zu spät.

Schon seltsam. Oma machte immer den Eindruck, ein glücklicher Mensch zu sein. Vielleicht zogen sich Gegensätze ja doch an.

Ganz hinten stand ein kleiner Bilderrahmen, der von allen anderen verdeckt wurde. Darin steckte eine

Schwarz-Weiß-Aufnahme. Sie zeigte ein Pärchen, die Frau in einem weißen Kleid. Charlie streckte sich und holte den Rahmen ins Licht. Als der trübe Schein der Funzel darauf fiel, seufzte sie. Sah genauer hin. Und seufzte erneut.

Es war, wie sie es vermutet hatte. Oder eher, wie sie es befürchtet hatte.

Sie lehnte sich ein bisschen nach rechts, bis ihre linke Pobacke sich von der Tagesdecke hob, dann fischte sie das Foto vom Dachboden aus der Gesäßtasche. Es war ganz leicht hinternförmig verbogen, die Ecken wölbten sich ihr entgegen. Mit beiden Händen versuchte sie, es zu glätten. Dann hielt sie es ins Licht der Nachttischlampe, direkt neben die andere Aufnahme.

Zwei Schwarz-Weiß-Bilder, zwei Paare. Zwei Frauen, wie sie unterschiedlicher nicht sein können. Die eine dunkelhaarig, ordentlich frisiert, mit dunklen Augen und blasser Haut. Trotz Schwangerschaft sah man, dass sie eigentlich elfenhaft schlank war. Die andere war Charlies Oma, wie sie früher einmal ausgesehen hatte: blond, braungebrannt, mit wilden Locken, die kaum zu bändigen waren, und ein paar Pfunden mehr an den richtigen Stellen.

Doch es war der Mann, der Charlies Aufmerksamkeit auf sich zog. Auf dem ersten Bild trug er einen Schnäuzer, auf dem zweiten nicht. Doch auf beiden war es derselbe. Die Augen, die Nase, sogar die Haltung.

Kein Wunder, dass er ihr so bekannt vorgekommen war.

Einem Impuls folgend, drehte sie ihren Dachbodenfund um. Tatsächlich, da stand etwas geschrieben. »*Die Lamberts, Köln, 1962.*«

Sie ließ die Bilder sinken, den Blick ins Leere gerichtet. Was hatte das zu bedeuten? Was hatte ihr Opa 1962 mit einer fremden Frau auf diesem Bild zu suchen? Und wieso hieß er da Lambert? Es gab eine Kölner Schokoladenfirma namens Lambert, aber das konnte Zufall sein. Hatte die überhaupt 1962 bereits existiert? Viel wichtiger war jedoch die Frage, wann er ihre Oma kennengelernt hatte.

Die Haustür fiel ins Schloss, und Charlie zuckte zusammen. Schnell stellte sie den Rahmen zurück und steckte das andere Bild wieder hinten in die Hosentasche. Ihre Finger zitterten dabei.

Als die Schlafzimmertür aufging, war sie bereits damit beschäftigt, die Rollos hochzuziehen.

»Oh, das Fenster sieht ja wunderbar aus!«, rief ihre Oma aus. »Und den Käfer hast du ...?«

Charlies Blick fiel auf das arme Tierchen, das immer noch an der Gardine hing. Rasch stellte sie sich davor und fummelte so daran herum, dass es in den darunter stehenden Eimer plumpste. »Ja, alles gut.« Sie wagte es kaum, ihre Oma anzusehen. »Ich mache dann im Bad weiter, ja?«

Sie huschte hinaus und meinte, den ganzen Weg den Flur hinunter den Blick der alten Frau im Nacken zu spüren.

Doch das konnte sie sich auch einbilden.

Kapitel 9

Theodora

Dora starrte auf das Papier. Es war der Vertrag des Schauspielhauses. Der Vertrag, der sie als Drittbesetzung für gleich zwei Rollen legitimierte. Der Füller, den sie aus dem Arbeitszimmer des Vaters geborgt hatte, schwebte über der gestrichelten Linie, auf der die Unterschrift des gesetzlichen Vormundes stehen sollte.

Doch sie zögerte. Die Unterschrift des Vaters zu fälschen, war nicht schwer. Jedenfalls nicht handwerklich. Doch was würde wohl geschehen, wenn er das jemals herausfinden sollte?

Das würde er allerdings nur, wenn sie tatsächlich bei den Abendvorstellungen auftreten würde. Solange es lediglich um die Proben ging, war alles in Ordnung. Sie hatte den Eltern eine glaubhafte Erklärung aufgetischt, wo sie ihre Vormittage verbrachte: als freiwillige Helferin in der Armenküche. Da sie dort tatsächlich jede freie Minute zwischen den Proben verbrachte und Geschirr spülte, kam es ihr nicht allzu sehr wie eine Lüge vor. Sie hatte sogar eine Bescheinigung ausgestellt bekommen, die sie ihren Eltern vorlegen konnte. Und da sie die Belegschaft und auch die Menschen, die zur

Speisung erschienen, großzügig mit Schokoladenbruch versorgte, sagte auch niemand etwas, wenn sie zwischendurch mal für ein paar Stunden verschwand.

Außerdem war ihr Vater von den Plänen fürs Geschäft, die er mit Herrn Gerber aussheckte, so abgelenkt, dass er gar nicht bemerkte, wo sie sich aufhielt. Vermutlich hätte sie auch Edith abends auf ihren Platz am Tisch setzten können, und es wäre ihm nicht aufgefallen.

Trotzdem war die Fälschung einer Unterschrift noch einmal ein ganz anderer Schritt. Und hier ging es nicht nur um ein Vorsprechen. Hier ging es um einen Arbeitsvertrag am Theater.

»Was machst du, Stella?«

Doras Kopf ruckte hoch. Sie blinzelte in die Sonne. Eine Gestalt stand vor ihr, die sie im Gegenlicht kaum erkennen konnte. Doch das war auch gar nicht nötig. Sie hatte die Stimme längst erkannt. Dann stellte sich die Gestalt so hin, dass der Kopf vor der Sonne war und die Züge sichtbar wurden. Bernd zwinkerte ihr zu. In seinen Händen hielt er ein dünnes beiges Büchlein, fast ein Heft.

»Ich? Ach, nichts.« Dora wollte die Unterlagen rasch in ihre Tasche räumen, war jedoch nicht schnell genug.

»Die Einverständniserklärung zum Vertragsabschluss?« Er runzelte die sonst so glatte Stirn. »Wie alt bist du?«

»Zwanzig.«

»Und wann wirst du einundzwanzig?«

Dora entfuhr ein Seufzer. »Erst nächstes Jahr. Nach der Spielzeit.«

»Und dein Vater würde nicht unterschreiben?«

Sie zuckte mit den Schultern. »Ich weiß es nicht. Ich fürchte nicht. Hätte ich die Rolle bekommen, könnte ich wenigstens mit diesem Erfolg argumentieren, aber so ...«

»So müsstest du zu den Proben, aber dein Name würde nicht einmal auf den Plakaten stehen.«

Sie nickte. Das hatte er treffend zusammengefasst.

»Aber du würdest gern.« Es war eine Feststellung, keine Frage.

Sie nickte heftiger.

»Ich verstehe. Das ist ein Problem.« Bernds Blick fiel auf den Füller in Doras Hand, und ein Zucken spielte um seine Mundwinkel. Vermutlich verstand er es wirklich. »Weißt du ...«, setzte er wieder an, »... wenn wir das zusammen tun, ist wenigstens ein Volljähriger dabei. Dann ist es beinahe, als sei alles rechtens.«

Er grinste ein so schelmisches Grinsen, dass Dora laut auflachen musste. »Du meinst also, ich sollte es tun?«, fragte sie, nachdem sie sich wieder beruhigt hatte.

Bernd nickte. »Natürlich. Denn sonst kommst du nicht mehr jeden Tag hierher, und das fände ich sehr schade.«

Dora musterte sein Gesicht, doch kein Lachen umspielte jetzt seinen Mund. Um seine Augen kräuselten sich keine Fältchen. Er meinte es vollkommen ernst.

Sie nickte schnell, bevor sie es sich anders überlegen konnte, und setzte den Stift wieder an. »Okay. Dann jetzt oder nie.« Auch ihr würde es fehlen, hierherzukommen, Theaterluft zu schnuppern und in der Pause des Hauptensembles selbst zu proben. Und sie stellte sich so geschickt an, dass sowohl der Darsteller des

Stanley als auch der Regisseur sie schon mehrmals gelobt hatten. Vielleicht lag es ja tatsächlich an dem besonders guten Licht, in das Bernd sie tauchte.

Dieser hockte sich jetzt vor sie. Sein Gesicht war auf gleicher Höhe wie ihres. Schnell rollte er das Heft zusammen und steckte es sich in die Gesäßtasche. Dora konnte gerade noch die Worte *Rolf Torring* in roter Schrift erkennen, und ein gemaltes Bild eines Mannes mit Tropenhut. Dann legte er sanft seine große, starke Hand auf ihre schmale, als wollte er sie führen. Und vielleicht war es auch so. Wärme durchströmte Doras ganzen Körper. Es fühlte sich an, als flösse sie aus ihm in sie hinein. Schon schwang sie den Füller in dem gleichen Schwung, den auch ihr Vater hatte. Tatsächlich hatte sie seine Unterschrift noch nie so geschickt imitiert.

Bernd besah sich das Ergebnis. »Und, ist es richtig so?«, fragte er.

»Ja, ist es.«

»Dann gibst du es ab?«

»Natürlich.«

Er lächelte sie an. »Gut«, sagte er und erhob sich wieder.

Von irgendwo aus den Tiefen des Theaters erklang eine Stimme. »Bernd? Bernie? Junge, wo bist du?«

Bernd zuckte mit den Achseln. »Ich muss wohl wieder. Mein Typ wird verlangt.«

Dora sah ihm nach, bis er durch den Nebeneingang verschwunden war. Das warme Gefühl verließ sie langsam wieder und hinterließ eine Leere, die auch der Blick auf den Vertrag nicht füllen konnte. Nicht vollständig jedenfalls.

Kapitel 10

Den ganzen Tag über hatte Charlie sowohl versucht, ihrer Oma aus dem Weg zu gehen, als auch herauszufinden, wann sie Opa geheiratet hatte. Charlies Vater war 1963 geboren worden, sein leiblicher Vater noch vor seiner Geburt gestorben. Doch seit wann kannten ihre Großeltern sich? War ihr Opa davor tatsächlich schon einmal verheiratet gewesen? Und wusste Oma davon?

Und was war mit dem Namen auf der Rückseite des Bildes? Sie verstand selbst nicht, was genau sie an der Sache so schockierte. Oma war doch auch schon einmal verheiratet gewesen. Heutzutage war es keine Seltenheit, dass sich Menschen scheiden ließen und jemand anderen heirateten. Lag es daran, dass sie nichts davon wusste? Dass sie das Gefühl hatte, niemand aus der Familie ahnte es? Welchen Grund könnte es haben, dass er es verheimlicht hatte, obwohl doch seine Frau sein Schicksal teilte?

Und dann war da noch die Kette. Diese vermaledeite Kette, die so unendlich wertvoll wirkte.

»Bist du schon wieder nicht hungrig?«, fragte ihre Oma Charlie beim Abendessen, als sie wieder nur die Pizza und den Salat von einer Seite des Tellers auf die andere schob.

Charlie erhob sich. »Mir geht's nicht so gut, Oma. Macht es dir was aus, wenn ich mich schon hinlege?«

Ihre Oma runzelte die Stirn. »Du hättest nicht so viel arbeiten sollen. Du hast ja das halbe Haus geputzt.«

»Vielleicht.«

Doch vielleicht hatte sie auch überall nach Informationen über das geheime Leben ihres Opas gesucht. Tatsächlich hatte sie nichts über ihn gefunden, was vor dem Jahr 1964 stattgefunden hatte, vermutlich dem Jahr ihrer Hochzeit. Das war seltsam, denn von ihrer Oma gab es Kinderfotos und sogar einen Konfirmationsbrief.

»Macht ja nichts. Dafür ist das jetzt erledigt. Morgen geht es mir sicher wieder gut.«

Ihre Großmutter nickte. »Dann leg dich ruhig hin, Liebes. Ich mache dir wieder ein tolles Frühstück, dann kommt der Appetit sicher zurück.«

Charlie ging in das alte Kinderzimmer ihres Vaters, legte sich aufs Bett und starrte an die Decke. Wie konnte sie nur mehr über dieses seltsame Foto herausfinden?

Irgendwann zog sie ihr Handy aus der Tasche und schaltete das Display ein. Keine Nachrichten, keine verpassten Anrufe. Niemand wollte etwas von ihr. Das wär's ja auch noch gewesen, wenn Christoph sie inzwischen mal angerufen hätte. Vielleicht um ihr zu sagen, dass alles ein Missverständnis war, er sie unterstützen wollte und noch nachkäme. Aber das würde nicht passieren, und das wusste sie genau.

Mit einem mulmigen Gefühl wählte sie seine Nummer. Es tutete, doch niemand nahm ab. Irgendwie hatte sie auch nicht damit gerechnet. Dabei könnte sie jemanden zum Reden gebrauchen. Doch wann hatten sie und Christoph überhaupt das letzte Mal geredet? Über irgendetwas, das nicht mit der Arbeit zu tun hatte?

Sie zögerte einen Augenblick und sah auf die Uhr. Bea war wegen der Kinder um diese Uhrzeit keine Option. Doch es war noch früh, wenn sie Glück hatte, wäre ihre Mutter gerade fertig mit dem Abwasch. Lust auf das Gespräch hatte sie nicht. Aber wenn ihr Vater die Alternative war, dann war ihre Mutter immer noch die angenehmere Wahl.

Sie wählte den Kontakt aus und drückte auf den grünen Hörer. Es klingelte, und Charlie zählte mit. Vier, fünf, sechs ... Wahrscheinlich holte ihre Mutter das Telefon jetzt gerade aus ihrer Tasche, verwundert, dass jemand anrief. Sie sähe das alte Kinderfoto von Charlie, das sie aus einem Rahmen abfotografiert hatte. Bestimmt runzelte sie die Stirn und überlegte, ob sie das Gespräch annehmen oder lieber in einer halben Stunde eine Nachricht schreiben sollte. So nach dem Motto: Oh, da war ich gerade auf der Toilette, was willst du denn?

So intensiv stellte Charlie sich die Situation vor, dass sie geradezu zusammenzuckte, als plötzlich die Stimme ihrer Mutter erklang. »Ja?«

»Oh!« Charlie musste sich räuspern. Ihr Hals war auf einmal ganz belegt. »Ich bin's. Charlie.«

Als ob ihre Mutter das nicht wüsste.

»Ja, ich weiß«, sagte diese auch prompt. »Und, wie ist es bei Oma?« Ihre Mutter klang, als ginge sie. Die Worte holperten im Takt ihrer Schritte. Aber die volle Aufmerksamkeit hätte Charlie auch niemals erwartet.

»Gut, gut. Und wie geht es euch?« So richtig hatte sie sich noch nicht überlegt, wie sie die Sache anfangen sollte. Sie konnte ja schlecht einfach mit der Frage herausplatzen, ob ihr Opa schon mal verheiratet gewesen war.

»Viel zu tun. Ich habe gerade schon Papas guten Anzug gedämpft, den er bei der Beerdigung anhatte. Dann kann der wieder in den Schrank.«

Was sagte das über die Beziehung zu ihren Eltern aus, dass ihre Mutter nichts anderes zu erzählen hatte?

»Ach, schön. Weshalb ich anrufe ... ich wollte für Oma etwas zusammenstellen. Eine Art Nachruf auf Opa schreiben, weißt du. Da fiel mir auf, dass ich gar nichts über seine Zeit vor meiner Geburt weiß.« Charlie räusperte sich. »Also, darüber, wie er Oma kennengelernt hat, zum Beispiel. Und sein Leben davor. Hatte er Geschwister? Wie waren seine Eltern? Wie ist er aufgewachsen?«

Wie ist er so vorsichtig geworden, wie er war?

Die Frage hatte sie sich noch nie gestellt. Seltsam eigentlich. So oft hatte sie sich über ihn aufgeregt, wenn er mal wieder besorgt darüber gewesen war, wie lange sie ausging oder mit wem sie sich traf. Zum Glück hatte er das nicht so oft mitbekommen.

»Geschwister?« Ihre Mutter schien stehen geblieben zu sein. Eine Tür klappte zu. Bestimmt war sie jetzt im Bügelzimmer. »Das weiß ich gar nicht, ehrlich gesagt. Ich habe nie jemanden aus seiner Familie kennengelernt.«

»Und hast auch nie danach gefragt?«

»Charlotte, wenn jemand über etwas nicht spricht, könnte das daran liegen, dass er das auch nicht möchte!« Das war der Tonfall, in dem Charlies Mutter immer ihre Weisheiten von sich gab. Meistens mit erhobenem Haupt und schmalen Lippen.

Charlotte schluckte. »Ja, schon, aber hier geht es doch um die Familie. Hat Papa nie was erzählt?«

»Dein Vater?« Mama schien zu überlegen. »Nein. Ich erinnere mich an eine Situation ganz zu Beginn unserer Beziehung. Da habe ich ihn mal gefragt, ob er denn keine Onkel oder Tanten hat. Wenn ich jetzt so darüber nachdenke, hatte ich das Gefühl, dass er es selbst nicht weiß.« Besonders zu denken gegeben hatte dieser Umstand ihrer Mutter aber wohl nicht.

»Und du hast es einfach so stehenlassen?«

»Sagte ich doch!«

Oha, die Laune kippte. Nicht nur die ihrer Mutter, auch Charlottes. Wenn Mama nichts über die Vergangenheit ihres Opas wusste, dann vermutlich auch nicht ihr Vater. Über so etwas sprach man doch. Das war schließlich kein Geheimnis.

Es sei denn, es war eben doch eins.

»Okay, danke Mama. Dann denke ich mir etwas anderes aus, um Oma eine Freude zu machen. Schöne Grüße an Papa.«

»Ja, richte ich aus. Tschüss.«

Ihre Mutter legte auf, ohne im Gegenzug Grüße an Oma ausrichten zu lassen oder irgendein anderes Thema anzuschneiden. Doch wenigstens fragte sie dann auch nicht nach Christoph. Charlie sollte dankbar sein.

Sie lehnte sich zurück und starrte wieder an die Decke. Wenn sie nur wüsste, ob Oma über die Vergangenheit ihres Mannes Bescheid wusste. Doch sie hatte

Angst, sie einfach so zu fragen. Sie würde wissen wollen, warum sie sich plötzlich dafür interessierte, und darauf hätte sie keine Antwort. Keine, die nicht die Worte *frühere Ehefrau* und *Halskette* beinhaltete. Wer waren nur die Lamberts? War damit das Pärchen auf dem Bild gemeint? Und war das wirklich ihr Großvater oder nicht doch nur jemand, der ihm außergewöhnlich ähnlich sah?

Du hast sofort gedacht, dass der Mann dir bekannt vorkommt. Das ist mehr als nur Ähnlichkeit. Der könnte Opas Zwilling sein.

Charlotte richtete sich ruckartig auf. War das nicht möglich? War es vielleicht der Zwillingsbruder? Das wäre die Lösung – eine, mit der sie gut leben könnte. Allerdings fehlte dann immer noch die Erklärung dafür, warum Opa das Bild, zusammen mit der Kette dieser fremden Frau, auf dem Dachboden vor ihrer Großmutter versteckt hatte.

Nein, die Umstände deuteten nicht darauf hin, dass Oma über irgendetwas Bescheid wusste. Ganz im Gegenteil.

Und jetzt?

Einer Eingebung folgend, scrollte Charlie durch ihr Telefonbuch. Bei dem Namen Björn stoppte sie. Der neu gespeicherte Kontakt, den sie von Bea bekommen hatte. Es war Jahre her, seit sie sich bei ihm gemeldet hatte. Seit sie ihr Studium abgebrochen und mit Christoph weggezogen war. Beinahe keine ihrer Freundschaften hatte das überlebt, eigentlich nur die zu Bea. Und auch um diesen Kontakt musste sie kämpfen, weil Christoph sie nicht mochte.

So deutlich hatte sie diesen Gedanken noch nie gedacht. Doch das erklärte einiges. Auch sie war eine Gefangene ihrer Erfahrungen. Mit dieser Erkenntnis im Gepäck fehlte doch nur noch eins: ein Fluchtplan.

So ein Blödsinn. Du bist keine Gefangene, du führst ein Leben, von dem so manche Frau träumt: mit einem erfolgreichen Anwalt verheiratet, eine tolle Wohnung, feine Sachen im Schrank.

Das war alles wahr. Das war es, was sie damals so gereizt hatte: Christophs Souveränität, sein Status und die Sicherheit, die er ihr gab. Vielleicht auch der Rückhalt, den sie brauchte, um sich gegen ihre Eltern zu behaupten. Man durfte nur nicht zu genau hinsehen, dann war alles gut.

Ohne weiter darüber nachzudenken, drückte Charlie auf den kleinen grünen Hörer. Sie versuchte, sich Björns Aussehen ins Gedächtnis zu rufen. Ein altes Foto kam ihr in den Sinn. Eine dumme Aufnahme aus der Schulzeit, auf der er, auf dem Dach eines Autos stehend, die Arme ausbreitete wie ein Superheld. Das war, kurz bevor der Wagen losgefahren und er kopfüber auf der Straße gelandet war. Doch sogar mit einer Einblutung im Auge und auf der Fahrt ins Krankenhaus hatte er noch lachen können.

Hoffentlich erinnerte er sich überhaupt noch an sie.

»Lotte!«, erklang seine unverkennbare Stimme. »Sag bitte, dass du mal wieder in der Stadt bist und wir uns treffen können!«

Charlottes Mundwinkel hoben sich ohne ihr Zutun. Es gab nur einen Menschen auf der Welt, der sie Lotte nannte. Jedenfalls ungestraft.

»Björni!« Das Grinsen musste man einfach aus ihrer Stimme heraushören. »Es tut so gut, deine Stimme zu hören.«

»Dito! Also, spuck es aus. Wo bist du?«

Charlie seufzte. »Bei meiner Oma. Ich wohne ein paar Tage bei ihr. Mein Opa wurde gestern beerdigt.«

»O no! Sorry dafür! Geht's euch einigermaßen?«

Komischerweise hatte sie einen Kloß im Hals, den sie erst herunterschlucken musste, bevor sie sprechen konnte. »Geht schon. Wir räumen hier ein bisschen herum und sortieren Sachen aus und so.«

»Sachen?« Sofort sprang Björn auf den Köder an. Manche Dinge änderten sich eben nie. »Was denn für Sachen? Hatte dein Opa cooles Zeug?«

»Och, cool weiß ich nicht. So ein paar Romanhefte, du weißt schon ... wie heißen diese Dinger?«

Als ob du das nicht wüsstest!

»Meinst du Groschenromane?« Die Stimme ihres alten Kumpels überschlug sich fast. »Western vielleicht? Oder sogar auch Science-Fiction?«

»Ja, ich glaube beides. Verschiedene Reihen.«

»Wie viele denn?«

»Hm.« Charlie tat so, als überlegte sie. »Wie viele Heftchen bekommt man in ungefähr fünfzig Jahren denn zusammen?«

In der Leitung ertönte ein Poltern, dann rauschte und knackte es. Erst nach ein paar weiteren Sekunden meldete sich Björn erneut.

»Du hast da dermaßen alte Groschenhefte? In welchem Zustand sind die?«

Vermutlich überschlug er bereits im Kopf seine Provision. Jedenfalls hatte er das früher immer sehr präzise vorhersagen können, sobald er die diversen Verkaufsplattformen im Internet für sich entdeckt hatte. Er hatte sich schon in der Mittelstufe sein Taschengeld aufgebessert, indem er Flohmarktfunde gewinnbringend weiterverkaufte.

»Sag mal, meinst du etwa, du könntest damit was anfangen?«

»Willst du mich verarschen? Auf jeden Fall! Vielleicht nicht mit allem, aber wenn seine Sammlung recht umfangreich ist … Ich kenne viele Leute, die bestimmte Ausgaben suchen und einen hohen Preis dafür zahlen würden.« Er räusperte sich. »Also, ich meine, falls ihr das verkaufen wollt und meine Hilfe …«

»Na klar wollen wir das verkaufen«, fiel sie ihm ins Wort. »Ist doch besser als wegschmeißen.

»Auf jeden Fall!«

Schweigen breitete sich zwischen ihnen aus. Wie konnte Charlie jetzt weitermachen, ohne direkt mit der Tür ins Haus zu fallen?

»Ich könnte ja mal ein paar Exemplare mitbringen, und ein paar Fotos machen vielleicht?«

»Mitbringen?« Björn klang erfreut. »Du hast also ein bisschen Zeit für ein Treffen?«

»Ja klar!«, rief sie enthusiastisch und meinte es auch so. Ein wohliges Gefühl breitete sich in ihrem Bauch aus. Das hatte sie schon lange nicht mehr gespürt.

Das ist Freundschaft, Charlie. Das hattest du einst zur Genüge.

Wie hatte sie sich nur so abschotten können?

»Morgen Nachmittag?«, fragte Björn. »Soll ich vorbeikommen, oder treffen wir uns im *Shaggys*?«

»Das gibt's noch?«

»Sicher. Der Inhaber ist jetzt eine Frau, und sie hat ein bisschen renoviert, aber ansonsten ... immer noch der beste Chai der Stadt.«

Charlie überlegte kurz. Ein paar Heftchen konnte sie doch ohne Probleme mit ins *Shaggys* nehmen. Doch um die Hefte ging es ihr natürlich nicht. Nicht in erster Linie.

Sie zuckte die Achseln, ohne dass irgendwer da gewesen wäre, um es zu sehen. »Dann auf jeden Fall das *Shaggys*. Um der alten Zeiten Willen.«

»Super! Siebzehn Uhr?«

»Das passt mir gut.«

Oma hatte sicher nichts für sie geplant. Und wenn, dann wäre sie auf keinen Fall sauer, wenn Charlie stattdessen einen alten Freund treffen wollte. So war ihre Großmutter nicht. Die freute sich, wenn sie sich mal amüsierte. Vermutlich, weil sie die Einzige war, die spürte, wie selten das momentan vorkam.

»Freu mich! Bis dann!«

Björn legte auf, bevor Charlie auch nur erwidern konnte, dass sie sich ebenfalls freute. Na egal, er würde es wohl herausgehört haben.

Sie stand auf, zog sich ihre Schlafsachen an und putzte sich in Omas Lavendelbadezimmer die Zähne. Als sie zurückkam, vibrierte ihr Mobiltelefon. Christophs Bild war auf dem Display zu sehen. Schnell nahm sie den Anruf an, bevor ihr Mann wieder auflegen konnte und mit dem guten Gefühl ins Bett ging, es wenigstens versucht zu haben.

»Hallo. Du hattest angerufen?« Er klang nicht, als hätte er das Bedürfnis, mit ihr zu sprechen.

»Ja, ich ...« Charlie zögerte. Was genau hatte sie überhaupt gewollt? Ihm erzählen, was sie herausgefunden hatte? Ihn fragen, wie sein Tag war und ob er die viele Arbeit allein bewältigte? Die Arbeit, die ihn davon abgehalten hatte, sie zu begleiten und ihr zur Seite zu stehen?

»Hör zu, ich bin ziemlich müde«, unterbrach er sie. »Es war ein langer Tag.«

»Ja, ich weiß, wie viel du zu tun hast.« Sie konnte nicht verhindern, dass ihre Stimme ein wenig schnippisch klang.

Er seufzte genervt. Sie wusste genau, wie er dabei aussah, dieser leicht herabgezogene Mundwinkel. »Fang nicht wieder davon an. Hätte ich Zeit gehabt, hätte ich dich begleitet. Aber es gibt nun mal Wichtigeres.«

Sie musste schlucken. Hatte sie von irgendetwas angefangen? »Ich wollte doch gar nicht ...« Dann hielt sie inne, als ihr bewusst wurde, was er da gerade gesagt hatte. »Es gibt Wichtigeres, als denen beizustehen, die man liebt?«

Das Bild ihrer Oma kam ihr in den Sinn, ihr dankbarer Blick. Nein, sie fand überhaupt nicht, dass es Wichtigeres gab.

»Charlotte, das hatten wir doch schon.« Ihr Mann klang nicht so, als wollte er das Gespräch fortführen.

Anders als sonst hatte sie das Verlangen, ihm nicht nachzugeben. »Das macht dein Verhalten aber nicht besser.«

In der Leitung erklang ein Stöhnen. Es dauerte, bis er antwortete. »Lass uns darüber sprechen, wenn du wieder hier bist. Ich muss jetzt schlafen.« Er wartete ein paar Sekunden, doch als sie nicht antwortete, fügte er hinzu: »Gute Nacht.« Dann legte er auf.

In Charlies Bauch breitete sich eine unangenehme Kälte aus. Sie bezweifelte, dass Christoph diese Diskussion tatsächlich fortführen würde. Wollte sie das überhaupt?

Einen Augenblick lang starrte sie noch auf das leere Display. Dann setzte sie sich ins Bett und sah an die Wand mit der abgewetzten Tapete. Kurz zog sie in Erwägung, zu lesen, doch sie hatte Angst, dabei einzuschlafen und den richtigen Moment dann zu verpassen. Bevor sie sich mit Björn traf, hatte sie noch etwas Wichtiges zu erledigen, und sie konnte nicht wissen, ob sie es morgen im Laufe des Tages schaffen würde.

Also lauschte sie nur in die Dunkelheit.

Kapitel 11

Theodora
April 1960

Schritte polterten die Treppe hinauf. Dora hob den Kopf. Wer konnte das sein, um diese Zeit? Sie musste sich für die Proben fertig machen und war ohnehin schon zu spät dran für das Frühstück.

Es klopfte ungeduldig, und beinahe im selben Moment wurde schon die Tür aufgerissen. Edith stand im Türrahmen. Ihre Wangen waren gerötet.

Dora legte die Haarbürste zur Seite und nestelte an ihrem roten Haarband. »Edith, was ist denn los?«

Ihre Freundin holte tief Luft. »Hast du es schon gehört? Ach was, woher solltest du?« Ihr Atem ging schnell. Sie musste gerannt sein.

»Was gehört?« Dora band das Band ein wenig fester. »Jetzt sag schon, was du meinst.«

Sie japste. »Ich muss nur eben zu Atem kommen.« Schnaufend ließ Edith sich aufs Bett fallen. Sie ignorierte sogar die Schale mit den kleinen Schokoladenkugeln, die ihr Vater in jedem Raum verteilen ließ. Normalerweise ging sie nicht, ehe nicht jede Süßigkeit in ihrer Reichweite restlos vernichtet worden war.

Dora runzelte die Stirn. »So langsam machst du mich nervös.« Und das war eher noch untertrieben. Sie war bereits mit einer inneren Unruhe aufgewacht, die sie sich nicht erklären konnte.

»Die Fiona, die die Blanche spielt, war gestern Abend mit der Liesel in Bonn.« Ediths Stimme überschlug sich fast.

»Ja? Und?« Das konnte doch unmöglich die große Neuigkeit sein, wegen der sie hierher gerannt war.

»Und die hatten auf dem Rückweg einen Autounfall. Nichts Arges, sie sind von der Straße abgekommen und in den Graben gefahren.«

»Ach herrje. Ist den beiden etwas geschehen?«, fragte Dora erschrocken. Die Fiona war immer nett zu ihr und hatte ihr schon bei einer schweren Stelle in der Rolle der Blanche geholfen.

»Nichts Schlimmes, wie gesagt. Nur ein paar Kratzer und Schürfwunden. Und ...«, hier machte Edith eine künstlerische Pause, »... Fiona hat sich das Bein gebrochen und muss sechs Wochen einen Gips tragen.« Sie riss die Augen auf und starrte Dora begeistert an.

»Oje, wie furchtbar unpraktisch.« Noch begriff Dora nicht, was das bedeute. Doch so langsam kam die Information in ihrem Gehirn an. »Aber ... dann kann sie ja in vier Wochen nicht auf der Bühne stehen!«

»Richtig. Kann sie nicht.« Edith wirkte ein wenig zu zufrieden im Angesicht von Fionas Unglück.

»Oh, die Arme. Sie hatte sich so gefreut. Dann muss wohl die Zweitbesetzung ran.«

»Aber, du Dummchen!« Edith lachte. »Die Liesel ist doch die Zweitbesetzung!«

»Die Liesel?« »Die saß auch mit im Wagen! Das ganze Gesicht voller Schrammen. Der Regisseur ist außer sich, dass sie zusammen unterwegs waren!« Edith schien diesen Zustand jedenfalls nicht zu teilen. Sie wirkte immer vergnügter.

Dora starrte ihre Freundin an. »Die Zweitbesetzung fällt ebenfalls aus?« Ihr schwindelte, und sie ließ sich auf den Stuhl vor ihrem kleinen Pult fallen. »Aber ... das heißt dann ja ...«

»Dass du die Rolle der Blanche übernehmen musst!« Edith hüpfte auf der Matratze auf und ab wie ein kleines Mädchen. Es fehlte nur noch, dass sie in die Hände klatschte.

Dora schlug die Hand vor den Mund. »Aber das kann ich nicht!«

»Klar kannst du!« Begeisterung sprühte aus Ediths Augen. »Du kennst die Rolle, du hast sogar schon ein paarmal mit dem männlichen Hauptdarsteller geprobt. Du hast noch vier Wochen, um dich richtig einzuarbeiten.« Sie seufzte auf. »Das wird dein Durchbruch als Theaterschauspielerin. Du wirst sehen. Und wenn du reich und berühmt bist, nimmst du mich als Kostümbildnerin mit, ja?« Sie schlug die Hände vors Gesicht und kicherte, als sei sie es, für die sich jetzt schon alles änderte.

Dora nickte langsam. »Ja ... denke ich. Natürlich.« Doch in ihrem Kopf arbeitete es unentwegt. Sie hatte die Unterschrift ihres Vaters gefälscht, um an den Proben teilnehmen zu können. Sie hatte nie damit gerechnet, wirklich eingesetzt zu werden. Und dann auch noch als Blanche! Die anstößigere der beiden Rollen!

Hätte sie das geahnt, hätte sie wohl gleich die Eltern eingeweiht. Und jetzt, da es so weit war, wusste sie nicht, wie sie es bewerkstelligen sollte, zu den Auftritten zu gehen, ohne dass ihre Eltern es mitbekamen.

Denn erlauben würden sie es ihr nicht. Nicht nach diesem Vertrauensbruch. Ach was, auch sonst hätten sie es nicht zugelassen. Das Schokoladengeschäft war ein anständiges Geschäft. Die Tochter des Hauses dürfte auf keinen Fall die Blanche spielen!

Sie schlug nun ebenfalls die Hände vors Gesicht, doch anstelle eines Kicherns bahnte sich ein Schluchzen seinen Weg durch ihre Kehle.

Das konnte doch nicht wahr sein!

Sie hatte gehofft, sich als zuverlässige Drittbesetzung einen guten Ruf zu erarbeiten und dann im nächsten Jahr, wenn sie einundzwanzig und damit großjährig wurde, erneut vorzusprechen. So war es bei der Rosi gelaufen, die sich noch dazu erfolgreich ihren bayerischen Dialekt abtrainiert hatte und daraufhin die Rolle der Stella hatte übernehmen dürfen.

»Freust du dich denn gar nicht? Das bedeutet doch auch eine höhere Gage für dich!«

Daran hatte Dora nun wirklich noch keinen Gedanken verschwendet. Am liebsten würde sie sich wieder ins Bett legen und noch eine Nacht darüber schlafen. Doch das ging nicht. Sie musste zur Probe, und zwar pünktlich. Ein Blick auf die Uhr zeigte ihr, dass sie keine Zeit mehr für ein Frühstück hatte. Sie rappelte sich auf und streckte Edith die Hand hin. »Komm, wir machen uns über die Hintertreppe davon.«

»Hast du denn schon gefrühstückt?« Edith schlug ein und ließ sich hochziehen.

»Nein. Vielleicht kann ich mir ein Brötchen beim Bäcker kaufen«, sagte Dora, doch in Gedanken war sie bei dem bevorstehenden Tag. In ihrem Magen kribbelte es ohnehin so sehr, dass sie keinen Hunger mehr verspürte.

Sie wollte das. Sie wollte diese Rolle.

Jetzt musste sie nur einen Weg finden, wie das möglich wäre.

Kapitel 12

Eine Tür klapperte, dann lief Wasser. Kurz darauf die Klospülung.

Charlotte sah mit weit aufgerissenen Augen in die Dunkelheit. Dass sie versehentlich einschlafen könnte, stand in diesem Moment nicht zu befürchten. Doch ein wenig musste sie noch aushalten.

Leise Schritte erklangen im Flur. Sie schienen vor ihrer Zimmertür stehen zu bleiben. Charlie hielt die Luft an. Dann setzte ihre Großmutter ihren Gang durchs Haus fort. Der Schlüssel wurde im Schloss der Haustür umgedreht, eine Jalousie heruntergelassen. Dann, endlich, quietschte das Scharnier von Omas Schlafzimmer.

Wie lange würde es dauern, bis ihre Großmutter eingeschlafen war? Sie trug Ohrenstöpsel, das wusste Charlie. Sie sah auf die Uhr. Eine halbe Stunde sollte sie ihr mindestens noch geben.

Die Zeiger krochen quälend langsam weiter. Nach einer halben Stunde zwang sich Charlie, noch ein wenig länger zu warten. Nur noch ein paar Minuten.

Irgendwann schreckte sie hoch. Ihr Herz raste. Sie war im Bett zusammengesunken, und alles tat ihr weh. Ein Blick auf die Leuchtzeiger des alten Weckers sagte ihr, dass sie ganze zwei Stunden geschlafen hatte.

Verdammt! Sie hatte doch etwas vor, und jetzt war sie völlig beduselt. Sie schwang die Füße über die Bettkante und setzte sich auf. Ihr schwindelte, und sie schüttelte den Kopf, bis sich das Gefühl legte. Testweise stellte sie sich auf beide Füße. Obwohl einer eingeschlafen war, trug auch er sie anstandslos. Was für ein Glück.

So leise wie möglich schlich sie zur Tür. Sie öffnete einen Spalt und lugte hinaus. Es war alles ruhig. Ruhig und dunkel. Mit gezücktem Handy leuchtete sie den Flur ab.

Auf Zehenspitzen huschte sie zur Treppe. Immer am Rand der Stufen halten, da knarrten sie am wenigsten, wenn sie sich richtig erinnerte. Doch so genau wusste sie es nicht mehr.

Jedenfalls schaffte sie es, ohne ein Geräusch zu verursachen, bis auf den Dachboden. Leise schob sie die Tür hinter sich zu. Erst dann wagte sie es, das Licht einzuschalten und ihr Telefon wegzustecken.

Jetzt sah sie sich um. Der Raum wirkte so völlig anders als beim spärlichen Tageslicht aus dem schmalen Dachfenster. Wie oft hatte ihr Opa wohl hier gesessen, auf diesem durchgesessenen Sessel da in der Ecke, und in einem seiner Groschenheftchen geblättert? Und wie oft hatte er die Geheimklappe geöffnet und die Dose herausgenommen? Sie sah ihn direkt vor sich, die Box auf den Knien, das Foto von sich und der fremden Frau in der Hand. War sie seine erste Ehefrau gewesen? Seine Schwester? Und warum hatte er sie verlassen und nie mit seiner neuen Familie über sie gesprochen?

Sie trat zu dem Regal mit den Heftchen. Es waren wirklich viele. Tausende vermutlich. Mit dem Zeigefinger strich sie über einen der Stapel und zählte im Kopf mit. Zweiundfünfzig. Wie es aussah, war das die Ausgabe einer Westernreihe eines ganzen Jahres. Doch welches? Auf dem Titel stand nur eine sehr hohe fortlaufende Zahl. War das die Ausgabe? Verdammt, wie viele Folgen gab es von der Serie? Und hatte ihr Opa wirklich alle davon besessen?

Von diesen Stapeln gab es unzählige auf den schmalen Brettern. Sie überschlug im Kopf. Sicherlich zehn Stapel unterschiedlichster Reihen pro Brett und das auf zehn Brettern übereinander. Gut, weiter oben, Richtung Giebel, waren es ein paar Stapel weniger, dafür aber nach unten ein paar mehr. Außerdem standen auf dem Boden noch Kartons herum. Sie zog sich einen davon heran. Er war beschriftet mit *Western, 1972 – 1975*.

Könnten das die ältesten sein? Jedenfalls entstieg der Kiste ein ordentlicher Mief. Na ja, wenn sie eh schon hier war, konnte sie ja mal eine Ausgabe für Björn heraussuchen und für ihn ein Bild davon machen, damit er eine Vorstellung davon hatte, in welchem Zustand sie sich befanden. Sie suchte vorsichtig weit unten im Karton und zog ein Heft hervor. Ausgabe zwölf. Sie schluckte. Um die fünfzig Jahre alt und in einem fantastischen Zustand. Das würde sie mit nach unten nehmen und es sich ein bisschen genauer anschauen. Dann könnte sie ihrem alten Kumpel vielleicht noch heute ein Bild schicken.

Doch jetzt sollte sie erledigen, weswegen sie hergekommen war, bevor Oma doch noch aufwachte. Sie schlich zu der geheimen Klappe in der Vertäfelung der

Abseite. Verflucht, hatten diese Holzdielen immer schon so geknarrt? Egal wie vorsichtig sie die Füße aufsetzte, ihre Schritte dröhnten unnatürlich laut in ihren Ohren.

Im Licht der Deckenleuchte waren die Fugen beinahe gar nicht zu erkennen. Niemals hätte sie unter diesen Lichtverhältnissen vermutet, dass dort ein Geheimfach war. Doch sie wusste es zum Glück besser, und die Kratzspur auf dem Boden, die sie heute Mittag hinterlassen hatte, zeigte ihr, wo sie suchen musste.

Charlie ging genau davor in die Hocke. Jetzt kam der schwierige Teil. Den Mechanismus zu betätigen, ohne so laut zu sein, dass ihre Großmutter erwachte. Vor einigen Stunden hatte sie schon ordentlich dagegen geschlagen, um die Klappe aufspringen zu lassen. Und jetzt? Wie sollte sie das machen? In der Nacht klang so etwas doch immer noch viel lauter!

Sie tastete an der Wand entlang. Wo genau hatte ihre Faust die Vertäfelung getroffen? Ziemlich in der Mitte der Klappe, wenn sie es richtig in Erinnerung hatte.

Sie drückte gegen das Holz. Natürlich tat sich nichts. Ein bisschen weiter oben, dann ein bisschen weiter unten. Immer noch nichts.

Du kannst da jetzt nicht gegenbollern wie eine Verrückte!

Das hätte sie sich vielleicht vorher überlegen sollen. Schon bei dem Gedanken an das Geräusch verspürte sie ein Kribbeln direkt über dem Steißbein. Als ob jemand hinter ihr säße und sie beobachtete.

Sie fuhr herum, aber da war niemand. Natürlich nicht. Sie war im Haus ihrer Großmutter, die Haustür war abgeschlossen, und sogar Oma konnte sich in ihrem eigenen Haus nicht völlig lautlos heranschleichen.

Also gut. Ein weiterer Versuch. Dieses Mal drückte sie fester. Nichts. Dann lehnte sie sich mit dem vollen Gewicht gegen das Holz.

Etwas gab unter ihrer Hand nach, und die Klappe sprang einen Spalt auf. Charlie schlug die Hand vor den Mund. Um einen erschrockenen Schrei abzufangen ... oder eher ein Lachen? Sie fühlte beides in sich aufsteigen.

Es gelang ihr, das Gefühl abzuschütteln. Sie griff um die Ecke in das Fach. Ihre Fingerspitzen strichen durch trockenen Staub, und prompt kitzelte es in ihrer Nase. Einen Moment lang erfasste sie die Furcht, das Kästchen könnte weg sein. Hatte sie es wirklich so weit nach hinten geschoben? Ihr Herzschlag beschleunigte sich. Konnte ihre Oma es noch entdeckt und herausgenommen haben? Oder jemand anderer? Wusste vielleicht jemand von der wertvollen Kette darin?

Dann stupste die Spitze ihres Zeigefingers dagegen. Sie stieß die Luft aus und merkte erst dadurch, dass sie den Atem angehalten hatte.

Rasch zog sie die Metallbox hervor. Sie scharrte über den Boden, also hob Charlie sie an. Kühl und schwer lag sie in ihrer Hand.

Sollte sie den ganzen Kasten mitnehmen? Nein, schon das Klappern aus seinem Inneren, als sie ihn nur ganz leicht kippte, sorgte dafür, dass sie sich dagegen entschied.

Mühsam schob sie den Deckel erneut in die Höhe. Da lag sie. Die Kette, die so wertvoll wirkte. Die Kette der fremden Frau. Vorsichtig nahm Charlie sie heraus und legte sie auf den Boden. Es polterte ohrenbetäubend laut. Nein, vermutlich kam es ihr wieder nur so vor. Danach verstaute sie das hübsche Kästchen wieder an seinem Platz und drückte die Klappe zu.

Doch wie sollte sie die Kette nun transportieren? Wieder einmal hatte sie so weit nicht gedacht. Wenn sie das Schmuckstück einfach in die Hosentasche stopfte, würde sie es nur unnötig zerkratzen. Es wäre schade darum, denn trotz ihres offensichtlichen Alters glänzte die Kette noch wie neu. Sie war nicht einmal angelaufen, was vermutlich für ihre Qualität sprach. Leider besaßen ihre Schlafsachen ohnehin keine Taschen.

Tja, warum eigentlich nicht?

Sie nahm das Geschmeide hoch und öffnete den Federring. Ihre Finger zitterten dabei ein wenig. Dann legte sie sich das Schmuckstück um ihren Hals. Im Nacken musste sie ein wenig fummeln, bis es ihr gelang, den Verschluss zu schließen. Ob ihr Opa das früher für die Frau von dem Foto getan hatte? Und wäre es nicht schön, jemanden zu haben, der das erledigte? Christoph hatte das nie für sie getan, aber Charlie besaß auch so gut wie keinen Schmuck.

Endlich gelang es ihr, die Kette vollständig anzulegen. Selbst war die Frau. Schwer und erstaunlich warm schmiegte sich das Metall an ihr Dekolleté und floss geradezu über ihre Schlüsselbeine.

Sie schloss für ein paar Sekunden die Augen. Genoss das Gefühl. Dann zupfte sie den Ausschnitt ihres Oberteils so zurecht, dass es das Collier zumindest ein wenig verdeckte, verwischte die Spuren im Staub, die die Klappe schon wieder verursacht hatte, und erhob sich.

Jetzt nur noch zurück in ihr Zimmer, ohne dass ihre Oma davon Wind bekam, und sie hätte es geschafft.

So leise wie möglich huschte sie die Treppe hinab. Auf halber Strecke lauschte sie. Hörte sie da nicht das Bettzeug ihrer Großmutter rascheln, oder war das ihr eigenes Blut, das durch ihre Ohren rauschte? Sie konnte es nicht sagen, lief aber schnell auf Zehenspitzen weiter. Die letzte Stufe knarzte. Der Ton zerriss die Stille. Verdammt!

Noch bevor sie die Tür ihres Zimmers schließen konnte, hörte sie, wie eine andere Tür aufging. Ein Seufzen ertönte, dann leise Schritte. Sie verharrte mit angehaltenem Atem hinter dem Türblatt. Hatte sie ihre Oma geweckt? Würde diese den Türspalt bemerken?

Das Licht im Badezimmer wurde eingeschaltet. Dann wurde es wieder dunkel, als sich die Badezimmertür schloss.

Charlie atmete auf und warf einen kurzen Blick in den Flur. Ein heller Spalt am Boden war alles, was von dem Erwachen ihrer Oma zeugte.

Sicher musste sie nur auf die Toilette. Dennoch – es war verdammt knapp gewesen.

Kapitel 13

»Hast du heute Nacht irgendwas gehört?«

Charlie hielt im Kauen inne und starrte ihre Großmutter an. Sie tat so, als müsste sie den Bissen erst umständlich herunterschlucken, bevor sie antwortete. Na ja, ein bisschen stimmte das ja auch. Sie hatte viel zu viel auf die Gabel geladen. Gut, dass Christoph das nicht sah.

»Gehört? Was denn?«

Oma nahm einen Schluck von ihrem Tee. »Ach, ich weiß nicht. Ich dachte, mich hätte etwas geweckt. Aber vielleicht war es doch nur meine Blase. Die kann seit einigen Jahren einfach nicht mehr so viel fassen wie früher.«

»Ach so.« Charlie schob den nächsten Bissen in den Mund. Rührei mit Räucherlachs und Frühlingszwiebeln. Sie sollte wirklich öfter bei ihrer Oma unterkriechen und sich verwöhnen lassen. Vielleicht sollte sie sich schon mal etwas überlegen, womit sie sich dieses Mal revanchieren konnte.

Wenn du diese Hefte für Oma verkaufst, tust du ihr sicher den größten Gefallen.

»Aber das hast du auch nicht mitbekommen, oder? Dass ich einmal austreten musste?«

Charlie schüttelte den Kopf und kaute. Sobald ihr Mund wieder frei war, sagte sie: »Hab geschlafen wie ein Stein. Aber weißt du was?«

Oma schüttelte den Kopf und betrachtete lächelnd Charlies sich leerenden Teller.

»Ich habe gestern Abend noch mit meinem Kumpel Björn telefoniert«, fuhr Charlie fort. »Der, von dem ich dir erzählt habe. Und ich soll ihm mal ein paar der Groschenhefte mitbringen.«

»Oh, wirklich?« Das Gesicht ihrer Oma hellte sich auf. Es war Charlie gar nicht aufgefallen, dass ihre Großmutter wohl tatsächlich ein wenig bedrückt gewirkt hatte. War ja auch kein Wunder nach den letzten Tagen. Nicht zu vergessen die Nachricht von gestern, von der sie immer noch nicht berichtet hatte.

»Er kann natürlich nichts versprechen. Aber einige Ausgaben könnten durchaus etwas einbringen. Vor allem, wenn sie sich in einem guten Zustand befinden.«

»Die sind alle in hervorragendem Zustand«, erwiderte ihre Oma strahlend.

Tja, das war nicht zu leugnen. Ordnung war ihrem Großvater ja immer sehr wichtig gewesen. Hoffentlich rechnete ihre Großmutter nicht damit, dass seine Bibliothek all ihre Geldprobleme lösen konnte.

Charlie schob mit dem Messer noch ein wenig Ei auf die Gabel. »Ich gehe dann gleich mal hoch und suche ein paar der schönsten Ausgaben heraus, ja? Hast du vielleicht eine Mappe, in der ich sie transportieren kann?« Sofort sprang ihre Oma auf. »Sicher! Vielleicht Klarsichthüllen und ein dünner Ordner?« Sie lief in das benachbarte Wohnzimmer. Schubladen wurden geöffnet und geschlossen, Gegenstände hin und hergeschoben. Natürlich hatte sie etwas da. Sicherlich hätte sie auch für die Kette ein passendes Schmuckkästchen gefunden, wenn Charlie sie darum gebeten hätte. So lag der Schmuck jedoch in ein Seidentuch gewickelt in ihren Wechselschuhen in der Reisetasche. Da war er sicher aufgehoben. Jedenfalls solange niemand danach suchte. Aber warum sollte das jemand tun?

Oma kam mit einer Mappe aus festem Karton zurück, in die einige Klarsichthüllen direkt eingearbeitet waren. Sie wirkte recht stabil.

»Geht das?«, fragte sie und legte sie neben Charlies Teller.

Charlie nahm sie in die Hand und bog sie prüfend. »Fühlt sich gut an.«

Sie platzierte sie auf dem Stuhl neben sich, damit sie kein versehentlich von der Gabel fallendes Ei abbekam, dann schob sie die letzten Reste ihres Frühstücks zusammen. Ob sie das Foto auch darin unterbringen konnte? Im Moment steckte es in dem Buch, das sie gerade las, doch das kam ihr viel zu unsicher vor. Andererseits, wer sollte einfach so eine zerlesene Ausgabe von Madame Bovary aufschlagen?

»Irgendwas geht dir doch durch den Kopf, Liebes.«

Überrascht von der Vermutung sah Charlie auf, direkt in das Gesicht ihrer Großmutter. Die alte Frau blickte sie interessiert an, die Augen leicht zusammengekniffen, sodass die feinen Runzeln stärker hervortraten. Wann waren ihre Augäpfel so wässerig geworden? Ansonsten hatte sich ihr Gesicht in den letzten Jahren kaum verändert. Die Haare waren nur etwas kürzer, was sie eher jünger aussehen ließ. Diese Erkenntnis speicherte Charlie für später schon mal ab.

»Ach, ich dachte nur gerade ...« Dummerweise hatte sie sich nicht vorher überlegt, wie der Satz weitergehen sollte. Was sollte sie sagen? Konnte sie die Situation nutzen, ihre Oma ein wenig auszuhorchen?

Warum eigentlich nicht?

»Ich hatte überlegt, wie schade es ist, dass Opa und ich uns so selten unterhalten haben. Weißt du, jetzt ist er tot, und meine Erinnerungen an ihn sind alle irgendwie ...«

Würde es ihre Oma verletzen, wenn sie das Wort nutzte, an das sie dachte?

»Schweigsam?«, vervollständigte Oma den Satz für sie und wirkte dabei gar nicht betroffen. Klar, sie wusste ja selbst am besten, was für ein Mensch ihr Mann gewesen war.

Charlie hob eine Schulter, sagte aber nichts.

»Ach Liebes, mach dir nichts draus. Dein Großvater war ein sehr verschlossener Mensch. Aber ich habe immer gespürt, dass da etwas ganz tief in seinem Inneren schlummerte, das gut war. Ich bin mir sicher, er wollte immer nur unser aller Bestes, selbst wenn er es gerade ... nun ja, nicht sagen konnte.«

»Schweigsam?« Charlie lachte humorlos auf. »Einmal habe ich einen Nachmittag hier verbracht, als meine Eltern mit dir zum Einkaufen gefahren sind, da hat er nicht ein Wort gesagt!«

Es war ihr vorgekommen, als hätte er Angst vor ihr gehabt. Oder Angst um sie? Jedenfalls hatte er sie nicht auf der Straße spielen lassen. Das war ihr im Gedächtnis geblieben. Eine weitere Erinnerung blitzte auf. Ihr

Opa, wie er ihr die Holzperlen entriss, die sie zu einer Kette auffädeln wollte. Er hatte sie mit zusammengeschobenen Augenbrauen angesehen, die an den Enden in die Höhe gezeigt hatten. Kurz fühlte sie wieder die Angst, die sie damals verspürt hatte. Dann hatte er etwas von Tabletten gemurmelt und sich wieder in seinen Sessel gesetzt.

»Er war eben aus einer anderen Zeit. Sehr vorsichtig und zurückhaltend.« Oma seufzte. »Und er hat nicht darüber gesprochen, doch ich glaube, er hat irgendetwas erlebt, vielleicht in seiner Kindheit, das ihn so werden ließ.«

Wenn das mal nicht die Gelegenheit war. »Ich wüsste echt gern, wie Opa als Kind war.« Charlie schabte mit der Gabel über den Teller und gab sich Mühe, möglichst beiläufig zu wirken. »Gibt es Fotos?«

Oma stand auf und nahm die Pfanne vom Herd. »Leider nicht.« Sie kippte sie so, dass Charlie den Inhalt sehen konnte. »Hier ist noch ein wenig Ei. Willst du?«

Charlie schüttelte den Kopf. »Nein, danke. Und seine Eltern? Haben die etwas erzählt?«

Schweigend schob Oma die Essensreste in ein Schälchen und klemmte einen Silikondeckel darüber. Erst als sie es im Kühlschrank deponiert hatte, sprach sie weiter. »Die habe ich nie kennengelernt. Weißt du, er sprach nie über seine Eltern. Ich weiß nicht, was mit denen war. Ich hatte immer das Gefühl, er sei vor ihnen geflohen, Liebes.«

So wie du. Oder nein, wohl noch endgültiger. Deine Eltern kennen Christoph immerhin.

Charlies Hoffnung sank. Das klang nicht so, als wüsste ihre Oma irgendetwas über Opas geheimnisvolle Frau. Wenn sie nicht einmal über seine Eltern Bescheid wusste ...

»Und du hast ihn einfach geheiratet, ohne seine Eltern kennengelernt zu haben?«

Oma lehnte sich gegen den Kühlschrank und lachte auf. »Er hat meine kennengelernt. Das reichte damals.« Sie wurde wieder ernst. »Er hatte einen guten Job als Hausmeister in dem Krankenhaus, in dem ich als Schwester gelernt hatte. Ein sicherer Job, ein geregeltes, nicht zu niedriges Einkommen. Das war viel wert zu unserer Zeit.«

»Das scheint mir heute immer noch so zu sein.« Sie dachte an Christoph und schluckte.

»Sicher.« Die alte Frau setzte sich wieder Charlie gegenüber. »Aber es gibt Wichtigeres als das. Das darfst du nicht vergessen.«

Charlie nickte. Irgendwie schaffte es ihre Oma immer, ganz nebenbei die passenden Worte einfließen zu lassen. Und das, ohne dass sie allzu viel von ihrem Leben mit Christoph wusste. Doch das half ihr bei ihrem ganz aktuellen Problem auch nicht weiter: der Vergangenheit ihres Großvaters.

Charlie erhob sich und räumte die Teller in die Spülmaschine. Dann nahm sie die Mappe. »Wollen wir zusammen ein paar Ausgaben heraussuchen?«

Kapitel 14

Theodora

In der Pause saß Dora wie üblich draußen. Vor ihr lag ein belegtes Brötchen, das ihr Edith besorgt hatte, doch sie hatte bisher erst einmal abgebissen. Ihr fehlte der Appetit.

Ein Schatten fiel zuerst auf das Brötchen, dann auf sie.

»Darf ich mich setzen?«, fragte Bernd leise.

Sie nickte. Er hatte sich jetzt schon öfters zu ihr gesetzt. Meistens schwiegen sie, doch ab und zu unterhielten sie sich auch über die Schauspielerei, über Filme, die sie gesehen hatten, und über die berühmten Darsteller aus den amerikanischen Streifen, die in der Residenz, im Weißenhaus-Kino oder in den Hahnentor-Lichtspielen gezeigt wurden. Einmal hatten sie sogar darüber gesprochen, sich gemeinsam eine Vorstellung anzusehen, doch Dora hatte einen Rückzieher gemacht und behauptet, es bereits ihrer Schwester versprochen zu haben.

Ihr Blick fiel jetzt auf seine Unterarme, die sich unter den aufgerollten Hemdsärmeln anspannten.

Wie bei James Dean.

Ihr Herz klopfte ein wenig schneller. Sie ginge gern mit ihm ins Kino. Die Vorstellung, er könnte versuchen, seinen Arm um sie zu legen, gefiel ihr. Vielleicht hätte sie nicht ablehnen sollen, auch wenn sie sich damit den Neid des halben weiblichen Ensembles zuziehen würde.

»Du wirkst schon den ganzen Vormittag so nachdenklich. Müsstest du nicht außer dir sein vor Freude?« Er lächelte schief. »Oder machst du dir etwa Sorgen um deine Kolleginnen?«

Niemand hatte bisher über den Zustand von Fiona und Liesel gesprochen. Sie fielen aus, das war alles, was die Produzenten interessierte. Doch sie wusste ja, dass die beiden nichts hatten, was nicht wieder heilte.

»Nein, das ist es nicht.«

»Sondern?«

Dora überlegte. Warum sollte sie nicht mit ihm darüber sprechen? Er war immerhin eine von drei Personen, die von ihrem Problem mit den Eltern wusste.

»Es geht darum, dass meine Eltern doch nicht wissen dürfen, dass ich hier mitwirke. Du warst ja dabei, als ich die Unterschrift meines Vaters ...« Sie unterbrach sich selbst. Nicht nötig, es noch einmal auszusprechen.

»Ja. Und? Haben sie es etwa herausgefunden?«

Sie schüttelte den Kopf. »Das nicht. Aber ... das funktioniert nur, weil ich immer pünktlich zum Abendessen zu Hause bin. Wenn ich vier Wochen lang an vier Abenden in der Woche für zwei Vorstellungen auf der Bühne stehe, brauche ich eine ziemlich gute Erklärung dafür.«

»Hm ...« Er kratzte sich am Kopf. »Verstehe. Vor allem, wenn sie zufällig eins der Plakate sehen, auf denen dein Bild abgedruckt ist.«

Doras Hand fuhr unwillkürlich zu ihrem Mund. »Ach du meine Güte! Daran habe ich ja noch gar nicht gedacht!« Dabei hatte sie am Anfang ausschließlich daran gedacht. Am liebsten hätte sie ihr Gesicht in den Händen verborgen. Es war das, wovon sie immer geträumt hatte: ihr Gesicht auf einem Plakat eines richtigen Theaters. Ihr Name bei den Hauptdarstellern. Und nun drohte alles zu verderben, weil sie so dumm gewesen war.

Bernd sah sie zerknirscht an. »Tut mir leid.« Er wirkte ehrlich betroffen.

»Aber du kannst ja gar nichts dafür.«

Ein Kollege steckte den Kopf aus einem Fenster im Obergeschoss und rief nach ihm, doch Bernd winkte ab, ohne ihm auch nur das Gesicht zuzuwenden. Das Kribbeln in Doras Magen nahm zu, und das lag jetzt ganz sicher nicht an der Rolle.

»Du musst es deinen Eltern also sagen und hoffen, dass sie es verstehen.«

Dora nickte, doch wie von selbst änderte sich die Bewegung zum Kopfschütteln. »Das werden sie niemals. Nicht bei dieser Rolle, und nicht, nachdem ich sie vier Monate lang deswegen belogen habe. Jetzt werden sie es mir auf jeden Fall verbieten.«

Bernd seufzte. »Klingt nach einem echten Dilemma.«

»Ja.«

Sein Kollege rief erneut, dieses Mal eindringlicher. Ein Knurren entrang sich Bernds Kehle. »Ich muss wohl wieder.« Er erhob sich, ohne sie aus dem Blick zu lassen. Dann blinzelte er Dora zu. »Aber ich lasse mir was einfallen. Es gibt immer eine Lösung. Versprochen.«

Sie blinzelte zurück, doch seine Zuversicht teilte sie nicht.

Wenn sie ihm nur glauben könnte.

Kapitel 15

Charlie machte sich auf den Weg zu dem Treffen mit Björn. Den ganzen Nachmittag hatte sie mit ihrer Großmutter auf dem Dachboden verbracht, bis ihre Knie von dem harten Holzboden geschmerzt hatten. Sie hatten die Groschenhefte gesichtet und geordnet, um sich einen Überblick zu verschaffen, was sie für Björn im Angebot hatten. Wie es aussah, war die Sammlung ziemlich vollständig und in einem sehr guten Zustand. Und die meisten waren Erstausgaben. Wenn da nicht der eine oder andere Schatz darunter war, dann wusste sie auch nicht weiter.

Um die Tätigkeit aufzulockern, hatten sie sich die lustigsten und absurdesten Titel zugerufen und immer versucht, sich gegenseitig zu toppen.

Unterwegs in den Canyon voll Blei, *Ein Cowboyhut voll Dollars*, *Die Männerfalle von Xerxes drei* und *Auf der Jagd nach dem roten Blobb* waren nur einige der Highlights.

Manches davon hatte sie jetzt in der Handtasche. Doch woran sie wirklich zu schleppen hatte, war das, was sich unter ihrem Rollkragenshirt und dem bauschigen Seidentuch verbarg. Die Kette lag schwer um ihren Nacken und schien sie niederzudrücken.

Sie wusste ja nicht einmal, ob Björn ihr überhaupt weiterhelfen konnte. Doch wenn nicht, dann kannte er hoffentlich jemanden. Auf jeden Fall kannte er jemanden, das war doch immer so gewesen. Es war seine geheime Superkraft. Sonst hätte sie keine Ahnung, an wen sie sich damit wenden könnte.

Charlie kam völlig verschwitzt im *Shaggys* an. Für diese Staffage war es viel zu warm. Und in dem kleinen, engen Kultcafé war es nicht unbedingt kühler. Doch da musste sie jetzt durch.

Björn saß bereits auf seinem Stammplatz von früher. Sie hätte ihn unter tausenden von Menschen sofort erkannt. Er war immer noch der lange Lulatsch wie damals, der nicht wusste, wohin mit seinen Armen und Beinen. Manche Dinge änderten sich eben nie.

Anders hier im Café. Die Polster waren neu, zum Glück. Auf die alten Dinger hätte sie sich niemals draufgesetzt. Und die Wände sahen frisch gestrichen aus.

Was bist du uncool geworden, Charlie. Oder doch alt.

Er grinste, als sie sich näherte und hob die Hand. »Hey, Honey! Hier bin ich!«

Als hätte sie ihn sonst nicht gesehen. Doch auch Charlies Mundwinkel hoben sich. Sogar seine Miene ähnelte noch der von damals. Er sah aus, als hätte er etwas ausgeheckt.

Sie schob den Stuhl beiseite und quetschte sich über Eck auf die Bank. Das war ihr alter Stammplatz. Von hier sah das *Shaggys* noch mehr so aus wie früher. Es fühlte sich beinahe so an wie zu Schulzeiten. Instinktiv tasteten ihre Fingerspitzen über die Unterseite des Tisches.

»Sie sind noch da.« Björn zwinkerte.

In dem Moment fühlte sie die kleinen Vertiefungen. Winzige Rillen. Ohne sie sehen zu können, wusste sie, was da stand.

Lotte. Und ein Stückchen weiter, vor Björns Platz, sein eigener Name.

»Unser Tisch!«

Björn nickte. »Na klar! Die würden es nie wagen, den auszutauschen.«

Charlie lachte. Als wären sie Legenden gewesen, denen man huldigen musste. Ein bisschen vermisste sie die Zeit.

Ein bisschen?

Doch bevor sie weiter darüber nachdenken konnte, kam die Kellnerin mit einem Tablett. Sie balancierte zwei niedrige, bauchige Tassen darauf.

Charlie versuchte, einen Blick auf den Inhalt zu erhaschen. »Ist das ...?« Der aromatische Duft stieg ihr bereits in die Nase, und sie atmete tief ein.

»Ich war so frei, dir schon mal was mit zu bestellen.« Er legte den Kopf schräg. »Geht auf mich.«

Charlie nickte der Kellnerin zu, als sie eine der Tassen vor ihr abstellte. »Der beste Chai der Stadt!«

»Na, das will ich doch hoffen!« Die Frau lachte und schlenderte zurück zur Theke, wobei sie den Blick durch den Raum schweifen ließ. Immer auf der Suche nach einem Gast, dem sie noch etwas Gutes tun konnte.

Björn nahm einen Schluck von seinem Tee und schloss genussvoll die Augen. »Hmmm«, machte er.

Charlie tat es ihm nach. »Hmmm!« Sie sahen einander an und grinsten. Es war wirklich fast wie früher.

Dann klopfte Björn auf den Tisch. »Wie kann es nur sein, dass wir uns so aus den Augen verloren haben, Lotte?«

Sie zuckte mit den Achseln. »Ja, eine Schande.« Dabei wusste sie genau, woran es gelegen hatte. Und das war nicht Björn gewesen.

»Also. Wird Zeit, Zeit aufzuholen.« Ihr Kumpel wackelte mit einer Augenbraue. »Was gibt's Neues? Ich will alles hören, auch das schmutzige Zeug.«

Charlie seufzte. Wie sollte sie denn die vergangenen zehn Jahre resümieren? Also hob sie die Schultern.

»Wie läuft die Arbeit?«

Autsch. Das tat weh. Ihr Kumpel von damals stellte nur eine Frage, und die traf gleich ins Schwarze.

»Gut«, sagte sie.

»Ach ja?« Björn richtete sich auf. »Und warum schüttelst du den Kopf, während du das sagst?«

Charlottes Hand fuhr zu ihrer Wange. »Habe ich das?«

Björn nickte. »Du arbeitest doch mit deinem Mann zusammen, richtig? Dem Anwalt. Wie heißt er noch? Christoph?«

»Ja.« Charlie schluckte. »Stimmt.«

»Und das scheint keinen Spaß zu machen.« Björn nahm einen Schluck, dann nickte er. »Mein Job auch nicht. Aber Flora hat drauf bestanden, dass ich meine vielversprechende Karriere als Hehler an den Nagel hänge.« Er grinste.

Charlie musste ihn wohl so erschrocken angesehen haben, dass er auflachte. »Keine Sorge: Hobbymäßig darf ich noch. Ein bisschen bei EBay, ein bisschen bei Etsy ... nur nichts, wofür man in den Knast kommt.«

»Deine Frau setzt die richtigen Prioritäten, scheint mir.« Charlie musste lächeln, als sie seinen seligen Gesichtsausdruck sah. Es schien ihn nicht zu stören.

»Für den richtigen Menschen bringt man gern Opfer.«

Charlie nickte. »Stimmt.« Doch fühlen tat sie nichts dabei.

»... weil es sich nämlich auszahlt.«

Ihr Nicken wurde langsamer. Tat es das?

»Du hast ja dein Studium für deinen Mann aufgegeben, oder? Dann weißt du, was ich meine.« Björn sah sie an. Seine Augen zogen sich ganz leicht zusammen. So hatte er früher immer geguckt, wenn er einen Trick zu durchschauen versuchte. Einen Spezialeffekt im Film ... oder auch eine Lüge.

Schnell sah Charlie in ihre Tasse. »Und was machst du jetzt stattdessen?«

»Oh, ich verkaufe immer noch Sachen übers Internet.« Björn grinste schelmisch. »Aber jetzt tue ich es für eine Versicherung.« Seine Schultern hoben und senkten sich schnell.

»Klingt doch nicht schlecht.«

Er wirkte jedenfalls ziemlich glücklich.

»Mir ist es egal, was ich tue. Hauptsache, ich kann meine Flora und die Kleine versorgen und habe abseits vom Job ein schönes Leben.«

»Und das sieht mir ganz danach aus.« Charlie starrte in ihre Tasse. Hoffentlich klang ihre Stimme in Wahrheit nicht so traurig wie in ihrem Kopf.

Björn musterte sie von der Seite her. Sie konnte die Kopfbewegung im Augenwinkel sehen. Sie fuhr mit dem Finger die Rillen im Holz nach. Die Kuppe fand wie von selbst die Spur, so oft musste sie das damals schon getan haben. Vermutlich hatte sie in dieser alten Holzplatte sogar eigene Rillen geschaffen. Wie ein Fluss, der einen Felsen aushöhlt.

»Bei dir aber nicht, Lotte.« Björn spielte mit dem abgepackten Keks, der neben seiner Tasse lag. Wenn er so weitermachte, war er bald völlig zerbröselt.

Sie zuckte mit den Achseln. »Na ja, das Leben entwickelt sich nie so, wie man es mit zwanzig erwartet, oder?« Für manche wurde es besser, für andere schlechter.

»Du meinst den Job? Du hast irgendwas mit Geschichte studiert, richtig? Das brauchst du jetzt vermutlich eher nicht in einer Anwaltskanzlei.«

Sie konnte nicht verhindern, dass ihr ein Seufzer entfuhr. »Historische Grundwissenschaften. Und nein, das brauche ich nicht.«

Leider. Nicht nur, weil ihre Eltern es ihr prophezeit hatten. Brotlose Kunst hatte ihr Vater es genannt, jedes Mal, wenn sie zu Besuch gewesen war.

»Ich hatte immer das Gefühl, dass es dir Spaß gemacht hat. Jedenfalls bis wir ... einander aus den Augen verloren haben.«

Das hatte er sehr schön umschifft. Immerhin war sie einfach mit Christoph abgehauen, ohne sich bei jemandem zu melden. »Hat es auch. Aber Christoph ist ja ein bisschen älter, und der war gerade fertig mit dem Referendariat und hatte die Möglichkeit, in einer renommierten Kanzlei einzusteigen.« Sie hob die Hände und hätte dabei beinahe ihre Tasse umgeworfen. »Und da brauchten sie eben dringend jemanden für den Empfang.«

»Und da sitzt du nun?«

»Und da sitze ich nun.«

»Und genießt es, mit deinem Mann zusammenzuarbeiten.« Er formulierte es nicht als Frage.

Bevor Charlie entscheiden konnte, es auch nicht als eine zu betrachten und zu antworten, entfuhr ihr ein Schnauben.

Verdammt.

»Also nicht«, stellte Björn trocken fest. »Was ist das Problem?«

Sie rührte in ihrem Chai. Jetzt hätte sie auch gern einen Keks zum Zerbröseln gehabt. »Ach, du weißt schon. Das Übliche.«

»Was ist das Übliche? Das müsstest du für mich dummen Kerl ein bisschen präzisieren.« Er sah ihr aufmerksam ins Gesicht, als wollte er es wirklich ganz genau wissen.

Sie räusperte sich. »Am Anfang ist alles ganz toll gewesen. Ein repräsentatives Auto, elegante Klamotten, abends schick Essen gehen.«

Netterweise sagte er nicht, dass all das Dinge waren, die sie früher nie interessiert hatten. »Und später?«

»Irgendwann wurde es einfach ein bisschen viel, die ganze Zeit miteinander zu verbringen.« Charlie kaute auf der Unterlippe, bevor sie weitersprach. »Man hat sich nichts mehr zu sagen, glaub ich. Nichts zu erzählen. Nur noch Alltag.«

Wie schrecklich das klang. Sie straffte sich. »Aber es ist ein schöner Alltag. Ich meine, keine Katastrophen oder so.« Jedenfalls wenn man davon absah, dass Christoph sich immer weiter von ihr zu entfernen schien. Als nähme er sie gar nicht mehr richtig wahr. Und schick ausgehen taten sie schon lange nicht mehr. Er führte jetzt meistens Mandanten aus und nicht mehr sie. Die brachten schließlich das Geld rein, wie er nicht müde wurde zu betonen.

Ein unangenehmes Schweigen breitete sich zwischen ihnen aus. Es war Björn, der es schließlich durchbrach.

»Okay.« Er zeigte auf die Mappe, die Charlie neben sich auf die Bank gelegt hatte. »Wollen wir mal schauen, was du da hast?«

»Gern.« Erleichtert, an etwas anderes denken zu dürfen, schob sie die Tasse zur Seite und legte die Mappe auf den Tisch. Dann klappte sie den Deckel auf. Das erste eingetütete Exemplar wurde sichtbar. »In den Fängen der Sioux, Band eins, Januar 1971, erste Auflage.« Auf dem Cover schleuderte ein klischeehaft gezeichneter amerikanischer Ureinwohner einen Tomahawk, während zwei Cowboys ihre Lassos schwangen. Klar, genauso musste das damals abgegangen sein. Gut, dass irgendein schlecht bezahlter Schriftsteller die Szenen für die Nachwelt in Worte gefasst hatte.

»Bisschen rassistisch, scheint mir.« Björn pfiff durch die Zähne und zückte ein Tablet, das auf seinem Schoß gelegen haben musste. »Das fängt schon gut an.« Er tippte ein paarmal auf das Display und drehte es dann in ihre Richtung. »Siehst du?«

Was Charlie sah, war exakt die Ausgabe, die hier live und in Farbe vor ihr lag. Genau genommen sah sie auf dem Display natürlich nur eine Fotografie davon und zwar von einer deutlich schlechter erhaltenen Ausgabe.

»Und?«

Björn deutete auf ein Wort in der oberen Ecke. *Gesuch* stand dort. »Der Typ bietet für eine Erstausgabe von dem ersten Band fünfhundert Euro.«

Charlie wäre fast von der Bank gerutscht. »Der bietet wie viel?«

»Freu dich nicht zu früh. Das bekommen wir nicht für jedes Heft in deiner Sammlung. Ich denke, den größten Teil bringen wir irgendwann zum Papiercontainer.«

»Ja, kein Problem ... wenn wir ein paar davon loswerden, sind wir schon zufrieden.«

Wenn sie nur wüsste, wie hoch diese Hypothek war. Doch vermutlich mussten sie dafür noch ein paarmal Glück haben.

»Und das hier dürfte der Top-Preis sein«, holte Björn sie auf den Boden der Realität, bevor sie überhaupt abheben konnte. »Vielleicht geht eine Handvoll für um die hundert raus und ein paar weitere, die jemandem fehlen, für einen Zehner. Also nicht enttäuscht sein.« Björn grinste. »Ich vermittle das nur. Ich kann nichts dafür.«

»Wir murksen den Boten schon nicht ab.« Charlie grinste ihn an. »Du ahnst ja gar nicht, wie sehr ich mich freue, dass du mir hilfst.«

»Och, doch, du bist vor Freude ganz erhitzt, wie es scheint. Ist der Chai zu heiß, oder was?«

Puh, da hatte Björn recht. Ihr Gesicht fühlte sich schon richtig heiß an. Ohne darüber nachzudenken, zog sie das Tuch von den Schultern, und sofort wurde ihr merklich kühler.

»Was ist denn das?« Ihr Gegenüber zeigte auf Charlies Dekolleté.

Sie schielte herab und bemerkte, wie sich das Collier unter ihrem dünnen Rolli durchdrückte. Richtig, das hätte sie beinahe vergessen. »Ach das.«

Unauffällig blickte sie um sich. Es war niemand in der Nähe. Dennoch rutschte sie ein wenig nach unten, bevor sie den Rollkragen dehnte und die Kette hervorzog.

»Das hab ich in einem Versteck im Zimmer meines Opas gefunden. Was hältst du davon?«

Björn kniff die Augen zusammen. Er schob sich näher heran und beugte sich zu Charlie vor. Beinahe, als wollte er sie küssen. Es kribbelte ganz kurz in ihrem Bauch. So hatte es sich immer angefühlt, kurz bevor sie jemanden zum ersten Mal küsste. Sie hatte es schon fast vergessen, doch dieser kleine Stromstoß rief es ihr urplötzlich in Erinnerung.

Eine schöne Erinnerung. Wehmut erfasste sie.

Natürlich wollte Björn sie nicht küssen, und sie ihn auch nicht. Stattdessen betrachtete er das Schmuckstück um ihren Hals sehr genau.

»Hm«, machte er. Und dann: »Wow.« Er lehnte sich wieder zurück. »Sieht teuer aus.«

Charlie nickte. »Ja, für mich auch.«

»Wo genau hast du es gefunden?«

Sie hob die Schultern. »In einem Geheimfach hinter der Wandverkleidung.« Obwohl, so geheim war es eigentlich nicht gewesen. Man konnte es ja von außen sehen. Nur es aufzubekommen, war nicht so einfach. Ob Opa wollte, dass Oma es nach seinem Tod fand?

»Was für eine Legierung?«

»Siebenhundertfünfzig.« Sie warf ihm einen prüfenden Blick zu, doch er schüttelte nicht den Kopf. Es schien also Sinn zu ergeben, was sie da von sich gab.

»Und achtzehn Karat?« Jetzt konnte sie nicht verhindern, dass ihre Stimme zum Ende höher wurde.

Charlies alter Freund wiegte den Kopf. »Ja, das klingt doch gut.« Er sah sie an wie ein Hund, der nicht wusste, ob er mit einem kleinen Tierchen spielen wollte oder es jagen sollte. »Was hast du damit vor?«

Sie runzelte die Stirn. »Ich weiß nicht. Erst mal herausfinden, warum mein Opa es besessen hat, denke ich.«

»Und wie?«

»Ich bin da offen für Vorschläge.« Sie sah ihn an und hob die Brauen.

Björn lehnte sich zurück und verschränkte die Arme. »Also, ich bin kein Schmuckexperte.«

»Ja, ich weiß. Liebhaberzeug ja, Wertgegenstände nicht. Wie früher.« Ihre Mundwinkel zuckten, als sie sich an Björns alten Slogan erinnerte. Liebhaberzeug. Das war es allerdings nicht gewesen, weswegen er keine Zeit mehr fürs Studium gehabt hatte.

»Aber ich kenne da vielleicht jemanden, der dir helfen kann.«

Charlie lachte auf. Genau wie früher, der gleiche Spruch. Er sollte sich ein T-Shirt drucken lassen, auf dem das stand. »Damit habe ich fest gerechnet.«

»Aber ...«, ihr Kumpel hob den Zeigefinger, »... du solltest darüber nachdenken, deine Oma einzuweihen, oder nicht? Schließlich stammt der Schmuck aus ihrem Haus. Wenn er vorher deinem Großvater gehört hat, gehört er nun ihr.«

Ja, wenn ... und wenn sie das nur wüsste. Sie stöhnte auf. »Darüber zermartere ich mir schon die ganze Zeit das Gehirn. Was ist, wenn ich ihr von meinem Fund berichte, und es stellt sich heraus, dass Opa ihr etwas verheimlicht hat?«

Björn lehnte sich zurück. »Und was?«

»Na ja ... das Collier war nicht das Einzige, was ich gefunden habe.« Sie berichtete von dem Foto, der Frau, dem Familiennamen und ihrem Verdacht.

Björn stieß die Luft aus. »Puh! Verstehe. Dein Opa könnte schon einmal verheiratet gewesen sein und deine Großmutter weiß nichts davon. Oder er hat einer anderen Frau die Kette gestohlen, und deine Großmutter weiß nichts davon.«

»Oder beides.« Charlie starrte vor sich auf die Tischplatte. Dann hob sie den Blick.

»Oder beides.« Björn betrachtete den Schmuck um ihren Hals. »Aber sie könnte auch Bescheid wissen und nur nicht darüber gesprochen haben.«

Charlie wiegte den Kopf. Björns Blick auf ihrem Dekolleté fühlte sich seltsam an. Er hatte sie nie auf diese Weise angesehen, auf die Männer manchmal Frauen ansahen. Ihre Freundschaft damals war anders gewesen. Doch war sie das auch jetzt noch?

Charlie schüttelte sich. Was sollten diese Gedanken? Er betrachtete nur die Kette. Er war glücklich verheiratet, das hatte er ihr gerade noch gesagt. Und selbst wenn mit Flora nichts mehr laufen würde, wusste er ja, dass sie ebenfalls verheiratet war. Und so eine Frau war sie einfach nicht. Nicht früher und nicht heute.

Vielleicht wünscht du es dir nur, dass dich mal wieder ein Mann so ansieht.

»Das glaube ich nicht«, beantwortete sie schließlich seine Frage. »Ich habe gestern versucht, sie ein wenig auszuhorchen. Und ich hatte nicht das Gefühl, dass da etwas war, worüber sie nicht sprechen wollte.« Sie rief sich das Gesicht ihrer Oma wieder ins Gedächtnis. Nein, da war kein Schatten über ihre Miene gehuscht. Sie war die ganze Zeit offen gewesen. Wie immer.

Andererseits verheimlichte sie ihr auch die Hypothek. Das allerdings mit Schatten im Gesicht.

»Na gut. Du kannst ja immer noch entscheiden, was du tun willst, wenn du etwas herausgefunden hast«, schlug Björn vor. Charlie nickte. »Natürlich. Ich will die Kette meiner Oma ja nicht vorenthalten. Auf keinen Fall.« Sie schnaubte. »Ganz im Gegenteil, ich würde das Teil am liebsten so schnell wie möglich zu Geld machen und es ihr geben.«

Björn ließ die Arme sinken und nickte langsam. »Also gut. Du hast doch noch dein Konto bei diesem sicheren Messenger, den wir früher immer genutzt haben?«

Er schien den Grund, aus dem sie ihrer Oma finanziell helfen wollte, nicht zu hinterfragen, also ging sie auch nicht weiter darauf ein.

»Ja, klar.« Hoffentlich hatte sie die Zugangsdaten noch irgendwo. Sie hatte das System seit ihrer Schulzeit nicht mehr genutzt. »Warte mal.« Schnell zog sie ihr Handy aus der Tasche und scrollte durch die Liste der Apps. Tatsächlich, da war das Icon. Sie klickte es an und versuchte es mit ihrem damaligen Standardpasswort.

Zugriff verweigert.

»Du musst den zweiten Buchstaben groß schreiben, Honey«, murmelte Björn, sein eigenes Telefon in der Hand.

Richtig. Sie hatten das Passwort zusammen festgelegt. Dass er es noch kannte …

Sie versuchte es, und schon war sie auf ihrem Profil. »Bin drin.«

Er grinste und nickte. »Ja, sehe dich. Cooles Foto! Hatte ich schon ganz vergessen.«

Ihr Profilbild zeigte Charlie, verkleidet als ihre damalige Lieblings-Mangafigur. Knappe Klamotten, falsche Brüste, wallende Mähne und Schmollmund. Nur wer sie kannte, würde sie darauf wiedererkennen. Vielleicht.

»Hoppla! Soll ich es ändern?« Ihr Gesicht wurde warm bei dem Gedanken, jemand könnte sie so sehen.

Wann bist du nur so spießig geworden?

»Fujiko? Auf keinen Fall!« Björn grinste. »Die ist heiß und tough. Und der Typ, der dir weiterhelfen soll, darf dich ruhig heiß und tough finden. Das wird ihn motivieren. Vertrau mir.«

So ganz wohl war Charlie nicht dabei. Eigentlich fühlte sie sich nicht mehr wie Fujiko. Sie hatte sich seitdem sehr verändert. Und ihre Brüste waren auch nicht mehr gewachsen. Sie verdrängte den Gedanken.

»Okay. Und wer ist er?«

»Moment.« Björns Finger flogen so schnell über das Display, dass Charlie sich nicht vorstellen konnte, wie sie die richtigen Tasten treffen sollten. Doch trotzdem waren seine Nachrichten immer so gut wie fehlerfrei.

Also sah sie ihm nur zu, wie er schrieb, stoppte und wieder schrieb. Sein Mienenspiel dabei war herrlich. Von zusammengezogenen Augenbrauen über gerunzelte Stirn und einen verschlagenen Zug um die Lippen war alles dabei. Zum Glück endete es mit einem zufriedenen Grinsen.

»Er sieht sich die Kette an?«, fragte Charlie hoffnungsvoll.

Björn nickte. »Jepp! Er wird dich kontaktieren.«

»Okay ... und woran erkenne ich, dass er es ist?« In ihrer Erinnerung hat sie damals öfters mal ominöse Nachrichten von ebensolchen Gestalten erhalten.

Björns Grinsen verbreiterte sich noch. »Keine Sorge, Fujiko. Du wirst ihn erkennen.«

Kapitel 16

Charlie lag auf dem alten Bett ihres Vaters und ordnete Anfragen, die Björn ihr geschickt hatte. Dann glich sie die gesuchten Hefte mit ihrer Liste ab. Bei einem Treffer machte sie einen Haken und notierte den Betrag.

Schon nach kurzer Zeit sah die Zwischensumme gar nicht schlecht aus. Kein Vermögen, aber es läpperte sich etwas zusammen. Vielleicht konnte das Geld ihrer Großmutter wenigstens schon einmal etwas Zeit verschaffen.

In der Küche klapperte die alte Frau mit Geschirr. Der Duft nach Gebratenem zog durch den Flur zu Charlie hinüber. Ihr lief das Wasser im Mund zusammen. Waren das etwa Fischstäbchen? Wenn sie nicht aufpasste, musste man sie demnächst aus dem Haus ihrer Oma kugeln.

Dann musst du dir wenigstens keine Gedanken über deine Ehe mehr machen. Denn Christoph bist du dann los.

Sie machte einen weiteren Haken, dann checkte sie die Statusleiste. Keine eingegangene Nachricht im Messenger. Na gut. Sie hatte Björn ja erst vor ein paar Stunden getroffen. Da hatte dieser geheimnisvolle Kerl allerdings sofort geantwortet. Ob er sie erst überprüfte? Ging das überhaupt? Sie hatten diesen Messenger damals ja extra gewählt, weil er eben in dem Ruf gestanden hatte, die Anonymität zu wahren. Doch war das immer noch so? Konnte man nicht jeden irgendwie aufspüren?

Na, was sollte es. Sie hatte ja nichts zu verbergen. Außer dem Besitz einer vermutlich sehr wertvollen Kette und einiger seltener Ausgaben von Groschenheften.

Vielleicht sollte sie die Kette trotzdem an einem sicheren Ort verstecken. Nur wo?

»Kommst du zum Essen, Liebes?«

Charlie zuckte zusammen. Ihre Großmutter stand in der Tür und lächelte sie liebevoll an. Sie hatte nicht gehört, wie sie sich genähert hatte.

»Ähm ... ja. Klar.«

Ihre Oma nickte. Sie wollte sich schon abwenden, hielt aber noch einmal inne und deutete auf die Liste. »Ach, Liebes, mach dir aber nicht zu viel Arbeit damit.«

Charlie winkte ab. »Ach was, das ist keine Arbeit. Das mache ich doch gern.«

»Natürlich ist es das. Du warst so konzentriert, dass du gar nicht gehört hast, dass ich dich gerufen habe.«

»Oh.« Das hatte sie tatsächlich nicht. »Aber es sieht ganz gut aus, Oma. Morgen gehe ich hoch und suche die Ausgaben heraus, die wir auf jeden Fall verkaufen können. Wir sind jetzt schon bei über tausend Euro!« Das war doch eine stolze Summe für ein paar Hefte.

Statt sich zu freuen, nahm Omas Lächeln einen wehmütigen Zug an. »Das ist schön, Liebes. Aber komm jetzt erst, ja?«

Charlie erhob sich und folgte ihrer Großmutter in die Küche. Auf dem Tisch standen bereits eine Schüssel mit grünem Salat und eine mit Kartoffelpüree. Bevor sie sich setzte, fragte sie: »Was willst du trinken? Saftschorle?«

Ihre Oma nickte. »Ja, danke.« Dann hantierte sie mit der Pfanne und dem Wender.

Charlie nahm Mineralwasser und eine Flasche Saft aus dem Kühlschrank und befüllte die Gläser.

Warum ihre Oma sich wohl so verhalten gefreut hatte? Tausend Euro klangen doch super. Sie hatte sogar schon den Anteil abgezogen, den sie Björn geben wollte – gegen seinen Willen wohlgemerkt. Er hatte eigentlich darauf bestanden, die Kontakte gratis herzustellen.

Plötzlich polterte es hinter Charlies Rücken. Ein Schrei ließ sie zusammenzucken. Sie fuhr herum. Ihre Oma stand da und hielt sich mit der einen Hand die andere. Ihr Gesicht war schmerzverzerrt. Die Pfanne hing halb neben dem Untersetzer auf der Arbeitsplatte.

Sofort war Charlie bei der alten Frau. »Omi! Was ist passiert?«

Von einem Moment auf den anderen wirkte ihre Großmutter einen Kopf kleiner und viel zerbrechlicher als sonst. Und vor allem so alt, wie sie wirklich war. Das war sonst nie der Fall. Deswegen vergaß man ihr Alter zu leicht.

»Ach, schon gut ...« Ihre Stimme klang gepresst. Gar nicht so, als ob alles gut sei.

Natürlich ließ Charlotte sich nicht davon beeindrucken. »Hast du dir wehgetan?« Mit sanfter Gewalt zog sie die obere Hand weg. Auf der darunter zeigte sich ein leuchtend roter Striemen.

»Ist halb so wild, Charlie. Ich bin nur mit dem Handrücken an die heiße Pfanne geraten.«

»Ja, das sehe ich.« Sofort lief Charlie zum Kühlschrank zurück und öffnete das Eisfach. Sie schob jede Menge Eiswürfelboxen und Margarinebehälter beiseite, in denen sich alles Mögliche befinden mochte, nur nicht das, was das Etikett versprach. Eine Tüte mit Erbsen kam ihr zwischen die Finger. Ja, das könnte gehen. Aber optimal wäre es nicht. Doch dann entdeckte sie ganz hinten einen kleinen blauen Beutel, ganz geknickt und zerknittert. Sie zog ihn geschickt an den anderen Sachen vorbei nach draußen.

»Oma, das hier sollte wirklich immer leicht greifbar sein. Wie sollst du dir denn sonst selbst helfen, wenn du allein bist?«

Doch anstelle einer Antwort wimmerte ihre Oma nur leise.

Hör auf, ihr Vorwürfe zu machen. Du klingst ja schon wie dein Vater!

Charlie wickelte ein Geschirrhandtuch um den Beutel und presste ihn vorsichtig auf die rote Stelle. Ihrer Großmutter entfuhr ein Zischen.

»Tut mir leid. Wird gleich besser, versprochen.« Charlie geleitete sie zu ihrem Platz und rückte den Stuhl zurecht, dann bugsierte sie ihre Oma darauf und betrachtete sie. Sie war ganz blass geworden und saß zusammengesunken da.

»Danke, Liebes«, murmelte sie. Ihre Augen waren glasig.

»Ach, Oma, das ist doch selbstverständlich.«

Doch zum ersten Mal fragte Charlotte sich, wie lange es mit ihrer Großmutter wohl noch gut ging, hier allein in dem Haus. Und ob ein Verkauf nicht doch die bessere Lösung wäre.

»Wollen wir versuchen zu essen? Ich kann dir das Kühlpäckchen mit dem Tuch auf der Hand festbinden. Und wenn ich dir die Fischstäbchen dann klein schneide, müsstest du mit einer Hand zurechtkommen.«

Oma schnaubte. »Und wenn nicht? Willst du mich dann etwa füttern?«

Charlie zuckte zurück. Solche harten Worte hatte sie von der liebevollen Frau noch niemals zu hören bekommen. Sie wusste gar nicht, wie sie reagieren sollte. Also stand sie auf, stellte die Flaschen zurück in den Kühlschrank und brachte die Gläser zum Tisch. Dann stellte sie die Pfanne richtig hin. Das massive, gusseiserne Ding war leer, die Fischstäbchen befanden sich schon auf den Tellern. Doch immer noch brutzelte das Fett leise vor sich hin. Sie setzte sich wieder.

»Weißt du, die Pfanne ist auch ganz schön schwer. Vielleicht besorgen wir dir mal eine leichtere aus Aluminium.«

»Ach, die sind doch Mist.« Oma löste die obere Hand von dem Kühlpäckchen und begann, die Fischstäbchen nur mit der Gabel zu zerteilen. Charlie hielt sich zurück, ihr zu helfen. Wenn sie Hilfe wollte, würde sie es schon sagen. Sie reichte ihr die Schüssel mit Kartoffelpüree und sah zu, wie ihre Oma die gelbliche Masse mit der linken Hand umständlich auf ihren Teller schaufelte. Dann machte sie es ihr nach, jedoch viel geschickter.

Sie aßen schweigend. Erst als ihre Teller leer waren, brach die alte Frau das Schweigen.

»Liebes, es tut mir leid. Ich weiß, dass du mir nur helfen wolltest.«

»Alles gut, Oma, kein Problem.« Ohne sie anzusehen, räumte Charlie den Tisch ab. Vielleicht war es für ihre Großmutter leichter, mit ihr zu reden, wenn sie einander nicht gegenübersaßen.

»Du weißt, was ich meine. Aber danke, dass du es mir nicht verübelst.« Die alte Frau seufzte. »Ich ... es ist so ...« Sie brach ab.

»Ja?«, fragte Charlie, während sie den Geschirrspüler füllte.

Ein erneuter Seufzer. »Ich habe gestern eine schlechte Nachricht erhalten, weißt du?«

Jetzt war Charlie aus ganz anderen Gründen froh, ihrer Oma den Rücken zuzukehren. »Was denn für eine?«

»Erst einen Anruf von deinem Vater. Und dann war ich bei der Bank, um mich davon zu überzeugen.«

»Wovon?« Charlie hielt die Luft an und schaufelte übrig gebliebenes Kartoffelpüree in eine Aufbewahrungsdose. Ob ihre Oma das auch einfrieren wollte?

»Also, es sieht so aus, als hätte dein Großvater eine Hypothek auf das Haus aufgenommen, ohne es mir zu sagen.«

»Ach?« Charlie hielt inne. »Und warum wusste Papa davon, aber du nicht?«

»Ach weißt du ... er hat eine Vollmacht über das Konto deines Großvaters. Und diese ... Spießer bei der Bank haben sich bei ihm gemeldet und nicht bei mir!« Sie sprach das Wort Spießer aus, als wollte sie es ihnen vor die Füße spucken. »Und als ich gestern da war, wollten sie mir zuerst keine Auskunft geben. Ich musste eine Bescheinigung besorgen, dass er auch wirklich gestorben ist und dass wir verheiratet waren.«

Aus den Augenwinkeln sah Charlie, wie ihre Oma den Kopf schüttelte. Die ordentlichen Locken wackelten.

»Oh. Klingt lästig. Aber das sollte doch kein Problem sein, denke ich.«

»Das nicht. Aber irgendetwas stimmt wohl nicht mit der Feststellung seiner Identität. Ach, ich weiß es auch nicht.«

Charlie erstarrte. Mit der Identität ihres Großvaters stimmte etwas nicht?

»Und was?«

»Ganz genau habe ich es nicht verstanden. Aber ich sollte ihnen seine Geburtsurkunde vorbeibringen. Die habe ich allerdings gar nicht.«

Stoff raschelte. Als Charlie sich umdrehte, sah sie, wie ihre Oma das Geschirrtuch abwickelte und das blaue Tütchen jetzt direkt auf die Haut drückte.

»Und nun?«

»Nun habe ich heute seinen Ausweis mitgenommen. Das hat sie jedenfalls so sehr beruhigt, dass sie mich die Unterlagen der Hypothek haben einsehen lassen.«

Die Stimmlage ihrer Oma veränderte sich, wurde höher. Schnell drehte Charlie sich wieder um. Wenn sie jetzt etwas für sie tun konnte, dann das, ihr nicht beim Weinen zuzusehen. Das würde sie hassen.

Es dauerte eine Weile, bis ihre Oma weitersprach. Charlie hatte bereits alles weggeräumt, die Pfanne gespült und den Herd von Fettspritzern befreit.

»Ich weiß nicht, ob ich mein Versprechen dir gegenüber halten kann, Liebes.« Die Stimme klang jetzt wieder ganz normal. Wenigstens das.

»Welches Versprechen?«

»Na ja, ich habe dir doch gesagt, dass du das Haus erbst. Aber die Schuld ist ziemlich hoch. Ich glaube nicht, dass ich die jemals begleichen kann.«

Charlie legte ihre Hand auf eine schmale Schulter. »Ach Omi. Das ist doch nicht wichtig. Ich muss kein Haus erben.«

Ihre Oma legte ihre Hand auf Charlies und drückte sie.

Keiner von ihnen musste aussprechen, dass es nicht darum ging. Nicht nur.

Kapitel 17

Theodora

»Du hast *was* vor?« Viktoria riss die Augen auf.

»Du hast schon richtig verstanden.« Dora sah ihre Schwester müde an.

Sie hatte das Problem eine ganze Woche lang mit Edith und Bernd gewälzt, von allen Seiten betrachtet und auseinandergenommen. Sie waren zu folgendem Ergebnis gelangt: Entweder, sie gab ihren Traum auf und trat als Drittbesetzung zurück, wodurch die gesamte Aufführung in Gefahr geriete, oder sie überwarf sich mit ihren Eltern und trat trotzdem auf.

Im ersten Fall wäre ihre Karriere als Schauspielerin Geschichte, noch bevor sie begonnen hatte, da war sie sich sicher. Kein Haus in ganz Deutschland würde sie danach noch anstellen. Doch auch im zweiten Fall war zu erwarten, dass die Familie Lambert eher den Skandal der gefälschten Unterschrift riskieren würde, als zuzulassen, dass ihre Tochter eine gebrochene Frau oder sonst eine Rolle in diesem Stück spielte. So gut kannte Dora ihren Vater.

»Ich verstehe ja das Problem, Schwesterherz. Doch inwiefern ist eine Hochzeit die Lösung?« Viktoria sah sie an und runzelte die Stirn. »Ist das nicht ein wenig …

drastisch?« Vermutlich hielt sie Doras Überlegungen für den Beginn einer dramatischen Schauspielkarriere … oder für den innigen Wunsch danach. Als wollte sie unbedingt gleich mit einem Knall loslegen.

Dabei hatte Dora es wirklich nicht auf Drama abgesehen. Ganz im Gegenteil. Sie wollte doch nur spielen. Die Zweifel ihrer Schwester konnte sie nachempfinden. Sie wusste ja selbst nicht, ob das, was sie hier tat, eine gute Idee war. Oder ob es ihr ganzes Leben ruinieren würde. Sie hatte nur das drängende Gefühl, keine andere Wahl zu haben.

»Bernd würde mir die Auftritte erlauben«, sagte sie leise.

»Bernd.« Viktoria schien noch immer zu zweifeln, doch das war ja auch zu erwarten gewesen. »Von dem jungen Mann habe ich dich noch nie reden hören. Woher kennst du ihn überhaupt?«

»Ich habe ihn im Theater kennengelernt. Er arbeitet dort als Beleuchter und hat eine kleine Wohnung in der Nähe. Dort könnte ich mit ihm leben, dann hätte ich es auch nicht so weit bis zu den Proben.«

»Beleuchter?« Doras Schwester klang skeptisch. »Und du glaubst, das lässt der Vater zu? Für eine Heirat brauchst du ja ebenfalls seine Erlaubnis. Und sie müsste innerhalb der nächsten drei Wochen erfolgen.«

Das stimmte. Sie hatten lange über dieser Schwierigkeit gebrütet. Doch dann war Edith auf die Lösung gekommen. Und die war so einfach wie genial, so sicher wie skandalös.

Dora zog den Brief des Arztes aus ihrer Tasche hervor, entfaltete ihn und reichte ihn dann ihrer Schwester.

Viktoria las. Dann wurde sie bleich. Sie richtete ihren Blick auf Dora, und Tränen sammelten sich in ihren Augen. »Du ... du bist ... in anderen Umständen?«

Schnell schüttelte Dora den Kopf. Sie hatte überlegt, ob sie Viktoria einweihen konnte oder nicht. Edith hatte dagegen plädiert, und auch Bernd hatte daran gezweifelt, dass es eine gute Idee war. Doch Dora hätte es nicht ertragen, sie so lange im Ungewissen zu lassen.

»Nein, bin ich nicht«, sagte sie leise und legte den Finger auf die Lippen. »Aber das darf niemand wissen. Die Edith kennt einen Arzt, der für ein bisschen Geld ein Attest ausstellt. Viktoria, nur so kann ich die Eltern dazu bringen, der Hochzeit zuzustimmen! Noch dazu so übereilt. Sie würden es niemals zulassen, dass ich einen Bas...«, sie schluckte das unfeine Wort hinunter und setzte neu an, »... ein uneheliches Kind bekomme. Das wäre nun wirklich das Schlimmste für sie. Besonders so kurz vor der Einführung des neuen Produkts.«

Sie schauderte, wenn sie daran dachte, wie die Eltern reagieren würden. Gerade erst gestern waren wieder Zeitungsleute im Haus gewesen und hatten die ganze Familie für einen großen Artikel über den glücklichen Unternehmer Lambert abgelichtet, der sich selbst an die Spitze der Gesellschaft katapultiert hatte. Und nun kam sie und trat sein Erbe mit Füßen. Dagegen wäre die Beichte, die Unterschrift gefälscht zu haben, gar nichts. Doch immerhin konnten sie ihr nicht verbieten, schwanger zu sein.

Ein bisschen gönnte sie ihnen auch das Gefühl der Hilflosigkeit, das sie überfallen würde. Sie bekamen mal nicht, was sie sich wünschten. Nicht den perfekten Schwiegersohn und Nachfolger im Geschäft, den sie sich noch formen konnten. Bernd würden sie vermutlich nicht einmal durch die Tore der Fabrik lassen. Und wenn doch, dann würde er nicht freiwillig hindurchgehen.

»Die Edith!« Viktoria spuckte den Namen von Doras bester Freundin geradezu aus. »Das hätte ich mir ja denken können, dass die da ihre Finger im Spiel hat.« Sie sah so elend aus, dass Dora Mitleid hatte.

»Wirst du mir bei den Eltern helfen, Viktoria? Wirst du mich unterstützen, wenn ich es ihnen sage?«

Viktoria sah auf ihre Hände. Sie schien zu überlegen. Sicherlich war auch sie jetzt hin und hergerissen. Dora konnte es nachempfinden, schließlich ging es ihr seit einer Woche so. Schließlich fragte sie: »Wann?«

Dora schluckte. »Heute.«

Ihr Blick fiel auf den gepackten Koffer, der in der Ecke des Zimmers stand. Sie rechnete nicht damit, nach der Enthüllung in diesem Haus noch länger erwünscht zu sein.

»Oh, Dora! So rasch?« In Viktorias Augen bildeten sich Tränen.

»Es muss sein. Das Aufgebot ist bereits bestellt, und ich brauche die Unterschrift des Vaters. Wir müssen noch vor der Premiere verheiratet sein.«

Zum Glück gab es die Möglichkeit eines verkürzten Aufgebots, für Fälle, in denen die Frau *in Not geraten* war. Niemand sah gern ein junges Mädchen mit einem dicken Bauch in einem weißen Kleid.

Viktoria blinzelte die Tränen weg und sah sie einen Augenblick lang nachdenklich an. Dora ahnte, was in ihrem Kopf vorging. Sie sah all die lustigen Erlebnisse vor sich, die sie als Schwestern zusammen gehabt hatten. Ihr war es genauso ergangen.

Dann nickte ihre Schwester. »Also gut. Aber nur, wenn ich deine Trauzeugin werde und nicht diese dumme Edith!«

Grenzenlose Erleichterung durchströmte Dora. Mit Viktoria an ihrer Seite konnte sie es schaffen.

Kapitel 18

Traurig ging Charlie zurück in das alte Zimmer ihres Vaters. Sie ließ sich auf das Bett sinken. Es gefiel ihr gar nicht, ihre Oma so zu erleben. Sie wirkte so alt und zerbrechlich. Dabei war sie doch immer die Starke gewesen. Die, die alles aushielt, ihren Vater in Schach hielt und ihrem Mann immer zur Seite stand. Und jetzt?

Sie konnte auf keinen Fall eine weitere Enttäuschung verkraften. Nein, von dem Schmuck und vor allem dem Foto von Charlies Großvater mit der anderen Frau durfte sie erst erfahren, wenn Charlie sicher war, was da vor sich ging. Vor sich gegangen war. Vermutlich lag es in weiter Vergangenheit.

Hoffentlich.

Sie wollte gerade ihr Duschzeug nehmen und ins Bad verschwinden, als ihr ein Icon auf dem Sperrbildschirm ihres Handys auffiel, das sie nicht kannte. Sie sah genauer hin. Genau genommen kannte sie es doch. Es war nur lange her, dass sie es zuletzt bekommen hatte, und der Dienst hatte es leicht verändert. Ihr Herzschlag beschleunigte sich.

Der Messenger.

Sie entsperrte ihr Telefon und klickte darauf. Die App öffnete sich. Es dauerte ein wenig, bis ihr Posteingang lud. Charlie begann, an der Nagelhaut ihres Daumens zu knibbeln. Sobald sie es merkte, steckte sie den Daumen unter die anderen Finger und biss sich auf die Unterlippe.

Vielleicht war es nur Björn, der testen wollte, ob es noch funktionierte. Oder der ihr ein Angebot von einem Käufer übermittelte, der anonym bleiben wollte. War doch möglich. Ein Promi vielleicht, von dem niemand wissen sollte, dass er banale Groschenhefte sammelte. Oder ein Intellektueller. Einer von den selbst ernannten, die ihrem Image nicht schaden wollten.

Dann erschien zuerst das Profilbild des Users. Und es war nicht Björns. Ein braunes Auge blickte Charlie entgegen, und zwar ausschließlich das Auge, denn es füllte den gesamten Platz aus. Lange, etwas zu helle Wimpern umrahmten es. So lang, dass man als Frau neidisch werden konnte, doch ungeschminkt, also vermutlich von einem Mann. Eine Frau würde doch zumindest für so eine Aufnahme Mascara tragen.

Ungerecht, so etwas.

Daneben stand der Name Lupin. Charlie musste grinsen. Arsène Lupin, der Meisterdieb. Na klar. Ob dem Typen bewusst war, dass auch er eine Figur in der Animeserie war, aus der ihr eigener Username stammte? Er könnte ja auch einfach auf die Romane stehen.

Auf jeden Fall hatte Björn es gewusst. Deshalb hatte er vorhin so gegrinst, als er gesagt hatte, dass sie ihn schon erkennen würde.

Dann ploppte der Text auf.

Hallo, Hase.

Sie verdrehte die Augen. Na toll. Er wusste es. Das war der Kosename, den Lupin für Fujiko in der Serie benutzt. Hoffentlich erwartete er nicht eine vollbusige Schönheit am anderen Ende der Chat-Leitung. Wie sollte sie jetzt nur antworten?

Na gut. Spielte sie das Spiel eben mit. Konnte ja nicht schaden, immerhin wollte sie etwas von ihm.

Lass den Scheiß, Lupin. Lass uns zum geschäftlichen Teil kommen!

Sie hielt den Atem an. Was, wenn er es in den falschen Hals bekam? Wenn er es nicht schnallte?

Sofort kam ein Smiley mit Lachtränen zurück, dann begannen die drei Punkte zu tanzen.

Och, Hase. Immer bist du so. Was ist mit »erst das Vergnügen, dann die Arbeit«?

Charlies Finger schwebte über der Tastatur. Wie sollte sie aus der Sache jetzt wieder herauskommen? Was sollte sie schreiben? Sie hatte überhaupt keine Übung in dieser Art lockerem Flirt. Oder überhaupt im Flirten. Wenn nur Bea hier wäre, dann könnten sie sich kichernd gemeinsam etwas ausdenken, so wie früher. Sie bemerkte, dass sich ihre Mundwinkel gehoben hatten. Ein bisschen Spaß machte es ihr allerdings auch allein.

Bevor sie sich darüber weitere Gedanken machen konnte, tanzten die Punkte wieder auf und ab.

Na gut, du hast ja recht. Ich will auch diesen Schatz. Also, was hast du für mich?

Puh. Jetzt kam er doch recht schnell zur Sache. Na schön, das sollte ihr recht sein. Oder war sie etwa doch ein kleines bisschen enttäuscht?

Du hast ewig nicht geflirtet. Was würde Christoph dazu sagen, dass du hier im Kinderbett deines Vaters über einen Messenger mit einem wildfremden Kerl schreibst, der auf die gleiche Serie steht wie du früher?

Irgendwie hätte sie jetzt Lust, sich eine Folge anzusehen. Doch Lupin wartete auf ihre Antwort. Na gut, in der Anonymität dieses Chats fühlte sie sich sicher.

Ich habe ein Schmuckstück gefunden, das in meinem Haus versteckt war. Es scheint mir recht wertvoll zu sein. Und jetzt wüsste ich gern, was es damit auf sich hat.

Konkreter wollte sie vorerst nicht werden.
Es dauerte nicht lange, bis die Antwort kam.

Zu Hause in Heidelberg? Oder in Paderborn?

Sie zuckte zurück. Verdammt! Wieso wusste er sowohl, wo sie studiert hatte und jetzt lebte, als auch, wo sie aufgewachsen war und sich gerade aufhielt? So viel zur Anonymität. Am liebsten hätte sie den Chat abgebrochen. Doch vielleicht war der Typ ihre einzige Chance, etwas zu erfahren.

Eine weitere Nachricht ging ein.

Keine Angst. Ich bin kein Stalker.

Na klar. Das würden Stalker von sich sicherlich auch behaupten.

Aber ich muss mich absichern. Prüfen, ob du ein Cop bist.

Oha. Was für Geschäfte betrieb dieser Kerl nur? Ihr Finger zitterte, als sie tippte.

Und? Bin ich ein Cop?

Wenn, dann hast du die beste Tarnung, die ich je gesehen habe.

Grinsesmiley.

Inwiefern?

Ich kann dich zurückverfolgen bis in die Unterstufe. Da warst du wohl zum ersten Mal online.

Unterstufe? Charlie dachte zurück. Ja, das könnte hinkommen. Sie erinnerte sich an den lustigen Ton ihres ersten Messengers, über den sie nächtelang mit ihren Freunden geschrieben hatte, ohne dass die Eltern es mitbekamen.
Oje, was war da im Netz alles über sie zu finden?

Süße Zöpfe übrigens.

Ihre Wangen wurden warm.

Ja, danke.

Dazu ein Smiley, der die Augen verdrehte. Sie überlegte und schrieb dann.

Dann weißt du um einiges mehr über mich als ich über dich. Was sagt mir, dass ich dir vertrauen kann?

Die Punkte standen still. Sie starrte darauf, doch nichts tat sich. Hatte sie ihn verschreckt? Hatte er sich zurückgezogen?

Vielleicht wäre es das Beste für sie. Dieses Kribbeln im Bauch hatte sie verstört, doch noch verstörender war es für sie gewesen, dass er den Ton so schnell geändert hatte.

Sie schnappte sich frische Unterwäsche und ihre Schlafsachen und verschwand unter die Dusche.

Als sie zurückkam, die langen Haare noch unter dem Haarturban verborgen, war wieder das Icon auf dem Display. Schon beim Reinkommen sah sie es sofort. Es schien ihr geradezu entgegenzuspringen.

Ein Kribbeln zog sich ihre Wirbelsäule entlang.

Sie ließ den Turban von ihrem Kopf gleiten und legte ihn zusammen mit dem Kamm aufs Bett. Dann klickte sie auf das Icon. Ein paar Nachrichten hatten sich angesammelt.

Tja, darüber musste ich kurz nachdenken. In den sozialen Netzwerken wirst du über mich nur das Übliche finden: Meisterdieb, wahnsinnig charmant, intelligent und gut aussehend.

Dann, ein paar Minuten später, war eine weitere Nachricht eingegangen.

Aber das reicht dir wohl nicht, was? Na gut. Was willst du wissen?

Und kurz danach kam die Frage:

Fällt dir nichts ein? Oder hast du einen anderen Experten an der Angel und brauchst mich nicht mehr?

Charlie musste grinsen. Gerade als sie überlegte, was sie jetzt antworten sollte, ploppte eine neue Nachricht auf.

Hallo? Hase?

Charlie lachte auf. War das albern. Herrlich albern. Schnell tippte sie.

Ja, Moment. War gerade duschen.

Kaum hatte sie auf Senden gedrückt, kamen ihr Zweifel, ob das so eine gute Idee war.

Oooh, Hase! Ohne mich? Was hast du an? Ich hoffe, nichts!

Dann wieder der Smiley mit den Lachtränen.
Sie musste selbst grinsen. Bei der Vorlage hätte sie auch nicht widerstehen können. Lupin nahm bei Fujiko eben kein Blatt vor den Mund. Doch ob er von

Angesicht zu Angesicht auch so forsch wäre? Irgendwie hoffte sie es.

Finger weg, Lupin! Erst der Schatz, dann das Vergnügen.

Okay, okay! Also, wie soll ich dein Vertrauen gewinnen, Hase?

Tja, das war eine gute Frage. Er klang nicht wie ein Bot. Aber war es nicht schon etwas sehr zufällig, dass er sich ausgerechnet Lupin nannte? Andererseits, wenn Björn ihn empfahl, musste er echt sein. Er schien ja bereits mit ihm zusammengearbeitet zu haben. Er hatte schon recht: Für ihn war das Risiko höher. Trotzdem hatte sie Lust, ihn auf die Probe zu stellen.

Also gut. Zwei Fragen.

Schieß los.

Erstens: Als was war Fujiko in der Folge »Der goldene Drache« verkleidet, als sie Goemon und Lupin auf dem Maskenball über den Weg läuft?

Schon beim Schreiben fühlte sie Aufregung in sich aufsteigen. So eine geschickte Falle, die sie ihm da stellte! Wenn er ein echter Fan war, würde er es merken. Und wenn nicht? Dann musste sie sich entscheiden, ob sie sich einen anderen Experten suchte oder das Risiko einging. Immerhin wusste er schon verdammt viel über sie.

Die Punkte sprangen auf und ab. Das war ein gutes Zeichen, oder nicht? Jedenfalls schien er eine Antwort parat zu haben, ohne erst googeln zu müssen.

Calamity Jane.

Das war schon mal richtig. Doch die Punkte standen nicht still. Charlie hielt den Atem an.

Aber sie traf auf Lupin und Jigen. Goemon kam erst später dazu.

Charlie atmete auf. Er hatte den Test gemeistert. Trotzdem schrieb er schon wieder.

Ah, du bist schlau. War das eine Fangfrage? Habe ich bestanden?

Sie verzog die Lippen. Er war wohl ebenfalls nicht doof.

Schon möglich.

Und die zweite Frage?

Sie überlegte. Etwas Persönliches vielleicht. Ein Geheimnis, das keiner kannte. Sie würde es nicht nachprüfen können, doch bestimmt spürte sie instinktiv, dass es stimmte. Und es musste etwas sein, das er spontan beantworten konnte, ohne lange nachzudenken.
Schließlich schrieb sie:

Was war der Auslöser dafür, dass du tust, was du tust?

Nur einen kurzen Moment blieb es still, dann schrieb er sofort los.

Das ist aber sehr persönlich.

Ach nee. Das war ja Sinn der Sache.

Na gut. Es war ein Vorfall in meiner Familie.

Das klang spannend. Und glaubwürdig. Charlie starrte auf das Display und wartete gespannt.

Ich habe als Kind erfahren, dass meine Oma Selbstmord begangen hat nach der Geburt meiner Mutter. Mit Schlaftabletten. Es wurde wenig darüber geredet, doch es hatte etwas mit Schmuck zu tun, der ihr gestohlen worden war. Das hat mein Interesse geweckt.

Interesse? Interesse wofür? Für Schmuck im Allgemeinen? Was genau tat der Typ eigentlich? Sie wusste von Björn ja nur, dass er ihr möglicherweise helfen konnte.

Und was genau tust du? Ich meine, wie würdest du deine Tätigkeit beschreiben?

Er antwortete prompt.

Schmuckdetektiv.

Charlie ließ das Handy sinken und dachte nach. Ihre Finger strichen durch ihre feuchten Haare und begannen instinktiv, Strähnen zu entwirren. Nach einer Weile nahm sie den Kamm dazu.

Er kam ihr ehrlich vor. Echt. Seine Antworten kamen zu schnell, um sie sich auszudenken. Doch konnte sie ihrem Gefühl trauen?

Und?

Die Frage tauchte auf dem Display auf, kurz bevor es in den Ruhemodus umsprang.

Charlie legte den Kamm weg und entsperrte erneut.

Okay.

Wieder die Punkte.

Alles klar. Ich hab dir meins gezeigt. Jetzt zeig du mir deins.

Sie zögerte, dann strich sie die Bettdecke glatt und legte die Kette darauf. Auf dem Bezug mit dem pastellfarbenen Muster wirkte sie gleich ein bisschen weniger stilvoll. Einen Moment lang erwog sie, einen hübscheren Untergrund zu suchen. Doch warum? Wollte sie den Mann, der doch nur aus einem Auge und flotten Sprüchen bestand, etwa beeindrucken?

Einem sehr hübschen Auge, wohlgemerkt.

Nein, das kam ja gar nicht infrage. Außerdem wusste der Typ vermutlich jede Peinlichkeit über sie, die jemals das World Wide Web geentert hatte. Und das dürften angefangen bei Gedichten und Posts in dummen Fan-Foren über Bikini- und Partyfotos hin zum Wohnungsgesuch in Heidelberg und ihrer vernünftig-langweiligen standesamtlichen Hochzeit jede Menge sein. Also knipste sie die Kette einfach nur von allen Seiten, gab sich Mühe, nicht zu viele Reflektionen einzufangen und wählte schließlich die besten Bilder aus.

Oha. Das nenne ich ein echtes Schmuckstück. Bekommst du die Punze besser drauf?

Punze? Das musste diese Prägung sein. Sie versuchte es, doch das Bild blieb unscharf.

So?

Hm. Nicht so gut zu erkennen.

Charlie überlegte. Dann kam ihr eine Idee.

Ich kann versuchen, sie zu zeichnen und dabei zu vergrößern. Dauert nur einen Moment.

Warum sollte sie nicht mal etwas anwenden, was sie damals in diesem Studium der brotlosen Kunst gelernt hatte? Auch, wenn es dabei eher um andere Arten von Inschriften gegangen war.

Klar. Melde dich, sobald du fertig bist. Ich recherchiere schon mal.

Charlie legte das Handy weg und holte ihr Notizbuch aus der Tasche. Sie schlug eine Seite auf, die noch nicht beschrieben war und setzte sich so, dass das Licht der Nachttischlampe direkt auf das Papier fiel. Dann legte sie die Kette vor sich, sodass der Verschluss ziemlich mittig auf dem Papier zu liegen kam, zog den Bleistift aus der Halteschlaufe und begann zu skizzieren.

Jetzt konnte sie die kleine Prägung selbst zum ersten Mal einigermaßen gut erkennen. Ursprünglich hatte Charlie sie für die stilisierte Abbildung einer Blüte gehalten, doch jetzt war sie sich nicht mehr sicher. Es könnte auch etwas anderes sein. Ein kleines Törtchen vielleicht, oder ...

Sie schüttelte sich und begann, die Linien auf das Papier zu übertragen. Nicht darüber nachdenken, was es sein könnte, keine Wertung einfließen lassen, ganz objektiv bleiben, wie sie es im Studium gelernt hatte. Die Interpretation kam danach.

Sie vergrößerte im Geiste den Winkel des Bogens und verlängerte die Abstände. Zog die dünnen Striche etwas dicker. Extrapolierte die Wellenlinie, die sich über den Körper zog. Dann war sie fertig und betrachtete ihr Werk aus einer Armlänge Entfernung.

Das war nicht annähernd eine Blüte. Vermutlich war dieser Eindruck nur aus einer gewissen Erwartungshaltung heraus entstanden. Schließlich enthielten viele Wappen und Siegel bestimmte Natursymbole. Doch ein Törtchen war es auch nicht, dafür war es zu rund. Es sah eher aus wie eine ...

Sie legte die Zeichnung zur Seite und holte ihre Handtasche. Darin musste sie nicht lange suchen. Schon hatte sie die hübsch verpackte Köstlichkeit in den Fingern, die allerdings durch die Zeit zwischen ihrem Portemonnaie und dem Make-up-Täschchen gelitten hatte. Trotzdem war die Ähnlichkeit unverkennbar.

»Eine Praline?«, murmelte Charlie in die nächtliche Stille. Ihre eigene Stimme kam so unerwartet, sie jagte ihr einen Schauer über den Rücken.

Charlie wickelte die Süßigkeit aus und steckte sie sich in den Mund. Der Geschmack explodierte auf ihrer Zunge, während die Schokolade schmolz. Eine Punze in Pralinenform. Der Name Lambert auf dem Foto. Lambert, die große Pralinendynastie. Die Frau am Arm ihres Großvaters, die genau diese Kette trug. Konnte das Zufall sein?

Doch wieso zur Schokosucht hatte sich die Kette dann in diesem Versteck befunden?

Ein mulmiges Gefühl beschlich sie, als sie die Zeichnung möglichst glatt aufs Bett legte und ein Foto davon machte. Sie brauchte zwei Anläufe, dann war die Qualität zufriedenstellend und sie drückte auf Senden.

Dann starrte sie auf das Display. Nichts geschah. Kein Häkchen, dass Lupin das Bild gesehen hatte, kein emporgereckter Daumen und erst recht keine tanzenden Pünktchen, die eine Nachricht seinerseits ankündigten.

Na ja, er hatte sicher auch noch anderes zu tun. Sie musste halt Geduld haben.

Kapitel 19

Theodora
Mai 1960

Zwei Wochen später stand Dora an Bernds Seite vor dem Standesbeamten. Sie war nicht aufgeregt, auch nicht wegen der Hochzeitsnacht. Nur wenn sie an die bevorstehende Premiere dachte, verspürte sie dieses allbekannte Kribbeln.

Bernd und sie hatten ihre ganz eigene Premiere schon gehabt. Irgendwie hatte sie das Gefühl gehabt, wenigstens den Akt einer potenziellen Zeugung vollziehen zu müssen, wenn sie schon nicht wirklich ein Kind erwartete. Doch dafür hatte Bernd ein Hilfsmittel besorgt, das eine wirkliche Schwangerschaft verhindern sollte. Er war sehr zurückhaltend gewesen, zärtlich und doch leidenschaftlich. Dora hatte sich die ganze Zeit über gefragt, ob ihr diese Erfahrung für die Rolle der Blanche helfen würde. Beinahe hätte sie ihn gebeten, ein wenig bestimmter zu sein, doch davor war sie dann letzten Endes doch zurückgeschreckt.

Sie konnte kaum glauben, wie sachlich sie an diese Sache heranging, die für die meisten jungen Frauen doch zu den wichtigsten Ereignissen ihres Lebens gehörte. Doch für sie war nur ihre Rolle wichtig.

Dora sah zur anderen Seite. Dort stand Edith. So gern sie ihre Freundin auch hatte, der Anblick versetzte ihr doch einen Stich. Niemand aus ihrer Familie war hier.

Ein kleiner Zweifel durchzuckte Dora, wie so oft in den letzten Wochen. Ob Viktoria recht gehabt hatte? War diese Maßnahme nicht doch ein wenig drastisch gewesen? Doch dafür war es zu spät, und sie wischte den Gedanken fort.

Viktoria war die Teilnahme an der Trauung verboten worden. Da hatten keine Tränen und kein Flehen geholfen. Doch den Briefen, die ihre Schwester durch Milla aus dem Haus schmuggeln ließ, konnte sie entnehmen, dass gerade ihre Mutter sich schnell beruhigt hatte. Sie schien sich beinahe schon auf ihr erstes Enkelkind zu freuen. Es versetzte Dora einen Stich, ihr auch das verwehren zu müssen. Zumindest vorerst. Doch wenigstens konnte sie so, gemeinsam mit Bernd, zu den Vorstellungen gehen, an denen sie beide mitwirkten. Sie auf der Bühne, und er eben weit darüber.

Sie stellte ihn sich immer wie ihren guten Engel vor, der mit dem Scheinwerfer in der Hand über sie wachte.

Plötzlich sahen der Standesbeamte und Bernd sie erwartungsvoll an. Sie starrte zurück. In Gedanken war sie so weit weg gewesen, dass sie überhaupt nicht wusste, was gerade von ihr erwartet wurde.

Edith stieß Dora in die Seite. Dann raunte sie ihr von der Seite ins Ohr: »Sag schon, dass du willst!«

Bernd lachte auf, und auch der Beamte schien seine gestrenge Miene ein wenig zu lockern.

»Ich will«, sagte Dora rasch. Auf der Bühne wäre ihr so etwas nie passiert, da gab es keine Textpatzer oder Aussetzer. Doch hierfür hatten sie auch nicht geprobt.

Bernd steckte ihr einen schlichten Ring an den Finger und beugte sich zu ihr. Seine Lippen berührten ihre, ganz sanft. Sie schloss die Augen, doch dann war es auch schon vorbei. Es war vollbracht. Sie waren jetzt Mann und Frau.

Jetzt durfte er über sie bestimmen und nicht mehr ihr Vater.

Gemeinsam mit Edith und Rudi, einem Freund von Bernd, aßen sie im *Bier-Esel* zu Mittag. Der war vom Standesamt und auch von Bernds kleiner Wohnung nicht allzu weit entfernt. Das Lokal wurde hier und da gerade renoviert, doch dort, wo sie einen Platz gefunden hatten, war es sehr schön.

Bernd warf Dora immer wieder stolze Blicke zu. Sie war nicht sicher, ob er wirklich in sie verliebt war, doch selbst wenn nicht, schien er ihre Ehe zu genießen. Hoffentlich entpuppte sich die Hochzeit nicht noch als Fehler. Doch solange sie dadurch spielen konnte, war Dora alles recht. Dafür hätte sie jedes Opfer gebracht. Und wenn sie sich Bernd so besah, hätte sie es wirklich schlechter treffen können. Jedenfalls war er der einzige Mann, dem sie je begegnet war, der ihr Herz zum Pochen brachte.

Sie stibitzte ihm ein Klößchen vom Teller und zog es durch die Reste der braunen Soße auf ihrem. Er stibitzte dafür ihr letztes Stück Fleisch.

»Hach!«, stieß die Edith aus und pikste Rudi in die Seite. »Frisch Verliebte sind doch herrlich, oder?«

Rudi nahm einen kräftigen Schluck Sünner und nickte. Er wirkte allerdings nicht so, als teilte er ihre Meinung oder als hätte er sich jemals Gedanken darüber gemacht.

Bernd zog Dora an sich und lächelte. Er schluckte seinen Bissen hinunter, dann legte er ihr die Hand auf die Schulter und flüsterte ihr ins Ohr: »Unser Leben wird wundervoll. Das verspreche ich dir. Du wirst ein Star auf der Bühne, das weiß ich einfach.«

Sein Atem kitzelte Dora am Hals. Sie zog die Schultern hoch und kicherte. »Meinst du?«, wisperte sie zurück. In diesem Augenblick war sie so glücklich, da konnte sie sich alles vorstellen.

»Oder sogar beim Film. Wie Marilyn!« Seine Lippen streiften ihren Hals. »Meine Marilyn.«

So etwas tat er hier, in aller Öffentlichkeit. Doch niemand schien sich daran zu stören. Sie waren frisch verheiratet, die Sonne schien, das Restaurant war nicht gut besucht, und die, die da waren, betrachteten die kleine Gesellschaft mit Wohlwollen.

Das Leben war schön. Es war beinahe, wie es sein sollte. Nur ihre Schwester fehlte, und die Eltern natürlich. Doch Dora pustete in Gedanken diese dunkle Wolke fort, die sich vor die Sonne in ihrem Inneren schieben wollte, und lächelte. Marilyn. Das wäre was. Das war eine Frau, der man nacheifern konnte.

Plötzlich riss jemand von draußen die Tür zum Restaurant auf. Ein junger Mann kam hereingestürmt und blickte sich gehetzt um. Er kam Dora vage bekannt vor, und sie fixierte ihn. War das nicht einer der Assistenten für das Bühnenbild? Was machte der denn hier, und warum runzelte er die Stirn so, als sei etwas passiert?

Sie warf einen Blick zu Bernd, der nun ebenfalls besorgt aussah.

»Was will der Heini denn hier?« Er hob die Hand und winkte.

Heini sah es und hielt sofort auf ihren Tisch zu. »Ach, hier seid ihr«, stieß er atemlos hervor. »Ich habe euch schon gesucht!«

Nicht einmal eine Gratulation rang er sich ab. Doch Dora war inzwischen viel zu besorgt, um sich darüber ärgern zu können.

»Setz dich, Heini. Willst du ein Kölsch?«, fragte Bernd, klang aber nicht mehr so gelassen wie noch vor wenigen Minuten.

Heini schüttelte den Kopf. »Nein, keine Zeit. Und euch wird auch gleich der Appetit vergehen.« Seine Augen wanderten von einem zum anderen.

»Was meinst du denn, Heinz?«, fragte nun Edith, deren Haltung deutlich angespannter wirkte. »Weshalb hast du uns gesucht?«

Heini atmete tief ein und aus. Dann setzte er zum Sprechen an. »Die Aufführung. Sie ist abgeblasen!«

Dora fuhr so abrupt hoch, dass Bernds Hand von ihrer Schulter abglitt, auf der sie immer noch lag.

»Wie bitte?« Ihr schwindelte. Das lag sicher nicht nur am Aufspringen.

»Endstation Sehnsucht. Jemand hat sich beschwert. Jemand mit Einfluss. Das Stück sei nicht angemessen. Es wurde Druck ausgeübt. Alle Termine sind abgesagt.« Heini sank in sich zusammen, als hätte nur diese Information ihn in Form gehalten.

Dora konnte nachempfinden, wie sich das anfühlte. Auch ihr hatte die Nachricht jegliche Kraft geraubt. Sie ließ sich wieder auf den Stuhl sinken.

»Abgesagt?«

Ihre Aufführung? Ihre Hauptrolle? Es rauschte in ihren Ohren, und ihr wurde schwarz vor Augen. Dann spürte sie starke Arme um sich. Festen Stoff an ihrer Wange. Es war Bernd, der sie an sich drückte. Sie sah den weißen Stoff seines Hemdes im Augenwinkel. Instinktiv wollte sie ihn wegdrücken. Ihr Rouge würde den Stoff ruinieren! War es seins oder nur geliehen? Doch er ließ es nicht zu. Er hielt sie fest und sicher in seinen Armen, bis sie ihren Widerstand aufgab.

»Schsch«, machte er und strich ihr über die Haare. Erst dadurch merkte sie, dass sie weinte.

»Schsch, Marilyn. Alles wird gut. Du wirst sehen. Alles wird gut.«

Kapitel 20

Geschirr klapperte, und der Duft von frischem Kaffee und Brötchen wehte in Charlies Nase. Sie schlug die Augen auf. Ihr Blick fiel als Erstes auf das Display ihres Handys, das ihr aus der Hand gerutscht sein musste, als sie eingeschlafen war. Es lag auf dem Boden vor dem Bett.

Keine Benachrichtigung.

Na toll. Hatte Lupin schon die Nase voll von Fujiko? Der Gedanke versetzte ihr einen Stich, und das nicht nur, weil sie dann mit der Kette nicht weiterwusste. Irgendwie hatte ihr das kleine Geplänkel von letzter Nacht gutgetan. So harmlos es auch gewesen war.

Doch vielleicht brauchte er nur etwas mehr Zeit für die Recherche. Kein Problem. Auf einen Tag kam es auch wirklich nicht an.

Sie frühstückte, und Oma war wieder wie immer. Zum Glück. Danach begaben sie sich gemeinsam auf den Dachboden, um die Ausgaben herauszusuchen und in große Umschläge zu packen, die Björn bereits an den Mann oder die Frau gebracht hatte. Na gut, in dem Fall hatte Charlie das Gefühl, dass es sich ausnahmslos um Männer handelte. Lag sicher am Marketing der frühen Siebziger.

»Was schaust du denn immer, Liebes? Erwartest du einen Anruf?«, fragte ihre Oma plötzlich ganz unvermittelt.

Charlies Kopf ruckte hoch. »Wie bitte?«

»Du guckst immer auf dein Handy.« Oma lächelte.

»Ach wirklich?« Das war Charlie gar nicht so bewusst gewesen. Aber natürlich stimmte es. Sie merkte es an der Enttäuschung, dass dieser Lupin sich immer noch nicht zurückgemeldet hatte. Ein wenig ärgerte sie sich über sich selbst. Es sollte ihr nicht so viel ausmachen. Sie sollte einfach Björn anrufen und nach einem anderen Kontakt fragen und fertig. Er konnte unmöglich der einzige *Schmuckdetektiv* sein, den ihr Kumpel kannte.

Doch dieses Gefühl der Enttäuschung blieb.

Du kannst dich nicht in ein Auge und ein paar Sprüche verknallt haben, Charlotte! Du spinnst!

Und wenn doch?

Sie schüttelte den Gedanken ab. Es lag an der Aufmerksamkeit. Und man sollte niemals Aufmerksamkeit mit echtem Interesse verwechseln. Auch wenn schon allein diese Aufmerksamkeit enorm gutgetan hatte.

»Also?« Ihre Großmutter sah sie erwartungsvoll an, ein Heft mit einer Dame in Not auf dem Cover, die dringend von einem tapferen Cowboy gerettet werden musste. Sicher wieder vor diesen gemeinen Ureinwohnern.

»Ach so. Ich wollte nur gucken, ob Björn noch ein paar Suchanfragen geschickt hat.« Charlie deutete auf die Liste. »Wir sind nämlich sonst gleich durch.«

Die alte Frau sah auf die Uhr. »Ach, nur noch zwei? Wie schön. Ich bin heute Nachmittag mit den Damen vom Handarbeitsclub zum Bridge verabredet.«

»Die beiden schaffe ich auch allein, Omi. Geh ruhig schon. Nicht, dass sie ohne dich anfangen.«

»Bist du sicher?«, fragte ihre Oma, war aber schon an der Tür.

»Natürlich. Ganz sicher.« Dann konnte Charlie sich wenigstens völlig ungeniert in ihrem Frust suhlen.

Die Schritte ihrer Oma entfernten sich auf der Treppe, und sie summte dabei vor sich hin. Die Aussicht auf ein Treffen mit ihren Freundinnen schien sie aufzuheitern. Das war doch wenigstens etwas.

Charlie holte ihr Telefon aus der Tasche und warf noch einen Blick darauf. Keine Benachrichtigung. Dann legte sie es in Sichtweite, damit sie es sofort mitbekam, wenn Lupin sich meldete.

Die letzten beiden Ausgaben waren schnell gefunden. Der Stapel mit den angefragten Heften war schon ordentlich hoch. Sie würde sich später mit Björn treffen und ihm alles übergeben, damit er es weiterleiten konnte.

Charlie fasste einen Entschluss: Wenn sich Lupin bis dahin nicht bei ihr gemeldet haben sollte, würde sie Björn darüber informieren und ihn fragen, ob es noch einen anderen gab, der sich die Kette einmal ansah. Allerdings hinterließ die Tatsache, dass er schon Bilder gesehen hatte, ein ungutes Gefühl bei ihr. Schlecht zu beschreiben ... eine Mischung aus Furcht und Wut, die sich in ihren Eingeweiden festgesetzt hatte. Dabei spielte es sicher auch eine Rolle, dass er so viel über sie zu wissen schien.

Und du weißt nicht das Geringste über ihn. Außer seiner Augenfarbe vielleicht.

Ihr Telefon piepte, und sie zuckte zusammen. Schnell warf sie einen Blick aufs Display. Ihr Herz klopfte von innen gegen die Rippen, als wollte es auch unbedingt die Nachricht von Lupin lesen.

Christoph hatte geschrieben. Von sich aus, und zum ersten Mal, seit sie hier war. Ob er ein schlechtes Gewissen hatte, weil er einfach so aufgelegt hatte?

Alles klar bei dir?

Kein *Ich liebe dich*, kein *Du fehlst mir*.
Schnell tippte sie ein paar Worte.

Ja, alles gut. Mach dir keine Sorgen.

Charlotte wollte das Gerät schon zurücklegen, da sah sie, dass er schrieb. Eine prompte Antwort? Vielleicht vermisste er sie ja doch.

Die nächste Nachricht klang fast so.

Wann kommst du zurück?

Dabei kannte er doch ihre Pläne. Sie hatte ihn über ihre Rückfahrt informiert, immerhin sollte er sie vom Bahnhof abholen.

Ich brauche noch ein paar Tage. Ich helfe meiner Oma ein bisschen.

Dass du hier einen Job hast, ist dir wohl entfallen?

Charlottes Herz wurde schlagartig kalt. Um sie ging es ihm also nicht. Das wäre auch sehr überraschend gewesen.

Du ärgerst dich nicht über ihn, sondern darüber, dass du für einen Augenblick etwas anderes erwartet hattest.

Im ersten Moment wollte sie auf eine Antwort verzichten. Was hätte sie auch schreiben sollen? Ja? Nein? Schön wär's? Sie hatte keine Lust auf Streit. Gerade wollte sie das Telefon wieder einstecken, als sie innehielt.

Warum gab sie niemals Konter? So war sie doch früher nicht gewesen. Sie hatte für das eingestanden, was sie dachte, glaubte und gut fand. Und wenn jemand sie verletzt hatte, dann hatte sie demjenigen das auch mitgeteilt, egal, ob es danach Streit gab oder nicht.

Ihre Finger zitterten ein wenig, als sie eine Nachricht tippte. Jedoch nur zu Beginn. Sie wurden mit jedem Wort sicherer.

Wenn es nur um den Job geht, dann nehme ich eben Urlaub, Chef.

Sie schluckte, dann schrieb sie weiter.

Das Gefühl, dass du als mein Ehemann mich vermisst, habe ich nicht gerade.

Es dauerte nicht lange, bis er zurückschrieb.

Was? Was soll das denn jetzt wieder, Charlotte?

Er versuchte nicht einmal, das zu leugnen. Doch das hätte sie auch überrascht.

Ich weiß noch nicht, ob ich überhaupt zurückkomme.

Ihr Herz schlug bis zum Hals, als sie das abschickte. Sie hatte das nicht geplant, sie hatte vorher nicht lange darüber nachgedacht, wie sie es sonst in den letzten Jahren vor jeder wichtigen Entscheidung getan hatte. Sie hatte einfach ihre Gefühle durch ihre Fingerspitzen fließen lassen.

Dafür durchströmte sie jetzt ein Gefühl der Erleichterung. Es fühlte sich richtig an, was sie getan hatte. Beängstigend, weil sie gar nicht wusste, was sie tun sollte, wenn sie wirklich nicht zu ihm und in die Kanzlei zurückging. Andererseits auch befreiend, wie etwas, das die alte Charlotte getan hätte. Etwas, das Fujiko getan hätte.

Sie wartete nicht auf eine Antwort. Stattdessen trug sie den Packen mit den Heften nach unten. Sie teilte den Stapel auf und versenkte alles in diversen Stoffbeuteln, die sie in der Vorratskammer ihrer Oma fand. So würde es sich gut transportieren lassen, und das Geld vom Verkauf würde Oma über den Verlust von fleckigen Tragetaschen mit Supermarktwerbung darauf sicher hinwegtrösten.

Charlies Blick fiel auf die Uhr. Oha, wenn sie Björn nicht warten lassen wollte, musste sie gleich los. Sie griff nach ihrer Tasche und wollte sich gerade das Collier umlegen, als ihr auffiel, dass sich ihre Gesäßtasche so leer anfühlte. Klar, ihr Handy! Das lag ja noch oben im Hobbyraum ihres Großvaters.

Mit dem sicheren Gefühl, jetzt endlich eine Mitteilung von Lupin darauf zu finden, wie sie weiter verfahren sollten, nahm sie immer zwei Stufen auf einmal. Da war es. Und auf dem Display war tatsächlich ein Icon aufgetaucht. Charlies Herzschlag beschleunigte sich, als sie nach dem Handy griff. Doch schon bevor sie es in der Hand hatte, sah sie bereits, dass es nur den Eingang einer E-Mail vermeldete. Sie klickte es an. Ihre Mobilfunkrechnung, verdammt!

Warum meldete er sich denn nicht zurück? Was hatte das zu bedeuten? Und warum enttäuschte sie das mehr als die lieblose Nachricht von ihrem Mann?

Unten polterte es. Charlie zuckte zusammen. Ihr Herz raste. War das draußen gewesen? Oder im Treppenhaus?

Er weiß, wo du wohnst.

Sie schlug die Hand vor den Mund. Nein, das war doch nicht möglich, oder? Der war doch nicht hierhergekommen, um sich die Kette unter den Nagel zu reißen? Kurz flackerte die Erleichterung auf, dass wenigstens ihre Oma nicht im Haus war. Wenigstens sie war in Sicherheit.

Charlie kauerte sich neben die Tür zum Treppenhaus, öffnete sie einen Spalt und lauschte. Es blieb alles still. Doch das musste ja nichts heißen. Er konnte längst durch die Wohnung schleichen und alles zerwühlen.

Dann lass ihn! Lass ihn die Kette mitnehmen, solange er dir dann nichts tut!

Einen Moment lang hielt sie das tatsächlich für eine gute Idee. Sie überlegte sogar, ob sie durch die verborgene Klappe in der Wand passen würde. Das Versteck dahinter würde niemand so leicht aufspüren. Dann fiel ihr Omis Schwäche wieder ein, als sie ihr vom möglichen Verlust ihres Hauses erzählt hatte. Ihres Zuhauses.

Nein, wenn die Kette nur eine winzige Möglichkeit darstellte, an genug Geld zu kommen, um das Haus zu behalten, dann durfte sie nicht zulassen, dass jemand Fremdes sie sich holte. Der hatte immerhin genauso wenig ein Anrecht darauf wie sie.

Also atmete sie tief ein, schob die Tür noch ein wenig weiter auf und kroch hindurch. Dabei überlegte sie krampfhaft, wo sie eine Waffe zur Verteidigung herbekommen sollte. So leise sie konnte, schlich sie die Stufen hinunter. Inzwischen hatte sie ja schon Übung darin. Ihr Handy hielt sie dabei fest umklammert. Ob sie schon mal den Notruf wählen sollte? Dann müsste sie einfach nur auf den grünen Hörer drücken, und die Verbindung würde aufgebaut. Doch war das überhaupt nötig?

Auf halber Höhe hielt sie inne und lauschte. Stille. Sie konnte nun den Flur, die Badezimmertür und den Eingang überblicken. Alle Türen waren geschlossen. Licht fiel aus der Küche in den Raum, da war die Tür meistens weit geöffnet und hinter den Stuhl geklemmt, es sei denn, ihre Großmutter briet etwas.

Charlie schnupperte. Es roch wie immer. Kein Hauch eines Aftershaves hing in der Luft. Doch da, neben dem großen Spiegel, stand ein Schirmständer, und darin, so ein Glück, der massive schwarze Regenschirm, den sie ihrer Oma vor ein paar Jahren zu Weihnachten geschenkt hatte. Ein Selbstverteidigungsschirm. Extra stabil, um Angreifer auf Abstand zu halten. Die perfekte Waffe!

Sie musste es nur bis dahin schaffen.

Leise schlich sie weiter. Unter ihren Füßen knarrte es, und ihr Herz raste. Nichts rührte sich. Hatte er es nicht gehört? Oder war er doch nicht hier? War hier niemand außer ihr und ihren Nerven, die verrücktspielten?

Es klapperte erneut, dieses Mal lauter als zuvor. Charlie nahm eine Bewegung im Augenwinkel wahr und fuhr herum. Ein Prospekt schob sich durch den Briefschlitz in der Eingangstür und flatterte zu Boden. Genau auf den Flyer einer Pizzeria, der da bereits lag.

Sie hätte beinahe ihr Handy fallen gelassen. Ihre Finger waren schweißnass, und ihre Beine zitterten. Ein Prospekt? Ernsthaft? Hatte sie sich durch einen Prospekt solche Angst einjagen lassen?

Trotzdem kontrollierte sie mit dem Schirm in den Händen alle Räume im Untergeschoss, während das Adrenalin noch durch ihre Adern jagte und sie schlottern ließ.

Nichts. Niemand war da. Das konnte doch nicht wahr sein!

Charlie hob die Wurfsendungen vom Boden auf, nur um sie direkt wieder in die Ecke zu feuern. Warum ließ sie sich von diesem Hanswurst mit seinem dummen Comic-Namen so ängstigen? Das musste ein Ende haben und zwar sofort!

Sie entsperrte ihr Handy und rief die App auf. Während sie noch startete, unterdrückte Charlie ihr Unterbewusstsein, das ihr sagen wollte, dass sie einen Usernamen aus demselben Anime nutzte wie dieser Kerl. Immerhin stammte ihres noch aus einer anderen Zeit.

Da war sie jung gewesen und hatte auf solchen Blödsinn gestanden. Er nutzte diesen Account ja wohl regelmäßig, das war etwas völlig anderes!

Und es spielt auch keine Rolle, dass du gestern noch ganz hingerissen warst von dieser Gemeinsamkeit?

Charlie schnaubte. Endlich konnte sie den Chat öffnen. Sie tippte auf das Bild von dem Auge, fest entschlossen, ihm eine richtig fiese Nachricht zu schreiben, in der sie ihm alles an den Kopf warf, was ihr so einfiel …

… als sie sah, dass unter ihrer Zeichnung von der Punze ein paar Zeilen Text standen.

Eine Nachricht. Von ihm, Lupin. Sie musste letzte Nacht eingegangen sein, als das Chatfenster noch geöffnet gewesen war, sie ihre Augen jedoch bereits geschlossen hatte.

Charlie stöhnte auf. Hatte sie sich etwa ganz umsonst Gedanken gemacht?

Das muss ich mir in echt ansehen. Wenn es das ist, was ich glaube, habe ich einen Käufer. Wann kannst du in Köln sein?

Und darunter:

Du wirst es nicht bereuen.

Mit dem Handy noch in der Hand ging Charlie langsam zum Bett und ließ sich niedersinken. Nach Köln sollte sie? Lupin treffen, in echt? Ihr Kinn sackte Richtung Brust, und ein Halswirbel knackte leise. Wollte sie das überhaupt? Was, wenn er enttäuscht wäre? Von der Kette ... oder von ihr?

Das war schon wieder genau das, was die Charlotte denken würde, die in der Kanzlei ihres Mannes am Empfang saß. Doch was würde die alte Charlotte tun?

Mit hämmerndem Herzen rief sie den Fahrplan auf und tippte Abfahrt und Zielort ein: von Paderborn nach Köln. Sie konnte morgens hinfahren und abends wieder zurück, das wäre nicht einmal besonders teuer.

Also, was tun? Zusagen? Und für wann?

Sie wechselte wieder zu dem Messenger und starrte das Auge an. Es starrte ungerührt zurück, ohne zu zwinkern. Na, das hätte ja auch noch gefehlt.

Ob sie wirklich in wenigen Tagen, vielleicht morgen schon, den Besitzer kennenlernte? Einerseits war ihr nicht wohl bei der Sache, sich mit einem wertvollen Collier im Gepäck mit ihm zu treffen. Andererseits fühlte sie dieses seltsame Kribbeln im Bauch, wenn sie daran dachte. Die Aussicht auf ein Abenteuer. Eines, wie Fujiko es erleben würde. Und noch dazu mit einem echten Lupin ... Ihr Herzschlag beschleunigte sich schon wieder. Was hatte sie denn gedacht, wie das weiterging? Dass er ihr Geld überwies und sie ihm die Kette per Post schickte?

Plötzlich poppte eine weitere Nachricht auf. Sie hatte gar nicht gemerkt, dass die Punkte sich bewegt hatten.

Was ist jetzt, Hase? Machst du einen Rückzieher? Ich hab auch noch anderes zu erledigen.

Ein kaltes Gefühl der Enttäuschung machte sich breit.
Na toll. So wirklich wichtig schien das Treffen ihm ja
nicht zu sein.

Sie überlegte kurz und schrieb dann:

*Sorry, hab die Nachricht eben erst gesehen. Muss gestern
auf dem Telefon eingeschlafen sein.*

Und dazu einen Smiley, der verlegen grinste.
Hoffentlich hielt er sie jetzt nicht für völlig dämlich.
Die Punkte tanzten drauflos. Kurz darauf kam ein gel-
bes Gesicht, das Tränen lachte. Na toll.

*Meinem Hasen verzeihe ich doch alles! Also, wie sieht's
aus? Haben wir ein Date, Fujiko?*

Charlie schluckte. Ein Date? Hatten sie das?
*Na los! Ihr trefft euch irgendwo in der Öffentlichkeit. Du
hast nichts zu verlieren!*
Und ehe sie noch weiter darüber nachdenken konnte,
tippte sie drauflos.

*Morgen Mittag, High Noon, Lupin. In dem veganen Res-
taurant in der Nähe vom Bahnhof.*

Das war das einzige, an das sie sich von ihrem letzten
Köln-Besuch noch erinnerte. Der Zug käme um elf an,
dann hätte sie noch ein bisschen Puffer. Und am Nachmittag konnte sie schon wieder auf dem Weg zurück zu
ihrer Oma sein. Auf jeden Fall reicher – wenn auch vielleicht nur an Erfahrungen.

Die Antwort ließ auf sich warten. Charlie sah auf die Uhr. Jetzt käme sie auf jeden Fall zu spät zu ihrem Treffen mit Björn. Sie deaktivierte das Display und schnappte sich die Beutel.

Sollte er sich doch Zeit lassen mit der Antwort.

Erst als sie schon das *Shaggys* betrat, vibrierte es in ihrer Tasche. Sie winkte Björn zu und warf schnell einen Blick auf ihr Handy.

Musste meinen Terminplan konsultieren. Morgen geht es bei mir erst ab drei. Und das Restaurant, das du meinst, hat dichtgemacht. Aber in Unter Goldschmied ist ein cooler Laden, das ist nicht weit entfernt. Der Veganer. Deal?

»Hey, Lotte, was geht?« Björn zeigte auf die beiden Tassen, die bereits vor sich hin dampften.

Charlie ließ sich auf die Bank an ihrem Tisch sinken. »Hey! Kleinen Moment, muss eben was erledigen.« Sie tippte. Schluckte. Drückte auf Senden.

Deal.

Kapitel 21

Charlie ließ sich vom Rattern des Zuges einlullen. Ihr Körper schien zu vibrieren. Na gut, das lag vermutlich nicht nur am Zug. Auch ihre Nerven waren gespannt.

Zum Glück hatte ihre Großmutter sich gefreut, als sie ihr von der Verabredung mit einer Freundin erzählt hatte. Eine alte Schulkameradin, die jetzt in Köln wohnte. Klang ja auch völlig glaubwürdig. Doch die ganze Zeit über, während sie darüber sprachen, hätte das Gewicht der Kette Charlie beinahe hinabgedrückt. Jedenfalls fühlte es sich so an. Vermutlich würde sie sich erst wieder leicht fühlen, wenn sie wusste, was es damit und mit dem Geheimnis ihres Großvaters auf sich hatte.

Immerhin hatte Björn ihr noch mehrmals versichert, dass sie nichts von dem Typen zu befürchten hatte. Er kannte ihn zwar nicht persönlich, aber immerhin hatte er schon mehrmals mit ihm zusammengearbeitet. Und einer seiner engeren Geschäftskontakte, wie er es bezeichnete, hatte ihn auch selbst schon getroffen. Trotzdem hatte er sich mit einem »Pass auf dich auf – und halt mich immer auf dem Laufenden!« verabschiedet.

Sicherheitshalber hatte sie Bea zu Beginn ihrer Fahrt über das geplante Treffen aufgeklärt und dabei auch einen eventuell wertvollen Fund erwähnt. Ihre Freundin kannte Björn und seine Leidenschaft ja und würde sich schon ihren Teil dabei denken. Doch sie hatte die Nachricht noch nicht gelesen.

Dennoch: Je mehr Menschen wussten, wo sie war und was sie tat, desto sicherer.

Charlie hatte Björn zum Abschied noch die Nummer ihrer Oma gegeben, damit er sie direkt kontaktieren konnte, falls er eine eilige Anfrage für eines der Groschenhefte hereinbekam. Doch vermutlich würde er sie nicht brauchen. Das konnte sicher bis morgen warten.

Charlies Handy vibrierte. Sie rechnete fest mit einer Nachricht von Bea, die alles ganz genau wissen wollte. Vor allem natürlich über den kleinen Flirt, den Charlie angedeutet hatte. Doch es war nicht ihre Freundin. Es war Lupin.

Und, schon im Zug, Hase?

Sie biss sich auf die Lippe, um nicht zu grinsen.

Woher weißt du das? Stalkst du mich wieder?

Klar. Dreh dich jetzt nicht um!

Sie fuhr herum und ärgerte sich über sich selbst. Hinter ihr saßen zwei Jugendliche und kauten Kaugummi. Der eine von ihnen regte sich immer wieder lautstark über eine Gruppe von Frauen mittleren Alters auf, die sich ebenso lautstark über die Tücken ihres Internetanschlusses via Glasfaser unterhielten.

»Aber ich brauche doch gar nicht so eine schnelle Leitung!«, sagte die eine gerade.

Charlie verdrehte die Augen und zwinkerte den Jungs zu, bevor sie sich wieder nach vorn drehte. So ganz unrecht hatten die Halbstarken mit ihrer Pöbelei ja nicht. Die Damen könnten wirklich leiser sein. Und nicht so einen Quatsch erzählen. Im letzten Moment sah sie noch, wie die beiden sie verschwörerisch angrinsten. Verbündete.

»Sogar meine Oma hat Glasfaser«, murmelte Charlie, bevor sie sich wieder ihrem Handy widmete.

Die Jungs hinter ihr lachten, einige der Damen guckten pikiert.

Du hast dich umgeguckt. Schäm dich, Fujiko!

Sicher nur geraten. Wer würde sich in so einer Situation nicht umdrehen? Trotzdem kribbelte ihre Kopfhaut, als würde sie beobachtet. Zumindest so, wie man es immer in Büchern las. Doch warum sollte die Kopfhaut dann wirklich kribbeln? Das war doch Quatsch, oder nicht?

Sie rutschte auf ihrem Platz ein wenig tiefer und stemmte die Knie gegen den Vordersitz.

Ich dachte, dein Terminkalender lässt dir heute erst ab drei Zeit! Wie kommt es dann, dass du online bist?

Ein Smiley mit einem Mundschutz erschien.

Zahnarzttermin. Sitze noch im Wartezimmer.

Oh. Schlimm? Zahnweh?

Nein, nur Kontrolle. Meine Zähne sind in einem top Zustand, Hase. Das solltest du doch wissen.

Ein Smiley mit gefletschten Zähnen folgte, dann ein Kussmund.

Wie frech! Wie kindisch. Wie sehr hatte sie das vermisst. Und ihrem Gesprächspartner schien es ähnlich zu gehen. Vorausgesetzt, er war nicht wirklich erst sechzehn. Doch das bezweifelte sie.

Charlie musste wider Willen grinsen und sah auf die Uhr. Es war kurz nach elf. Sie hatte nur einen Zug später genommen als ursprünglich geplant und sich vorgenommen, dass sie sich die drei Stunden bis zu ihrer Verabredung ganz entspannt in der Stadt vertreiben würde. So entspannt jedenfalls, wie es mit diesem Collier unter dem Halstuch möglich war. Sie spürte es immer noch bei jeder Bewegung. Doch wenn Lupin jetzt beim Zahnarzt war, warum konnten sie sich dann erst um drei treffen?

Aha. Dann wird das sicher nicht vier Stunden dauern.

Es kam keine Antwort. Sie schickte einen Smiley hinterher. Immer noch nichts. Oje. War sie zu weit gegangen?

Bang sah sie zu, wie ihr Zug einen Bahnhof passierte, dann einen weiteren. Lupin hielt sich bedeckt, und sie wurde immer nervöser. War sie jetzt zu forsch gewesen? Ließ er ihr Treffen nun platzen? Sie sah sich schon vor einem Falafelsalat sitzen und vergeblich auf ihn warten.

Erst als die Lautsprecherdurchsage Köln als nächsten Stopp ankündigte, kündigten auch die Punkte eine neue Nachricht an.

Haha, Hase. Aber ich hab jetzt noch was Persönliches zu erledigen, das ich nicht verschieben kann. Tut mir echt leid. Würde viel lieber mit dir essen.

Ihr Herz machte einen kleinen Hüpfer. Es war einfach viel zu lange her, dass ein anderer Mann sie auf diese Weise wahrnahm. Sicher war er eben aufgerufen worden und konnte deswegen nicht antworten. Schnell schrieb sie zurück.

Oh, war der Zahnarzt lieb zu dir?

Ein Grinsesmiley, dann:

Du darfst mich ruhig gleich ein wenig pflegen, Hase ...

Da wollen wir erst mal sehen, ob du dir das auch verdienst, Lupin!

Ich werde mir alle Mühe geben.

Zwinker Zwinker.

Da bin ich sicher.

Was sollte sie noch schreiben? Sie wollte das Gespräch am Laufen halten. Erstens, um die Zeit bis zum Bahnhof zu überbrücken, aber auch, weil es sich gut anfühlte. Es nahm ihr die Nervosität vor dem Treffen, wenn sie jetzt miteinander scherzten. Ein Gauner, der sie mochte, würde ihr doch nichts tun. Oder?

Du bist halt ein Frauenheld, Lupin. Vor dir ist doch kein Rock sicher!

Lupin ist vielleicht ein Frauenheld.
Ein Lachsmiley. Danach kamen die Worte:

Ich nicht. Also sei nicht zu enttäuscht.

Oha. Was für Töne waren das denn? Das klang gar nicht nach Lupin. Schimmerte hier etwa sein Alter Ego durch?

Warum sollte ich enttäuscht sein?

Nur falls du einen charmanten Lupin erwartest. Im Chat ist das eine Sache. Face to face eine andere. Wollte dich nur vorwarnen.

Na ja, du darfst auch keine Fujiko erwarten.

Charlie sah an sich herunter. Nein, wirklich nicht. Mit Fujikos Dingern würde sie vermutlich vornüberfallen.

Ich weiß ziemlich genau, was ich zu erwarten habe, C.

Kein Smiley, nichts, das darauf hindeutete, wie er diese Worte meinte.

Das ist fies. Du weißt so viel über mich und ich nichts über dich.

Doch. Eine Sache habe ich dir gerade verraten.

Dass du nicht charmant bist?

Endlich wieder ein gelbes Grinsen.

Nee. Dass ich schüchtern bin.

Davon hat mein Kumpel mir nichts gesagt.

Er kennt mich nicht persönlich.

Pause.

Und er ist keine Frau.

Puh. Was sollte sie darauf sagen? Dass er nicht nur schüchtern, sondern auch verdammt ehrlich war? Zum Glück quietschten die Bremsen des Regionalexpresses auf. Die Landschaft flog noch langsamer vorbei, und erste Schilder, die auf den nahenden Bahnhof hindeuteten, tauchten auf.
Schnell tippte sie:

Muss aussteigen. Wir werden uns schon verstehen. Bin harmlos.

Sie drückte auf Senden. Dann sprang sie auf und eilte zum Ausgang.

Schon in der Wartehalle fielen ihr die Plakate auf. Doch sie achtete nicht so recht darauf. Nur dass sie irgendetwas mit Schokolade zu tun hatten, sickerte in ihr Gehirn. Der Chat mit Lupin oder wie auch immer er wirklich hieß, lenkte sie zu sehr ab. Er schien tatsächlich Schiss vor dem Treffen zu haben. Hatte er sich mit der Antwort gestern deshalb so viel Zeit gelassen? Aber ein Treffen war doch sein Vorschlag gewesen. Wenn er tatsächlich dermaßen schüchtern war, hatte er mit einem Zahnarztbesuch und einem Date ja einen wirklich fürchterlichen Tag zu erwarten. Der Arme.

Doch irgendwie gefiel ihr der Gedanke, er könnte mehr Angst vor ihr haben als sie vor ihm. Es war wie mit Spinnen. Wenn man das erst mal verinnerlicht hatte, musste man keine Angst mehr vor ihnen haben.

Na gut, sie hatte nie Angst vor Spinnen gehabt. Das war also Quatsch, jedenfalls was sie betraf.

Einigermaßen gut gelaunt verließ sie das Bahnhofsgebäude und blickte zu den imposanten Türmen des Doms auf. Sie ragten beinahe bedrohlich in den blauen Himmel. Wieder war es viel zu warm für ihr Halstuch, und wieder konnte sie es nicht abnehmen. Sie senkte den Blick und nahm zum ersten Mal eines der Plakate bewusst wahr.

Besuchen sie die Stadtvilla der Kölner Familie Lambert hinter der Holzgasse. Die berühmte Schokoladendynastie ganz nah erleben. Vom 12. bis zum 24., täglich außer sonntags, immer von 12 bis 18 Uhr.

Lambert. Der Name rammte sich wie eine heiße Nadel in ihr Gehirn. Sie hatte beinahe vergessen, dass die Familie, die auf dem Foto erwähnt wurde, auch aus Köln stammte. Doch waren es die gleichen Lamberts, diese Schokoladendynastie? Wie selten war der Name?

Eigentlich hatte sie nicht vorgehabt, dieser Sache heute auf den Grund zu gehen. Aber wenn sie schon einmal hier war ... und außerdem war heute der 23., und morgen würde sie sicher nicht noch einmal nach Köln fahren. Womöglich war das ihre Chance. Womöglich war es Schicksal, dass Lupin nicht schon mittags Zeit hatte und eine Synchronizität, dass sie zweimal in so kurzer Zeit über diesen Namen stolperte. Wer war sie, sich dagegen zu wehren?

Sie wandte sich in die Richtung, in die der Pfeil zeigte, am Dom entlang und an einem Brunnen vorbei. Ein weiteres Schild wies sie nach rechts, Richtung Roncalliplatz, und von dort in die Straße Unter Goldschmied. Da sollte doch der Veganer sein, bei dem sie sich mit Lupin treffen wollte. Tatsächlich, schon lief sie an dem Restaurant vorbei. Köstlicher Duft wehte ihr in die Nase und ließ ihren Magen knurren. Es sah gemütlich aus. Wie das perfekte Restaurant für ein erstes Date.

Aha. Date, Charlie?

Sie schüttelte sich und rief sich Christophs Bild ins Gedächtnis. Sofort verflogen alle romantischen Anwandlungen. Sie sah einer Gruppe japanischer Touristen nach, die sich nach links in eine Gasse schlug. Stimmt, wenn sie sich nicht täuschte, mussten irgendwo da das Rathaus und der Alter Markt sein. Doch der Pfeil hatte geradeaus gezeigt, also lief sie weiter, an diversen Museen und Kirchen vorbei, über den Quatermarkt. Danach ging es über eine große Kreuzung. War sie hier überhaupt noch richtig? Doch, sie entdeckte ein weiteres Schild und folgte dem Pfeil hinter einer großen romanischen Kirche entlang. Ein Wegweiser wies in Richtung Schokoladenmuseum. Das passte ja irgendwie. Doch was war wohl gemeint mit der Formulierung *hinter der Holzgasse*? Hoffentlich fand sie das überhaupt. Das Viertel, durch das sie sich jetzt bewegte, sah jedenfalls nicht nach Villenviertel aus. Ein Mehrfamilienhaus reihte sich an das andere. Würde eine berühmte Schokoladendynastie etwa hier ihren Hauptsitz haben?

Dann entdeckte sie ein weiteres Schild, das genau zwischen zwei Wohnblöcken hindurchwies. Sie lief den schmalen Weg entlang, auf dem vielleicht gerade mal ein Auto Platz gehabt hätte. Wenn ihr jetzt eines entgegenkäme, müsste sie wohl darüberklettern. Doch hier war ja auch Durchfahrt verboten, Anlieger frei, jedenfalls laut Straßenschild. Und außerdem gab es wohl in regelmäßigem Abstand Ausweichmöglichkeiten, kleine Nischen, in denen sie gut Platz gehabt hätte. Doch es kam kein Auto, und die Häuserwände um sie herum wichen einer immergrünen, mannshohen Hecke. Charlie durchschritt einen begrünten Torbogen, der sie in einem kleinen Park ausspuckte. Direkt vor ihr erhob sich eine hübsche Stadtvilla. Der Weg, jetzt mit feinem, hellem Kies bestreut, führte in einem Bogen vor der Eingangstreppe her. Tatsächlich stand eine edle Limousine vor der Tür.

Das war also gemeint mit *hinter der Holzgasse*. Und sie hatte sich schon auf dem Holzweg gewähnt. Es kam ihr

ein bisschen so vor, als sei sie in einer fremden Welt gelandet. Doch als sie sich umwandte, sah sie die schäbigen Häuser, zwischen denen sie sich hindurchge-
schlängelt hatte. Nein, sie war immer noch in Köln,
doch jetzt verstand sie, warum es auch für andere Menschen interessant sein könnte, sich diese verborgene
Villa anzusehen. Menschen, die nicht den leisesten Verdacht hatten, ihr Opa könnte vor Jahren eins der Fami-
lienmitglieder um ein Collier erleichtert haben.

Charlie sah auf die Uhr. Sie war vielleicht eine Vier-
telstunde unterwegs gewesen. Wenn sie um viertel vor
drei wieder aufbrach, müsste sie es locker zu ihrer Verabredung schaffen. Das Restaurant lag ja auf dem Weg
zum Bahnhof.

Genug Zeit also, um sich hier in Ruhe umzusehen. Ob
das Bild, das ihren Opa mit der fremden Frau zeigte,
hier irgendwo aufgenommen worden war? Sie suchte
nach Landschaftsteilen, die ihr bekannt vorkamen.
Doch vermutlich hatte es hier zu der Zeit noch völlig
anders ausgesehen. Die Häuser in ihrem Rücken standen sicher noch keine sechzig Jahre. Und Bäume oder
Büsche waren entweder gefällt oder gerodet worden
oder um einiges gewachsen.

Langsam näherte Charlie sich dem Gebäude und
zuckte zusammen, als plötzlich eine Frau in einem steif
aussehenden grauen Kostüm um die Ecke bog. Sie hatte
ein älteres Pärchen und zwei junge Frauen im Schlepp-
tau.

»... und hier sind wir wieder am Anfang unserer Tour.
Nachdem wir den im Laufe der Zeit stark geschrumpf-
ten Park besichtigt haben, widmen wir uns nun den gut

erhaltenen und restaurierten Innenräumen.« Sie stutzte und sah Charlie an.

Charlie hob die Hand. »Hallo.«

»Hallo.« Die Frau, auf einem Schild am Revers stand der Name Magrit, warf einen Blick auf ihre Armbanduhr. »Die Führungen starten immer zur vollen Stunde.«

Sie bedachte Charlie mit einem Blick, der ziemlich genau ausdrückte, was sie von Unpünktlichkeit hielt, und Charlie fragte sich, woher sie das mit den Führungen hätte wissen sollen. Dann entdeckte sie das Plakat an der Tür. Da stand es drunter, quasi im Kleingedruckten. War das auf den anderen Plakaten auch so gewesen? Sie hatte nicht darauf geachtet. »Ach, ist nicht schlimm. Ich brauche eigentlich keine Führung. Ich sehe mich einfach nur ein bisschen um.«

Magrit hob die Hand. Ihr Zeigefinger reckte sich anklagend in die Höhe. »Das geht nicht. Eintritt nur mit Führung.«

Charlie widerstand dem Impuls, nachzusehen, worauf die Führerin zeigte. Denn wenn der Finger zum Himmel zeigte, schaute doch nur ein Idiot den Finger an. »Ach so. Das wusste ich nicht.«

»Na, die Familie wohnt ja ständig hier. Da können wir die Leute nicht unkontrolliert in ihrer Privatsphäre herumstreunen lassen.«

Das war sie also? Ein Streuner? Na gut, sie trug heute keines ihrer repräsentativen Kostüme, aber schlecht war sie trotzdem nicht gekleidet. Sie wollte gerade protestieren, als sich eine der jüngeren Frauen einmischte.

»Kann sie sich nicht einfach anschließen und den Park bei der nächsten Führung besichtigen?« Sie lächelte Charlie zu und zwinkerte.

Ein warmes Gefühl durchströmte sie. »Also, mir wäre das recht.«

Magrit machte ein säuerliches Gesicht. Vermutlich nur, weil der Vorschlag nicht von ihr gekommen war.

»In Ordnung. Aber Sie müssen erst eine Karte lösen.« Während sie darauf wartete, dass Charlie ihr Portemonnaie herauskramte, tippte sie mit der Schuhspitze auf und ab, als sei diese Unterbrechung ihrer Tour eine Zumutung. Die Arme schien ihren Job nicht besonders zu mögen. Oder Menschen. Oder das Leben.

Charlie reichte ihr einen rosafarbenen Schein, den Magrit sofort in ihrer Bauchtasche verschwinden ließ. Dann zog sie ein Billet hervor.

»Na gut. Ich notiere mal, dass Sie den Park noch besichtigen dürfen, damit wir später nicht durcheinanderkommen.«

Charlie warf den anderen Besuchern der Villa nacheinander einen schnellen Blick zu. Vier Leute. Plus sie selbst. Na, hoffentlich kam Magrit da nicht durcheinander. Dennoch nickte sie und zwang sich zu einem Lächeln.

»Also fein.« Magrit straffte ihre Haltung, wodurch ihr Blazer noch steifer wirkte als ohnehin schon. »Dann kommen Sie mal mit. Wir betreten das Gebäude durch den Haupteingang.«

Kapitel 22

Theodora

»Und? Willst du die Ehe nun auflösen?« Viktoria schielte über den Rand ihrer Sonnenbrille, mit der sie sich vermutlich vorkam wie Audrey Hepburn oder Liselotte Pulver. Als sei sie die Schauspielerin in der Familie.

Dora blinzelte, als ihr grausamer Verstand ihr zu verstehen gab, dass es überhaupt keine Schauspielerin in der Familie gab. Egal, wie oft Bernd ihr sagte, dass nicht erst der Auftritt sie dazu machte.

Sie schüttelte schnell den Kopf, bevor Viktoria ihre Tränen glitzern sehen konnte. Warum trug sie selbst keine Sonnenbrille? Noch auffälliger wären sie und ihre Schwester in diesem kleinen Café im Schatten des Doms auch nicht. Die meisten Menschen hatten ohnehin nur Augen für die in den Himmel ragenden Türme.

»Nein, natürlich nicht. Ich liebe Bernd.«

Jedenfalls liebte er sie und setzte alles daran, ein Vorsprechen für sie zu ergattern. Und sie liebte, dass er das für sie tat. Doch, vermutlich liebte sie auch ihn selbst ein wenig. Er war ein guter Mann. Und es war ja nicht so, als hätte sie allzu viele andere Bewerber gehabt.

Sollte sie wirklich riskieren, dass ihre Eltern ihr einen Mann auswählten? Einen, der ihnen besser passte?

Nein, diese Freiheit würde sie nicht wieder aufgeben.

»Aber du hättest ihn nicht geheiratet, wenn die Auftritte nicht wären. Und die sind jetzt nun mal ...« Sie unterbrach sich. »Na gut. Ich verstehe. Sicherlich kommt dir deine Lüge jetzt selbst drastisch vor.«

»Drastisch?« Schon wieder nutzte ihre Schwester dieses Wort. Es schnitt ihr ins Fleisch wie eine Klinge. Dabei hatte sich ihr Leben noch nie so selbstbestimmt angefühlt wie in den letzten Wochen.

»Dich mit den Eltern so zu überwerfen! Eine Schwangerschaft vorzutäuschen, um als Schauspielerin arbeiten zu dürfen. Das ist doch Wahnsinn gewesen, Theodora! Ich verstehe, dass du es noch nicht zugeben kannst, aber es ist so.«

Dora senkte den Blick. Ein Kloß hatte sich in ihrer Kehle gebildet und hinderte sie am Sprechen. Sie schluckte, einmal, zweimal.

»Nein«, sagte sie dann. »Ich bin jetzt unabhängig. Ich würde es immer wieder so machen.«

»Aber du lebst in einer winzigen Wohnung!« Es machte den Eindruck, als wäre das das Schlimmste, was ihre Schwester sich vorstellen konnte.

»Ich liebe diese Wohnung. In ihr bin ich freier als in der größten Villa.« Leiser fügte sie hinzu: »Und sie stinkt nicht so nach Schokolade.«

»Ach ja?« Viktoria schnaufte. »Na schön, dann leb deine Freiheit. Aber die Mutter fragt immer wieder nach deiner Schwangerschaft, Dora. Wann willst du ihr sagen, dass du niemals schwanger warst?«

»Gar nicht.« Dora flüsterte jetzt. Ihre Schwester hatte wirklich ein Händchen dafür, den Finger in die Wunde zu legen. »Ich werde sagen, dass ich das Kind verloren habe. Das passiert wohl vielen Frauen in den ersten drei Monaten.« Eine Eingebung durchzuckte sie. Sie könnte auch versuchen, wirklich schwanger zu werden. Jetzt musste sie ja vorerst in kein Kostüm passen.

Irgendwie erschien ihr der Gedanke plötzlich tröstlich.

»Wen haben wir denn da?«, riss eine Stimme sie aus ihren Gedanken.

Doras Kopf fuhr hoch. Ein Mann war in der Nähe ihres Tisches aufgetaucht und näherte sich langsam.

Auch Viktoria zuckte zusammen. »Oh. Onkel Bruno. Was tust du denn hier?«

Dora unterdrückte ein Stöhnen und zwang sich zu einem Lächeln. Sie spürte, wie es misslang, und erneut sehnte sie sich nach einer Sonnenbrille.

»Guten Tag, Bruno«, sagte sie leise.

»Ich habe gleich bei meinem Anwalt zu tun. Seine Kanzlei ist am Alter Markt. Und ich wollte mich natürlich auch überzeugen, dass unsere Werbemaßnahmen ordentlich umgesetzt wurden.« Er deutete auf eine Litfaßsäule, die an der Straßenecke stand.

Das Plakat hatte Dora schon vorhin zum Erschauern gebracht. *Lamberts Kleine. Die süße Versuchung für zwischendurch.* Und darunter ein Bild einer edel verzierten Praline mit einem Stück Mandel obendrauf.

Ihr Familienname auf einem großen Plakat. Nur dass es nicht um sie und ein Theaterstück ging. Ihr wurde ein wenig übel, wenn sie daran dachte.

»Das wird der absolute Verkaufsschlager.« Brunos Blick heftete sich jetzt auf Dora.

Sie sah auf ihre Tasse und rührte, obwohl diese kaum mehr halb voll war. Sollte doch Viktoria das Gespräch bestreiten. Sie, Dora, war ja ohnehin zur Persona non grata degradiert worden. Doch so leicht wollte der Geschäftspartner ihres Vaters es ihr wohl nicht machen.

»Theodora, ich bin traurig, dich nicht mehr in der Villa in der Holzgasse zu sehen.« Er näherte sich weiter und stand nun direkt vor ihr.

»Danke«, murmelte Dora, ohne ihn anzusehen. Was hätte sie auch sagen sollen? Seine Anwesenheit war ihr mehr als unangenehm, und ihre Situation ging ihn nun wirklich nichts an.

»Doch ich habe natürlich erfahren, in welchen Umständen du dich befindest. Ich gratuliere.«

Noch bevor Dora sich darüber klar werden konnte, wie er diese Aussage meinte, ob spöttisch oder ernst, schoss seine Hand vor und legte sich auf ihren Unterleib.

Sie erstarrte, völlig unfähig, sich zu rühren. Was fiel dem Mann ein, sie einfach so anzufassen?

Viktoria keuchte auf. Wenigstens war auch ihr bewusst, wie unpassend sein Verhalten war.

Bruno ließ seine Hand ein Stück tiefer rutschen, bis seine Fingerspitzen beinahe Doras Oberschenkel berührten. Dann zog er sie zurück.

»Noch fühlt man es gar nicht, was, Mädel?« Seine Stimme klang leise, bedrohlich. »Noch bist du rank und schlank.«

Doras Blick traf seinen, und sie bemühte sich, so viel Abscheu hineinzulegen, wie sie konnte. Doch das schien ihn nicht zu stören. Er grinste kurz, wurde dann wieder ernst und trat einen Schritt zurück. »Dann will ich mal weiter. Die Damen ... Viktoria, grüß bitte deine Eltern schön.« Er ging, ohne sich noch einmal umzudrehen.

Dora sah ihm nach, bis er verschwunden war und schüttelte sich. »Wenn es einen Vorteil gibt, verheiratet zu sein, dann den, diesem Scheusal nicht mehr so oft begegnen zu müssen.«

Viktoria runzelte die Stirn. Sie wirkte beunruhigt. »Er wird den Eltern sagen, dass wir uns getroffen haben.«

»Er wird ... wie bitte?« Das war das Einzige, was ihre Schwester von dieser Begegnung mitnahm? Die Sorge, sich mit den Eltern auseinandersetzen zu müssen?

Viktoria warf Dora einen schnellen Blick zu. »Verzeih. Hat Onkel Bruno dich gerade ernsthaft am Bauch angefasst? Obwohl du gar nicht schwanger bist?«

Dora schnaubte. Als wäre das ein akzeptables Verhalten, wenn man wirklich schwanger wäre.

»Wenn es mal nur der Bauch gewesen wäre.« Es schüttelte sie, wenn sie daran dachte, und sie hatte das Bedürfnis nach einem langen Bad.

Dieses Ekel. Wenn doch nur Bernd bei ihr gewesen wäre. Dann hätte der Typ das nicht gewagt. Nein, Bernd hätte sie vor ihm verteidigt. Er war kräftig und durch den Job, den er machte, muskulös. Die Scheinwerfer waren schwerer als Füller und Aktenordner und womit Bruno und ihr Vater sonst so hantierten. Und er hatte auch keinen Bauch von all der Schokolade. Bestimmt hätte er ihn schwer verletzt. Dann käme er ins Gefängnis, und sie wäre wieder allein.

Nein, dann war es gut, dass er nicht dabei gewesen war.

»Nicht der Bauch?« Viktoria starrte sie nur einen Moment lang schockiert an, dann brachte sie ihre Mimik wieder unter Kontrolle. Sie fand schnell zurück in ihre Rolle, dachte Dora. Erst jetzt wurde ihr klar, dass das tatsächlich so war. Sie spielte die Rolle, die die Eltern für sie erdacht hatten. Und auch diese spielten die Rolle, die die Gesellschaft erwartete.

Nur sie selbst war ausgebrochen. Ganz kurz fühlte sie sich so frei wie noch niemals zuvor.

Dann räusperte ihre Schwester sich. »Dora, du musst dich mit den Eltern versöhnen. Kommt nächsten Monat zum Gartenfest, du und der Bernd. Wenn ihr ein wenig früher kommt als die Gäste, kannst du mit den Eltern sprechen, und ihr könnt euch versöhnen. Sie müssen ihn kennenlernen, ihn akzeptieren. Und das Gartenfest ist ein recht zwangloser Rahmen, denke ich.«

Dora wusste, wie Viktoria das meinte. Zwanglos genug, damit Bernd sich nicht wie ein Eindringling vorkam. Doch das würde er. Er hatte nicht nur einmal erwähnt, dass die Gesellschaft, in der Dora aufgewachsen war, nicht seine Welt sei.

Dennoch nickte sie. Ihre Schwester hatte recht. Sie musste sich mit den Eltern versöhnen. Sie musste mit ihrer Mutter über die Schwangerschaft sprechen. Und sie könnte Bernd dazu überreden, teilzunehmen.

Ihr zuliebe täte er es. Doch es würde ihm nicht gefallen.

Kapitel 23

Magrit schritt mit erhobenem Haupt vor ihren Besuchern die Stufen empor. »Dieses Portal wurde im achtzehnten Jahrhundert gefertigt von ...«

Charlie reihte sich hinter den anderen ein und beobachtete, wie der ältere Herr sich mühsam am Geländer emporzog. Seine Frau hielt dabei seine Hand. Sie wirkte um einiges fitter als er. Ob sie dem Mann helfen sollte? Doch zwischen ihnen befanden sich noch die beiden jüngeren Frauen, von denen keine auch nur die geringsten Anstalten machte, einzugreifen. Dann waren sie oben und sammelten sich vor dem Portal, von dem Charlie immer noch nicht wusste, wer es gefertigt hatte. Aber es würde zum Schluss sicher kein Quiz geben. Jedenfalls hoffte sie das inständig.

»Bevor wir nun den Sitz der Familie Lambert betreten, muss ich Sie darauf hinweisen, dass der Aufenthalt nur im Rahmen der Führung gestattet ist. Bitte verlassen Sie den Rundweg nicht. Einige sehr private Bereiche sind durch Kordeln abgesperrt. Bitte betreten Sie diese Räumlichkeiten nicht. Respektieren Sie bitte die Privatsphäre der Familie.« Mit strengem Blick bedachte Magrit die ihr anvertrauten Besucher. Auf Charlie blieb er einen Moment länger ruhen.

Dann endlich durften sie rein. Magrit ging vorneweg und quasselte, doch Charlie hörte ihr nicht zu. Sie betrachtete die Möbelstücke in der Eingangshalle, von der zwei imposante Treppen in das obere Stockwerk führten. Ein paar zierliche Tischchen, Vasen mit frischen Blumen, ein alter, kunstvoll geschnitzter Schrank von irgendeinem berühmten Kölner Handwerker. Ob ihr Großvater hier schon seinen Mantel hineingehängt hatte? Oder war es doch eine andere Familie Lambert gewesen, von der auf dem Foto die Rede war?

Und die Punze? Die Praline? Das ist doch kein Zufall, Charlie!

Auf dem Bild hatte *die Lamberts* gestanden. Als wäre das Pärchen gemeint gewesen. Doch ihr Opa war gar kein Lambert.

Andererseits wusste sie überhaupt nicht, wer er wirklich gewesen war. Vielleicht war er der lange verlorene Sohn dieser reichen Familie, und die Frau auf dem Bild war seine Schwester. Doch irgendwie glaubte sie das nicht. Die beiden hatten so vertraut gewirkt. Ganz und gar nicht wie Bruder und Schwester.

»Kommen Sie auch, bitte?«

Charlies Kopf fuhr herum. Sie war so vollkommen in der Betrachtung des Schranks versunken gewesen, dass sie überhaupt nicht gemerkt hatte, wie die Gruppe den Raum bereits zu der Tür zur rechten Seite verlassen hatte. Doch die gute Magrit hatte es natürlich schon gemerkt. Ihre Miene sprach Bände. *Das hab ich ja geahnt, dass die Ärger macht.*

Schnell lief Charlie hinterher und lächelte der verkniffen aussehenden Frau zu. »Sorry. Es ist so wunderschön hier.«

»Wir müssen den Zeitplan einhalten«, erwiderte Magrit streng und ging so dicht hinter Charlie her in den nächsten Raum, dass diese schon das Gefühl hatte, gescheucht zu werden. Wie ein Schaf, das vom Schäferhund wieder eingefangen wurde.

Das nächste Zimmer war ein Salon, aber keiner von der Sorte, in dem man sich nach einem anstrengenden Tag in der Schokoladenfabrik die Schuhe auszog und die Füße hochlegte. Sicherlich hatte auf diesem Sofa noch niemand entspannt gesessen. Nicht einmal Willy Wonka würde das.

Charlie ignorierte wieder die ausschweifenden Erklärungen der Führerin und sah sich um. Leider entdeckte sie keinerlei persönliche Gegenstände wie Bilder. Alles, was hier an Deko herumstand, wirkte sorgfältig zu Repräsentationszwecken ausgewählt. Ziselierte Metalltruhen, geschnitzte Tellerchen, aus Stein gemeißelte Figurinen. Eigentlich nicht uninteressant, doch nicht das, worauf Charlie gehofft hatte. Auch das Esszimmer nebenan erfüllte ihre Hoffnung nicht.

Als ob hier jemand wohnte. Auf keinen Fall. Alles rein repräsentativ.

Erst die Küche sah aus, als ob an dem Herd tatsächlich gekocht wurde. Vermutlich nicht von der Familie selbst, aber das machte ja nichts. Wer würde nicht gern eine persönliche Köchin nutzen?

Doch kannst du dir vorstellen, dass dein Opa hier aufgewachsen ist?

Die Frage konnte sie nicht beantworten. Sie hatte wohl instinktiv immer angenommen, dass er in schwierigen, eher ärmlichen Verhältnissen groß geworden war. Doch schwierig und ärmlich musste ja nicht automatisch Hand in Hand gehen.

»Und nun begeben wir uns über die Dienstbotentreppe in den ersten Stock. Ab jetzt darf nicht mehr fotografiert werden, es folgen die privaten Räumlichkeiten. Und bitte bleiben Sie eng beieinander und beachten Sie die Absperrungen.« Magrit ließ wieder ihren strengen Blick schweifen.

Charlie nickte geflissentlich. Ans Fotografieren hatte sie bisher überhaupt nicht gedacht. Und die anderen Teilnehmer ebenfalls nicht, wenn sie sich so umsah. Die ältere Dame gähnte hinter vorgehaltener Hand, und eine der jüngeren Frauen, nicht die, der Charlie ihre Anwesenheit verdankte, schien etwas im Auge zu haben. Sie rieb, zupfte mit Daumen und Zeigefinger und wischte Tränen fort.

Was die Einhaltung der anderen Anweisungen anging, dafür würde Charlie allerdings nicht ihre Hand ins Feuer legen.

Hintereinander stiegen sie die schmale Stiege hinauf, die von der Küche aus in den ersten Stock führte. Charlie hielt sich schön im Hintergrund. So konnte sie hoffentlich unauffällig zurückfallen, falls sie etwas Interessantes entdeckte. Da oben würden doch Bilder stehen, oder nicht? Wäre es nicht der Hammer, wenn eines von ihrem Opa dabei wäre? Sie hatte sich gestern tatsächlich noch die Aufnahme aus dem Schlafzimmer ihrer Oma abfotografiert, für den Fall, dass sie irgendetwas herausfand. Und das Originalbild aus dem Versteck klemmte in ihrem Notizbuch. Da konnte sie notfalls auch noch einmal nachsehen, um sich zu vergewissern.

Oben angekommen wartete Magrit, bis sie alle im Flur standen, dann schloss sie die Tür hinter ihnen. »Wie Sie hier sehen können, wurden Dienstbotengänge so angelegt, dass sie sich möglichst unauffällig in die Einrichtung einfügten.« Sie zeigte auf den tapezierten Zugang zur Treppe, der tatsächlich so gut wie gar nicht zu erkennen war. Nur ein winziger Knauf ragte hervor. Dann ging sie voran in den ersten Raum.

Es war ein Schlafzimmer, doch der größte Teil war von einer Kordel abgetrennt. Dabei sah die Einrichtung größtenteils uninteressant und unpersönlich aus, und Charlie erfuhr auch sofort, weshalb. Laut Magrit handelte es sich um ein Gästezimmer.

Der nächste Raum war da schon interessanter. Ein privates Wohnzimmer, ziemlich normal, mit Fernseher und Couch. Nur dass der Fernseher etwas größer war als der, den Christoph unbedingt hatte haben müssen und die Couch ein wenig teurer aussah. Die gesamte Einrichtung tat das wohlgemerkt.

Sie wurden an der Kordel entlang zu einem Billardtisch geführt, der hinter einem breiten Wanddurchbruch auftauchte. Doch bevor sie alle durch diesen verschwinden konnten, entdeckte Charlie, wonach sie schon die ganze Zeit Ausschau gehalten hatte: Auf einer Kommode stand eine Batterie von Bilderrahmen. In allen Größen und Formaten, und mit den unterschiedlichsten Motiven. Sogar ein Pferd schien dabei zu sein, doch hauptsächlich waren wohl Menschen zu sehen.

Leider konnte sie die Gesichter nicht erkennen. Die Kommode war zu weit weg, und die Kordel verhinderte, dass sie sich nähern konnte.

Ein Blick ihrer Führerin traf sie, und gehorsam zwängte sich Charlie ebenfalls in den angrenzenden Raum und hörte sich geduldig an, welche Berühmtheiten an diesem Tisch bereits eine Partie bestritten hatten. Dann folgte sie der Gruppe durch eine weitere Tür wieder in den Flur. Sie erreichten ein weiteres Schlafzimmer. Es war eng, und Charlie hielt sich halb hinter dem Türblatt verborgen, das in den Raum hineinragte. Sie fing einen weiteren Blick von Magrit auf und lächelte ihr aufmunternd zu. Dann zog sie sich noch ein Stück zurück. Und noch ein Stückchen.

Wenn du nur irgendwem dein Tuch umhängen könntest. Dann könntest du dich ganz ungestört in dem Wohnzimmer umsehen, während dieser Drachen meint, dich im Blick zu haben.

Doch hier gab es niemanden, der infrage kam. Also musste es auch so gehen. So leise wie möglich schlich Charlie in den Flur und zurück in das Wohnzimmer beziehungsweise Billardzimmer. In der Ferne hörte sie Magrit immer noch ihren Sermon herunterbeten. Jetzt klang es noch mehr wie lieblos auswendig gelernt. Geschickter, als sie es von sich erwartet hätte, kletterte sie über die Kordel und lief auf Zehenspitzen zu den Bilderrahmen. Vielleicht war doch eine Fujiko an ihr verloren gegangen. Eine echte Abenteurerin und Schurkin. Wenn Magrit sie jetzt erwischte, risse sie ihr den Kopf ab. Ach was, schlimmer: Die riefe glatt die Polizei!

Charlies Blick huschte über die Bilder. So viele Generationen, so viele verschiedene Gesichter. Ein paar

Schwarz-Weiß-Bilder in verschiedenen Erhaltungssta-
dien, doch die meisten waren Farbfotos. Fast wie eine
ganz normale Familie, nur dass die Personen ein wenig
adretter gekleidet waren als die Leute aus ihrer Familie.
Ein bisschen wie die Royals in Großbritannien. Ein Bild
stach ihr besonders ins Auge. Eine junge Frau in einem
Blazer mit breiten Schulterpolstern, die einem kleinen
Jungen ein Eis in die Hand drückte. Sie lächelte breit.
Der Kleine schien sich nicht so recht zu freuen, er sah
eher nachdenklich in die Kamera.

Seine Augen hatten es Charlie angetan. Sein Blick
schien sie regelrecht zu durchdringen. Anhand der ver-
blichenen Pastelltöne und der Kleidung schätzte Charlie das Bild auf die frühen Neunziger. Es sah aus wie eines ihrer eigenen Kinderfotos. Das war zwar angenehm normal, doch nicht, was sie suchte. Sie sollte sich
lieber an die alten Aufnahmen halten. Und zwar
schnell, bevor Magrit sie vermisste und das Spezial-
kommando anforderte.

Sie überflog die Gesichter auf den Schwarz-Weiß-Bil-
dern. Ihr Opa schien nicht dabei zu sein. Doch eine
junge Frau erinnerte sie entfernt an die Frau von dem
Foto aus dem Versteck. Charlie griff nach dem Rahmen.
Sie wurde gemeinsam mit einigen anderen Frauen ge-
zeigt, die Charlie nicht bekannt vorkamen. Leider gab
es keine Beschriftung. Doch da, auf dem kleinen Bild im
Hintergrund, da war sie wieder, und bei dem war sich
Charlie sicher. Nicht nur, weil sie ein Baby auf dem
Arm trug. Sie lächelte traurig.

Nicht schlecht für so einen spontanen Abstecher in
die Schokoladenvilla. Sie wusste zwar weder, wer diese
Frau war, noch in welcher Beziehung sie zu ihrem

Großvater stand. Doch immerhin konnte sie sicher sein, dass sie hier richtig war. Sie war auf der richtigen Spur.

Stimmen ließen sie zusammenfahren. Im ersten Moment dachte sie, es sei die Führerin, die bereits nach ihr suchte. Sie legte sich schon eine Ausrede bereit, weswegen sie sich entgegen den Anweisungenen von der Gruppe entfernt hatte. Übelkeit oder Schwindel eigneten sich doch immer hervorragend für so etwas. Doch etwas ließ sie innehalten.

Nein, die Stimmen kamen nicht vom Flur. Sie kamen aus Richtung der Wand. Erst jetzt fiel Charlie eine weitere Tür im Hintergrund auf, die in einen angrenzenden Raum führte.

Sie schlich näher. Es klang eindeutig nach Streit.

Mit dem Ohr dicht am Holz erkannte sie, dass es ein Mann und eine Frau waren, die sich stritten.

»... eine einzige Sache, um die ich dich gebeten habe. Aber nicht einmal das tust du für die Familie.« Das war die Frau.

»Ich würde mehr für die Familie tun, wenn ich mich dazugehörig fühlen würde. Aber du gibst mir nicht das Gefühl ...« Ein Mann, die Stimme wirkte jünger als die der Frau.

»Ich gebe dir nicht das Gefühl? Du hast dich doch auf diese alberne Sache versteift! Das geziemt sich nun mal nicht, und es gibt Dinge, an denen man einfach nicht rühren sollte. Wenn du das endlich erkennen würdest ...« Die Frau seufzte.

»Mutter, das ist überhaupt nicht albern. Und wenn ich erst Erfolg habe, wirst du das genauso sehen.«

»Ach, Papperlapapp. Und jetzt zieh dich endlich um, damit wir schnell diese Fotos machen können!«

Es klang nach: *Damit wir es endlich hinter uns bringen können.* Beruhigend, dass es nicht nur in ihrer Familie so zuging. Mit Geld konnte man sich eben wirklich nicht alles kaufen.

Schritte näherten sich der Tür, und Charlie wich rasch zurück. Dabei fiel ihr Blick noch einmal auf die Bilder. Mist, sie hatte eins nicht richtig wieder aufgestellt, es balancierte nur auf der Kante. Sie nahm es und klappte den Ständer richtig aus. Bevor sie es hinstellte, fiel ihr Blick noch einmal darauf. Es war das mit den Frauen verschiedener Generationen. Und jetzt sah sie, was ihr vorhin verborgen geblieben war, vermutlich, weil sie sich ausschließlich auf die Frau von der Fotografie ihres Opas konzentriert hatte. Doch sie war es nicht, die auf dem Bild so interessant war. Es war eine der älteren Damen. Genauer das, was sie um den Hals trug.

Es war das Collier. Charlie zuckte zusammen, und ihre Hand fuhr zu ihrem Dekolleté. Sogar in Schwarz-Weiß und in dem winzigen Format konnte sie es erkennen.

»Was machen Sie denn da?«

Die Tür im hinteren Bereich hatte sich geöffnet, und eine Frau stand im Rahmen. Sie mochte um die Sechzig sein, trug das graue Haar in elegante Wellen gelegt und dicke goldene Creolen an den Ohren. Doch ihr Blick und auch ihre Stimme straften ihre sanfte Erscheinung Lügen. Charlie erkannte die Stimme. Es war die Frau, die sich eben mit dem jungen Mann gestritten hatte. Auch von den Bildern her kam sie ihr bekannt vor. Ob das die ältere Version der Frau war, die dem Jungen das Eis gab? Sie musste sich nur das Lächeln wegdenken.

Das Gesicht, das sie gerade anstarrte, sah nicht so aus, als würde es besonders oft lächeln. Vermutlich nur für Fotos. Charlie wich zur Kordel zurück.

»Ach, das tut mir sehr leid«, stammelte sie. »Ich bin hier eben durchgekommen, mit der Führung, und da habe ich gesehen, dass eines der Bilder nicht richtig stand. Und ich habe so einen Tick, wissen Sie?« Sie sah die Frau hilflos an und zuckte mit den Achseln. »Ich kann das unmöglich so lassen. Das bringt mich völlig durcheinander.« Mit diesen Worten schwang sie erst ihr linkes Bein über die Kordel, dann ihr rechtes.

»Einen Tick?« Die Frau stemmte die Hände in die Hüften. »Das können Sie Ihrem Psychiater erzählen. Ich rufe jetzt den Sicherheitsdienst!« Sie wollte sich abwenden.

Verdammt! Charlie hob die Hand. »Nein, warten Sie!«

Die Frau drehte sich wieder zu ihr und musterte sie. An der Hand blieb ihr Blick hängen. Die schmal gezupften Augenbrauen hoben sich.

»Sie haben recht. Ich habe gelogen.« Jetzt blieb Charlie nur die Flucht nach vorn. »Ich habe jemanden wiedererkannt und wollte nachsehen, ob ich richtigliege.«

»Sie haben jemanden erkannt?« Die Frau verschränkte die Arme. Sie schien wirklich jede abweisende Pose der Welt verinnerlicht zu haben. »Auf einem meiner Familienfotos?«

Charlie nickte. »Ja. Die Frau auf dem Bild mit den vier Frauen. Die jüngste von ihnen.«

Der Blick von Charlies Gesprächspartnerin huschte zu dem Rahmen. Dann schüttelte sie den Kopf. »Sie lügen. Das ist unmöglich.«

»Wieso sollte das unmöglich sein?«

»Weil das meine Mutter ist. Und sie ist schon seit kurz nach meiner Geburt tot.« Ein harter Zug legte sich um ihren Mund.

»Ach so.« Jetzt wurde Charlie klar, worauf sie hinauswollte, und sie winkte ab. »Ich habe sie nicht selbst gesehen. Nur auf einem Foto. Einem Foto von meinem Großvater. Da ist sie mit ihm drauf zu sehen.«

»Ihr Großvater?« Die Frau wirkte immer noch misstrauisch, doch immerhin schien sie vergessen zu haben, dass sie den Sicherheitsdienst hatte rufen wollen.

»Ja. Sein Name ist Bernie. Also, Bernhard. Bernhard Wiel. Kennen Sie ihn zufällig?«

Bei der Nennung des Spitznamens verhärteten sich die Züge von Charlies Gesprächspartnerin vollends. »Nein. Und das will ich auch nicht.« Sie zischte die nächsten Worte. »Machen Sie, dass Sie hier verschwinden, ist das klar?«

»Was? Aber ... ich mache gerade eine Führung. Dafür habe ich bezahlt.« Charlie betrachtete die Frau lauernd. Sie war sich sicher, dass sie log. Die kannte ihren Opa. Oder sie hatte wenigstens von ihm gehört. Das sah sie ihr an der Nasenspitze an.

»Dann machen Sie Ihre Führung zu Ende und gehen Sie. Wenn ich Sie noch einmal in meinem Haus erwische, rufe ich die Polizei.« Und mit diesen Worten stürmte sie hinaus. Die Tür knallte hinter ihr ins Schloss.

So schnell sie konnte, huschte Charlie wieder zurück zu der Gruppe, die gerade das Schlafzimmer wieder verließ. Magrit warf ihr einen misstrauischen Blick zu, sagte jedoch nichts. Den Rest der Zeit hielt Charlie sich immer nah bei der Gruppe, wie es Magrit von ihnen verlangt hatte. Nur einmal blieb sie an einem Fenster hängen. Draußen sah sie die Dame des Hauses über den Rasen des kleinen Parkstücks hinter der Villa stöckeln. Zwei Männer und eine Fotografin schienen bereits auf sie zu warten. Ob der jüngere der beiden wohl der Typ war, mit dem sie sich in den Haaren gehabt hatte? Er trug, genau wie der andere, ein dunkelblaues Hemd und eine beigefarbene Chinohose, passend zu dem dunkelblauen Kostüm und der beigefarbenen Bluse der Frau. So wie die sich vor den beiden in Position brachte, war klar, wer in dieser Familie das Sagen hatte.

Für einen Augenblick schien der junge Mann den Blick zum Haus zu richten. Ob er sie sah? Charlie wich zurück. Der Vorhang wackelte. Prompt jagte Magrits Blick Charlie eisige Geschosse zwischen die Rippen.

Sie war froh, als die Führung für beendet erklärt wurde. Sie wollte nur noch hier raus. Es gab einiges, das sie für sich ordnen musste. Hinter den anderen verließ sie das Grundstück der Familie Lambert. Zum Glück rief die biestige Führerin sie nicht zurück. Immerhin hatte sie noch einen Rundgang durch den Park frei.

Vielleicht hatte Magrit es ja tatsächlich vergessen.

Kapitel 24

Charlie entschied sich, schon mal ins *Der Veganer* zu gehen, auch wenn es noch viel zu früh war. Doch sie wollte sich das Bild noch einmal ansehen, das sie mit sich trug, und vielleicht ein paar Notizen machen. Ein bisschen brainstormen, was das bedeuten könnte, was sie heute erfahren hatte. Denn so richtig wusste sie die Informationen noch nicht einzuordnen.

Sie fand einen schönen Platz am Fenster und bestellte sich einen Chai Latte mit Haferdrink. Es war wenig los um diese Zeit, so kurz nach dem Mittagessen und noch vor dem Kaffeetrinken. Trotzdem suchte sie sich in der Vitrine noch ein Stück Schokoladenkuchen aus. Sie hatte ja kein Mittagessen gehabt, da war ein vorgezogenes Stück Kuchen wohl das Mindeste. Außerdem brauchte sie Gehirnnahrung.

Der Kuchen war mit wunderschönen Pralinen garniert. Schon seltsam, dass sie in letzter Zeit dauernd über Pralinen stolperte. Doch sie hatte nichts dagegen.

Die Kellnerin schäumte zischend den Haferdrink auf, wie es nur Cafés schafften. Dann schaufelte sie ein großes Stück Kuchen auf einen Teller und brachte es zu Charlies Tisch. Die liebe Frau hatte eins gewählt, auf dem eine ganze Praline in der Glasur steckte. Sie lächelte.

»Wir haben auch noch was von der Gemüsesuppe von der Mittagskarte übrig, falls du Lust hast.«

»Danke, vielleicht später.« Vorerst lechzte Charlies Körper mehr nach etwas Süßem. Sie probierte das erste Stück, kaum dass der Teller auf dem Tisch stand und die Frau sich umgedreht hatte, und seufzte wohlig auf. Dann packte sie ihr Notizbuch aus und schlug eine neue Seite auf.

So, was hatte sie bisher? Sie schrieb *Die Frau* oben auf die Seite. Dann radierte sie es wieder aus und schrieb *Opas Geheimnis. Die Frau* kam dann darunter. Und ein Stück weiter unten *Das Collier.*

Instinktiv wanderte ihre Hand zu ihrem Dekolleté. Die Erhebungen unter ihren Fingern beruhigten sie sofort. Inzwischen nahm sie das Gewicht der Kette eher als beruhigend und nicht mehr als Druck wahr.

Zurück zu der Frau. Sie war auf dem Bild mit den vier anderen Frauen gewesen. Es hatte alt gewirkt, und sie war die Jüngste. Und was hatte die Frau in der Villa – vermutlich eine echte Lambert – noch gesagt? Das sei ihre Mutter, die kurz nach ihrer Geburt gestorben war? Sie notierte es und überschlug im Kopf: Wenn die Frau in der Villa um die sechzig war, wie sie spontan geschätzt hatte, wäre ihre Mutter jetzt sicher über achtzig. Dann konnte sie wohl davon ausgehen, dass die anderen Frauen auf dem Bild, vor allem die mit dem Collier, mittlerweile ebenfalls nicht mehr lebten. Ob es sich um ein Familienerbstück handelte?

Einer Eingebung folgend, googelte sie noch einmal die Familie Lambert. Inzwischen hatte sie ja einen guten Grund dazu. Dieses Mal las sie sich alles genau durch. Tatsächlich war das Familienoberhaupt jetzt eine Frau, Frieda Lambert, geboren 1962. Das Bild zeigte die Dame, die sie in ihrem Wohnzimmer erwischt hatte. Da hatte sie mit ihrer Einschätzung ja gar nicht so falsch gelegen. Sie war verheiratet und hatte einen Sohn, Phillip.

Charlie musste lächeln. Der Junge mit dem Eis.

Friedas Mutter war tatsächlich früh verstorben, doch es stand kein Todesdatum dabei, und über den Vater erfuhr man gar nichts. Gut, er war angeheiratet, ihre Mutter war eine Lambert gewesen. Vielleicht erschien er den Verfassern des Artikels nicht so wichtig. Für Charlie hingegen war gerade er interessant. Und dass nicht einmal der Name dabeistand, war schon seltsam. Der Name von Friedas Mann stand schließlich auch drin.

Sie sah sich die ältere Generation etwas genauer an. Friedas Mutter Theodora Lambert, den Namen hatte sie wohl ihr Leben lang behalten, hatte eine Schwester namens Viktoria, die das Familiengeschäft irgendwann an Frieda übergeben hatte, da sie keine eigenen Kinder hatte. Doch von einem verschollenen Sohn der Familie war nicht die Rede.

Konnte man so etwas vor der Öffentlichkeit verheimlichen? Damals vielleicht schon.

War ihr Opa nicht der verlorene Sohn, sondern tatsächlich der namenlose Ehemann? Das würde doch noch eher das Bild mit der Beschriftung *Die Lamberts* erklären. Aber war es in den Sechzigern überhaupt schon möglich, dass der Mann den Namen der Frau annahm? Üblich war es sicher nicht, aber vermutlich machte man für bekannten Geldadel ohne männliche Nachkommen gern mal eine Ausnahme.

Charlie zog die Fotografie zwischen den Seiten hervor und studierte sie. Auch den Hintergrund sah sie sich noch einmal genauer an. War da, ganz verschwommen in der linken Ecke, nicht das Haus zu erkennen? Die Eingangstreppe? Sie kniff die Augen zusammen. Schon möglich. Ja, und da war das Fenster der Eingangshalle. Wenn man das Haus kannte, war es doch recht deutlich. Ihr Opa war also definitiv schon einmal hier gewesen. Nicht nur hier in Köln, sondern auch bei der Villa dieser Familie.

Sie hatte sich nicht getäuscht, da war sie sich jetzt sicher. Frieda Lambert wusste, wer Charlies Großvater war. Sie war bei der Nennung seines Vornamens zusammengezuckt. Und sie hatte eindeutig nicht mit ihr darüber sprechen wollen. Doch warum nicht? War er der ungenannte Ehemann, der nach dem Tod seiner Frau die Familie verlassen hatte? War er verstoßen worden? War alles ganz anders?

Seufzend lehnte Charlie sich zurück und schloss die Augen. Sie versuchte, ihren Kopf zu leeren, sodass irgendwann nur noch das zurückblieb, was wichtig war. Die Lösung des Ganzen.

Sie hörte das Klappern von Geschirr und roch den Duft von Kaffee. Sogar das feine Aroma ihres Kuchens drang bis in ihre Nase. Die Villa verschwand aus ihrem Kopf, Frieda Lambert folgte. Das Gesicht von Theodora schwebte vorbei und löste sich dann auf wie Nebel im Wind, danach das von Charlies Großvater. Zurück blieb das Collier.

Das Collier der Familie Lambert. Der Schokoladendynastie. Im Haus ihrer Oma.

Eine Tür quietschte. Ein Lufthauch traf Charlies Unterarme und brachte die Härchen dazu, sich aufzustellen. Ein Gesicht tauchte vor ihrem inneren Auge auf. Es war der kleine Junge mit dem Eis. Seine Züge, bis auf seine Augen, verschwammen. Irgendetwas war mit diesen Augen. Doch was? Sie konnte es nicht so richtig greifen.

Eine leise Stimme erklang. »Fujiko?«

Das riss sie aus ihren Gedanken. Sie schlug die Augen auf. Vor ihr stand ein junger Mann, vielleicht ein bisschen jünger als sie, in dunkelblauem Hemd und beigefarbener Hose, und sah sie ernst an. Er sah gut aus, höchstens ein wenig zu dünn. Feine Gesichtszüge, etwas wehmütig, und blonde, leicht verstrubbelte Haare, als wollte er gegen etwas rebellieren.

Ihre Blicke trafen sich. Sie erkannte ihn sofort. Es war der junge Mann, den sie im Park der Villa gesehen hatte. Der Junge von der Fotografie. Und vor allem: Das Auge von dem Profilbild im Messenger.

Waren ihr die Augen des Jungen deswegen durch den Kopf gespukt? Wie war das möglich? Solche Zufälle gab es doch sonst nur im Film.

Schlagartig war sie wieder voll da. Sie richtete sich kerzengerade auf. Mit einer Stimme, die viel heiserer klang, als sie erwartet hätte, fragte sie: »Lupin?«

Sie musste schlucken, weil ihr Hals plötzlich so trocken war.

Der Mann nickte. »Darf ich?« Er zeigte auf den Stuhl ihr gegenüber.

Sie nickte. Ihr Herz klopfte viel zu schnell. Was sollte das denn jetzt?

Schnell räumte Charlie ihr Notizbuch zur Seite und zog Tasse und Teller näher an sich heran. Sie hatte den kleinen Tisch beinahe völlig mit Beschlag belegt. Währenddessen versuchte sie, ihre Gedanken zu ordnen. Was hatte das zu bedeuten? Lupin war der Junge von dem Foto? Friedas Sohn? War das nicht ein bisschen sehr zufällig?

Andererseits, wer, wenn nicht er, könnte das Collier erkennen, das offensichtlich einmal seiner Familie gehört hatte? Und sie hatte danach gesucht, der Name der Familie stand auf der Rückseite. Zufall war höchstens, dass sie ausgerechnet heute die Villa auf dem Anwesen der Familie besichtigen konnte. Doch warum sollte sie nicht mal Glück haben?

Er setzte sich und warf ihr einen kurzen Blick zu. Doch er lächelte. Es wirkte etwas schief, weil er einen Mundwinkel stärker hob als den anderen, aber nicht unsympathisch.

Ganz und gar nicht.

»Ich sehe, du hast schon bestellt.« Seine Stimme klang sanfter, als sie es von jemandem, der sich Lupin nannte, erwartet hatte. Dessen Stimme war eher anstrengend. Doch er hatte sie ja vorgewarnt, dass er in Wirklichkeit nicht wie die Figur aus der Serie war.

Ihr Herz beruhigte sich. Schlagartig konnte Charlie überhaupt nicht mehr nachvollziehen, dass sie einmal Furcht vor diesem Treffen gehabt hatte. Von diesem Mann ging so wenig Bedrohung aus wie von einem Hundewelpen.

Sie nickte leicht. »Ja, ich hatte etwas Zeit totzuschlagen und dachte mir, das kann ich auch gleich hier tun.«

Die Kellnerin hatte Charlies neu angekommenen Gesprächspartner bereits erspäht und war auf dem Weg zu ihrem Tisch. »Was darf's sein?«

Charlie beobachtete ganz genau, wie Lupin seine Bestellung aufgab. Lächelnd, höflich, mit wenig Augenkontakt. Mit seiner Schüchternheit hatte er nicht übertrieben, auch wenn er ihr gegenüber noch ein wenig zurückhaltender zu sein schien als bei der Kellnerin. Sobald er sich ihr wieder zuwandte, hielt er den Blick gesenkt. Nur ganz selten schielte er kurz nach oben. Dann zuckte ein Lächeln um seine Mundwinkel.

»Ja, sorry noch mal, dass es nicht früher ging. Hast du gearbeitet?« Er deutete auf das Buch. »Wieder etwas gezeichnet?«

»Gezeichnet?« Für einen Augenblick war sie verwirrt. Worauf wollte er hinaus?

»Wie die Punze. Die war echt gut getroffen. Ich habe sie sofort ...« Er brach ab und biss sich ganz kurz auf die Unterlippe.

»Ach, ich kann doch gar nicht zeichnen.« Fieberhaft überlegte Charlie, ob sie ihm sagen sollte, dass sie wusste, wer er war. Doch warum eigentlich nicht? Immerhin wusste er ja auch über sie Bescheid. Das würde die Fronten ein wenig klären, sie auf Augenhöhe bringen. »Ein bisschen was habe ich im Studium aufgeschnappt. Du weißt schon.«

Er nickte und grinste kurz. Ein wenig triumphierend. »Ja, weiß ich.«

Na warte!

»Und du? Woher kennst du diese Punze? Eine Praline, nicht wahr?«

Er zuckte zurück. »Ja, eine Praline. Wie gesagt, ich beschäftige mich mit Schmuck.«

»Schmuckdetektiv.« Und einziger Spross einer wohlhabenden Familie. Doch sein Zurückzucken tat ihr leid. Vielleicht sollte sie behutsamer vorgehen. »Ist das denn ein bekanntes Motiv?«

Er schüttelte den Kopf, und sie merkte auf. Sie hatte nur eine vage Ahnung, was so ein kleines Bildchen auf einem Schmuckstück zu suchen hatte. Das mit den Zahlen für den Reinheitsgehalt kannte man ja, doch eine Praline? Das war sicher kein Zufall, dass ein Schmuckstück mit so einer Prägung im Besitz einer Familie war, die ihr Geld mit Schokolade verdiente.

Leider kam jetzt gerade die Kellnerin mit Lupins Getränk, und so blieb er Charlie die Antwort schuldig.

»Keinen Kuchen?«, fragte die Frau mit einem Blick, der in Richtung von Charlies Teller ging.

Lupin sah Charlie an. Er blinzelte ihr zu, und in ihrer Brust schien ein Schmetterling zu flattern. »Ist der so lecker, wie er aussieht?«

Charlie nickte. Wie zum Beweis nahm sie noch eine Gabel voll und schob sie sich in den Mund. »Sehr lecker!«

Sie kaute, und die klebrige Masse ließ ihr das Wasser im Mund zusammenlaufen. Mist, das war etwas zu viel des Guten gewesen.

Doch es wirkte. Lupin grinste und bestellte auch ein Stück. Die Kellnerin lächelte ebenfalls, als hätte sie den Kuchen eigenhändig gebacken.

Sobald die Bedienung wieder gegangen war, sah er Charlie an. Sie blickte zurück und hatte das Gefühl,

dass es ihm nicht leichtfiel, den Blickkontakt aufrecht-
zuerhalten. Doch er schaffte es und verursachte ein leises Kribbeln in ihrem unteren Rücken. Ob er in ihrem
Gesicht nach dem Mädchen mit den Zöpfen suchte oder
nach der betrunkenen Abiturientin? Sein Wissen über
ihr Leben machte ihr jetzt, da sie auch etwas über ihn
wusste, jedenfalls viel weniger aus.

Vielleicht, weil sie diesen Streit mitangehört hatte. El-
ternteile, die einem Vorwürfe machten, verbanden
eben.

»Die Praline ...«, begann er leise. »Die gibt es recht selten. Normalerweise deutet so ein Stempel im Schmuck,
der wie ein Siegel oder Wappen aussieht, auf den Goldschmied hin. Also auf den, der das Stück hergestellt hat.
Doch in diesem Fall liegt die Sache etwas anders.« Er
machte eine Pause und nahm einen Schluck Tee.

»Hier deutet es auf denjenigen hin, der dieses
Schmuckstück in Auftrag gegeben hat. Richtig?« Sie
fühlte den Triumph, etwas zu wissen, was ihn überraschte.

Sein Blick flackerte. »Richtig.«

»Und du weißt, wer das ist?«

Er sah kurz zu ihr, dann auf seine Tasse. »Weißt du
es?« Jetzt schien er um einiges vorsichtiger geworden
zu sein.

Vielleicht war es an der Zeit, ihm etwas anzuver-
trauen, damit er auch ihr vertraute.

»Na ja. Ich habe einen Verdacht.«

Sein Körper schien sich anzuspannen. »Und welchen?« Er fixierte sie und wirkte plötzlich nicht mehr
so schüchtern.

»Ich habe ein Foto gefunden, zusammen mit der Kette. Und auf dem stand ein Name.«

Er legte den Kopf schräg, nur einen Hauch. Sein Atem ging hörbar und erinnerte Charlie für einen Moment an einen Jagdhund, der eine Fährte aufgenommen hatte. »Hast du es dabei?«

»Ja.« Sie zog das zerknickte Bild aus ihrem Buch und schob es ihm zu, ohne jedoch die Hand zurückzuziehen. Gleich mal klarstellen, dass es ihres war – und das auch bleiben würde.

Er betrachtete das Bild, und seine Stirn legte sich in Falten. Sein Adamsapfel tanzte auf und ab. »Weißt du, wer das ist?«

»Der Mann ist mein kürzlich verstorbener Großvater.« Jetzt schob sie den Daumen unter das Bild und drehte es um, sodass er lesen konnte, was auf der Rückseite stand. *Die Lamberts, Köln, 1962.*

Lupin rieb sich mit der Hand den Nacken.

Charlie fixierte ihn. »Und die Frau ist deine Oma, schätze ich mal.«

Kapitel 25

Theodora
Juni 1960

»Oh, mein Schatz!« Ihre Mutter schloss Dora in die Arme, und sie fühlte sich scheußlich dabei. Und das lag nicht an ihrem Lieblingscollier, dessen bunte Steine wieder glitzerten, als hätte jemand sie frisch poliert. Fest richtete sie ihren Blick auf die Statue des Einhorns, die sie als Kind immer so geliebt hatte. Daneben stand ein Tablett mit kunstvoll aufgetürmten Exemplaren von *Lamberts Kleinen*. Der Anblick ekelte Dora an, obwohl die Pralinen es sicher nicht verdient hatten.

Dabei war alles so gelaufen, wie sie es sich nur hatte erhoffen können. Bernd sah in seinem neuen Anzug wahnsinnig elegant aus und benahm sich vorbildlich. Nicht einmal, als ihr Vater ihm mit strenger Miene die Hand geschüttelt und ihn mit Herrn Lambert angesprochen hatte, hatte er mit der Wimper gezuckt. Glücklicherweise hatte Viktoria sie mithilfe der Mutter gut auf diese Situation vorbereiten können. Vater würde ihre Beziehung nur akzeptieren, wenn sie den Namen der Familie fortführten – und sich ansonsten aus dem Geschäft heraushielten. Jetzt lag die ganze Last des Erbes auf Vickys Schultern.

Zum Glück war es Bernd gleich, wie er hieß, und Vaters Anwalt würde sich um alles Weitere kümmern. Dass eine Frau weiterhin ihren Geburtsnamen als Doppelnamen tragen durfte, war noch ganz neu. Dass der Mann den Namen der Familie der Frau annahm, war beinahe undenkbar. Dora war gespannt, wie der Jurist das bewerkstelligen würde. Vermutlich nur unter Zuhilfenahme von viel Geld. Doch ihr sollte es recht sein.

Ihre Mutter hielt sie einen Moment lang am ausgestreckten Arm von sich weg, dann zog sie sie erneut an sich. »Es tut mir so leid für euch, mein Schatz.« Ihre Stimme zitterte, und Dora musste sich zurückhalten, um sie nicht zu trösten. Dabei sollte es doch anders herum sein. Sie sollte getröstet werden.

»Aber ihr seid jung, und eure Verbindung ist noch ganz frisch. Ihr werdet schon noch ein Kind bekommen, da bin ich sicher.«

Das klang beinahe wirklich so, als sei sie traurig und nicht froh darüber, dass das nächste Kind während der Ehe gezeugt werden würde. Immerhin hätte jeder den ungefähren Zeitpunkt der Zeugung anhand des Geburtstermins ausrechnen können.

Wie dem auch war: Ihre Mutter lechzte offensichtlich nach einem Enkelkind.

Dora blinzelte über die Schulter ihrer Mutter hinweg und sah Bernd an, der von einem Fuß auf den anderen trat und sich sichtlich unwohl fühlte. Den Whiskey in seiner Hand hatte er nicht angerührt. Als ob er Angst hätte, ihr Vater wollte ihn vergiften.

Sie löste sich von ihrer Mutter. »Ja, ich weiß. Ist schon gut, Mutter. Wir versuchen es weiter.«

Bernd drehte den Kopf weg. Nur ganz kurz, doch sie sah es genau. Sie versuchten es erst seit kurzer Zeit, doch ihm ging es wohl nicht schnell genug. Er erzählte oft von seinem Freund, der genau neun Monate nach der Hochzeitsnacht Vater geworden war. Doch es ließ sich eben nicht erzwingen.

Ihre Mutter drehte sich zu ihm um und streckte die Hand aus. »Komm doch näher, mein Junge.« Sie lächelte, und es sah echt aus.

Nie hätte Dora erwartet, dass die Lüge bezüglich ihrer Schwangerschaft sich tatsächlich zu so einem Glück entwickeln würde. Sie lächelte ihre Mutter an. Ihre Beziehung zueinander war nie besser gewesen.

Natürlich lag das unter anderem daran, dass die Aufführung abgesagt worden war. Wäre sie als Blanche aufgetreten, als eine völlig überspannte Frau, die eine Affäre mit einem Minderjährigen gehabt hatte, sähe die Sache vermutlich anders aus.

Bernd ergriff die Hand der Mutter. Seine Mundwinkel hoben sich, und nach einem kurzen Moment erreichte das Lächeln auch seine Augen. Dora hatte schon das Gefühl gehabt, dass ihm seine eigene Familie fehlte. Sie wusste nicht, was mit ihnen geschehen war. Eine Fotografie von einem kleinen Jungen an der Hand von zwei lachenden Erwachsenen lag in seiner Sockenschublade. Das Kind hatte seine Augen. Er sprach nicht darüber, und sie fragte nicht, aus Angst, es wäre zu schwer für ihn. Solche Situationen riefen ihr wieder ins Gedächtnis, wie wenig sie einander doch kannten. Und wie kurz erst. Doch das musste für ihr Glück keine Bedeutung haben.

Vielleicht wurde nun alles gut. Sie brauchte nur noch eine Rolle. Eine kleine wenigstens.

Die Türglocke unterbrach die Szene, und die Mutter wandte sich ab. »Oh, die ersten Gäste kommen!« Eine aufgeregte Röte überzog ihre Wangen, und sie eilte zur Zimmertür und lauschte in die Eingangshalle.

Eine Stimme drang in die Bibliothek. Eine Stimme, bei der sich alles in Doras Bauch zusammenzog.

»Es ist Bruno!« Mutter wirkte im Gegensatz zu ihr erfreut. »Ich gehe und bringe ihm die schönen Neuigkeiten! Kommt doch auch gleich zu uns in den Garten, ihr beiden. Die ersten Nachbarn sind ebenfalls schon da.« Mit diesen Worten schwebte sie durch die Tür und ließ nur einen Hauch von Veilchen zurück.

Dora ergriff Bernds Hand. »Wir können auch gehen, wenn es dir zu viel wird.«

Er schüttelte den Kopf. »Nein, schon gut. Ich mag deine Mutter. Sie erinnert mich ...« Er brach ab.

»Na gut. Dann lass uns hinausgehen. Dann haben wir es hinter uns.« In ihrem Bauch bildete sich ein Knoten. Doch wenn sie immer in Bernds Nähe blieb, konnte ihr nichts passieren. Dann würde sich Bruno ihr nicht nähern.

Sie schritten Arm in Arm die Treppe der Terrasse hinab. Sofort zogen sie die Aufmerksamkeit aller Anwesenden auf sich. Jeder wusste, dass sie überstürzt geheiratet hatten, und sicher hatte jeder seine eigene Theorie zu den Gründen dafür. Sie spürte die Blicke auf ihrem Unterleib ruhen und war froh, dass die Menschen dort nichts entdecken würden. Sollten sie sich doch wundern, es störte sie nicht.

Nur ein Augenpaar war in der Lage, ihr Unbehagen zu bereiten. Doch wie erhofft, hielt Bernd dessen Besitzer auf Abstand.

Kapitel 26

Lupin erstarrte. Sein Blick huschte zu Charlie, dann wanderte er wieder auf das Bild. Er schluckte, und sein Adamsapfel bewegte sich. »Meine Oma? Wie kommst du darauf?«

Jetzt musste Charlie sich ein Grinsen verkneifen. »Glaubst du, du bist der Einzige, der in der Lage ist, etwas über jemanden herauszufinden?«

»Du weißt, wer ich bin?« Lupin wirkte bleich.

Schon wieder tat es Charlie leid. »Klar. Lupin der Dritte, Meisterdieb bei Nacht. Charmant, redegewandt und unglaublich gut aussehend.«

Ihr Gesicht wurde warm. Verdammt, wieso passierte das jetzt? So gut sah er auch wieder nicht aus. Sie hatte doch nur die Situation auflockern wollen.

Zum Glück schien er es nicht zu bemerken.

»Und bei Tag?«, fragte er leise und sah ein wenig traurig aus.

Na toll. Jetzt hatte sie das Bedürfnis, es herunterzuspielen, damit er sich besser fühlte. Doch warum fühlte er sich überhaupt schlecht? Lag es daran, dass sie seine geheime Identität aufgedeckt hatte oder daran, dass sie wusste, aus welcher speziellen Familie er stammte?

»Hm. Es war reiner Zufall, dass ich darauf gestoßen bin, das muss ich zugeben. Aber ich hatte ja vorhin noch etwas Zeit, und da habe ich am Bahnhof ein Plakat gesehen.«

»Die Lambert-Villa«, sagte er und nickte. Seine Brust hob und senkte sich, und sein Blick richtete sich in die Ferne.

»Genau. Ich bin dorthin gegangen, und da habe ich gesehen, wie ihr gerade Fotos gemacht habt. Im Park.« Den Rest konnte sie wohl guten Gewissens vorerst verschweigen.

»Deswegen konnte ich nicht früher. Meine Mutter wäre mal wieder ausgeflippt.« Sein Kopf fuhr zu ihr herum. »Aber da wusstest du noch nicht, dass ich Lupin bin! Oder?«

Charlies Mundwinkel zuckten. »Nein. Erst seit du mich eben angesprochen hast.« Sie riss sich zusammen und legte ihre Hand auf seine. »Aber keine Sorge«, sagte sie in verschwörerischem Tonfall, »dein Geheimnis ist bei mir sicher.«

Lupins Blick fiel auf ihre Hand. Er erstarrte, und Charlie zog sie schnell wieder zurück. »Tut mir leid.«

Er hatte ja gesagt, dass er schüchtern war. Hatte er vielleicht ein Problem mit Berührungen? War sie zu übergriffig?

Wie schade. Es hat sich doch gut angefühlt.

»Schon gut.« Er räusperte sich. »Ja, du hast recht. Das ist meine Oma.« Mit spitzen Fingern, als wollte er sie nicht versehentlich berühren, zog er das Foto zu sich heran.

Jetzt ließ Charlie ihn gewähren. Irgendwie hatte er ja ein Anrecht darauf.

»Das ist vor der Villa aufgenommen worden. Hier sind die Treppe und dieser komische Baum mit den hängenden Ästen. Auf dem Bild ist er noch ganz klein, aber der steht da immer noch. Altes, knorriges Ding.«

Sie ließ ihm einen Moment, um die Aufnahme in Ruhe zu betrachten, dann fragte sie: »Und, was hältst du jetzt von der Sache?«

»Hm.« Er zuckte mit den Schultern. »Weiß ich noch nicht.« Er sah Charlie an. Sein Blick fühlte sich warm auf ihrer Haut an. »Hast du die Kette mit? Darf ich sie sehen?«

Charlie überlegte einen Moment. Sie schien einer Sache auf der Spur zu sein, und das ließ sie innerlich ganz kribbelig werden. Ein bisschen lag es vielleicht auch an der Anwesenheit von Lupin. Zum Glück war er nicht so wie sein Namensvetter. Die ganze Zeit mit sexuellen Anspielungen bombardiert zu werden, würde ihr gehörig auf die Nerven gehen, so sehr sie es zu Beginn ihres Chats auch genossen hatte.

Hat er das auch? Hat er die Anspielungen vielleicht gemacht, weil du ihm gefällst, und ist er deswegen jetzt so schüchtern?

Aber selbst wenn: Sie war verheiratet, und das wusste er. Auch wenn sie nicht wusste, was genau das noch für sie bedeutete. Und er wusste auch, dass sie eben nicht Fujiko war.

Sie schob den Gedanken zur Seite und griff unter das Tuch um ihren Hals. Dann tastete sie hinten im Nacken nach dem Verschluss. Er hakte ein wenig, doch dann rutschte das Collier unter ihrem Shirt abwärts, und sie griff sich in den Ausschnitt, um es aufzufangen.

Lupin wandte den Blick ab. Der echte Lupin hätte ihr jetzt Hilfe angeboten, und das hätte definitiv mit einer Übergriffigkeit geendet.

Sie unterdrückte ein Grinsen, öffnete auch den Knoten des Tuchs und schob ihm beides auf dem Tisch zu. Es scharrte auf der Tischplatte, obwohl es für einen Unbeteiligten so aussehen sollte, als wäre es nur das Tuch, das sie ihm gab. Jedenfalls war das der Plan gewesen.

Er atmete tief ein und hob eine Ecke an. Dann nickte er. »Das ist sie. Das ist eins der Schmuckstücke meiner Familie. Ich kenne es gut, von Fotos.«

Charlie trank einen Schluck Chai, der inzwischen schon kalt geworden war. Doch ihr Hals konnte die Flüssigkeit gut gebrauchen. Sie räusperte sich. »Ja. Weiß ich. Ich habe sie auf einem der Bilder im Wohnzimmer gesehen.«

»Du warst in unserem Wohnzimmer?«

Sie nickte.

»Und hast dir die Bilder angesehen? War da keine Absperrkordel?«

»Ich bin drübergeklettert.«

Seine Mundwinkel zuckten, der eine ein bisschen mehr als der andere. »Wie Fujiko.«

Sie hob die Hände und zwinkerte kokett. »Klar, Lupin.«

Jetzt wich er ihrem Blick nicht aus. »Phil«, sagte er und lächelte. »Nenn mich Phil.«

Sie nickte, und ihr Kopf fühlte sich dabei leicht an. Als wäre er in Watte gepackt. »Wenn du mich Charlie nennst.«

Er hielt den Blick noch eine Sekunde, dann widmete er sich wieder der Kette. »Und ... mehr war da nicht?«

»Mehr?«

»Mehr Schmuck. In dem Versteck.«

»Nein, nur das und das Foto. In einem Hohlraum in der Wand. Wieso?«

»Wäre da mehr Platz gewesen?«

Charlie überlegte, dann hob sie die Achseln. »Ja, sicher. Massenhaft. Ich hab sogar überlegt, mich da drin zu verstecken, als ...« Abrupt brach sie ab.

»Als was?«

Sie biss sich auf die Lippe. Auf keinen Fall würde sie ihm davon erzählen. Oder? Andererseits schien er gerade ein wenig aufzutauen.

Na gut, was tat man nicht alles, damit der schüchterne Typ Vertrauen fasste.

»... als ich dachte, du wolltest ins Haus einbrechen und mir die Kette klauen.«

Phil riss die Augen auf. »Was?«, fragte er gedehnt. »Einbrechen? Ich?« Auf seinen Wangen erschienen Grübchen, und seine Augen wurden schmal. Er schien sich nur mit Mühe das Lachen zu verkneifen.

»Na ja, du hast im Messenger ein Riesengeheimnis aus dir gemacht und mich daraufhin überprüft, ob ich ein Cop sein könnte und so. Und ich dachte, dass du dich nicht mehr gemeldet hättest.« War ihre Vorsicht wirklich so abwegig gewesen?

Jetzt zog er die Brauen hoch. »Ach, dieses Geheimnis mache ich doch nur um mich selbst ... ich wollte dir ganz bestimmt keine Angst machen. Aber ich bin schon ein paarmal auf recht zwielichtige Hehler gestoßen, und ...«

»Nein, ist schon gut. Ist ja nichts passiert.«

»Mein ganzes Auftreten im Netz dient nur meinem Schutz.« Er warf ihr einen schnellen Blick zu und spielte dann mit seiner Kuchengabel. »Ich wollte dir wirklich keine Angst machen.«

Schutz? Vor harmlosen, verheirateten Frauen? Sie betrachtete ihn. Er wirkte ausreichend zerknirscht, um ihm zu verzeihen. »Okay. Aber du hast meine Frage nicht beantwortet.«

»Welche Frage?«

»Warum du wissen wolltest, wie viel Platz da ist.«

»Ach so.« Er stach mit der Gabel ein Stück Kuchen ab und schob es sich in den Mund. Eine perfekte Taktik, um Zeit zu gewinnen.

Seufzend tat Charlie es ihm nach. Damit war ihr Kuchen alle. Sie kaute, schob mit der Gabel ein paar Krümel zusammen und wartete.

»Na gut.« Mit einem entschlossenen Gesichtsausdruck schob Phil den Teller von sich. »Warum nicht? Du hast mir deins gezeigt, also zeige ich dir meins.« Er räusperte sich und nahm einen Schluck Tee.

Charlie musste grinsen. Ein bisschen Lupin steckte also doch in Phil. Was er ihr wohl zu sagen hatte? Aufmunternd nickte sie ihm zu.

»In meiner Familie wird nicht offen darüber gesprochen. Ich weiß nicht mal, ob meine Mutter weiß, was genau damals passiert ist. Vermutlich nicht, sie war ja noch ein Baby.«

Die Ellbogen auf den Tisch gestützt, lehnte Charlie sich vor. Es schien spannend zu werden.

»Ich habe dir ja schon geschrieben, dass meine Oma kurz nach der Geburt meiner Mutter Selbstmord begangen hat.«

Sie nickte. Stimmt, das hatte er. Allerdings wurde ihr erst jetzt so richtig bewusst, dass diese Großmutter die

Frau war, von der Frieda Lambert eben gesprochen hatte. Und sie war ebenfalls die Dame auf dem Foto. Die Schwangere, die Arm in Arm mit Charlies Großvater dastand.

Plötzlich kratzte es in Charlies Hals. Sie nahm den letzten Schluck Tee, winkte der Kellnerin und zeigte auf die Tasse. Die Frau nickte und machte sich sogleich ans Aufschäumen und Brühen.

»Du hast auch geschrieben, dass darüber nicht gesprochen wird. Und dass es etwas mit Schmuck zu tun hatte.«

Die Spannung an dem kleinen Tischchen nahm zu. Mit der Kette? Oder mit welchem Schmuck? Was hatte all das nur zu bedeuten?

»Genau. Und zwar war, irgendwann vor dem Tod meiner Großmutter, ihr gesamter Schmuck verschwunden. Eigentlich sogar fast der ganze Schmuck der Familie. All die Stücke, die nicht gerade um irgendwelche Hälse hingen oder an Ohren baumelten. Einfach weg. Und sie soll die Einzige gewesen sein, die wusste, was damit geschehen ist. Doch sie hat geschwiegen, die ganze Schwangerschaft hindurch, bis zu ihrem Tod.«

»Und du suchst diesen Schmuck jetzt?«

Er nickte. Wieder blitzte dieses schiefe Lächeln auf. »Ich meine, der kann ja nicht weg sein. Nicht vom Erdboden verschwunden.«

Charlie blickte auf das Tuch, unter dem immer noch die wertvolle Kette verborgen war. Da war es wieder, das ungute Gefühl.

»Und heute hast du etwas von diesem Schmuck gefunden.« Sie wagte nicht, die Hand danach auszustrecken. Deuteten die Praline in dem Schmuckstempel und all die Fotos nicht darauf hin, dass er mit allem recht hatte? Und war es dann nicht viel eher sein Collier als ihres?

Du wusstest, dass das passieren könnte, Charlie. Du hättest es ohnehin nicht einfach behalten, wenn du herausgefunden hättest, wem es wirklich zusteht.

Bevor Phil antworten konnte, kam die Kellnerin mit Charlies Tasse. Sie machte Anstalten, das Tuch zur Seite zu schieben, um Platz für die Tasse zu haben. Beinahe gleichzeitig ruckten Charlies und Phils Hand vor und legten sich darauf. Ihre Fingerspitzen berührten sich, und Charlies Hand fühlte sich an wie elektrisiert. Dann schoben sie das Bündel gemeinsam so aus dem Weg, dass die Kette nicht sichtbar wurde.

Sie schienen ein echt gutes Team zu sein.

Kaum war die Kellnerin wieder weg, raunte Phil ihr zu: »Willst du sie nicht lieber wieder umlegen?«

Charlie nickte. Zum Glück hatte er das vorgeschlagen. Die Kette hatte wie der berühmte Elefant im Raum zwischen ihnen gestanden. Und, das war viel wichtiger, offensichtlich wollte er sie ihr nicht einfach wegnehmen.

Schnell legte sie sich das schwere Teil zusammen mit dem Tuch um den Hals. Sie kam sich sehr ungeschickt dabei vor, doch niemand schien sie zu beobachten. Mit zitternden Fingern fummelte sie am Verschluss im Nacken herum. Er wollte sich einfach nicht schließen lassen. Immer wenn sie dachte, es sei ihr gelungen, flutschte alles wieder auseinander und die Kette sackte ein Stück tiefer.

»Geht es?«, fragte Phil leise. Seine Stirn lag in Falten. Wenn er so dreinsah, sah Charlie, dass er doch ein bisschen älter sein musste als sie.

»Nein, nicht so wirklich. Der Haken will nicht in die Öse.«

Phil zögerte einen Augenblick, dann rutschte er mit seinem Stuhl näher heran. »Lass mich mal versuchen, ja?«

Im ersten Moment dachte Charlie, das sei zu auffällig. Doch wenn man nicht wusste, was sie hier taten, sahen sie vermutlich einfach nur aus wie zwei Freunde, die zusammen Tee tranken. Und einer half dem anderen mit einer widerspenstigen Kette, Haarsträhne oder Tuchverwirrung.

Überhaupt kein Grund zur Besorgnis.

Sie drehte sich so, dass er an ihren Nacken kam, und hielt ihre Haare zur Seite. Seine Finger berührten sanft ihre Haut. Ein Schauer lief ihr über den Rücken.

»Hier sind ein paar Haare dazwischengeraten«, sagte er und pustete.

Charlie schloss die Augen. Verdammt, wieso fühlte sich das so gut an? Sie konnte sich nicht erinnern, wann sich etwas zuletzt so angenehm angefühlt hatte. Das musste vor Christoph gewesen sein.

Der Gedanke an ihren Mann ließ den angenehmen Schauer augenblicklich abebben. Dann war es vorbei, und Phils Stuhl rutschte wieder über den Boden. Also ließ sie ihre Haare fallen und drehte sich ebenfalls wieder zu ihm. Doch im Nacken kribbelte immer noch die Stelle seiner Berührung.

»Danke«, sagte sie. Ihre Stimme klang belegt, zumindest in ihren Ohren.

»Gern.« Er sah sie an, eine Sekunde, noch eine. Dann sah er auf seine Finger und schwieg.

Charlie hielt es nicht lange aus. »Dann war das heute ja ein sehr erfolgreicher Tag für dich. Zahnarzttermin, repräsentative Fotos und die Entdeckung des verschollenen Familienschatzes. Oder eines Teils davon.«

»Klar.« Er grinste. »Jetzt müssen wir also quasi nur noch herausfinden, warum dein Großvater eine der Ketten meiner Oma hatte.«

Wir. Er hatte *wir* gesagt. Ein schönes Gefühl.

»Und wo der Rest ist.«

»Genau.« Immer noch starrte er auf seine Finger. Doch seine Miene hatte sich verändert, war einen Hauch härter geworden.

»Und wie stellen wir das an?«

Er sah auf. »Wenn ich das wüsste, hätte ich es längst getan.«

Na toll. Vorbei das schöne Gefühl.

»Du hast gefragt, ob da noch mehr Schmuck war. Denkst du, mein Großvater hat deiner Großmutter die Sachen gestohlen?«

Sie dachte an den ruhigen, ernsten Mann, als den sie ihn kannte. Alles in ihr zwang sie dazu, noch etwas hinzuzufügen, auch wenn sie nicht wüsste, wie das geschehen sein sollte. Doch ihren Großvater als Dieb konnte sie sich auch nicht vorstellen.

»Oder ... dass sie es ihm gegeben hat?«

»Schon möglich.« Seine Kiefermuskulatur arbeitete, was ihn gleich ein wenig männlicher aussehen ließ. »Zumindest bei dieser einen Kette war eins davon ganz sicher der Fall. Meine Familie hatte es damals nicht nötig, Schmuck zu verkaufen.«

Vermied er es, sie anzusehen, oder bildete sie sich das ein? »Und mein Großvater hatte vermutlich niemals in seinem Leben die Mittel gehabt, so ein Schmuckstück zu kaufen. Wenn ich nur ganz sicher wüsste, in welcher Beziehung die beiden zueinander standen. Meiner Recherche nach hatte deine Oma keinen Bruder.« Sie zuckte mit den Schultern. »War er ihr Ehemann? Oder ein Cousin, ein entfernterer Verwandter? Ich meine, auf dem Bild steht *Die Lamberts*. Das bedeutet doch, dass sie den gleichen Nachnamen hatten.« Man musste für alle Möglichkeiten offen bleiben, egal wie wahrscheinlich eine davon war.

Phil druckste ein wenig herum, dann nickte er. »Ja. Das wäre auch meine Vermutung. Aber wir müssen es genauer wissen.«

»Und wie?« Charlie musterte ihn genau. Sie hatte das undefinierte Gefühl, dass er ihr etwas verschwieg.

Er schien kurz zu überlegen. »Auf dem Dachboden sind in einer Kiste noch Sachen von meiner Oma. Ganz zu Beginn meiner Untersuchung habe ich da einen Blick hineingeworfen, aber da ich darin keinen Hinweis auf den Verbleib des Schmucks finden konnte, hab ich das Zeug fast vergessen.«

»Was für Sachen?« In Charlies Vorstellung befand sich dort eine Schatzkiste mit einem vergilbten Brautschleier, einer Porzellanpuppe und einigen zusammengebündelten Liebesbriefen.

»Na, so Zeug eben. Erinnerungsstücke. Genau weiß ich es nicht mehr. Doch auf jeden Fall waren Fotos dabei. Vor allem ein Hochzeitsfoto.« Er zwinkerte triumphierend.

»Ein Hochzeitsfoto? Dann können wir ja nachsehen, ob mein Opa ihr verschollener Ehemann war oder nicht!«

»So lautet der Plan.« Phil wirkte plötzlich viel munterer. Er hob die Hand und winkte der Kellnerin. »Ich lade dich ein. Wenn wir uns beeilen, schaffen wir es noch vor dem Abendessen rein und wieder raus.«

Rein und wieder raus? Natürlich wurde ihr Gesicht bei den Worten wieder warm. »Ähm ... was schaffen wir?«

»Na, auf dem Dachboden nachzusehen.« Er stutzte. »Du willst es doch auch wissen.«

»Ja, schon.« Wie sagte sie ihm das nur? »Aber ... wird deine Mutter da sein?« Ihr wurde ganz anders bei dem Gedanken an die herrische Frau.

Er nickte und verzog den Mund. Ihm offenbar auch, weswegen Charlie wohl gar nicht erst vorschlagen musste, sie einfach nach ihrem Opa zu fragen.

»Ja, leider. Aber wir ignorieren sie, so gut es geht. Es kann nur sein, dass sie eine dumme Bemerkung macht ... nach dem Motto, dass ich ihr endlich mal eine ...« Er unterbrach sich und wurde rot.

Irgendwie konnte Charlie sich auch so denken, wie der Satz weiterging. Am liebsten hätte sie ihm eine Hand auf den Unterarm gelegt. Doch sie verkniff es sich.

»Darum geht es gar nicht. Mit schwierigen Elternteilen komme ich klar, glaub mir. Nur ... ich sollte mich vielleicht nicht mehr bei euch blicken lassen.«

»Nicht mehr blicken lassen?« Er runzelte die Stirn. »Wieso das denn?«

»Na ja ... ich habe dir doch gesagt, dass ich über die Kordel geklettert bin.«

»Ja. Hast du.«

»Leider habe ich vergessen zu erwähnen, dass deine Mutter mich erwischt hat.«

»Sie hat *was*?« Jetzt konnte er sich ein Grinsen wohl nicht mehr verkneifen. Seine Mundwinkel zuckten heftig.

»Und jetzt habe ich so etwas wie Hausverbot.« Zerknirscht blickte Charlie auf die Tischplatte.

Phil prustete los. »Hausverbot?«

»Sie will den Sicherheitsdienst rufen. Hat sie gesagt.«

»Ach, den!« Phil wischte sich Tränen aus den Augenwinkeln. »Den alten Pete kann sie ruhig rufen. Du könntest ihn mit einem Augenzwinkern auf die Matte schicken.« Er warf ihr einen kurzen Blick zu, und seine Wangen färbten sich etwas dunkler. Gut zu wissen, dass es nicht nur ihr so ging.

»Aber ich verstehe. Wir sollten meiner Mutter also auf keinen Fall begegnen.« Er runzelte die Stirn und rieb sich das Kinn.

»Das wäre mir ganz recht.« Charlie schwankte noch zwischen Erheiterung und Scham. Doch in Phils Ansehen schien sie eher gestiegen zu sein, seit er von der Abneigung seiner Mutter wusste. Was das über deren Beziehung aussagte ...

»Ah, ich hab's. Wir machen es heute Nacht, wenn alle schlafen. Ich habe den Code für die Alarmanlage und melde mich vorher beim Sicherheitsdienst an. Das dürfte kein Problem werden.«

Ach ja? Das klang doch etwas sehr optimistisch.

»Also, ich sehe da schon ein Problem.«

»Und welches?«

»Dass deine Mutter aufwachen und mich verhaften lassen könnte.«

Doch Phil winkte ab. »Ach was. Die schluckt so viele Schlaftabletten, da ist es ein Wunder, dass sie überhaupt wieder aufwacht.«

»Okay …« Dann blieb da nur noch eins. »Ich fahre allerdings heute Abend noch zurück nach Paderborn.«

»Hm.« Phil kaute auf der Unterlippe. »Das ist natürlich blöd.«

Na toll. Der ließ sich aber leicht von einem Plan abbringen. Sie überlegte.

»Ich meine … ich habe jetzt keinen Termin irgendwo. Ich könnte auch morgen erst fahren.«

Phil nickte. »Klingt gut.«

»Aber dann bräuchte ich ein Hotelzimmer oder so.«

Was Christoph wohl dazu sagte, wenn eine Übernachtung in Köln auf der Kreditkartenabrechnung auftauchte? Er wäre sicher nicht begeistert. Auf ihre Nachricht, dass sie vielleicht nicht mehr zurückkam, hatte er überhaupt noch nicht reagiert, obwohl die blauen Häkchen anzeigten, dass er sie gelesen hatte. Ob er sie nicht ernst nahm?

Und von der Kette hatte sie ja wohl auch keinen Erlös mehr zu erwarten. Wenn sie Glück hatte, zahlte Frieda Lambert einen kleinen Finderlohn. Doch der sollte lieber in die Hypothek ihrer Oma fließen als in ihre Übernachtung.

»Hotel?« Phil beäugte sie skeptisch. Dann ging ein Ruck durch seinen Körper. »Nein, Quatsch. Du kannst bei mir bleiben. Ich habe eine große Wohnung, nicht weit von hier. Mit Ausziehcouch im Arbeitszimmer.«

Charlie überlegte einen Augenblick. Ihr Herzschlag überschlug sich bei dem Gedanken, als hätte dieses dumme Organ nur auf Phils Vorschlag gewartet. Die

Übernachtung bei einem fremden Mann, der Einbruch in eine Villa, das war das Aufregendste, was sie in den letzten Jahren getan hatte. Vielleicht das Aufregendste, das sie jemals getan hatte, da konnte sie sich noch hundertmal sagen, dass die Villa Phils Familie gehörte.

Was würde Fujiko tun? Was hätte die alte Charlie getan?
Charlie atmete tief ein, dann nickte sie.

»Alles klar. Machen wir es so.«

Ein warmes Gefühl der Vorfreude machte sich in ihr breit. Es wurde nur getrübt von der Vorstellung, dass sie nicht wusste, wie es weitergehen sollte. Würde sie ihr Leben umkrempeln und wieder auf eigenen Beinen stehen? Oder ging sie mit eingeklemmtem Schwanz zu Christoph zurück in ihre gemeinsame Wohnung und lebte ihr langweiliges, frustrierendes und liebloses Leben weiter?

Wenn er nur wenigstens irgendwie reagieren würde. Oder hatte er das inzwischen?

Während sie Phil zusah, wie er ihre beiden Rechnungen beglich, warf sie einen Blick auf ihr Handy. Elf Nachrichten in drei Chats. Die erste war von Christoph.

Lass doch den Blödsinn. Sag mir lieber, wann du kommst, damit ich die Termine planen kann.

Er nahm sie also mal wieder nicht ernst. Wie befürchtet.

Die zweite kam von Björn.

Hat alles geklappt? Meld dich bitte, damit ich mir keine Sorgen machen muss.

Und dann die Nachrichten von Bea:

Wooooo bist du hingefahren?
Moment ... Ich wollte immer schon mal nach Köln!

Böser Smiley.

Das klingt soooo spannend! Fies, so etwas ohne mich zu machen!
Und was heißt überhaupt wertvoll?
Bist du unter die Hehler gegangen, oder was?
Teufelchen.
Was ist das überhaupt für ein Typ? Pass bloß auf dich auf!
Wäre wirklich besser, wenn ich dabei wäre.
Es sei denn, er ist süß. Dann ist es besser, wenn ich nicht dabei bin.

Zwinkersmiley.

Melde dich sofort, wenn du was weißt, okay?

Charlie musste grinsen. Schnell tippte sie an Björn:

Hab alles unter Kontrolle, aber bleibe über Nacht.

Sie würde ihm gleich noch die Adresse schicken, sicherheitshalber. Auch wenn sie, was Phil anging, überhaupt keine Angst mehr hatte. Er war alles andere als ein Verbrecher.

Und Bea schrieb sie:

Sehr süß! Ich hab mich direkt in seiner Wohnung einquartiert. Zu schade, dass du glücklich verheiratet bist!

Einen Moment lang überlegte sie, den letzten Teil wieder zu löschen. Doch dann schickte sie es ab. Bea würde schon wissen, wie sie es meinte.

Als sie aufstand und hinter Phil zum Ausgang ging, wurde ihr klar, dass sie schon lange nicht mehr so viel Spaß gehabt hatte wie in diesem Moment.

Kapitel 27

Den ganzen Weg zu Phils Wohnung vibrierte ihr Handy. Sicher Bea, die es nicht fassen konnte, was sie ihr geschrieben hatte. Sie musste es unbedingt gleich noch relativieren. Nicht dass sie noch dachte ...

Was soll sie nicht denken? Dass du etwas tust, das dir guttut? Sie würde sich für dich freuen.

Phil starrte vor sich auf den Gehweg und wirkte voll konzentriert. Gut, dass er ihre Gedanken nicht lesen konnte. Worüber er wohl nachdachte? Ob er überlegte, ob er ihr trauen konnte? Ob sie die Wahrheit sagte, was den Schmuck anging? Sie an seiner Stelle würde wohl in Erwägung ziehen, dass sie doch noch weitere Schmuckstücke besaß und es nur nicht zugeben wollte. Denn wenn die Sachen wirklich verschwunden waren, wo sollten sie abgeblieben sein, wenn nicht da, wo auch das Collier gewesen war: bei ihrem Großvater. Vielleicht war die beste Taktik die Flucht nach vorn.

»Ich überlege gerade ...«, begann sie.

Sein Kopf fuhr zu ihr herum. »Ja?«

Jetzt gab es kein Zurück mehr.

»Ich überlege, wo mein Opa den übrigen Schmuck gelassen haben könnte. Wenn er ihn denn je hatte. Meine Großeltern haben nicht auf großem Fuß gelebt, und ich glaube kaum, dass das vor meiner Geburt anders war.«

Sie schüttelte sich. »Nein, das wüsste ich. Dann wäre mein Vater nicht so, wie er jetzt ist, und mein Opa ...«

Sie brach ab. Was wollte sie überhaupt sagen?

»Habt ihr euch nicht so gut verstanden, dein Opa und du?«, fragte Phil und sah sie weiterhin an.

Charlie konnte sich schon vorstellen, dass ihn das interessierte. Schließlich war er aufgewachsen, ohne seine Großeltern mütterlicherseits kennengelernt zu haben. Ob er neidisch war?

»Das kann man so nicht sagen. Er war sehr ruhig. Vorsichtig. Misstrauisch. Hat irgendwie immer vermutet, dass jemand uns etwas Böses will.«

»Also beschützend? Liebevoll?«

»Nicht unbedingt. Es war schon manchmal anstrengend. Und durch diese Erziehung ist aus meinem Vater ein ziemlicher Kontrollfreak geworden, fürchte ich.«

Phil holte mit dem Fuß aus, und ein Steinchen flog in hohem Bogen davon. »Klingt nicht so toll.«

Sie schnaubte. »Nein, ganz und gar nicht. Ich durfte mich als Einzige in meiner Klasse ewig nicht mit Jungs treffen. Habe ich natürlich heimlich gemacht. Make-up war total verboten, und alle Klamotten, bei denen man ein bisschen Haut sah, wurden sofort aussortiert.«

Phils Blick glitt kurz an ihrer Erscheinung hinab, das konnte sie im Augenwinkel sehen. Er heftete sich jedoch sofort wieder an ihr Gesicht. Sie musste grinsen.

»Ja, dabei ist mein Stil ja wohl wirklich nicht zu freizügig, oder?«

Doch hatte sie so etwas überhaupt: einen eigenen Stil? Trug sie nicht meistens Christophs Stil, oder, so wie jetzt, Jeans und T-Shirt?

Er schüttelte den Kopf und sah weg. »Nein.«

»Nicht wie Fujiko«, sagte sie. Die war ja eine Sexbombe.

Ein Lächeln umspielte seine Lippen. »Überhaupt nicht wie Fujiko.« Das schien ihn jedoch gar nicht zu stören.

Seine Schritte verlangsamten sich. Schließlich blieb er vor einem Hauseingang stehen.

»So. Hier wohne ich.«

Er wirkte verlegen und nicht, als sei er es gewohnt, Frauen mit nach Hause zu bringen. Galant ließ er ihr den Vortritt und deutete die Treppe hinauf. »Dritter Stock.«

Zu Charlies Erleichterung wirkte das Gebäude nicht, als würde hier der Spross einer der reichsten Familien der Stadt leben. Aber so hatte sie Phil auch nicht eingeschätzt.

Oben schloss Phil die Wohnungstür auf. Dieses Mal ging er vor, vielleicht, um sich davon zu überzeugen, dass der Zustand seiner Behausung Gäste zuließ.

Doch wie es aussah, hatte er da nichts zu befürchten. Charlie betrat einen hellen Flur, der in ein lichtdurchflutetes Wohn-Esszimmer mündete. Rechts ging es in eine kleine Küche, links gab eine große Fensterfront einen atemberaubenden Blick über das spätnachmittägliche Köln frei. Inklusive Dom. Allein dieser Blick strafte ihre Annahme Lügen, es handelte sich um eine für ihre Verhältnisse bezahlbare Wohnung. Aber was sollte es. Wenn sie seine finanziellen Möglichkeiten hätte, würde sie es vermutlich ebenfalls ausnutzen.

Vom Flur gingen auf der einen Seite einer und auf der anderen zwei Räume ab. Phil zeigte auf die linke Tür.

»Badezimmer.« Dann stieß er die daneben auf und trat ein. »Und hier schläfst du.«

Charlie folgte ihm. Es war ein kleines Zimmerchen mit Schreibtisch, ein paar Regalen und einer Couch. Ordentlich zwar, aber dennoch konnte man sich zu zweit darin kaum aufhalten. Deshalb ging Charlie zurück ins Esszimmer, während Phil geschickt die Sitzfläche des Sofas zu einem Bett vergrößerte. Schon jetzt wurde deutlich, dass der einzige Weg zum Schreibtisch dann über die Liegefläche führen würde.

Mit einem Seufzen band Charlie das Tuch ab und hängte es über einen der coolen Designerstühle. Dann fummelte sie den Verschluss des Colliers auf. Es klapperte leise, als sie es auf den Tisch gleiten ließ. Da lag es nun, wie hingegossen. Sie würde es wohl nicht mehr anlegen.

Plötzlich fühlte sich ihr Hals nackt.

Erst nachdem sie ein paar Augenblicke darauf gestarrt hatte, nahm sie wahr, worauf genau sie den Schmuck abgelegt hatte. Es war ein Schnellhefter voller Zeitungsartikel.

Besuchen sie die Schokoladen-Familie Lambert zu Hause

lautete die erste Überschrift neben einem großformatigen Foto der Villa.

Behutsam nahm sie das Collier wieder hoch und legte es direkt auf die Tischplatte. Dann blätterte sie um. Ein weiterer Artikel über die Familie, ein paar Jahre alt. Und dann noch einer über ein Unglück in der Fabrik. Phil schien die Artikel, die seine Familie betrafen, zu sammeln und zu katalogisieren, und das waren einige.

Je weiter sie zurückblätterte, desto älter wurden die Berichte. Die hintersten musste Phil wohl aus dem Archiv ausgedruckt oder kopiert haben, denn sie waren einfach auf DIN A4 verewigt worden. Die Todesanzeige für Theodora Lambert war sehr stilvoll und schlicht gehalten. Ein kurzer Artikel über ihr kurzes Leben, der sehr danach klang, als wären die Informationen äußerst kontrolliert herausgegeben worden. Über die Todesart war daraus jedenfalls nichts zu entnehmen. Doch damit war sie nicht am Ende von Phils Sammlung angelangt. Ein Artikel kam noch.

Unglück in der Glücksfamilie

stand dort in großen Lettern in einer altmodischen Type. Charlies Blick fiel auf das Datum: 14. Juni 1962. Das war ein paar Monate vor dem Tod von Phils Großmutter. Es hatte ein weiteres Unglück gegeben? Na ja, eines kam ja selten allein. Ob es dabei um den Schmuck ging?

Neugierig begann Charlie zu lesen. Schon nach wenigen Zeilen fühlte es sich an, als sickere eiskalte Flüssigkeit in ihr Gehirn.

Sie schreckte erst von ihrer Lektüre hoch, als Phil hinter ihr auftauchte.

»Ich habe dein Bett schon bezogen. Im Bad liegen ein Handtuch und eine neue Zahnbürste. Falls du sonst noch was brauchst ...«

Charlie drehte sich zu ihm um und sah noch, wie er etwas ratlos die Achseln zuckte. Es wirkte nicht so, als hätte er tatsächlich *sonst noch was* im Angebot. Dann fiel sein Blick auf den aufgeschlagenen Ordner. Danach auf ihr Gesicht.

»Oh«, machte er nur.

Sie zeigte auf den Artikel. »Wann wolltest du mir davon erzählen?«

Phils Kopf sank herab. Er schluckte. »Ich wusste nicht wie.«

»Einfach frei heraus: In Zusammenhang mit dem verschwundenen Schmuck wurde ein Freund der Familie auf unserem Anwesen ermordet.« Charlie sank auf den nächstgelegenen Stuhl. Ihre Beine waren plötzlich schwach geworden.

»Ich weiß doch selbst nicht, was genau passiert ist.« Phil ließ sich auf den Stuhl ihr gegenüber fallen. »Und ich recherchiere seit Jahren darüber. Meine Familie hat es gut vertuscht. Ich musste die Bruchstücke zusammensuchen und das Puzzle mühsam zusammensetzen.«

»Aha. Du puzzelst also gern.« Ihre Stimme klang so tonlos in ihren Ohren, dass sie nicht einmal sicher war, ob Phil sie überhaupt hören konnte. Doch das war auch unwichtig. Nicht einmal sie selbst konnte über den Scherz lachen.

»Also gut.« Phils Lippen pressten sich zusammen. »Du hast es ja schon gelesen. Es hat einen Mord gegeben, ein paar Monate, bevor meine Mutter geboren wurde. In unserer Villa. Ein guter Freund der Familie. Und in der gleichen Nacht ist der Ehemann meiner Großmutter spurlos verschwunden.«

Charlie fixierte Phils Gesicht. Ein Mord? Und ein verschwundener Ehemann?

»Und der Schmuck.«

Er nickte. »Und der Schmuck.«

»Der verschwand zeitgleich mit dem Ehemann.«

»Richtig.«

»Dem Ehemann, der den Freund der Familie ermordet hat.« Sie schluckte hart. »Meinem Großvater.«

»Möglicherweise.« Phil schloss kurz die Augen. »Möglicherweise ermordet. Und möglicherweise dein Großvater. Ich habe keine Beweise.«

»Aber du glaubst das.«

»Die Ermittlungen wurden recht schnell fallengelassen, der Mörder wurde nicht gefasst.«

Sie ahnte, worauf das hinauslief. »Deine Familie wurde aus den Ermittlungen herausgehalten.«

»Ja.«

»Da war Geld im Spiel.«

»Der Mord hat sich in der Villa ereignet, und niemand aus der Familie wurde befragt. Was denkst du denn? Zumindest stand nichts in der Presse, und die war auch damals schon schnell mit Verdächtigungen.« Phil sah nicht so aus, als sei er stolz darauf, zu dieser Familie zu gehören.

Charlie rechnete nach. Zeitlich würde es passen. Ihr Großvater könnte 1962 einen Freund der Familie Lambert ermordet, sich den Schmuck gekrallt und seine schwangere Frau verlassen haben. Dann hätte er genug Zeit und Geld gehabt, um sich eine neue Identität in der langweiligsten Stadt Deutschlands zuzulegen, eine Frau – ihre Großmutter! – kennenzulernen, zu heiraten und eine neue Familie zu gründen. Ihr Vater war erst 1963 geboren worden, aber sein leiblicher Vater war da schon tot gewesen. Oma hatte dringend jemanden gebraucht, der ihr bei der Erziehung half. Und damals lief das schneller mit dem Heiraten als heutzutage.

Sie sackte in sich zusammen. Was machte sie hier überhaupt? Das war ihr Opa, über den sie hier nachdachte! Dennoch ...

»Es wäre möglich.«

Phil nickte. »Und wir finden es heute Nacht heraus.« Dann fiel sein Blick auf die Kette.

Charlie rutschte auf dem Stuhl hin und her. »Weißt du, sie ist nicht wirklich mein Stil ... und wie es aussieht, gehört sie ja deiner Familie.«

Er zuckte die Schultern. »Ach, aus meiner Familie interessiert sich kaum einer dafür. Die machen sich eher über mein Interesse lustig. Meine Schatzsuche.« Er malte mit den Zeigefingern Gänsefüßchen in die Luft.

Sie sah ihn an. »Und du?«

»Ich?« Seine Hand streckte sich nach dem Collier aus und strich sanft darüber. »Ich will es einfach nur wissen. Zu viel Indiana Jones geguckt als Kind.«

Charlie lachte auf. »Kann man das zu viel gucken?«

Jetzt grinste auch Phil. »Nee, oder?«

Ein warmes Gefühl breitete sich in Charlie aus. Dafür, dass sie gerade so etwas Schreckliches erfahren hatte, ging es ihr verdammt gut.

Ein Klingeln zerstörte den Moment. Sie fluchte innerlich. Es war ihr Handy. Verdammt, musste das ausgerechnet jetzt sein? Doch sobald sie es aus der Tasche gezogen hatte, schämte sie sich für ihre Verwünschung. Auf dem Display tauchte das Bild ihrer Oma auf.

Sie nickte Phil kurz zu, der sich sofort abwandte und in einem Schrank unter dem Fernseher zu kramen begann. Dennoch entfernte sie sich aus dem Raum, bevor sie auf den grünen Hörer drückte.

»Hallo, Oma. Ich wollte mich auch noch bei dir melden.« In Wahrheit hatte sie es völlig vergessen. Sie wohnte wohl doch schon zu lange mit Christoph zusammen, um daran zu denken, dass jemand sich Sorgen machen könnte.

»Hallo, Liebes! Ich wollte nur hören, wie es in Köln ist und dir was erzählen.«

Bevor sie antwortete, schob Charlie sich in das Arbeitszimmer. Wie erwartet hatte sie nur noch die Möglichkeit, an der Tür stehen zu bleiben oder sich aufs gemachte Bett sinken zu lassen. Also tat sie Letzteres.

»Hier ist es toll. Wir haben so viel aufzuholen, meine Freundin und ich.«

»Das freut mich! Bleibst du noch länger?«

Dass ihre Oma es ihr so leicht machen würde, damit hatte sie nicht gerechnet.

»Ja, vielleicht. Wenn es dir nichts ausmacht?«

»Überhaupt nicht. Ich freue mich, wenn du dich ein bisschen amüsierst.«

Typisch ihre Oma. Das warme Gefühl wich sofort einer eisigen Kälte, als ihr bewusst wurde, dass sie die alte Frau gerade schamlos belogen hatte. Und das alles womöglich nur, um ihr hinterher sagen zu müssen, dass ihr Mann, mit dem sie vierzig Jahre lang zusammen gewesen war, ein Mörder und Dieb war. Ein harter Kloß bildete sich in ihrer Kehle, den sie nur mühsam herunterschlucken konnte.

»Und? Was sind deine Neuigkeiten?«

»Hach, weißt du ...« Ihre Stimme klang, als lächelte sie. Charlie sah es geradezu vor sich. »Ich hatte eben Besuch von einem netten jungen Mann!«

»Einem Mann?« Machte ihre Großmutter etwa schon ernst mit dem Loverboy?

»Ja! Aber nicht, was du jetzt denkst. Von deinem Freund Björn natürlich ... er hat sich eins der Hefte oben auf dem Dachboden ausgesucht und mir direkt zweihundert Euro dafür in die Hand gedrückt.«

Charlie musste lachen. »Das ist ja wunderbar, Oma!«

»Nicht wahr? Wenn das so weitergeht, kann ich das Haus vielleicht retten!«

»Bestimmt. Irgendwie retten wir das Haus, du wirst sehen.« Doch so viel Zuversicht wie noch vor einigen Tagen verspürte Charlie dabei nicht mehr. Mit den Heften allein würde es wohl nicht gehen, und falls ihr Opa wirklich den Schmuck gestohlen hatte, um sich seine Flucht vor seiner ersten Familie zu finanzieren ... Nicht auszudenken! Jedenfalls hätten sie und ihre Großmutter dann nichts zu erwarten als vielleicht ein Dankeschön. Vermutlich nicht einmal das.

»So richtig optimistisch klingst du aber nicht, Liebes.«

Oma merkte auch alles. Aber das sollte Charlie ja eigentlich nicht mehr wundern.

»Ach Oma ... ich weiß auch nicht.« Sie seufzte.

»Spuck schon aus, was dir auf der Seele liegt, Charlie.«

Na gut. Warum eigentlich nicht? Irgendwann musste sie ohnehin mit der Wahrheit, der ganzen Wahrheit und nichts als der Wahrheit herausrücken. Warum nicht schon einmal den Zeh ins Wasser stecken und die Temperatur fühlen?

»Wenn du wüsstest, dass jemand, den du liebst, ein Kind mit einer anderen gezeugt hat, wie würdest du dann reagieren?« Kaum war das letzte Wort heraus, wünschte sie sich, sie hätte nicht gefragt. Sie hielt den Atem an.

Am anderen Ende der Leitung herrschte kurz Stille. Dann erklang ein Seufzen.

»Oje. Ist dieser Schuft dir etwa fremdgegangen, Liebes? Das tut mir so leid!«

Erleichterung durchströmte Charlie. »Nein, der Schuft ist mir nicht fremdgegangen.«

Sie geriet ins Stocken. Doch warum? Es ging doch gar nicht um sie, und der Gedanke an Christoph in den Armen einer anderen Frau löste erstaunlich wenig in ihr aus.

»Glaube ich zumindest. Es ist rein hypothetisch. Und das Kind wäre gezeugt worden, bevor du ihn kanntest. Aber er sagt es dir nicht.«

Und dass er ein Mörder und ein Dieb ist, verschweigt er ebenfalls. Überraschung.

»Hm. Rein hypothetisch? Also, hypothetisch wie *Ich frage für eine Freundin?*« Oma lachte leise. »Ich würde sagen, solange er nicht gelogen, sondern es nur verschwiegen hat, ist alles in Butter. Vor allem, falls er einen guten Grund hatte, es zu verschweigen.«

Charlie überlegte. War *gesuchter Mörder* ein guter Grund? Vermutlich schon. Immerhin hätte ihr Großvater seine Frau ja zu einer Mitwisserin gemacht. So hatte sie die Sache noch gar nicht gesehen.

»Okay. Danke, Oma.«

»Immer gern, Liebes. Viel Spaß noch, und schöne Grüße an deine Freundin!« Es klang so, als zwinkerte

Oma mit einem Auge. Seltsam, was man so aus einem Tonfall heraushören konnte, wenn man einen Menschen wirklich gut kannte.

»Danke. Ich melde mich morgen, sobald ich weiß, wann ich zurückkomme. Mach's gut.«

Charlie legte auf und starrte noch einen Moment auf das Display, nachdem das Bild ihrer Oma längst verschwunden war. Wieder drei Nachrichten von Bea und eine von Björn. Die sollte sie gleich auch unbedingt noch beruhigen.

Dann klopfte es leise.

»Ja?« Charlie sah auf.

Phil stand in der Tür, eine DVD in der Hand. *Indiana Jones und der letzte Kreuzzug.*

»Hast du Lust? Wir könnten Pizza bestellen.« Er zeigte auf seinen Schreibtisch jenseits der Bettenlandschaft. »Oder willst du dir lieber meine Aufzeichnungen ansehen, die ich über den Schmuck zusammentragen konnte?«

Charlies Blick fiel auf Berge von Aktenordnern und massenhaft Papier. Sofort schüttelte sie den Kopf. Dafür war später immer noch Zeit.

»Pizza und ein Film klingen gut.«

Phil nickte schnell. Er schien sich irgendwie unwohl zu fühlen. War es immer noch seine verdammte Schüchternheit?

»Weißt du, ich habe meine Oma gerade gefragt, wie sie es finden würde, wenn ihr Mann schon mal ein Kind gezeugt hätte.« Sie schüttelte den Kopf. »Na ja, natürlich nicht so direkt. Eher ...«

»Hypothetisch«, fiel Phil ihr ins Wort. »Ich hab's gehört. Sie dachte, du wurdest betrogen.« Er grinste schief. »Sorry, aber die Wohnung ist sehr hellhörig.«

»Schon gut. Auf jeden Fall fand sie es nicht so schlimm, solange es keine Lüge wäre und derjenige einen guten Grund dafür hätte, es zu verschweigen.«

Phil nickte schwach. »Ist doch gut.«

»Ja. Ist es. Dann haut es sie vielleicht nicht so vom Hocker, wenn sie erfährt, dass deine Mutter und mein Vater vielleicht Halbgeschwister sind.«

Phil beobachtete ihr Gesicht genau. »Und wir sind dann ... was? So etwas wie Halbcousins?«

»Stimmt.« So hatte sie das ja noch gar nicht betrachtet.

Sein Blick senkte sich. »Jedenfalls irgendwie verwandt.«

»Ja. Irgendwie verwandt.« Das gefiel Charlie. Sie hatte sich immer einen Verbündeten in ihrer Familie gewünscht. Doch sie hatte nicht das Gefühl, dass ihm dieser Gedanke wirklich behagte.

»Wenn auch nicht blutsverwandt«, fügte sie hinzu.

Sein Kopf ruckte wieder hoch. Jetzt sah er ihr direkt in die Augen und wirkte gar nicht mehr schüchtern. »Nicht? Wie meinst du das?«

»Ach so.« Das konnte er ja gar nicht wissen. »Mein Vater ist nicht der leibliche Sohn meines Großvaters. Meine Oma war schon einmal verheiratet, und der Mann ist gestorben.«

»Oh, wie schrecklich für sie.«

Bildete Charlie es sich ein, oder zog sich ein erleichterter Zug um seine Lippen?

Kapitel 28

Theodora
November 1961

»Vielen Dank für das schöne Armband, Mutter!« Dora nahm eines der Punschgläser vom Tablett, das auf dem kleinen Beistelltischchen der Sitzgruppe in der Bibliothek stand, und prostete ihrer Mutter zu. Sofort bemerkte sie den Schatten, der deren Augen verdunkelte. »Immer noch nicht?«

Dora nahm einen Schluck. Süß und scharf glitt er ihre Kehle hinab. Dann schüttelte sie den Kopf. »Ist nicht schlimm. Wir haben ja noch Zeit.«

Sie sah die unausgesprochene Frage im Blick ihrer Mutter. Kein Grund, sie zu beantworten. Sie würde hier nicht über Schuld oder Fähigkeit sprechen. Nicht so, wie es ihr Frauenarzt getan hatte. Das hatte Bernd nicht verdient, erst recht nicht, da er den Dezember über jeden Abend im Theater arbeiten musste und nicht einmal hier war, um sich zu verteidigen.

Ein kleiner Stich durchfuhr sie bei dem Gedanken daran. Seit der abgesagten Aufführung von *Endstation Sehnsucht* hatte sie das Gefühl, Regisseure betrachteten sie als Unglücksbringer. Schon nach den ersten Worten des Vorsprechens wurde sie unterbrochen, wenn sie denn überhaupt so weit kam. Sie seufzte. Vielleicht sollte sie Bernds Vorschlag nachgeben, in eine andere Stadt zu ziehen. Irgendwo ganz neu anzufangen, nur sie beide.

»Na gut. Dann kannst du wenigstens gleich die Ente à l'Orange und Crêpe Suzette essen, ohne dir Sorgen machen zu müssen.« Ihre Mutter erhob sich. »Da sollte ich mal nach dem Rechten sehen, fällt mir ein. Nicht, dass der Vogel noch anbrennt.«

Viktoria nahm den Platz der Mutter ein, und die Schwestern grinsten einander an. Sie wussten beide, was die jeweils andere dachte. Als ob die Köchin die Hilfe ihrer Mutter bräuchte, um die Ente nicht anbrennen zu lassen.

»Und, Schwesterlein? Wie ergeht es dir als einzige verbliebene Tochter des Hauses?«, fragte Dora schließlich, sobald sie allein waren. Sie streckte die Hand aus und ließ die Finger über die Einhornstatue streifen. So wie damals, als sie noch klein gewesen war. Erinnerungen an gemütliche Leseabende in der Bibliothek kamen in ihr hoch.

Viktoria lachte auf. »Du wirst es nicht glauben: Seit einiger Zeit habe ich beinahe das Gefühl, die Eltern sehen mich als Erwachsene an.«

»Sag bloß.«

»Es scheint zu helfen, dass die ältere Schwester jetzt auf eigenen Beinen steht. Vielleicht wünschen sie sich das insgeheim auch für mich.«

Natürlich wünschten sie sich das. Sie brauchten immer noch jemanden, der das aufstrebende Schokoladenimperium eines Tages übernahm.

»Und wie sieht es damit aus?« Dora rutschte ein wenig näher. Sie hatte nicht allzu oft die Gelegenheit, mit ihrer Schwester vertraulich zu sprechen. Ein Holzscheit knackte im Kamin und machte ihr Beisammensein noch gemütlicher.

»Ach, ich habe es damit gar nicht so eilig.« Viktoria zwinkerte. »Ich habe es doch gut hier. Ich muss nicht viel tun, Mutter besteht darauf, dass ich mich regelmäßig neu einkleide, ich mag mein Zimmer ...«

»Bis auf die Etage«, warf Dora ein.

»Bis auf die Etage.«

Die Schwestern sahen einander an, dann prusteten sie los. Dora genoss es. So unbeschwert war ein Besuch bei ihrer Familie schon lange nicht mehr gewesen. Insgeheim musste sie einräumen, dass Bernds Abwesenheit sicherlich eine Rolle spielte. Doch den Gedanken schob sie in die hinterste Ecke ihres Kopfes.

»Aber von der Etage abgesehen ist es perfekt. Vater nimmt mich hin und wieder mit in die Fabrik, das ist sehr interessant. Und ich liebe dieses Haus einfach. Ich meine, wo hätte ich sonst eine Bibliothek zur Verfügung?« Viktoria deutete um sich.

Vater nahm Viktoria mit in die Schokoladenfabrik? Ob er aus lauter Verzweiflung schon darüber nachdachte, ihr irgendwann die Führung zu übergeben? Als Notfallplan vielleicht? Ein Stich durchfuhr Dora bei dem Gedanken, obwohl sie niemals Ambitionen in der Richtung gehabt hatte. Doch ihr Vater schien sie ja ohnehin nicht für würdig genug zu erachten.

Schnell schüttelte sie diese Gedanken von sich.

»Du kannst ja dein Bett hier aufschlagen. Dann wärst du noch näher bei den Büchern und in der richtigen Etage.«

Viktoria verzog in gespielter Entrüstung den Mund. »Was du dir vorstellst! Das geziemt sich nicht! Und wenn die Eltern hier eine Gesellschaft ausklingen lassen, lege ich mich einfach zwischen den Gästen hin und decke mich zu?«

»Du kannst ja eine Schlafmaske aufsetzen, damit sie dich nicht so stören.« Dora lachte erneut.

»Nein nein, dann ertrage ich lieber die Stufen noch ein paar Jahre. Nicht, dass mir Onkel Bruno plötzlich auf der Bettkante hockt.«

Dora erstarrte bei dem Gedanken unwillkürlich. »Das kann dir oben auch passieren«, murmelte sie.

Viktoria warf ihr einen schnellen Blick zu, sagte aber nichts. Dann erklangen Stimmen im Salon nebenan. Die der Mutter war deutlich herauszuhören.

»Nehmt ihr doch schon einmal Platz. Die Damen nehmen gerade einen Punsch in der Bibliothek. Ich lasse nach ihnen schicken.«

Dora und Viktoria grinsten einander erneut an. *Nach ihnen zu schicken* besorgte schon allein die durchdringende Stimme der Mutter in ausreichendem Maße. Und *Damen* war auch leicht übertrieben. Außer ihnen beiden döste nur noch Tante Martha in einem der modernen neuen Cocktailsessel vor sich hin.

Dora erhob sich und rüttelte sie behutsam an der Schulter. »Tante? Wir können zu Tisch.«

Die Frau fuhr zusammen und blickte verwirrt um sich. Seit sie dauernd überall einschlief, wirkte sie häufig verwirrt. Oder war es anders herum? Seit sie verwirrt war, schlief sie andauernd irgendwo ein?

»Mit wem hat die Mutter eigentlich gesprochen?«, fragte Dora und half Martha aus dem Sessel. »Wird noch jemand erwartet?«

Viktoria verdrehte die Augen. »Das kannst du dir ja denken.«

Dora überlief es kalt. »Bruno und seine Frau?«

»Wenn sie denn dabei ist. Sie ist in letzter Zeit häufig unpässlich.«

Viktoria übernahm Tante Marthas andere Seite, und langsam schlurften sie zur Tür.

»Unpässlich?«

Viktoria machte mit der freien Hand eine Bewegung, als würde sie ein Glas zum Mund führen und verdrehte die Augen.

»Wer ist unpässlich?«, fragte Martha mit krächzender Stimme. »Oh, mir ist etwas schwindelig, Mädels. Nicht so schnell.«

»Noch langsamer, und wir stehen«, flüsterte Dora, und Viktoria grinste. Ihre Tante hatte zum Glück nicht mehr so gute Ohren und verstand die Worte nicht. Doch eigentlich hatte Dora es selbst nicht mehr so eilig, ins Esszimmer zu gelangen.

»Vater hat dauernd irgendwelche wichtigen Geschäfte mit Bruno zu besprechen. Es geht schon wieder um ein neues Produkt, glaube ich. So recht verstehe ich nichts davon. Aber deswegen isst er dauernd bei uns, und nach dem Essen besprechen die Männer sich bis oftmals tief in die Nacht in Vaters Arbeitszimmer. Ich kann sie durch die Wand murmeln hören.« Viktoria klang nicht begeistert über die nächtliche Geräuschkulisse.

Dora hörte nur mit halbem Ohr zu. Ein neues Produkt? Um was konnte es sich dabei wohl handeln? Wollte ihr Vater etwa demnächst noch schokoladenüberzogene Rosinen produzieren?

Viel zu schnell erreichten sie dann doch das Esszimmer. Tatsächlich sah Dora bereits beim Eintreten, dass ihre Schwester Recht behielt. Am Kopfende thronte wie immer ihr Vater, und auf dem Platz zu seiner Rechten saß sein alter Freund Bruno und strich sich die blonden Haare zurück.

Blitzten seine hellen Augen auf, als er Dora erblickte? Sie konnte es sich auch einbilden. Er erhob sich halb und nickte den Damen nacheinander zu.

Vater hob beschwichtigend die Hand. »Warum so förmlich, alter Freund? Wir sind doch hier im trauten Kreis der Familie!« Er lachte.

Bruno nickte nur lächelnd. »Eine Ehre, mein Freund. Eine Ehre.«

Dora und Viktoria bugsierten die Tante auf ihren Platz Bruno gegenüber. Viktoria ließ sich neben ihr nieder, und Dora verdrehte die Augen. Eingedeckt waren nun nur noch der Platz neben Bruno und der am anderen Ende, ihrem Vater gegenüber. Dort stand natürlich bereits das Glas ihrer Mutter. Es hätte ohnehin seltsam gewirkt, wenn sie sich dort platziert hätte.

Wohl oder übel musste Dora sich neben Bruno setzen.

Sie rückte mit ihrem Stuhl unauffällig so weit von ihm ab, wie es ihr möglich war. Doch irgendwie schaffte er es, den Abstand wieder zu verringern. Als nähme er automatisch den Raum ein, den sie ihm freigab. Bei einer unbedacht wirkenden Bewegung berührte sein Knie das ihre, und sie zuckte zusammen, als hätte er sie geschlagen. Die Mutter warf ihr einen stirnrunzelnden Blick zu, während Bruno und ihr Vater ihr Gespräch über Pralinen oder Werbemaßnahmen oder was auch immer fortsetzten, als ob nichts geschehen wäre.

Dora musste sich zusammenreißen. Hier, vor allen Leuten, würde er keine Anzüglichkeiten wagen. Und so unangenehm er auch war, bisher war er immer harmlos gewesen. Sie erinnerte sich an die Begegnung in ihrem Zimmer am Tag des Vorsprechens und erschauerte. Harmlos, ja. Weil es ihr gelungen war, die Mutter in ihr Zimmer zu rufen. Doch was wäre geschehen, wenn sie nicht zufällig draußen über den Flur gegangen wäre?

Das Unglück ereignete sich beim Dessert. Schon die ganze Mahlzeit über war Tanta Martha unnatürlich ruhig gewesen. Ihr Gesicht war bleich, was niemand so gut erkennen konnte wie Dora, da sie ihr schräg gegenübersaß. Die Männer hatten ohnehin keinerlei Augen für ihre Tischnachbarn.

Marthas Besteck fiel klirrend auf den Teller. Soße spritzte vom Crêpe auf die Tischdecke. Dann griff die alte Frau sich an die Brust.

Die Augen aller waren auf sie gerichtet. Der Vater war der erste, der aufsprang.

»Martha! Ist dir nicht gut?«

Marthas Lippen waren inzwischen blau verfärbt, und sie japste, anstatt zu atmen.

Dora erhob sich ebenfalls. »Sie ist ganz blau. Ich rufe einen Krankenwagen.« Sie lief los und hätte beinahe den Dessertwagen umgestoßen.

»Ja, tu das, Liebes«, sagte die Mutter mit gerunzelter Stirn. Sie wirkte, als hoffte sie, sich nach dem Abtransport der kranken Verwandten wieder ihrem Nachtisch widmen zu können. Doch wenn Dora Tante Martha so ansah, hielt sie das für wenig wahrscheinlich.

Viktoria nestelte an den Knöpfen der Bluse ihrer Tante. Es dauerte, bis sie die obersten aufgefummelt hatte. Wertvolle Zeit verging, die die alte Frau nicht hatte. Sie keuchte immer heftiger.

Dora hastete zum Apparat im Salon. Doch noch bevor sie den Hörer abnehmen konnte, rief ihr der Vater hinterher: »Lass, Theodora. So viel Zeit hat Martha nicht. Wir bringen sie selbst hin!«

Stühle wurden gerückt, Schritte erklangen. Als Dora zurück ins Esszimmer kam, gab der Vater gerade Viktoria die Anweisung, ein paar persönliche Sachen der Tante zusammenzusuchen, während er selbst und Bruno die alte Frau unter den Achseln packten und sie zur Tür geleiteten. Ihre Schwierigkeiten beim Luftholen nahmen immer bedrohlichere Züge an. Zum Schluss trugen die Männer sie beinahe.

Als sie sie auf den Rücksitz von Vaters Automobil legten, kam die Mutter mit einer kleinen Tasche angelaufen. Sie wollte sie schon Bruno in den Arm drücken, als Vater sagte: »Nein, du kommst besser selbst mit. Sie braucht doch eine Frau in ihrer Nähe. Bruno, ich telegrafiere dir gleich morgen wegen der Steuerangelegenheit. Unser Gespräch müssen wir vertagen.«

Er rannte um die Motorhaube herum zur Fahrerseite. Und bevor er einstieg, rief er die Worte, die Dora das Blut in den Adern gefrieren ließen. »Ach, und könntest du Dora nach Hause bringen? Ich weiß nicht, wann wir zurück sein werden. Ihr müsst nicht auf uns warten.«

»Nein!«, entfuhr es Dora. Alle starrten sie an, und für einen Sekundenbruchteil schien die Tante vergessen. »Das ist doch nicht nötig«, fügte sie schnell hinzu. »Ich kann …«

»Auf keinen Fall gehst du allein, Kind!« Ihre Mutter sah sie aus aufgerissenen Augen an. »Bruno, versprich mir, dass du dich um Dora kümmern wirst!«

Bruno trat hinter Dora und legte seine Hände auf ihre Schultern. »Ich verspreche es. Und jetzt fahrt!« Seine Finger gruben sich in ihr Fleisch, als wollte er sie massieren.

Dora erstarrte. Ihr ganzer Körper verkrampfte sich bei dieser Berührung, und instinktiv zog sie den Kopf zwischen die Schultern.

Die Mutter warf ihr noch einen mahnenden Blick zu. »Das fehlte uns jetzt, dass dir auch noch etwas Schlimmes zustieße!« Dann brausten sie davon.

Hilflos starrte Dora ihnen nach. Ebenso hilflos wirkte ihre Schwester, als Bruno sie an ihr vorbei zu seinem Auto schob. »Na komm, Theodora. Der Abend ist beendet, denke ich. Viktoria, würdest du bitte die Tasche und den Mantel deiner Schwester holen?«

Viktoria zuckte nur schwach mit den Schultern und lief ins Haus. Ihr ganzer Körper strahlte eine grundlegende Verstörtheit aus.

Kurz darauf kam sie mit den Sachen zurück. Sie drückte sie Dora in die Hand und sah sie an. »Oder willst du nicht vielleicht lieber hier blei…«

»Viktoria, deine Schwester ist jetzt eine verheiratete Frau. Sie gehört nachts nach Hause zu ihrem Mann.« Brunos Miene verhärtete sich. »Aber davon verstehst du nichts, Kind.« Er öffnete die Beifahrertür und drückte Dora auf den Sitz. Sein Gebaren duldete keinen Widerspruch.

Dora schluckte schwer. Sie fröstelte inzwischen, wagte es jedoch nicht, ihren Mantel überzuziehen. Sie presste ihn lieber so eng an sich, wie es ihr möglich war. Als wäre er ein Schutzwall zwischen ihr und dem Mann, der inzwischen das Auto umrundet und sich auf den Fahrersitz gesetzt hatte.

Sie überlegte fieberhaft, wie sie dieser Situation entrinnen konnte, doch ihr fiel kein vernünftiger Grund ein, aus dem sie Brunos Hilfe ablehnen konnte. Immerhin handelte er auf eine Anordnung des Vaters. Und wenn ihr Mann nicht da war, war ihr Vater immer noch die oberste Instanz in ihrem Leben.

Bruno hob zum Abschied die Hand in Viktorias Richtung, jedoch ohne zu ihr zu sehen. Stattdessen fixierte er Doras Gesicht. Seine Lippen zogen sich von den Zähnen zurück.

Dora brauchte ein paar Augenblicke, bis sie erkannte, dass es sich dabei um ein Lächeln handelte. Sie erschauerte. Der Weg bis zu der kleinen Wohnung, in der sie mit Bernd lebte, war nicht weit. Sie würde sich so schnell sie konnte verabschieden. Bevor er wieder etwas Unpassendes sagen oder übergriffig werden konnte.

Bruno lenkte den Wagen vorbei an der neu gepflanzten, knorrigen Trauerbuche durch den weitläufigen Park der Villa auf die Straße. Dort bog er nach links.

Dora erstarrte. »Ach, Onkel Bruno, der bessere Weg geht aber rechts herum.«

Er winkte ab. »Lass mich mal machen, Theodora. Ich kenne mich in dieser Stadt aus.« Er warf ihr wieder einen Blick zu, der sie erstarren ließ. »Immerhin fahre ich hier schon ein paar Jahre länger in den Straßen umher als du, mein Kind.« Seine Hand sank herab und näherte sich ihr dabei. Dann landete sie leicht wie eine Feder auf Doras Knie.

Dora fühlte sich wie versteinert. Alles in ihr drängte sie dazu, den Wagen zu verlassen. Doch das ging nicht. Sie konnte unmöglich um diese Zeit bei der Kälte allein durch die Stadt laufen. Außerdem hielt Bruno sicherlich nicht an, um sie hinauszulassen.

Sie versuchte, ihr Knie aus seiner Reichweite herauszubewegen, doch plötzlich packte er fester zu und hielt es in Position. Dann glitt seine Hand langsam höher. Dabei starrte er die ganze Zeit geradeaus, als wäre seinem Kopf gar nicht bewusst, was die Finger taten. War das so? Reagierte sein Körper einfach?

Dann musste er schalten und bewegte die Hand zum Schaltknüppel. Schnell legte Dora ihren Mantel auf die Knie und drehte sich so weit in Richtung Tür, wie es ging. Sie sah die Landschaft vor dem Fenster dahinrasen. Wo waren sie? War das noch Köln? Sie hatte ihre Aufmerksamkeit so auf Brunos Hand gelenkt, dass sie gar nicht wusste, wo sie langgefahren waren. Ihr Herz raste. Sie kannte sich hier nicht aus. Wenn er jetzt hielt, konnte sie nicht einmal aus dem Auto springen und fliehen.

»Wir haben uns so lange nicht mehr in Ruhe unterhalten, mein Kind«, sagte Bruno ganz unvermittelt.

Er bog erneut ab. Bäume tauchten um sie herum auf. Nirgendwo war ein weiteres Auto zu sehen. Übelkeit stieg in Dora auf.

Dennoch versuchte sie, ganz ruhig zu antworten. »Das können wir sehr gern bald einmal machen, Onkel Bruno.« Sie leckte ihre Lippen, doch ihr Mund war trocken. Ihr Kopf schien zu glühen. »Aber jetzt geht es mir nicht so gut. Ich möchte mich gern hinlegen.«

Wann hatte sie sich jemals mit Bruno in Ruhe unterhalten? Sogar als Kind war sie nur zu ihm gegangen, wenn ihre Eltern darauf bestanden hatten. Wenn er wieder insistierte, dass sie sich auf seinen Schoß setzen sollte, für ein Foto oder ein bisschen Hoppe hoppe Reiter. Ihr Magen revoltierte bei dem Gedanken daran.

»Das kannst du später noch tun, meine Schöne.« Brunos Gesichtszüge verhärteten sich sichtbar. Die Muskeln, die seinen Kiefer bewegten, arbeiteten, als würde er kauen. »Hinterher.«

Der Wagen wurde langsamer. Sie waren jetzt irgendwo im Nirgendwo. Mit einem Ruck blieb er stehen und zog die Handbremse an.

Bedrohlich langsam wandte er sich Dora zu.

»Theodora, meine Schöne.« Seine Stimme klang heiser, und sein Blick arbeitete sich an ihrem Körper hinab.

Sie wandte die Augen ab. »Ich möchte jetzt gern nach Hause.« Ihre Stimme klang viel zu leise, viel zu schwach. Sie würde lieber schreien, doch sie hatte keine Kraft dazu.

Stoff raschelte, und im nächsten Moment fühlte sie wieder seine Hand auf ihrem Knie. Doch dieses Mal war der Griff fester. Fordernd. Die Finger arbeiteten sich an dem Stoff ihres Rockes vorbei, wühlten ihn hoch, bis sie auf den langen Strümpfen zu liegen kamen. Dann wanderten sie erneut den Oberschenkel entlang nach oben. Doch dieses Mal unter dem Rock.

Dora fühlte sich vor Abscheu wie gelähmt. »Bitte nicht«, flüsterte sie.

Bruno gab ein Geräusch von sich, das wie ein Grunzen klang, dann wälzte er seinen Körper in ihre Richtung. »Theodora, meine Schöne«, krächzte er. Seine Hand wurde hektisch, seine Finger krabbelten jetzt über ihre nackte Haut über dem Rand der Strümpfe, bis sie den Stoff ihres Höschens erreichten.

Dora keuchte auf. Das schien bei Bruno einen Damm zum Bersten bringen.

»Theodora, ich wusste, dass dir das gefallen wird!«

Im nächsten Moment war er über ihr. Sein Gewicht drückte sie nieder, seine Lippen streiften über ihren Hals, sein feuchter Atem schlug ihr entgegen.

»Meine Schöne ...« Er schob ihr die Zunge zwischen die Lippen. Seine Hand riss an ihrem Höschen.

Bittere Galle stieg in Dora auf und ließ sie würgen. Sie presste mit aller Kraft ihre Hände gegen seinen Körper.

»Nicht! Lass mich, ich muss mich übergeben.«

Doch nicht einmal das brachte ihn dazu, von ihr abzulassen. Ihr Widerstand schien ihn nur noch mehr anzustacheln. Seine Hände schienen plötzlich überall zu sein.

Dora biss die Zähne zusammen. Sie hatte ihm nichts entgegenzusetzen.

Kapitel 29

Charlie erwachte. Ob von dem Abspann von *Indiana Jones* oder von Phils leisem Schnarchen direkt neben ihrem Ohr konnte sie nicht so genau sagen. Sie hob ihren Kopf von seiner Schulter und fischte nach ihrem Handy, das neben dem Sofa auf einem Tischchen lag. Es waren noch zwei Nachrichten von Bea dazugekommen. Sie klang langsam besorgt.

Schnell antwortete Charlie ihrer Freundin, dass alles in Ordnung war, Phil äußerst charmant wäre, dass sie zusammenarbeiteten und sie nicht mit ihm ins Bett ging. Dann fiel ihr Blick auf den Mann an ihrer Seite. Dafür, dass sie nicht miteinander ins Bett gingen, hatten sie sich allerdings ganz schön aneinandergekuschelt. So eng hatte sie mit Christoph schon lange nicht mehr geschlafen. Oder überhaupt jemals. Jedenfalls genoss sie diese Vertrautheit mit Phil. Obwohl sie ihn doch eben erst kennengelernt hatte, fühlte es sich an, als kannten sie einander schon ewig.

Sofort kam ein enttäuschtes Emoji zurück. Bea hatte also Stellung bezogen. Pro Phil.

Björn reagierte ähnlich auf ihre Nachricht. Hatten die beiden sich etwa gegen sie verschworen? Schmiedeten sie hinter ihrem Rücken Pläne zur Absetzung ihres Ehemannes? Charlie schrieb Björn zurück.

Ich bin immer noch verheiratet.

In ihrem Kopf betonte sie dabei das Wort noch. War sie wirklich schon so weit, ihre Ehe als gescheitert zu betrachten?

Aber unglücklich.

Nur das, kein Smiley.

Bam! Das haute voll rein. Charlie starrte die Worte an und wusste nicht, was sie darauf erwidern sollte. Jahrelang hatte sie nichts mit Björn zu tun gehabt. Trotzdem gab sie viel auf seine Meinung und Einschätzung.

Deswegen gehe ich noch lange nicht fremd.

Schulterzuckendes Emoji. Nicht, dass er dachte, sie sei beleidigt.

Doch der Gedanke ließ sie nicht los. Christoph fremdgehen. Selbst wenn sich die Gelegenheit dazu bieten würde, könnte sie das nicht tun. Nicht, bevor die Fronten nicht geklärt waren. Oder? Bis vor Kurzem hatte sie nicht darüber nachgedacht. Sie war eben verheiratet und gut. Doch seit sie bei ihrer Oma war und Abstand zu ihrer Ehe gewonnen hatte, fiel es ihr immer wieder auf, was bei ihnen alles nicht stimmte. Schon allein, dass er sie nicht begleitet hatte und ihr nicht schrieb, sich nicht dafür interessierte, wie es ihr ging, sprach doch Bände. Sie war schließlich bei der Beerdigung ihres Großvaters gewesen, verdammt!

Sie sah Phil von der Seite an. Seine feinen Gesichtszüge leuchteten im Licht des Fernsehers. So ein Abspann dauerte wirklich ewig. Doch das gab ihr die Gelegenheit, ihn ganz in Ruhe zu betrachten. Er war attraktiv, das stimmte. Auf eine ganz andere Art als Christoph. Doch eigentlich war es nicht das, weswegen sie sich von ihm angezogen fühlte.

Es war diese Leichtigkeit im Umgang miteinander. Sie schienen sich einfach zu verstehen, obwohl sie sich überhaupt nicht kannten. Sie hatte mit ihm in den letzten Tagen mehr gelacht als mit Christoph im ganzen letzten Jahr. Sie hatten so eng auf der Couch gesessen, dass es wirklich schon fast als Kuscheln durchging. Und wenn er sie berührte, fuhr ein kleiner Stromstoß durch ihren Körper.

Einen Augenblick lang stellte sie sich vor, wie es sich erst anfühlen musste, wenn sich ihre Lippen berührten. Ihr wurde heiß, und schnell schüttelte sie sich. Dann stupste sie ihn leicht an.

»Hey. Wir sind eingepennt.«

Ein Blick auf die Uhr verriet ihr, dass sie beinahe den geplanten Start ihrer Aktion verpasst hätten. T minus vierzehn Minuten.

Phil grunzte, dann schreckte er hoch. »Was is?«

Er schmatzte leise und sie schob sich von ihm weg. Halbcousin hin oder her, mit Pizza-und-Schlaf-Mundgeruch musste sie niemanden quälen. Nicht einmal sich selbst. Sie rappelte sich auf und wankte ins Bad, um sich die Zähne zu putzen. Sie grinste sich im Spiegel an, und ein schaumiges Zahnpastagrinsen strahlte zurück.

Es klopfte.

»Hm?«, machte sie mit vollem Mund.

»Ich will dich ja nicht stören, aber ich habe eine verdammt volle Blase ...«

Sie grinste wieder, spuckte aus und spülte sich den Mund aus. Dann öffnete sie die Tür. Phil lief an ihr vorbei ans Pissoir. Er zögerte. »Ich kann nicht, wenn mir jemand ...«

»Hatte ich auch nicht vor.«

Nicht einmal diese Situation fühlte sich seltsam an. Charlie eilte ins Wohnzimmer zurück. Was brauchten sie für die Aktion, die sie vorhatten? Dunkle Kleidung hatte sie zum Glück an, und Sneakers ebenfalls. Doch sie wollte ja ihre Handtasche nicht mitschleppen.

Sie warf einen Blick hinein. Ihr Portemonnaie hätte keinen Platz in den kleinen Hosentaschen, also nahm sie nur ihren Ausweis und einen Geldschein heraus. Vom Schlüsselbund machte sie das kleine Taschenmesser ab, das sie immer dabei hatte und das perfekt in die winzige Tasche der Jeans passte, bei der kein Mensch wusste, wofür genau die gut war. Man wusste ja nie, wofür man ein Messer brauchen konnte. Dann klickte sie die Kordel an die Handyhülle und hängte sie sich quer um den Oberkörper, nicht ohne das Gerät zuvor auf lautlos zu stellen.

Ein Schauer lief ihr über den Rücken. Was sie vorhatten, war schon spannend. Auch wenn sie sich immer wieder sagte, dass es Phils Elternhaus war, in das sie einbrechen würden: Es kribbelte ganz schön in ihren Eingeweiden. Und seine nervöse Blase gab ihr das Gefühl, dass es ihm ähnlich ging. Vor ein paar Stunden hätte er es jedenfalls nicht gewagt, sie deswegen aus dem Bad zu vertreiben. Ohnehin schien er sich in ihrer

Gegenwart mit jeder Sekunde merklich wohler zu fühlen.

Die Spülung gurgelte leise. Dann rauschte noch kurz das Wasser im Waschbecken, und schon trat Phil neben sie. »Bereit?«, fragte er.

Sie nickte, dann schüttelte sie den Kopf.

Er grinste sein schiefes Grinsen und sah ein bisschen aus wie der Junge auf dem Foto. »Ja. Ich auch nicht.«

Dennoch griff er nach seiner Jacke, steckte Handy und Brieftasche ein und nickte ihr zu. »Let's go, Fujiko.«

»Auf geht's, Lupin.«

Nebeneinander schlichen sie durch sein dunkles Treppenhaus. Jedes kleinste Geräusch verursachte auf Charlies Kopfhaut ein Gefühl, als wollten sich ihre Ohren aufstellen. Vermutlich war es auch so. Irgendein Überbleibsel der Evolution. Doch wenn es ihr schon hier so ginge ...

Auf den Straßen des nächtlichen Kölns war nicht viel los. Nur ein paar Autos passierten sie, hauptsächlich Taxis. Und jemand, der seinen Hund ausführte. Sie liefen zu Fuß. Phil führte sie einen anderen Weg zur Villa seiner Familie, als Charlie am Vortag genommen hatte. Erst als sie schon fast da waren, erkannte sie die Straße. Die Holzgasse. Und da war die schmale Einfahrt. Sie atmete tief durch.

»Den Sicherheitsdienst hast du informiert, dass du noch mal ins Haus musst?«

»Jepp. Ich habe behauptet, ich müsse meinen Impfausweis holen, weil ich ihn gleich morgen früh brauche, und wollte niemanden wecken. Hat den Typen gar nicht interessiert. Er wollte nur das Passwort wissen.«

Seine Hand tastete nach ihrer, und er zog sie mit sich. »Na komm, Hase. Bringen wir es hinter uns.«

Die Dunkelheit schien sein Alter Ego zum Vorschein zu bringen. Oder war es die spannende Situation, in der man sich einfach wünschte, der taffe Meisterdieb zu sein?

Vielleicht sollte sie sich einfach mehr in Fujiko hineinversetzen. Die wäre im Angesicht eines Einbruchs sicher auch nicht nervös.

Vielleicht liegt es auch an eurer neuen Vertrautheit.

Im Schatten der Häuser liefen sie hintereinander den Weg entlang. Alles lag schweigend da. Sie hatten eine gute Zeit ausgewählt. Die meisten Menschen schliefen tief und fest. Nur eine Taube gurrte. Sicher hatten sie das Tier aus dem Schlaf gerissen.

Im Park zeigte Phil – oder sollte sie jetzt an ihn als Lupin denken – auf einen Busch. »Der ist auch auf dem Bild.«

Jetzt verstand Charlie, aus welchem Winkel es aufgenommen worden war. Sie nickte. Kies knirschte unter ihren Füßen. Das Geräusch hallte in ihren Ohren wider. Schrecklich.

Phil führte sie zu einem Nebeneingang. Er zückte den Schlüssel und bedeutete ihr zu warten. Dann öffnete er die Tür. Sofort ertönte ein leises Summen. Es kam wohl aus dem Lautsprecher eines Bedienfeldes. Eine rote Lampe blinkte.

Schon tanzten Phils Finger über die Tasten.

Charlie hielt den Atem an. Unnötig. Das Blinken erlosch, und das Summen verstummte.

»Alles klar«, flüsterte Phil und winkte ihr, ihm zu folgen.

Mit einem mulmigen Gefühl betrat Charlie das Haus. In ihren Ohren erklang die Warnung seiner Mutter. *Wenn ich Sie noch einmal in meinem Haus erwische, rufe ich die Polizei.* Keine schöne Vorstellung, auch wenn Phil sie sicherlich in Schutz nehmen würde. Trotzdem besser, sie ließen sich nicht erwischen.

Von dem kleinen Vorraum, mehr ein Windfang, gelangten sie direkt in die Küche, die Charlie bereits hatte besichtigen dürfen. Phil wandte sich zur Dienstbotentreppe. »Da geht's rauf«, flüsterte er.

Charlie nickte. »Ich weiß. Ich war hier schon.«

Seine Zähne blitzten weiß im Dämmerlicht auf, das durch die Digitalanzeigen diverser Geräte und ein Notlicht verursacht wurde. »Ach ja. Stimmt.«

Auch auf der Stiege beleuchtete eine schwache Notbeleuchtung die Stufen, sodass sie wenigstens sahen, wo es langging. So kamen sie einigermaßen lautlos im ersten Stock an. Nur eine der Stufen hatte geknarrt, aber eine tat das in einem alten Haus ja immer.

Oben erwartete sie eine Tür. Sie öffnete sich, ohne zu quietschen.

»Die Hausmädchen ölen alle Scharniere regelmäßig«, flüsterte Phil. »Meine Mutter hasst dieses Geräusch von Metall auf Metall.«

»Kann ich nachvollziehen.« Wenigstens eine Sache, die sie gemeinsam hatten.

Phil ließ sie vorangehen und legte ihr dabei die Hand auf den Rücken, wie um zu spüren, wo sie sich befand. Er ließ sie auch da liegen, während sie nebeneinander über den Flur huschten, an den geschlossenen Türen vorbei zum anderen Ende. Vor einer davon legte er den Finger auf den Mund und zeigte darauf. Ein leises

Schnarchen drang aus dem Raum, und Charlie verstand, warum die gute Frieda ein Schlafmittel brauchte. Bei dem Krach könnte sie auch nicht schlafen. Dagegen war aus Phils Rachen ja ein leises Säuseln gedrungen.

Vor ihnen öffnete sich die Treppe, die hinab in die Eingangshalle führte. Doch Phil dirigierte sie mit der Hand auf seinem Rücken zu einem schmalen Durchgang zu ihrer Linken. Seine Finger drückten sanft gegen ihre Rippen.

Sie schlich im Dunkeln voran, bis ihr Fuß gegen eine Stufe stieß. Es hallte dumpf, und sie erstarrte. Phil hinter ihr tat es ihr gleich, das konnte sie spüren. Atemlos lauschte sie in die Dunkelheit. Doch das Schnarchen setzte nicht aus, und das Schlafzimmer blieb geschlossen.

»Warte«, erklang Phils leise Stimme dicht an ihrem Ohr. Kurz darauf flammte kaltes Licht auf. Seine Handytaschenlampe. Gute Idee.

Behutsam setzte sie den Fuß auf die erste Stufe, dann auf die nächste. Es knarrte, doch das Geräusch war leise. Es wiederholte sich, als Phil ihr folgte.

Oben auf dem Dachboden angekommen, atmete sie auf, sobald er die Tür hinter ihnen geschlossen hatte. Es roch staubig und nach heißen Dachpfannen. Überall standen Kartons und kleinere Möbelstücke herum, die mit einem Tuch abgedeckt waren. Sie erkannte einen Sessel an der Form und den knubbeligen Füßen und einen Schreibtisch oder eine Kommode daneben.

»Da entlang«, sagte Phil und deutete in die hintere Ecke. »Aber tritt so leise wie möglich auf. Man hört es sonst unten knarren.«

Sie nickte und folgte ihm. Ein massives Gebilde schälte sich aus der Dunkelheit und nahm langsam Form an. Doch erst, als das Licht des Handys darauf fiel, erkannte Charlie, was es war. Eine kunstvoll geschnitzte Truhe. Ziselierte Beschläge hielten sie geschlossen, und einen bangen Moment fürchtete sie schon, ein Schloss darin hängen zu sehen. Doch der Bügel war zwar eingehakt, aber nicht verriegelt.

Phil reichte ihr sein Telefon. »Das ist sie. Halt mal, bitte.«

Charlie leuchtete ihm, als er den schwer aussehenden Deckel hochklappte. Sie ließ den Strahl wandern, bis der Inhalt sichtbar wurde. Allerlei Krimskrams, Stoff, vermutlich Kleidung, Nippes, Kästchen und Schachteln und sogar ein Handspiegel kamen zum Vorschein. Und in einer Ecke stapelten sich tatsächlich einige Bilderrahmen. Sofort stürzte sich Phil darauf. Er hob sie heraus, immer so viele, wie er auf einmal halten konnte, und legte sie auf dem Boden ab. »Es muss ganz unten sein.«

Charlie überflog die Motive. Viele Familienfotos, ein paar von der Frau auf dem Bild ihres Großvaters, die meisten davon aus einer Zeit, in der sie noch jünger war. Mit Pferd, beim Tennis, Hand in Hand mit einer Freundin. Eine fröhlich lachende Frau auf den meisten Aufnahmen. Mit einer Ausnahme: Auf dieser waren noch einige weitere Menschen zu sehen, vermutlich eine große Gesellschaft. Männer und Frauen, jung und alt, helle und dunkle Typen. Ein blonder Mann im Hintergrund erinnerte ein wenig an Friedas Aussehen. Sicher ein entfernter Verwandter. Alle schienen sich zu amüsieren, alle außer Phils Großmutter. Der Blick aus ihren dunklen Augen wirkte düster.

War das kurz vor dem Selbstmord gewesen? Ihr Bauch war nicht zu erkennen, es war also möglich. Warum hatte sie nur ihr Leben beendet? War sie krank gewesen? Depressiv? Vielleicht war es eine Wochenbettdepression gewesen. Mal abgesehen davon, dass es einen schon mitnehmen konnte, wenn der eigene Mann ein Mörder war und man sein Kind allein großziehen musste. Vermutlich gab es damals noch nicht die Möglichkeiten, das zu erkennen, und erst recht nicht, es zu behandeln. Gelang ja nicht einmal heutzutage immer.

»Hier ist es!« Phils Stimme klang triumphierend, als er einen Bilderrahmen vor sie legte.

Darin war ein Porträt seiner Großmutter zu sehen. Sie hielt sich den Bauch und starrte aus ernsten Augen in die Kamera. Unter ihren Händen war eine deutliche Wölbung zu erkennen.

»Sie sieht so wunderschön aus«, flüsterte Charlie.

Phil nickte. »Das muss kurz nach dem Mord gewesen sein. Aber bis zur Geburt meiner Mama war es noch ein bisschen hin. Und bis zu Großmutters ...« Er ließ den Satz unbeendet in der Luft hängen.

Das fehlende Wort schwebte unausgesprochen zwischen ihnen. Selbstmord. Ein schrecklicher Gedanke, dieses Bild anzusehen und es zu wissen.

Allerdings ... Charlie nahm den Rahmen in die Hand. »Aber das ist doch gar nicht ihr Hochzeitsbild.«

»Mach es auf.«

»Wie bitte?«

Phil nahm ihr den Rahmen ab und drehte ihn um. Dann drehte er mit dem Fingernagel geschickt die kleinen Laschen, die die Rückseite der Konstruktion in Position hielten. Zum Schluss konnte er von vorn gegen die Glasscheibe drücken. Das mit Samt bezogenen Pappstück kam ihm entgegen. Er konnte es abnehmen. Dahinter kam jedoch nicht, wie Charlie erwartet hätte, die Rückseite des Fotos zum Vorschein.

Stattdessen sah sie ein weiteres Motiv. Zwei Menschen, den einen in Weiß, den anderen in Schwarz. Sie hielten sich an den Händen, die Gesichter einander zugewandt. Charlie beugte sich dicht darüber und leuchtete mit der Handylampe. Tatsächlich, die Frau war Theodora Lambert. Und der Mann ...

»Das ist Opa!« Verdammt!« Sie klemmte ihre Fingernägel unter das dünne Material und hebelte es heraus. Dann konnte sie die Rückseite beleuchten. Tatsächlich, zwei Namen standen da: *Theodora und Bernd, Mai 1960.*

Charlie schlug die Hand vor den Mund. Da stand zwar Bernd statt Bernhard, doch es war eindeutig ihr Großvater gemeint. Das räumte den letzten Zweifel aus, den sie noch gehabt hatten.

Phils Hand legte sich auf ihren Oberarm. »Tut mir echt leid. Wie geht es dir damit?«

Er sorgt sich um dich.

Die Berührung fühlte sich gut an. Charlie schloss für einen Augenblick die Augen. »Ach, schon gut.« Dann wurde es ihr in allen Konsequenzen bewusst. »War ja auch dein Großvater.«

»Ja, schon.« Er schluckte, und sein Adamsapfel arbeitete. »Aber ich kannte ihn nicht persönlich. Und ... ich hatte schon ein bisschen Zeit, um mich an den Gedanken zu gewöhnen. Für dich kommt doch gerade alles auf einmal.«

Das stimmte allerdings. Doch das nützte jetzt auch nichts, zum Verarbeiten war auch später noch Zeit. Sie schob das Bild in die Tasche ihrer Jeans, auch auf die Gefahr hin, dass sie das hier ebenfalls verbog.

»Das nehmen wir mit.« Dann zeigte sie auf das Porträt von Theodora. »Und das auch.« Irgendwie wäre es ihr falsch vorgekommen, es allein im Rahmen zurückzulassen.

Phil nickte schwach und baute den Rahmen wieder zusammen. In der Zwischenzeit machte Charlie, einer Eingebung folgend, noch ein Foto von dem Gruppenbild, auf dem Theodora so traurig wirkte. Danach widmete sie sich dem Inhalt der Truhe.

»Und hier ist nichts drin, was irgendwie Aufschluss über den Verbleib des Schmucks geben könnte?«

»Nein. Jedenfalls habe ich nichts gefunden.«

»Hast du alles abgesucht?«

»Na sicher. Wofür hältst du mich? Ich habe sie sogar komplett ausgeräumt und den Stoffbezug abgetastet. Nur aufschneiden wollte ich ihn nicht. Aber er sieht auch noch ziemlich original aus. Nicht, als hätte sich jemand daran zu schaffen gemacht.«

Das stimmte. Charlie schob Kleidung hin und her, befühlte die Innenverkleidung und öffnete Kästchen. Da schien wirklich nichts zu sein.

»Und was ist das für ein Möbelstück? Ich meine ... schon klar, es ist eine Truhe. Aber war das so etwas wie die Aussteuertruhe deiner Oma?«

»Puh, du stellst vielleicht Fragen.« Phil hatte es geschafft und legte den Rahmen zu den anderen. »Die muss wohl in ihrem Zimmer gestanden haben, denke ich. Jedenfalls ist im Gästezimmer eine ähnliche, und die hat meiner Großtante gehört. Ihrer Schwester.«

»Aha.« Charlie schnappte sich den Handspiegel und drehte ihn. Die Spiegelfläche auf der einen Seite war recht milchig, das verzierte Metall dafür dunkel angelaufen. Nur der Porzellangriff dürfte in ungefähr dem Zustand sein, in dem er früher auch gewesen war. Allerdings ... hier war eine kleine Stelle abgesprungen.

In dem Moment, in dem sie es bemerkte, pikste die scharfe Kante sie in die Hand, und sie hätte den Spiegel beinahe fallengelassen. Eine nicht ganz so milchige oder nicht ganz so angelaufene Stelle reflektierte das Licht des Handys und warf es gegen den Deckel der Truhe. Ein seltsamer Schatten zeichnete sich auf dem Samt ab, mit dem auch der Deckel von Innen bezogen war.

»Hast du das gesehen?«, fragte Charlie und legte den Spiegel auf den Rand der Truhe. Er rutschte ab und polterte zu Boden, doch Charlie merkte es kaum. Sie widmete ihre Aufmerksamkeit jetzt dem Stoffbezug.

»Schsch!« Phil hob den Spiegel auf und bettete ihn auf einen Haufen Stoff in der Truhe. »Nicht so laut!« Er schien zu lauschen. Im Haus rührte sich noch immer nichts.

Charlies Finger streiften über die Innenverkleidung des Deckels. »Hier muss es doch irgendwo sein.«

»Was denn?« Jetzt näherte auch Phil sich. »Da ist nichts.«

»Aber ich habe etwas gesehen. Nur eine winzige ...«
Ihre Fingerkuppen ertasteten eine leichte Erhöhung.
»Ha! Hier ist was unter dem Samt!«

»Ach.« Phil winkte ab. »Sicher nur eine umgeklappte
Stoffbahn oder eine Unebenheit im ...«

Ohne darauf zu warten, wie der Satz weiterging, hatte
Charlie bereits das Handy derart gegen ein verziertes
Schächtelchen gelehnt, sodass es die Innenseite des Deckels beleuchtete und ihr winziges Taschenmesser her-
ausgekramt. Es löste sich nur widerstrebend aus dem
schmalen Täschchen ihrer Hose, doch umso leichter
ließ es sich aufklappen. Sie setzte es am Rand an, wo es
am wenigsten auffallen würde. Die Klinge glitt durch
den Stoff, als wäre er gar nicht da. Es ratschte nicht einmal.

»Was zum Teufel tust du, Hase?«, zischte Phil und
griff nach ihrem Unterarm.

»Gar nichts«, flüsterte Charlie zurück. Das stimmte.
Sie hatte nichts getan. Da war kein Stoff zum Zer-
schneiden, denn er war schon zerschnitten. Jetzt
konnte sie ihn mit der Klinge so weit anheben, dass sie
mit den Fingern darunter greifen konnte. Sie fühlte Papier und griff danach. »Da war eine Art Lasche.«

Ohne etwas zu sagen, nahm Phil ihr das Messer ab
und klappte es zu. So hatte sie beide Hände frei und
konnte das zutage fördern, was unter dem Stoff verborgen war. Es war ein dünnes Heft, ein kleines Format.
Vielleicht DIN A5, falls es diese Norm damals schon gegeben hatte. Denn es war alt, das sah man sofort. Auf
dem Einband aus etwas festerem Papier stand der
Name *Theodora Lambert* in dünner, schnörkeliger
Schrift.

Phil griff nach der Handylampe und richtete sie darauf. »Was ...?«

Charlie zuckte die Achseln. »Ein Tagebuch?«

»Schlag es mal auf.«

Sie tat es. Eine leicht verblasste, schmale und hohe Schrift kam zum Vorschein. Die Buchstaben waren in dem schlechten Licht kaum zu entziffern. Doch ein paar erkannte Charlie sofort.

Phil kam ihr so nahe, dass seine Haare sie am Hals kitzelten. »Was ist das denn für eine Sprache?« Seine Stimme klang heiser. Vor Aufregung?

»Das ist Deutsch.« Rasch blätterte Charlie durch die Seiten. Tatsächlich befand sich auf vielen Seiten ganz oben ein kleingeschriebenes Datum. Es begann 1955, und der letzte Eintrag war ...

»Es endet am 16. September 1962.«

Sie musste schlucken und ihr Hals fühlte sich trocken an.

»Das könnte der Tag ihres Selbstmordes gewesen sein. Der Geburtstag meiner Mutter ist im August.«

Sie sahen einander einen Augenblick lang an, dann klappte Charlie das Heft zu. »Das nehmen wir auch mit.«

Sie formulierte das nicht als Frage, doch sie rechnete auch nicht mit Widerstand. Umso überraschte war sie, als Phil seine Hand auf ihre legte.

»Moment. Meinst du, du kannst das entziffern?«

Sie nickte. »Ich erklär es dir, wenn wir wieder in deiner Wohnung sind, okay?« Eine nervöse Anspannung hatte sie erfasst. Sie wollte nur noch hier raus.

»Okay.« Phil erhob sich, räumte die letzten Bilderrahmen in die Truhe und drückte den Stoff im Deckel wieder an, der immer noch abstand. Jetzt sah man nicht mehr, dass sie dort etwas entnommen hatten. Nur für den unwahrscheinlichen Fall, dass jemand nach ihnen jetzt noch einmal die Truhe öffnen würde.

Dann schlichen sie im Schein der Handylampe wieder zur Treppe. Dieses Mal knarrte die Stufe lauter, als sie Seite an Seite darauftraten. Vielleicht lag es an ihrem gemeinsamen Gewicht.

Gleichzeitig erstarrten sie und lauschten. Das leise Schnarchen schien sich zu verschlucken und geriet zu einem Grunzen. Dann verstummte es ganz. Bettfedern quietschten. Jemand stöhnte, dann erklangen schlurfende Schritte. Phil drückte Charlie eng an die Wand. Er deutete auf eine Tür, die der Treppe gegenüberlag. Seine Lippen formten das Wort Badezimmer. Sie waren so nah vor ihrem Gesicht, dass sie seinen Atem auf ihrer Haut spüren konnte.

Im nächsten Moment tauchte eine Gestalt auf. Das Licht im Bad wurde eingeschaltet, Charlie spürte fast, wie es auf ihre Haut fiel. Sie schloss die Augen und hielt die Luft an. In dem Augenblick fühlte sie die Berührung von Phils Körper ganz deutlich. Es vibrierte überall.

Dann schloss sich die Tür. Doch Phil löste sich immer noch nicht aus seiner Erstarrung. Wollte er hier etwa warten, bis seine Mutter wieder herauskam? Dann würde sie direkt in ihre Richtung sehen!

Kurzentschlossen und mit einem unterschwelligen Widerwillen drückte sie ihn ein wenig von sich und schob sich in den Flur. Dann packte sie seine Hand und zog ihn im Laufschritt zur Dienstbotentreppe. Ihr Herz tanzte so schnell wie ihre Füße auf dem Teppich, und in ihrer Brust baute sich ein Kichern auf.

Sie huschten durch die Tür. Phil schloss sie hinter ihnen, genau in dem Moment, in dem sich die Badezimmertür öffnete. Wieder standen sie eng voreinander. Charlie sah ihm in die Augen. Er erwiderte ihren Blick. Hitze breitete sich in ihr aus. Alle Stellen an ihr, die sein Körper berührte, schienen zu glühen.

Seine Mutter hustete draußen im Flur, nicht weit von ihnen entfernt. Charlie entfuhr ein leises Kichern.

Auch Phils Mundwinkel zuckten. »Schsch!«

Ohne dass sie es verhindern konnte, gluckste es in ihrer Kehle.

Er drückte sich noch enger an sie, als könnte er das Glucksen dadurch dämpfen. Die Bettfedern knarrten, doch Charlie nahm es nur ganz entfernt wahr. Eigentlich nahm sie gar nichts außer Phil wahr, und wie er sie ansah. Dieser Blick ging ihr durch jede Faser ihres Körpers. Alles schien zu kribbeln, wie nach einem Stromstoß.

So war das früher immer, wenn du verliebt warst. Du hast es nur vergessen.

Ihre Lippen näherten sich seinen. Oder war es anders herum? Bevor sie weiter darüber nachdenken konnte, berührten sie sich. Endlich! Er küsste sie sanft und vorsichtig, touchierte mit der Zunge nur kurz ihre Zungenspitze und zog sie dann zurück.

Charlie drückte sich noch enger an ihn, als wollte sie in ihn hineinkriechen. Der Kuss wurde leidenschaftlicher, seine Zunge forscher.

Es fühlte sich wie eine Erlösung an.

Sie wusste nicht, wie lange sie so dort standen, auf dem obersten Absatz der Dienstbotentreppe im Haus seiner Eltern. Doch irgendwann löste er sich von ihr. Er lächelte sie verlegen an, ohne etwas zu sagen. Dann nahm er ihre Hand in seine, und sie liefen dicht an dicht hinunter in die Küche und hinaus in die Kölner Nacht.

Kapitel 30

»Das ist Sütterlin, richtig? Jetzt sag nicht, du kannst das lesen.« Phil starrte an Charlies Seite in das Heft, das seine Großmutter vor über sechzig Jahren mit Buchstaben gefüllt hatte.

Mit Leben. Ihrem Leben.

Über den Kuss hatten sie nicht gesprochen. Doch den ganzen Weg bis in seine Wohnung hatten sie Körperkontakt gehalten. Es war unglaublich, dass sie so lange auf diese Art der Vertrautheit hatte verzichten müssen. Jetzt beugte sie sich über das Heft und kam ihm dadurch wieder näher.

»Kann ich. Und du könntest das mit einiger Übung auch. Ist gar nicht so schwer.« Wobei das nicht ganz richtig war. Seine Oma hatte schon ein paar Eigenheiten besessen, an die sie sich erst würde gewöhnen müssen.

Phil rutschte ein wenig von ihr ab und hinterließ eine warme Stelle an Charlies Seite, die schnell auskühlte. Dann sah er sie wortlos an, als erwartete er eine Erklärung.

»Wir hatten das im ersten Semester. Die Schrift wurde von einem Deutschen erfunden und als deutsche Schreibschrift in der Schule gelehrt, und zwar ungefähr bis ...«

Sie überlegte. So genau wusste sie es nicht mehr. Aber jedenfalls hatte Phils Oma es noch gelernt und ihr Tagebuch damit gefüllt. Ob sie wohl geahnt hatte, dass es irgendwann kaum noch jemand würde entziffern können? Das machte Sütterlin jedenfalls zu einer fast perfekten Geheimschrift ... und völlig unverdächtig.

»Und was steht da?«

»Na ja, flüssig vorlesen kann ich es auch nicht ... manche Buchstaben scheinen etwas anders zu sein, als ich es kenne.« Sie schlug den ersten Eintrag auf. »Hier geht's um Langeweile, glaub ich. Theodora langweilt sich.«

Ja, das war deutlich. Sie wiederholte das Wort Langeweile in verschiedenen Schriftarten, auch in Druckbuchstaben. Das schien ansteckend zu sein. Jedenfalls bahnte sich ein Gähnen seinen Weg durch Charlies Kehle. Allerdings konnte man das nicht als Langeweile bezeichnen, dafür war sie viel zu aufgeregt, was das Tagebuch wohl zutage fördern würde. Ob darin stand, wo der Schmuck war? Ob ihr Großvater tatsächlich etwas mit dem Mord an dem Mann zu tun hatte? Doch warum sollte er jemanden umbringen? Weil er ihn beim Diebstahl erwischt hatte? So eine niedere Tat konnte sie ihm nicht zutrauen. Das war einfach nicht möglich, nicht dieser stille Mann aus ihrer Kindheit.

Sie blätterte vor bis ins Jahr 1962. Die Schrift verschwamm vor ihren Augen, und sie rieb mit der Hand darüber.

»Wann ist unser Opa noch mal genau verschwunden?« Unser Opa ... es fühlte sich seltsam an, das zu sagen.

Phil schien es ähnlich zu gehen, jedenfalls schaute er unbehaglich drein. Er schüttelte den Kopf. »Dir fallen ja gleich die Augen zu. Lass uns morgen weitermachen.«

»Nein, das geht schon.« Ein erneutes Gähnen strafte ihre Worte Lügen. »Nur eben die Stelle suchen, an der ...«

Sanft nahm Phil ihr das Heft ab und strich dabei zärtlich, fast beiläufig, über ihren Oberarm. »Lass uns schlafen. Morgen früh gucken wir uns das Ganze gemeinsam an. Okay?«

»Willst du es denn nicht ...?« Noch ein Gähnen unterbrach sie.

»Doch. Ich will auch wissen, was damals passiert ist.« Phil senkte den Kopf. Er sah wirklich fertig aus. »Ich suche schon so lange nach Antworten. Aber die sind morgen früh auch noch da. Okay?«

Sie nickte. Er hatte ja recht. Es zogen bereits Kopfschmerzen in ihrem Nacken auf, die sie dazu bringen wollten, den Kopf auf ein Kissen zu betten.

Er trug das Heft ins Arbeitszimmer. Stoff raschelte, und das Sofa quietschte. Charlie folgte ihm und sah gerade noch, wie er rückwärts wieder vom Ausziehsofa krabbelte. Theodoras Tagebuch lag auf dem Stapel mit Unterlagen, der vermutlich Phils gesammelte Werke zu diesem Thema darstellte. Er drückte sich an ihr vorbei durch die Tür. Draußen im Flur blieb er stehen. Er schien unschlüssig zu sein, was er jetzt tun sollte. Ob er überlegte, sie zu bitten, die Nacht in seinem Bett zu verbringen?

Und wenn ja, wie würde sie antworten? Der Gedanke ließ ihren Unterleib kribbeln und sie ihre Kopfschmerzen beinahe vergessen. Doch wer sagte eigentlich, dass

immer die Männer den ersten Schritt machen mussten?

»Phil ...«, begann sie, »... wegen vorhin ...« Sie schluckte.
Die Erinnerung an den Kuss ließ ihren Mund ganz trocken werden.

Er sah sie nicht an. »Ich weiß, dass du verheiratet bist.
Ich wollte dich nicht in eine unangenehme Situation
bringen. Aber es hat sich einfach so ... so richtig angefühlt.«

Ohne nachzudenken, nickte sie. »Das hat es. Es ist nur
... ich weiß nicht, wie es mit meiner Ehe weitergeht,
weißt du? Das sollte ich erst klären.« In ihr protestierte
ein Teil, der es offenbar längst wusste und sich wun-
derte, warum sie so viel Zeit verschwendete und die mit
diesem tollen Mann nicht einfach genoss.

»Verstehe.« Er sah aus, als verstünde er es tatsächlich.
Als wüsste er etwas, das sie nicht wusste. »Wenn du es
weißt, bin ich da.«

Sie schluckte. Das war die perfekte Antwort. Auch
wenn dieser eine Teil in ihr sich fragte, warum Phil sie
nicht einfach gegen den Türrahmen drückte, ihr sanft
über die Wange strich und sie erneut küsste. Doch sie
schob diese Vorstellung ganz nach hinten in ihren
Kopf.

»Okay. Auf wie viel Uhr stellst du den Wecker?«,
fragte sie und unterdrückte ein Gähnen.

Er hatte vermutlich wirklich recht. Auch wenn sie es
kaum erwarten konnte, Theodoras Aufzeichnungen zu
lesen und den Rest ihres Lebens zu beginnen: Ihr würden gleich sofort die Augen zufallen. Beides würde bis
morgen warten müssen.

Phils Augen waren auch schon ganz klein, als er sich umdrehte und ihr zuzwinkerte. »Wer zuerst aufwacht, macht Kaffee. Davon wird der andere dann schon wach.«

»Klingt nach einem Plan, Lupin.«

Kaum war er in seinem Schlafzimmer verschwunden, ging Charlie ins Bad und klatschte sich Wasser ins Gesicht. Zum Glück hatte sie immer eine kleine Probe ihrer Gesichtscreme in der Handtasche, für Notfälle.

Doch als sie dann im Dunkeln auf dem Gästebett lag, wollten sich ihre Augen doch nicht schließen. An der Decke wanderte hin und wieder das Licht von Scheinwerfern entlang, das von irgendwoher reflektiert wurde. Ihr Blick folgte ihm, doch ihre Gedanken nicht. Wie konnte es sein, dass sie jetzt nicht sofort einschlief? Gerade war sie doch noch so müde gewesen, dass sie im Sitzen hätte schlafen können. War sie einfach über den Punkt hinaus, so wie früher, wenn sie mit Björn nächtelang Animes geguckt hatte?

Seltsam, dass sie jetzt daran dachte. Jahrelang hatte sie keinen Gedanken an Zeichentrickserien verschwendet. Auch an ihren alten Kumpel nicht, wie sie zugeben musste. Und erst recht nicht an andere Männer und wie es wäre, mit ihnen die Nacht zu verbringen. Doch jetzt gerade kam ihr das letzte Jahrzehnt wie ausradiert vor. Und darüber war sie gar nicht traurig.

Sie drehte sich auf die Seite. Wenn das nicht funktionierte, würde sie gleich das Licht anmachen und sich doch das Tagebuch vornehmen. Sie schloss die Augen. Öffnete sie wieder.

Licht blitzte auf. Es war ihr Handy, das auf einem niedrigen Tischchen neben ihrem Schlafplatz lag. Auf dem Display schloss sich gerade das Feld, das den Eingang einer Nachricht ankündigte. Sie griff danach. Die Nachricht war von Lupin. Na klar. Von wem sonst.

Bist du noch wach, Hase?

Sie merkte, wie sich ihre Mundwinkel hoben. Ihre Finger begannen wie von allein an zu tippen.

Jepp. Kann jetzt irgendwie nicht einschlafen.

Sie wartete auf die tanzenden Punkte, die eine Antwort ankündigten. Doch stattdessen hörte sie tappende Schritte im Flur, kurz darauf ein sachtes Klopfen an der Tür.

»Herein«, sagte sie leise.

Die Tür öffnete sich. Draußen ertönten Sirenen, und Phils Gestalt wurde kurz von blauem flackerndem Licht eingehüllt. Dann herrschte wieder Ruhe.

»Darf ich?«, flüsterte Phils Stimme.

Ohne etwas zu sagen, rutschte Charlie zur Seite und machte Platz. Er setzte sich schweigend neben sie, den Oberkörper aufrecht gegen den Rücken des Sofas gelehnt. Sein Gesicht hob sich schwach von der sie umgebenden Finsternis ab, doch seine Miene blieb verborgen.

»Ich kann auch nicht einschlafen«, sagte er leise.

Sie lachte auf. »Bescheuert, was? Dabei waren wir eben so müde.«

»Bin ich immer noch.« Er gähnte wie zum Beweis. »Aber immer, wenn ich die Augen schließe, geht es ab im Kopf.«

»O ja, immer diese Stimmen, die einem sagen wollen, was Sache ist.«

»Genau.« Sein Tonfall klang, als grinste er. »Bevor ich die Stimme hörte, habe ich nie in meinem Leben etwas Verrücktes getan.«

Charlie kicherte. Ob es an ihrer Übermüdung lag, an dem Informations-Overload des Tages oder einfach daran, dass sie sich freute, weil Phil aus *Feld der Träume*, einem ihrer Lieblingsfilme zitierte, konnte sie nicht sagen. »Dann müssen wir es eben einfach bauen!«

Phil lachte auf. »Ich weiß aber gar nicht, ob ich will, dass er kommt.« Er hatte ihre Anspielung auf den Film also verstanden.

»Fragt sich auch, wer.«

»Ja.« Er rutschte etwas tiefer. »Das merkt man eh immer erst am Ende.« Er drehte sein Gesicht in ihre Richtung.

Sie rollte sich auf die Seite, sodass ihr Körper ihm zugewandt war. Dann war es nicht so anstrengend, ihn anzusehen. Allerdings konnte man hier nicht von Sehen sprechen. Es war mehr ein Fühlen. Er streckte die Hand aus und strich über ihren Unterarm.

Sie schluckte. Wie konnte etwas sich aufregend und beruhigend zugleich anfühlen? Gleichermaßen richtig und falsch?

»Bei manchen möchte man auch gar nicht, dass sie zu einem kommen.« Das rutschte ihr einfach so heraus, bevor ihr klar wurde, dass sie es auch so meinte. Wenn sie sich jetzt vorstellte, Christoph wäre hier … nichts von ihrem kleinen Abenteuer hätte stattgefunden.

Phil schwieg eine Weile. Dann sagte er: »Dein Mann?«

Sie seufzte. »Den hast du auch recherchiert, was?«

»Natürlich.« Er räusperte sich leise. »Und du bist froh, dass er nicht hier ist?«

Sie zuckte mit der oben liegenden Schulter. »So etwas sollte ich vielleicht nicht sagen. Glücklich bis ans Lebensende und so.«

»Na ja, wenn man es einfach nicht ist ...« Seine Augen blitzten in der Dunkelheit.

Phils Blick fühlte sich an, als dränge er direkt in Charlies Herz. Doch es tat gar nicht weh, dass er das aussprach. Erstaunlicherweise fühlte es sich eher gut an, mit jemandem darüber zu sprechen, der auf ihrer Seite war. Und das, obwohl er sie so gut wie gar nicht kannte.

»Ja, du hast recht. Bin ich nicht.«

»Es ist auch von ewiger Treue die Rede, wenn ich mich nicht täusche.« Phils Stimme war so leise, dass sie ihn kaum verstand. Sie hatte fast den Eindruck, dass er noch etwas sagen wollte, aber nicht wusste, wie.

»Ich bin ihm treu«, entfuhr es Charlie. Verdammt, warum sagte sie das? »Ich war es immer ... bis jetzt.« Ihr Gesicht wurde ganz heiß. Gut, dass er es nicht sehen konnte. Das klang ja wie ein unmoralisches Angebot. »Ich könnte nicht ...«

»Natürlich nicht«, sagte Phil schnell. »Ich weiß, dass du nicht so bist. Du willst niemanden verletzen.«

»Ja. Ich habe mich schließlich für dieses Leben entschieden. Und ich schulde es ihm, dass er es als Erster erfährt, wenn sich daran etwas ändert.«

Die Decke auf Phils Seite raschelte. »Egal, für was für ein Leben man sich entscheidet, irgendjemand hat immer was dagegen.«

Charlie beschlich das Gefühl, dass es jetzt nicht mehr um sie ging. Ihr Herzschlag beschleunigte sich, und sie zog sich an der Rückenlehne ein Stück nach oben.

»Bei dir mischen sich auch Leute in dein Leben ein, was?« Sie dachte dabei an ihren Vater und seine Mutter. Zu spät wurde ihr klar, dass er es als Kritik an seinen Worten verstehen könnte. »Also, ich meine nicht, dass du dich bei mir einmischst. Nicht, dass du das denkst. Deine Worte haben mir gutgetan.« Darüber hatte sie gar nicht nachgedacht, doch es stimmte. Es war nicht so, als ob ihr Vater es gesagt hätte. Ganz im Gegenteil.

»Ich versteh schon.« Er lachte leise. »Ja. Bei mir mischen sie sich ein. Vor allem die Familie.«

»Wegen deiner Suche nach dem Schmuck?«

Er wiegte den Kopf hin und her. »Deswegen ... und weil ich zu viel am Computer sitze. Weil ich nie eine Frau mitbringe. Oder einen Mann.«

»Echt? Einen Mann?« Wie die gute Frieda das wohl fände?

»Ja, echt. Meine Mutter hat mir deutlich zu verstehen gegeben, dass sie davon zwar nicht begeistert wäre, aber damit zurechtkäme. Und direkt danach hat sie mir einen Flirt-Coach ans Herz gelegt.«

Charlie schlug die Hände vors Gesicht. »Einen Flirt-Coach?«

»Klar. Die haben doch so sinnvolle Übungen. Ich könnte unter den Augen des ganzen Kurses voller schüchterner Nerds irgendeine Frau in einer Bar ansprechen und mir einen Korb abholen.«

»Klingt ja spaßig.« Charlie schnaubte. »Mal davon abgesehen, dass du ganz sicher keinen Coach brauchst. Am Flirten hapert es bei dir nämlich garantiert nicht.«

»Ach ja?«

Wurde der helle Fleck in der Dunkelheit etwa dunkler? Unmöglich, dass sie das sehen könnte, oder?

»Ja. Der Flirt mit Lupin hat Fujiko jedenfalls sehr viel Spaß gemacht.«

Er schluckte deutlich vernehmbar. »Oh. Na ja, in der Anonymität des Internets ist es ja auch leicht. Und weil du die Serie kanntest.«

Charlie lachte auf. »Allzu anonym kam ich mir nicht vor. Eher nackt!«

Das Wort war draußen, bevor sie es verhindern konnte. Ihr wurde warm, als sie sich vergegenwärtigte, wo sie sich gerade befanden. Und dass sie außer ihrer Unterwäsche nur eins von Phils T-Shirts trug. Sie zog die Decke etwas höher.

Doch Phil lachte nur leise. »Tut mir leid. Aber da Lupin Fujiko nun mal gern auszieht ...«

Er ließ den Satz in der Luft hängen, und Charlie lief ein wohliger Schauer über den Rücken. Dann räusperte er sich. »Es ist ja auch gar nicht so, dass ich keine Frauen kennenlerne. Es war nur noch nie die richtige dabei. Und du kannst es dir vielleicht nicht vorstellen, aber die meisten Frauen fahren nicht so auf Lupins Charme ab wie du.«

»Unmöglich!« Die lockere Atmosphäre fühlte sich nach dem ernsten Thema gut an. »Hast du es schon mal bei irgendeiner Dating-Plattform versucht?«

Jetzt lachte er auf. »Ein Kumpel von mir hat mich angemeldet. Die reinste Katastrophe.«

»Ich hab das noch nie gemacht. Was war denn so katastrophal?« Schon in Erwartung seiner Antwort musste Charlie grinsen.

»Warte. Ich zeig's dir.« Er sprang mit deutlich mehr Elan auf, als er sich niedergelassen hatte.

Mit Schlaf würde es in der nächsten Zeit wohl nichts mehr werden. Schon im nächsten Moment kuschelte er sich neben sie, das Handy in der Hand. Er saß jetzt deutlich näher als vorhin. Doch um etwas auf dem Display erkennen zu können, musste auch sie näher rutschen. Ihre Oberkörper berührten einander. Er aktivierte den Bildschirm und öffnete eine App.

»Schau her.« Mit dem Zeigefinger scrollte er durch eine Liste von Anfragen. Die meisten davon waren unanständig. Bilder zeigten im besten Fall Frauen mit laszivem Gesichtsausdruck, im schlechtesten Fall gleich nur bestimmte Körperteile.

»Ach du Scheiße«, entfuhr es ihr.

»Ja. Guck mal: Die hier sucht explizit jemanden, um ihren Mann zu betrügen.«

»Oje! Hoffentlich ist er nicht auch da angemeldet! Was, wenn sie übereinander stolpern ...« Charlie kicherte.

»Dann hätten sich ja zwei gefunden.«

»Und sonst sollte es ihm mal jemand sagen.«

»Ich weiß nicht.« Plötzlich veränderte sich Phils Stimmlage. »Wenn jemand, den du gut kennst und der dir nahesteht, dich betrügen würde, würdest du es wissen wollen?«

Phils Frage erinnerte sie verdächtig an die, die sie ihrer Oma gestellt hatte. »Tja, keine Ahnung. Manche Dinge erfährt man vielleicht besser nicht.«

Phil schwieg ein bisschen länger, als ihr guttat. Dann sagte er unvermittelt: »Du siehst, so eine App ist super, wenn man es nur auf eine schnelle Nummer absieht. Aber für eine Seelenverwandte ...« Er unterbrach sich und strich sich mit der Hand durch die Haare. »Oh. Das klang kitschig.«

Charlie spürte dem warmen Gefühl in ihrer Magengegend hinterher, das diese Worte hinterlassen hatten. Seelenverwandtschaft ... gab es das überhaupt?

»Nein«, sagte sie. »Eigentlich nicht.«

Sie sahen einander an. Phils Gesicht wurde von dem Licht seines Handydisplays angeleuchtet. Sein Ausdruck war schwer zu deuten. Ein bisschen sehnsuchtsvoll vielleicht. Dann erlosch das Display, Phils Gesicht verdunkelte sich und verschwand ein paar Sekunden später schließlich ganz in der Finsternis.

So eine verdammte Scheiße.

Charlie rutschte ein Stück tiefer und lehnte ihren Oberkörper so gegen Phil, dass ihr Kopf an seiner Schulter lag. Immerhin war er ihr angeheirateter Halbcousin, und das würde unter Verwandten ja wohl noch erlaubt sein. So genau wusste sie es natürlich nicht, da sie außer ihrer Oma niemanden in der Verwandtschaft hatte, bei dem sie sich gern anlehnen würde. »Irgendwann findest du deine Seelenverwandte«, murmelte sie.

Phils Hand legte sich ganz sanft auf ihre Hüfte, und sein Kopf lehnte an ihrem.

***

Charlie erwachte mit Schmerzen im Nacken. Vorsichtig stützte sie sich auf die Ellbogen. Es war noch dunkel im Zimmer, doch so langsam kroch das erste Licht des Tages durchs Fenster und färbte die Wände und die Decke grau.

Neben sich hörte Charlie ein Schnaufen. Behutsam drehte sie den Kopf zur Seite und ignorierte dabei ihre protestierenden Nackenmuskeln. Da lag Phil, nach unten gerutscht, den Kopf in unbequem aussehender Pose abgeknickt. Er schmatzte, und in ihrer Brust breitete sich wieder das schon bekannte wohlige Gefühl aus, das sie in seiner Gegenwart ständig befiel.

So behutsam wie möglich schob sie ihm das Kissen unter den Nacken. Nur nicht aufwecken. Er war gestern so müde gewesen, und sie hatten lange gequatscht.

Danach kuschelte sie sich selbst wieder in die Decke. Ihr Fuß berührte seinen. Er war warm, und es fühlte sich nicht seltsam an. Nichts hiervon tat das. Noch nie hatte sie die Gegenwart eines anderen Menschen so genossen. Lag es daran, dass sie sich so gut verstanden, als würden sie einander schon ewig kennen?

Sie betrachtete Phils Gesicht, die blonden Haare, die schmale Nase und die hellen Wimpern, die seine Augen jedoch nicht blass wirken ließen. Dann blieb ihr Blick an seinen Lippen hängen. Sie waren recht voll und leicht gerötet. Ein schöner Kontrast zur blassen Haut.

Dann schüttelte sie diesen Gedanken ab. Worauf hatte sie ursprünglich hinausgewollt? Ach ja. Er hatte eindeutig Ähnlichkeit mit seiner Mutter, die auch ein heller Typ war. Ganz anders als Theodora, und auch anders als ihr Opa. Gut, solange sie ihn kannte, war er immer schon grau gewesen, doch auf dem Foto sah sein

Haar dunkel aus, fast schwarz. Nicht ohne Grund hatte sie ihn ja zuerst für Theodoras Bruder gehalten. Doch das war er eindeutig nicht. Er war ihr verschollener Ehemann gewesen.

Wie konnte ein Paar wie die beiden eine Tochter wie Frieda Lambert hervorbringen? Sie verglich sich in Gedanken mit ihrem Vater. Da war die Ähnlichkeit auch nicht besonders groß. Dafür sah sie ihrer Mutter in jungen Jahren sehr ähnlich.

Sie wälzte sich auf den Rücken. Was sollten denn jetzt diese Gedanken? Sie sollte versuchen, noch ein wenig zu schlafen. Sie hatten schließlich viel vor am nächsten Tag. Doch ihre Augen wollten sich nicht schließen. An der Decke verblasste das Grau immer mehr, und langsam kehrten die Farben in den Raum zurück. Draußen erklang das Gezwitscher eines Vögelchens. Ein anderes antwortete.

Seufzend setzte sie sich auf. Ihr Blick fiel auf das Heft, das Theodora so viele Jahre als Tagebuch gedient hatte und das sie für so wertvoll erachtet hatte, dass sie es im Innenfutter ihrer Aussteuertruhe versteckte. Wertvoll – oder vielleicht gefährlich? Es kribbelte Charlie in den Fingerspitzen. Wenn sie schon nicht schlafen konnte, sollte sie dann nicht etwas Sinnvolles tun?

Sie rappelte sich hoch und warf einen Blick auf Phil. Der hatte seine Arme inzwischen um das Kissen geschlungen und schnarchte leise. Es sah nicht so aus, als müsste sie befürchten, dass er aufwachte. Sie griff sich das Heft, krabbelte über Phils Beine hinweg und schlich dann in den Flur hinaus.

Erst im Wohnzimmer wagte sie es, Licht zu machen. Sie tastete nach dem Schalter der Stehlampe, und eine warmweiße LED flammte auf. Dann kuschelte sie sich mit einer Decke aufs Sofa und schlug die erste Seite auf.

Sie seufzte auf, als sie die Schrift betrachtete. Sütterlin. Das konnte sie lesen, ja. Aber besonders gut war sie darin nicht. Und Übung hatte sie auch keine mehr. Doch sie konnte ja erst mal durchblättern und nach bestimmten Wörtern Ausschau halten. Bernhard zum Beispiel. Ach nein, Bernd hatte sich ihr Opa ja damals genannt.

Bis zur Hälfte des Heftes fand sie nichts dergleichen. Da ging es hauptsächlich um irgendwelche Kinofilme, die Theodora mit ihrer Schwester besucht hatte. Sie hatten wohl Marilyn Monroe und ihren Stil gemocht. Besonders Theodora schien ihr, sehr zum Unwillen der Eltern, nachzueifern. Außerdem interessierten sie sich für Musik und deren Interpreten. Freddy Quinn hatte es den Schwestern offensichtlich angetan. Auf einer Seite war sogar eine Skizze des Sänger.

Hatte der Mann nicht ein wenig Ähnlichkeit mit Charlies Großvater? Hatte Theodora sich deswegen in ihn verliebt? An irgendjemanden erinnerte sie der junge Bernhard. Sie würde ja zu gern nachsehen, doch ihr Handy lag neben dem Schlafsofa, und sie wollte Phil nicht wecken. War ja auch nicht so wichtig.

Viel lieber wollte sie endlich erfahren, ob ihr Großvater ein Mörder war. Ob er den Schmuck gestohlen hatte. Oder noch lieber natürlich, dass er das nicht getan hatte.

Ein gemaltes Herz in der Ecke einer der Seiten ließ Charlie genauer hinsehen. Sie überflog den Text. Ein Wort fiel ihr ins Auge, ein sehr kurzes. Es dauerte ein paar Augenblicke, bis ihr klar wurde, dass es sich lediglich um einen Buchstaben handelte. Ein B. Theodora hatte es verschnörkelt und dicker als die restlichen Buchstaben gezeichnet.

Charlies Herzschlag beschleunigte sich. War es das? Auftritt Bernd?

Theodora schien begeistert von ihm zu sein. Der Eintrag war aber auch schon von 1959. Da müsste sie ihren zukünftigen Ehemann bereits kennengelernt haben.

Tatsächlich, schon ein paar Seiten später ging es um Hochzeitsvorbereitungen. Eine Fotografie war eingeklebt. Sie war verblasst und klein, doch das Paar war gerade noch zu erkennen. Auch ohne Lupe sah Charlie, dass es sich durchaus um ihren Großvater handeln könnte. Mit fliegenden Fingern blätterte sie weiter. Ihre Augen flogen nur so über die Zeilen. Und was sie erfuhr, war schrecklicher als alles, was sie sich hätte ausmalen können.

Kapitel 31

Theodora
Juni 1962

»Dora, Kind, du müsstest glücklich sein!« Die Mutter legte ihre Hand auf Doras gewölbten Leib.

»Ich bin glücklich.«

»Das wirkt aber nicht so.« Die Stirn der Mutter war gerunzelt. »Du lässt dich so selten blicken, und wenn, dann schaust du, als gäbe es drei Wochen Regenwetter. Dabei haben wir strahlenden Sonnenschein.« Sie deutete um sich herum in den Garten, als würde Dora die Sonne sonst nicht wahrnehmen, wenn sie sie ihr nicht zeigte. Doch seit wann war schönes Wetter der Garant für ein gutes Leben? In Afrika schien immerzu die Sonne, und die Menschen hatten ganz sicher nicht alle …

Doch Dora zwang ihre Mundwinkel nach oben. Sie spürte Bernds Hand, die ihre hielt und sie drückte, ohne dass es jemand sah.

»Viel besser, Kind! Sonst kommt das Kleine noch zu früh.« Die Mutter klatschte in die Hände und wandte sich an Doras Mann. Seit ihrer Schwangerschaft war er in ihrer Gunst augenscheinlich enorm gestiegen. »Verzeih, dass ich so aufgeregt bin, Bernd. Aber schließlich werde ich zum ersten Mal Großmutter!« Ihr Blick huschte hinüber zu Viktoria und verfinsterte sich.

Nicht sonderlich subtil.

Viktoria rollte genauso wenig subtil mit den Augen, erhob sich und stellte sich hinter den Rollstuhl, in dem Tante Martha in sich zusammengefallen dahockte. »Komm, Tante, ich rolle dich lieber in den Schatten. Damit du nicht noch einen Sonnenstich bekommst.«

Dora sah den beiden nach. Die arme Tante hatte sich nie wieder richtig erholt. Noch etwas, das sie an diesen furchtbaren Abend im November erinnerte. Sie legte ihre Hand auf den Bauch und streichelte ihn. Es könnte Bernds Kind sein. Das war sehr gut möglich. So genau konnte das niemand berechnen, nicht auf den Tag.

Doch insgeheim wusste sie es besser.

Stimmen hallten aus dem offenen Fenster von Vaters Arbeitszimmer. Gelächter. Der Klang der einen Stimme ließ sie erschauern. Sie hatte es vermieden, Bruno seit dieser Nacht erneut zu begegnen. Doch er war ja andauernd hier, um die neue Werbekampagne zu planen. Was hätte sie tun sollen, was sagen? Welchen Grund hätte sie nennen sollen, ihm nicht begegnen zu wollen?

Niemand durfte wissen, was geschehen war. Dann würde er sein Geld aus dem Geschäft ihrer Familie ziehen, und ihr Vater wäre ruiniert. Ihretwegen. Nein, das ging nicht, das würde sie niemals ertragen. Vor allem, wenn er Recht behielt und niemand ihr Glauben schenkte. Das alles hatte er ihr entgegengespuckt, nachdem er in dieser schrecklichen Nacht im Auto mit ihr fertig gewesen war.

Würde das passieren? Und was wäre ihr lieber? Dass man ihr glaubte und sie wie ein rohes Ei behandelte?

Ihr hinter dem Rücken mitleidige Blicke zuwarf? Ihre
Not vielleicht gar nicht richtig ernst nahm, so wie ihre
Schwester, die ja von Brunos üblichem Verhalten ihr
gegenüber wusste? Und wie Bernd reagieren würde ...
er würde Bruno nicht davonkommen lassen, das war
sicher.

Er würde ihn umbringen.

Ihr Mann warf ihr einen liebevollen Blick zu und
legte seine Hand auf ihre, die immer noch den gewölbten Bauch streichelte. Wie schrecklich, wenn er auch
nur auf den Gedanken käme, es könnte nicht sein Kind
sein. Undenkbar.

»Du wirkst blass, Marilyn«, flüsterte er ihr ins Ohr.
»Sollten wir nicht auch in den Schatten gehen? Oder
möchtest du etwas trinken?« Er wirkte so beflissent-
lich, als würde er sofort aufspringen und ihr etwas holen, sobald sie nur mit dem kleinen Finger schnipste.

Sie schüttelte den Kopf. »Nein, nichts zu trinken.
Dann muss ich nur sofort wieder zur Toilette.« Die Ka-
pazität ihrer Blase schien sich halbiert zu haben. »Aber
Schatten wäre wohl ganz gut.«

Sie stemmte sich empor. Sofort ergriff Bernd ihren
Arm und half ihr. Auch die Mutter sprang auf.

»Moment! Wir wollen doch noch Bilder machen! Ein
schönes Bild von den Lamberts, von allen dreien. Dora,
du wirst es bereuen, wenn du kein Bild von dir aus der
Schwangerschaft hast. Und jetzt ist es perfekt. Bevor du
noch mehr zunimmst.«

Hin und wieder kam eben doch noch ihre Mutter
durch, wie sie früher war. Manches änderte sich nie.
Dora sah an sich hinunter. »Ach, ich weiß nicht. Ich

trage heute so ein schlichtes Kleid.« Nur die Blümchen am Bund verliehen ihm etwas Fröhlichkeit.

»Papperlapapp.« Die Mutter schien kurz zu überlegen, griff sich dann in den Nacken und öffnete den Verschluss ihres Colliers. »Das wollte ich dir ohnehin schenken, Dora. Es wird zu deinem Kleid ganz hinreißend aussehen.«

Mit Bernds Hilfe legte Dora die Kette um. Sie schmiegte sich schwer und weich an ihr Dekolleté. Tatsächlich fühlte sich Dora direkt etwas ansehnlicher.

»Aber du sollst mir doch nicht all deinen Schmuck geben, Mutter.« So nach und nach wanderte ein Stück nach dem anderen aus dem Schmuckkästchen der Mutter in Doras Besitz. Sie hatte nur nicht daran gedacht, etwas umzulegen. Für so etwas hatte sie einfach zurzeit keinen Sinn.

Sicherlich würde sich alles bessern, wenn das Kind erst da war. Und dass der Gedanke daran ihr Übelkeit verursachte, lag nur an ihren überbordenden Hormonen.

»Wunderbar!« Mutter klatschte schon wieder. Sie musste in ausgezeichneter Stimmung sein. »Dann machen wir jetzt ein Bild! Stellt euch da drüben hin, bei der Treppe.« Sie zeigte auf den Eingang der Villa.

»Hier, vor die Trauerbuche?« Bernd zeigte auf das niedrige Bäumchen mit den herabhängenden Zweigen.

»Ja, warum nicht?« Die Mutter hatte bereits ihren nagelneuen Fotoapparat umgehängt, mit dem sie seit einigen Monaten experimentierte. Bisher waren Dora und Bernd ihr immer erfolgreich entwischt. Sie öffnete das Objektiv, spähte durch den Sucher und veränderte irgendwelche Einstellungen. Dann wedelte sie mit den

Händen. »Weiter nach rechts rüber. Nein, ich meinte links.«

Irgendwann standen sie richtig. Dora lächelte auf Kommando, und die Mutter drückte auf den Auslöser. Der Apparat klickte, als der Spiegel zur Seite klappte. Dann drehte Mutter an einem Rädchen an der Seite.

»Jetzt Dora allein.«

Bernd trat zur Seite, und die Prozedur wiederholte sich.

»Wunderbar!«, rief die Mutter aus. »Der Film ist voll. Ich freue mich schon so auf das Ergebnis.«

Kaum hatte ihre Mutter sich umgedreht, schwankte Dora leicht hin und her. Bernd stützte sie sofort.

»Ist etwas? Brauchst du einen Arzt?« Er sah sie besorgt an.

»Nein nein. Ich sollte nur kurz meine Beine hochlegen.« Sie lächelte ihn an. »Bringst du mich in die Bibliothek? Da steht ein kleines Sofa.«

Galant geleitete er sie die Eingangstreppe hinauf, durch die Halle in den Raum neben dem Salon. Am Sofa angekommen, ließ sie seinen Arm los und setzte sich. »Vielen Dank.«

Bernd sah sich suchend um. »Rolf Torring finde ich hier wohl nicht, oder?«

Dora musste lachen. »Nein, keine deiner geliebten Groschenhefte. Tut mir leid.«

Bernd zuckte nur mit den Schultern, dann machte er Anstalten, sich einen der Cocktailsessel heranzuziehen.

»Was tust du?«

»Ich leiste dir Gesellschaft. Was dachtest du denn?«

Dora schüttelte den Kopf. »Ach was, das ist nicht nötig. Geh du nur hinaus zu den anderen. Es gibt sicherlich gleich Cocktails und Häppchen.«

»Allein?«

Ein Lächeln huschte über Doras Gesicht. »Das ist jetzt auch deine Familie. Halt dich an Viktoria. Sie vergöttert dich. Und mixt die besten Gin-Fizz.«

Seine Mundwinkel zuckten. »Na gut. Aber wenn du in zwanzig Minuten nicht wieder bei mir bist, komme ich zurück und bringe dir einen Happen. Und auch etwas zu trinken. Ich bin mir sicher, dass diese Villa über hervorragende sanitäre Anlagen verfügt.«

Sie nickte ergeben und legte die Füße hoch. Sie waren geschwollen, die Riemen der Sandalen schnitten tief ins Fleisch.

Bernd wandte sich zur Tür. Auf dem Weg strich er über die alte Bronzestatue von dem Fabelwesen, die sie als Kind so geliebt hatte und neben dem schon wieder ein Tablett stand, auf dem Pralinen der neuen Sommersorte gestapelt waren: weiße Schokolade mit Kokosfüllung.

»Warum hat dieses Pferd ein Horn auf der Stirn?«

Dora lachte auf. »Das ist ein Einhorn, du Dummerchen!«

Er schüttelte den Kopf »Ein ... ein Einhorn?« Dann schnalzte er mit der Zunge. »Sachen gibt's ...« Damit verschwand er.

Mit einem Aufseufzen lehnte Dora sich zurück und schloss die Augen. Sofort ließ der Schwindel, der sie überfallen hatte, als sie diese verhasste Stimme gehört hatte, etwas nach. Sie konzentrierte sich auf ihren Atem. Ein und Aus.

Das beruhigte sie so sehr, dass sie wegdämmerte. Im Halbschlaf vernahm sie Schritte. Jemand murmelte. Schritte entfernten sich in unterschiedliche Richtungen.

Sie döste weiter, träumte von einem Leben als gefeierte Schauspielerin. Ob sie es noch erreichen konnte? Sie war noch jung, und viele Frauen hatten ein Kind und arbeiteten dennoch. Na gut, vielleicht nicht viele, aber doch einige. Mehr als früher, als sie selbst noch ein Kind war.

Sie lächelte bei dem Gedanken an die Möglichkeiten, die sich ihr bieten könnten. Ihre Laune hob sich.

Es klickte leise, und das Parkett ganz in ihrer Nähe knarzte. War das schon Bernd, der gekommen war, um sie zu holen? Sie schlug die Augen auf.

An der Tür stand Bruno und drückte sie ins Schloss. Seine Augen waren auf sie gerichtet. Um seine Lippen lag ein Lächeln, doch es wirkte nicht freundlich. Eher teuflisch.

»Ich habe euch hier hereingehen sehen. Und als nur dieser ungehobelte Kerl wieder hinauskam, wusste ich, dass du mich hier erwarten würdest!« Er machte ein paar schnelle Schritte auf Dora zu.

Sie stemmte sich hoch und versuchte krampfhaft, ihre Beine über die Kante des Sofas zu schwingen. So sehr wie jetzt war ihr der Bauch noch nie im Weg gewesen. Beinahe hätte sie auf das arme Kind in seinem Inneren geflucht.

»Was willst du hier?«, fauchte sie, erstaunlich nachdrücklich für ihre Verhältnisse. »Wag dich noch einen Schritt näher, und ich schreie!«

Er grinste höhnisch. »Und was willst du schreien, meine liebe Theodora? Hilfe, der gute alte Onkel Bruno besucht mich in der Bibliothek?«

Er hatte recht. Sie hatte keine Möglichkeit, ihm hier zu entgehen, ohne Aufsehen zu erregen. »Dann gehe ich eben. Du kannst ja gern hierbleiben.«

Sie versuchte sich hochzustemmen, doch sobald ihre Hände das Polster verließen, plumpste sie hilflos wieder zurück. Sie kam sich vor wie ein Käfer auf dem Rücken. Wie das Insekt aus dieser wunderlichen Erzählung, in das sich ein Mann über Nacht verwandelt hatte. Sie bekam sogar so wenig Luft wie er.

Bruno streckte ihr seine Hand entgegen, doch sie schlug dagegen, so fest sie konnte.

»Na na. Wer wird denn gleich …« Er machte einen Schritt zurück und lehnte sich gegen den antiken Schreibtisch, der in der Mitte des Raumes stand. Das Einhorn schwankte bedrohlich. »Ich wollte dir nur behilflich sein.« Er fixierte ihren Bauch auf eine Art und Weise, dass ihr die Galle hochkam. »Der Mutter meines Kindes werde ich ja wohl noch aufhelfen dürfen.«

Er wusste es! Er ahnte, was sie auch vermutete. Und es machte ihm sichtlich Spaß.

»Dieser ungehobelte Klotz ist eben nicht gut genug für dich. Das war mir gleich klar, sobald dein Vater mir von eurem Missgeschick erzählt hatte. Was war ich erstaunt, als meine Nachforschungen ergaben, dass du in dem Theater, in dem er arbeitet, ebenfalls ein und ausgingst.«

Dora wurde es eiskalt. »Du wusstest von dem Theater?«, entfuhr es ihr. Was mochte er noch wissen? Was hatte er herausgefunden?

»Natürlich.« Er schüttelte den Kopf und machte einen gewollt enttäuschten Ausdruck. »Die Blanche, Theodora? Diese gebrochene Frau? Du solltest dich schämen!«

Der Zorn verlieh Dora neuen Auftrieb. Mit Schwung kam sie auf die Füße. »Die arme Frau ist ebenfalls missbraucht worden! Auch sie hat man vergewaltigt! Ich konnte mich also gut in die Rolle ...«

»Wer spricht denn hier von Vergewaltigung?«, fiel Bruno ihr ins Wort. »Das ist so ein unschöner Begriff. Was zwischen uns ist, kann man nicht in Worte fassen. Das fühlst du doch genauso. Das weiß ich einfach.«

Dora hätte am liebsten vor ihm ausgespuckt. Doch sie besann sich, würdigte ihn stattdessen keines Blickes mehr und wollte an ihm vorbeistürmen, so gut es in ihrem Zustand möglich war.

»Du solltest mir lieber dankbar sein. Ohne mein Eingreifen hättest du diese Rolle noch gespielt. Dann wäre das Verhältnis zu deinen Eltern sicherlich unwiederbringlich geschädigt.«

Es dauerte ein paar Schritte, bis diese Worte in Doras Gehirn ankamen.

»Dankbar?«

Wofür sollte sie ihm dankbar sein?

»Natürlich. Mir hast du es zu verdanken, dass du die Blanche nicht mehr spielen musstest.«

Sie fuhr zu ihm herum. »Wie meinst du das?«

Sein Grinsen ließ ihren Zorn noch weiter auflodern. Dieser Blick aus den blassen Augen unter den hellen Wimpern, mit dem er sie bedachte, als wollte er versuchen, ihre Kleidung damit zu durchdringen, verlieh ihr neue Kraft.

»Nun ja, ein besonnener Bürger musste ja schließlich dafür sorgen, dass die Vorführung abgesagt wird.« Er lächelte überlegen.

»*Du* warst das?« Doras Stimme fühlte sich in ihrer Kehle eiskalt und schneidend an. Jegliches Gefühl verließ ihren Körper. Alles wurde taub.

»Nicht persönlich.« Bruno schien nichts von der Veränderung zu bemerken, die sich in ihr vollzog. »Mein Anwalt hat sich darum gekümmert. Er kennt im Rathaus und auch in der Kirche einige Männer, die er entsprechend beeinflussen konnte.«

Ein gequälter Laut entrang sich Doras Kehle. Wie konnte ein Mensch allein in der Lage sein, ihr ganzes Leben zu ruinieren?

Bruno lachte. »Eines Tages wirst du ...«

Weiter kam er nicht. Mit der Kraft, die der Hass nur einer gedemütigten Frau verleihen konnte, griff sie nach dem erstbesten Gegenstand. Ihre Finger streiften das Einhorn. Sie packte es sicher an den Hinterläufen, riss es in die Höhe und ließ es schwer auf Brunos Schläfe niedersausen.

Er riss die Augen auf. Seine Haut wurde in Sekundenbruchteilen bleich wie eine Wand, bevor sich seine Iriden nach oben verdrehten und er kraftlos zusammensackte.

Dora schlug die Hand vor den Mund und taumelte zurück. Blut war auf ihre Sandalen gespritzt, auf ihre geschwollenen Knöchel und sogar auf ihr Kleid. Die Spritzer fügten sich in das Muster, als gehörten sie dorthin.

Ein dünnes Rinnsal kroch an der Stelle aus Brunos Kopf, an der sie ihn getroffen hatte. Hatte sie wirklich so fest zugeschlagen? Sie konnte sich nicht erinnern.

Doch dazu war sie doch gar nicht in der Lage, oder? Sie war doch nur eine Frau.

Die Statue polterte zu Boden. Dora hätte sich am liebsten daneben fallen lassen. Doch stattdessen humpelte sie auf schmerzenden Füßen zu dem Cocktailsessel, den Bernd nicht wieder zurückgestellt hatte. Ihr Blick fiel auf das Einhorn.

An dessen Horn klebte Blut.

Die Tür sprang auf, und Bernd stand im Rahmen. Sie starrte ihn nur wortlos an. Er blickte zurück, dann zu dem reglosen Mann, der Statue, und zurück zu Dora. Dann schloss er die Tür, verriegelte sie, stürmte auf seine Frau zu und schloss sie in die Arme.

In dem Moment kehrte das Gefühl zurück in Doras Körper. Sie konnte ganz deutlich seine Tränen spüren, die ihren Hals benetzten.

»Was ist nur geschehen? Was hat er dir angetan, Marilyn?«, presste Bernd schließlich mühsam hervor. »Ich wusste, dass mit dir irgendwas nicht stimmt, doch ich wollte, dass du es mir von dir aus sagst!«

Dora schüttelte nur stumm den Kopf. Nein, sie würde ihrem Mann nicht davon erzählen. Nicht von der Vergewaltigung. »Er war es«, flüsterte sie dann. »Ihm hat die Produktion es zu verdanken, dass sie abgesagt werden musste!« Er hatte ihre Rolle auf dem Gewissen, ihre Karriere, ihr Glück!

Bernd löste sich von ihr, und sie trocknete mit einem Zipfel ihres Kleides seine Tränen.

»Dieser Mistkerl.« Seine Stimme war tonlos, doch voller Wut.

»Ja«, sagte Dora, und ihr wurde klar, dass er die Wahrheit ahnte.

Bernd erhob sich und näherte sich vorsichtig dem reglosen Körper am Boden. Er vollzog dabei einen regelrechten Slalom durch den Raum. Erst nachdem er der Statue ausgewichen war, erkannte Dora, dass er nur darauf achtete, in keinen Blutfleck zu treten.

»Ist er tot?«, wisperte sie, nachdem Bernd sich neben Brunos Kopf niederhockte.

Ihr Mann nickte. Dann sah er sich die Wunde genauer an. Sein Blick fiel auf die Statue. »Das Horn muss in seine Schläfe eingedrungen sein. Der Schädelknochen ist dort nicht so stark.«

Dora schlug die Hände vors Gesicht und drängte die bittere Galle zurück, die in ihr aufstieg. Das hatte sie nicht gewollt. Sie würde das Einhorn nie wieder so ansehen können wie bisher. Vermutlich würde sie das ohnehin nie wieder tun können. Es war ja jetzt ein Beweisstück, und sie würde ihr Kind sicherlich im Gefängnis zur Welt bringen.

Und das zu Recht.

Ein Zittern überfiel sie. Sie hatte ein Leben genommen, das Leben eines Menschen. Auch nach alldem, was Bruno ihr angetan hatte: Wie sollte sie nur damit weiterleben?

»Wird man mich einsperren?«, fragte sie tonlos. Dabei kannte sie die Antwort bereits. Das würde all das Geld ihrer Familie nicht verhindern können.

»Auf keinen Fall!« Bernd richtete sich auf. »Nicht, wenn ich es verhindern kann.«

In Dora bahnte sich ein Schluchzen seinen Weg. »Wie willst du das verhindern, mein Liebster?«

Einige Minuten lang starrte ihr Mann nur vor sich hin. Dann ging ein Ruck durch ihn. Mit schnellen Schritten war er bei ihr.

»Dora.« Wenn er sie bei ihrem echten Namen nannte, musste es ernst sein. »Ich werde jetzt verschwinden. Du wartest zwanzig Minuten, dann schlägst du Alarm.«

»Alarm?« Sie konnte ihm nicht folgen.

»Du rufst um Hilfe. Wenn jemand kommt, weinst du und sagst, ich wäre ausgerastet und hätte den Mann angegriffen. Dann hätte ich dich betäubt.«

»Betäubt? Angegriffen ...?« Langsam verstand sie, worauf er hinauswollte. »Nein, mein Liebster! Das werde ich nicht tun!«

Er ergriff ihre Hände und drückte sie fest in ihren Schoß. »O doch, das wirst du.« Sein Blick war fest. »Ich tauche unter, so gut ich kann. Bis die Polizei mich verfolgt, habe ich Köln längst verlassen.«

»Und wohin wirst du gehen? Wo kann ich dich finden?«

Er schüttelte den Kopf. »Nirgends.«

»Bernd!«

Er strich ihr die Haare aus dem Gesicht. »Ich werde dich finden, meine Liebste. Ich werde dich zu mir holen. Sobald sich die Lage beruhigt hat, werde ich dir ein Zeichen schicken.«

»Die Lage sich beruhigt hat?« Sie konnte sich nicht vorstellen, dass das jemals der Fall wäre.

»Wir müssen geduldig sein.«

Geduldig. Sie erschauerte, wenn sie an das Kind dachte. Bisher hatte sie den Gedanken nur ertragen, weil sie wusste, dass sie damit nicht allein war. Und nun wollte Bernd sie verlassen, um was zu tun? Sie zu schützen?

»Du willst das auf dich nehmen? Für mich?«

»Für dich und unser Kind. Du bist meine Frau. Das ist meine Pflicht.« Er sah bei diesen Worten tapfer aus.

»Nein! Deine Pflicht ist es, bei mir zu sein!«

Er nickte, dann küsste er ihre Hände. »Das werde ich. Irgendwann.«

»Jetzt! Immer!« Tränen liefen über ihre Wangen. »Ich kann das ertragen, Liebster! Ich kann alles ertragen, solange du nur bei mir bist!«

Er sah sie traurig an. »Ich fürchte, bei dir zu sein, ist eine Option, die wir im Moment unter keinen Umständen haben.« Er warf noch einen Blick auf die Leiche.

Dora drehte sich der Magen um. Sie würgte und musste den Reiz, sich zu übergeben, niederkämpfen. »Bernd ...«

Ihr Mann erhob sich. »Ich muss gehen. Geliebte Marilyn! Ich werde dir eine Nachricht zukommen lassen, sobald ich kann.«

»Wie kann ich dich erreichen?«

Er schüttelte den Kopf, ohne etwas zu sagen.

»Bernd!« Ihre Stimme wurde schrill.

»Ein Postfach. Ich werde dir ein Postfach nennen, sobald es geht. Aber nur ein einziges Mal werde ich dort nachsehen. Wir dürfen kein Risiko eingehen.«

Er ließ ihre Hände los. Sie war nicht in der Lage, ihn zu halten. Schon bewegte er sich in Richtung Tür.

»Warte, rief sie ihm nach und nestelte an dem Verschluss ihrer Kette. »Nimm wenigstens das hier mit. Du wirst Geld brauchen und kannst es verkaufen.«

Er schüttelte den Kopf, doch sie nickte nachdrücklich.

»Nimm!«

»Also gut.« Er schnappte sich die Kette, hauchte ihr einen letzten Kuss auf die Stirn und verschwand durch die Tür. Sie hörte, wie er sie von außen abschloss. Das würde ihm zusätzliche Zeit verschaffen und ihr zusätzliche Glaubwürdigkeit.

Ein Zittern erfasste ihren Körper, als ihr bewusst wurde, mit wem er sie soeben eingesperrt hatte. Mit was. Dieses Zittern würde sie sicher noch Wochen, Monate begleiten.

Sie sah den leblosen Körper an. Was, wenn es nie mehr verschwand?

Kapitel 32

»Charlie?«

Eine leise Stimme drang in ihr Bewusstsein, und etwas schüttelte ihren Körper. Sie wedelte mit der Hand, so wie sie es tat, wenn sie eine lästige Fliege verscheuchen wollte. Es funktionierte nicht. Doch sie hatte es hier auch auf keinen Fall mit einer Fliege zu tun.

»Charlie, wach auf!«

Sie kroch von der Störquelle weg und zog sich die Decke über den Kopf. »Nur noch fünf Minuten ...«, murmelte sie. Ihre Augen ließen sich partout nicht öffnen. Doch ob es in fünf Minuten besser wäre? Das wagte sie zu bezweifeln.

»Kann ich dich mit Kaffee locken?«

Die Worte sickerten langsam zu ihr durch. Kaffee, das klang gut. Sinnvoll. Brauchbar. »Hm«, machte sie vorsichtshalber. Das Rütteln stoppte, der Störenfried schien sich zu entfernen.

Etwas brummte laut, nicht allzu weit entfernt. Langsam schob sie ihre Nase ins Freie. Schon wallte der aromatische Duft frisch gemahlener Bohnen zu ihr. Sie atmete tief und sog ihn ein.

»Ach, da steckt ja tatsächlich ein Mensch unter der Decke. Ich dachte schon, ich hätte mich geirrt.«

Charlie schaffte es, eines ihrer Lider zu öffnen. Eine Tasse wurde vor ihr abgestellt, aus der eine feine Dampfsäule aufstieg.

»Ich habe auch Toast. Willst du?«

»Hm«, gab sie erneut von sich, nachdem es das erste Mal schon so gut funktioniert hatte. Dann tastete sie nach der Tasse. Ihr Inhalt duftete wirklich hervorragend. Sie nahm einen Schluck und seufzte wohlig. Jetzt ließ sich auch das andere Lid öffnen. Sie schielte in den Küchenbereich hinüber, in dem Phil fleißig werkelte. Der Toaster schoss mit einem Ruck zwei Scheiben Brot in die Höhe.

»Käse oder Marmelade?«

Charlie nahm noch einen Schluck Kaffee, bevor sie antwortete. »Wieso oder?« Sie räusperte sich. Ihre Stimmbänder waren wohl noch nicht ganz wach.

»Sehr gute Antwort.« Phil stapelte Gläser, Teller und Dosen auf ein Tablett und trug es zum Couchtisch. Er stellte es vor ihr ab und betrachtete sie mit gekräuselten Lippen. »Habe ich so schlimm geschnarcht?«

»Wie bitte?« Charlie, deren Aufmerksamkeit gerade von Toast und ihrer Lieblingserdbeermarmelade in den Bann gezogen wurde, fuhr herum. »Du hast gar nicht geschnarcht.« Das war zwar nicht ganz richtig, aber sein leises Säuseln war es ja nicht gewesen, was sie ins Wohnzimmer gejagt hatte.

»Du hättest ansonsten auch einfach in meinem Bett ...« Betreten sah Phil zu Boden.

Wenn Charlie nur wüsste, was er ihr gegenüber empfand. So richtig wurde sie aus seinem Verhalten nicht schlau. Wenigstens wurde er bei dem Gedanken von ihr in seinem Bett nicht rot.

»Nein, wirklich. Ich bin irgendwann aufgewacht und konnte nicht wieder einschlafen. Und da habe ich mir gedacht, kann ich mich auch nützlich machen.«

Ihr Blick wanderte über das Sofa. Wo war denn nur Theodoras Tagebuch? Sie konnte es nicht entdecken. Ihr Kopf bewegte sich hektisch hin und her.

»Nützlich machen?«

Sie nickte und stellte die Tasse ab. Dann stand sie auf und schüttelte die Decke aus, schob ihre Hand in die Ritze hinter der Sitzfläche, zwischen die Kissen. Nichts.

»Was ist denn?« Jetzt stand auch Phil auf und trat ein paar Schritte zur Seite, als wollte er sich in Sicherheit bringen.

Charlie fiel auf die Knie. Schaute unter das Sofa, dann unter den Tisch ... und atmete auf. Da lag es, das Heft, aufgeklappt auf dem Gesicht. Nicht schön, diese Behandlung. Es tat Charlie in der Seele weh. Sie angelte es hervor.

»Was?« Phil näherte sich wieder. »Du hast ohne mich angefangen?«

Charlie nickte. Bei dem Gedanken an das, was sie ihrem neuen Komplizen zu berichten hatte, wurde ihr ganz anders.

»Hab so ziemlich alles überflogen, seit deine Oma meinen Opa getroffen hat.«

Phil ließ sich ins Polster sinken und zog die Füße an. Er trug immer noch seine Schlafsachen. Zum Glück, dann kam sie sich jetzt nicht so unpassend gekleidet vor. Doch wo sollte sie mit ihrer Zusammenfassung beginnen?

»Jetzt sag schon.« Phil stupste sie an und nahm dann einen Schluck aus seiner Tasse. »Weißt du, was mit dem Schmuck passiert ist?«

Charlie wiegte den Kopf. »Ja. Jein. Nicht direkt.« Sie schluckte, wenn sie an Theodora dachte und an das, was sie mitgemacht hatte. »Aber jedenfalls scheint es so zu sein, also, nach Theodoras Bericht, dass nicht mein Opa diesen Freund der Familie umgebracht hat.«

Phil riss die Augen auf. »Was? Da drin steht, wer der Mörder ist? Und ... wenn meine Oma das wusste, warum hat sie es nicht gesagt?«

Charlie hob die Hände. »Moment. Da muss ich erst weiter ausholen.«

Was sollte es, irgendwann musste er es ja ohnehin erfahren. Also berichtete sie von der Hochzeit der beiden, mit der Theodoras Eltern nicht einverstanden gewesen waren, von der Übernahme des Namens, durch die Bernd sie hatte besänftigen können, und dann auch von dem Geschäftspartner. Wie er sich Theodora wiederholt genähert, sie immer wieder belästigt hatte, bis es schließlich zum Äußersten gekommen war. Nur von dem Verdacht, der sich seit der Lektüre in ihr regte, berichtete sie nichts.

Phil sah sie nur stumm an, nickte hin und wieder und biss von seinem Toast ab. Er schien sehr nüchtern mit ihren Eröffnungen umzugehen.

»Und irgendwann hatte Theodora so eine Angst vor ihm, dass sie ihn mit einer schweren Statue erschlug. In der Bibliothek. Das war, nachdem sie schon mit deiner Mutter schwanger war.« Charlie zuckte mit den Achseln. »Sicher tat sie es, um ihr Kind zu schützen.«

Es gab keine Möglichkeit, das anders auszudrücken. Das würde auch nichts ändern.

»Sie hat ihn umgebracht, diesen Geschäftspartner. Bernd, also mein Opa Bernhard, hat sie gefunden. Er hat sie beruhigt und gesagt, dass er sich um alles kümmert. Und dann ist er geflohen, als ob er der Mörder sei. Sie hat ihm wohl ihr Collier mitgegeben, damit er es verkaufen und sich damit die Flucht ermöglichen konnte. Obwohl er sich gesträubt hat.« Sie schluckte. »Und er hat es behalten. All die Zeit. Hat es nie verkauft.«

Phil rieb sich mit der Hand über die Stirn. »Deshalb hat sie sich also umgebracht. Nicht, weil ihr Mann ein flüchtiger Mörder war und sie die Schmach nicht ertragen hat. Sondern weil sie selbst die Mörderin war und es nicht ertragen konnte, dass er ihretwegen auf der Flucht war.«

»Sie hat einen Brief hinterlassen, in dem sie alles klargestellt hat.«

»Davon weiß ich nichts.« Phil starrte in die Tasse. »So wie ich meine Familie kenne, haben ihre Eltern den verschwinden lassen.«

»Du meinst, die wussten davon?« Insgeheim hatte Charlie das auch vermutet. Doch es war besser, wenn er das aussprach.

»Du nicht?«

Sie wiegte den Kopf. »Doch, schon möglich. Aber auch wenn wir jetzt wissen, was geschehen ist: Wo der restliche Schmuck deiner Oma gelandet ist, wissen wir damit immer noch nicht.«

»Aber wir wissen, dass unser Opa ihn nicht gestohlen hat.« Phil warf ihr einen Blick zu, aus dem Wärme sprach.

Dann veränderte sich der Ausdruck in seinen Augen und wurde ein paar Grad kälter.

Charlie fröstelte unwillkürlich. Wenn sie nur wüsste, was damals genau geschehen war. Die Sachen, die nicht im Tagebuch standen, oder allerhöchstens zwischen den Zeilen. War Frieda, Phils Mutter, wirklich die Tochter von Bernd?

Ob sie eine DNA-Analyse in Auftrag geben sollte? Doch das dauerte sicher ewig und überstieg noch sicherer ihre finanziellen Möglichkeiten. Und wozu? Nur um Phil sagen zu müssen, dass er vielleicht in übernächster Generation von dem Vergewaltiger abstammte? Sie schluckte.

»Und über den Schmuck steht da wirklich gar nichts?«, riss Phil sie aus ihren Gedanken.

Charlie schüttelte sich. »Ähm ... doch, schon. Deine Großmutter hat ihn direkt nach der Tat zur Seite geschafft und schließlich vergraben. Für Bernd.«

Sie berichtete, was sie im letzten Eintrag gelesen hatte. Die Details, wie die blutigen Blasen an den Fingern, den Schmutz und die Tränen, die ihr die Sicht vernebelt hatten, ließ sie allerdings aus. Hoffentlich würde er das niemals nachlesen. Wenn sogar ihr das Herz schmerzte, sobald sie daran dachte, was diese Frau durchgemacht hatte, wie musste es ihm dann dabei gehen? Phil lehnte sich zurück und richtete den Blick in die Ferne. »Hm. Dann könnte dein Großvater doch im Besitz des Schmucks sein. Also ... wenn sie ihm eine Nachricht geschickt hat, wo er zu finden war.«

»Ja, könnte er.« Charlie legte den Kopf schräg. »Aber das glaube ich nicht. Da war nichts. Und die Kette deiner Oma hatte er ja auch nicht zu Geld gemacht.«

»Vielleicht ist die Kohle dabei draufgegangen, um sich eine neue Identität zuzulegen.«

»Die Sache müsste zu dem Zeitpunkt doch schon längst gelaufen gewesen sein. Außerdem sollte er sich den Schmuck ja holen, nachdem Doras Geständnis bekannt geworden wäre und ihn entlastet hätte. Das ist niemals passiert.«

»Und heimlich?«

»Das kann ich mir eigentlich nicht vorstellen.« Auch wenn Charlie sich mit ihrem Opa nie so richtig verstanden hatte, eins war er nicht gewesen: geldgierig. Und aus den Einträgen von Theodora hat sie ihn als einen ganz anderen Menschen kennengelernt. Anfangs hatte sie gar nicht glauben können, dass dieser Bernd wirklich ihr Opa Bernhard gewesen sein sollte. So liebevoll und lebensfroh. Optimistisch.

Wie ein Blitz durchzuckte Charlie die Erkenntnis. Was er später war, war er erst durch das geworden, was Theodora geschehen war. All seine Eigenheiten, die sie immer so an ihm verachtet hatte, hatten ihren Ursprung in seiner Geschichte. In der Tatsache, dass seine geliebte Frau Opfer von sexueller Gewalt geworden war und er es nicht hatte verhindern können.

Er wollte dich immer nur beschützen!

Mit einem Mal schämte sie sich für das, was sie ihrem Opa gegenüber immer gedacht hatte. Doch sie hatte es ja nicht gewusst.

»Na gut.« Phil zog sein Knie an und umarmte es. »Also, wenn er den Schmuck nie gefunden hat ... dann könnte er immer noch da sein, wo Oma Theodora ihn versteckt hat, meinst du?«

Charlie nickte. »Meine ich.«

»Und es muss an einer Stelle sein, die sie gut erreichen konnte.« Er kratzte sich am Kinn. »Irgendwo in der Villa?«

»Es muss auch eine Stelle sein, die mein Opa hätte erreichen können. Und wo sie sich die Hände schmutzig gemacht hat.«

»Ah, richtig. Dann vielleicht eher draußen.«

»In eurem Garten?« Charlie kaute auf der Unterlippe. »Wie wahrscheinlich ist es, dass das bisher niemals jemand gefunden hat?« Dann merkte sie, wie sich ein Grinsen auf ihr Gesicht stahl. »Oder hattet ihr mal einen Gärtner, der spontan seinen Job gekündigt hat und seitdem auf den Malediven lebt?«

Phil lachte auf. »Daran müsste ich mich doch erinnern.« Dann wurde er wieder ernst. »Nein, ich fürchte nicht. Vermutlich müssen wir erst den Hinweis finden, den meine Oma deinem Opa geschickt hat.« Sein Blick wanderte zu ihr und blieb auf ihrem Gesicht hängen. »Was wird deine Oma wohl sagen, wenn wir ihr ganzes Haus auf den Kopf stellen?«

»Sie wird nicht begeistert sein«, murmelte Charlie nachdenklich. Ein Gedanke schlich sich in ihr Gehirn und rüttelte an ihren grauen Zellen. »Warte mal. Wo ist das Tagebuch?«

Phil lehnte sich zurück und nahm es von dem Beistelltischchen, auf dem er es wohl vor eventuell verschüttetem Kaffee in Sicherheit gebracht hatte. »Hier.« Mit gehobenen Brauen reichte er es ihr.

»Vielleicht habe ich irgendwas übersehen«, beantwortete sie die Frage, die er nicht gestellt hatte.

Sie blätterte zum Ende. Zu der Seite, auf der Theodora von ihrem gefassten Plan berichtet. Sie schreibt so neutral, doch Tropfen hatten das Papier getroffen und die Tinte stellenweise verschmiert. Und das war sicherlich kein Wasser gewesen.

»Hm. Sie will ihm etwas schicken, was er nicht mehr zu Gesicht bekommen hatte.«

»Meine Mutter?« Phil lachte auf. »Na, das wäre ja ein Spaß geworden!«

»Vielleicht nicht deine Mutter persönlich. Aber vielleicht … keine Ahnung. Ein Bild von ihr?« Der Gedanke rüttelte kräftiger.

»Hatte er so etwas vielleicht in seinem Portemonnaie? Weißt du das?«

»Nein. Weiß ich nicht.« Aber sie wusste, wer es vielleicht wissen könnte. Sie atmete tief ein und ließ zischend die Luft entweichen. »Weißt du was? Ich rufe meine Oma an.«

»Du willst sie fragen, ob ihr Mann ein Bild von einem Mädchen im Portemonnaie hatte, das vielleicht seine Tochter aus erster Ehe ist?«

Charlie runzelte die Stirn. Er zog also ebenfalls die Möglichkeit in Betracht, dass seine Mutter ein ungewolltes Kind aus der Vergewaltigung war. Sie hatte nicht gewagt, es anzusprechen.

»Ich würde es vielleicht ein wenig anders formulieren. Aber ja, so ungefähr.« Sie hatte schon ihr Telefon in der Hand und wählte den Kontakt ihrer Oma.

Es klingelte. In Gedanken zählte Charlie bis zwanzig. Niemand ging ran. Sicherlich hatte ihre Oma das Telefon wieder tief in ihrer Handtasche vergraben und würde erst heute Abend sehen, dass sie versucht hatte, sie zu erreichen. Oder der Akku war leer und das Ding ganz aus. Ach nein, dann würde es ja nicht klingeln.

In dem Augenblick knackte es im Hörer. Eine Stimme meldete sich. »Dies ist die automatische Mailbox von …« Dann eine Pause, bevor die Stimme von Oma erklang. »Ruth.«

Charlie legte den Finger aufs Mikro. »Mailbox«, flüsterte sie. Na toll. Sie konnte unmöglich ihrer Oma auf die Mailbox sprechen, dass sie eine Stieftochter haben könnte. Allerdings … über Phils Existenz würde sie sich in jedem Fall sehr freuen. Verwandtschaft hin oder her.

Phil schüttelte in einer schnellen Bewegung den Kopf. Seine Lippen formten stumm ein Wort. »Nicht.«

Sie hob beschwichtigend die Hand, wartete den Ton ab, nach dem sie sprechen durfte und schluckte.

»Hallo, Oma? Hier ist Charlie. Du, eine Frage: Hatte Opa eine Fotografie von einem fremden Kind im Portemonnaie? Einem Säugling? Das Bild müsste schon recht alt sein, sechzig Jahre oder so. Ich erkläre dir später genau, worum es geht … Könntest du mich bitte zurückrufen?« Sie leckte sich die Lippen. Warum war ihr Mund nur so verdammt trocken? »Ich liebe dich, Oma«, setzte sie noch hinzu, dann machte sie ein Kussgeräusch und unterbrach die Verbindung.

»Gut umschifft.« Phil sah sie an und lächelte. »Dann heißt es jetzt also warten, was?«

»Sieht so aus.«

Doch der Gedanke nagte und nervte immer noch. Als wollte er Charlie auf etwas aufmerksam machen. Etwas, das sie übersah. Es musste einfach ein Foto sein, oder etwa nicht?

Sie nahm erneut Theodoras Aufzeichnungen zur Hand. Wie genau hatte sie es formuliert?

»Ich schicke ihm einen Hinweis, den er verstehen wird. Die Entwicklung war natürlich nicht mehr rechtzeitig. Doch es zeigt unser letztes Glück.«

»Entwicklung?« Phil stand auf und ging in die Küche, um sich noch einen Kaffee zu holen. Während das Mahlwerk dröhnte, hob er seinen Becher und zeigte dann auf Charlies. »Du auch noch?«

Sie schüttelte den Kopf und merkte erst jetzt, dass sie die Worte wohl laut vorgelesen hatte.

»Entwicklung deutet ja tatsächlich auf ein Foto hin, oder? Im ersten Moment hatte ich an die Entwicklung einiger Ereignisse gedacht, doch zu deren Zeit wurden Fotos ja noch entwickelt. So richtig mit Vergrößerer, Papier und Chemikalien.«

»Also wirklich ein Bild von meiner Mutter?« Phil verzog den Mund, als könnte er sich gar nicht vorstellen, wie eine Aufnahme seiner Mutter erstrebenswert sein könnte.

Ein tiefes Gefühl des Verständnisses breitete sich in Charlie aus. Sie beide verstanden sich nicht sonderlich gut mit ihren Eltern. Doch immerhin hatte sie ihre Oma. Und wen hatte Phil?

Sofort fühlte sie sich ihm noch enger verbunden.

»Deswegen auch *unser Glück*, meinst du?«, fragte sie und überlegte. Das deutete dann doch ganz klar darauf hin, dass Bernd der Vater von Frieda war, egal wie ihr das nun gefiele. Doch irgendetwas störte sie. Etwas, das nicht mit Bernds – oder Bernhards – Vaterschaft zu tun hatte.

»Die Entwicklung nicht mehr rechtzeitig«, murmelte sie. Und dann noch einmal, Wort für Wort: »Die Entwicklung ... nicht rechtzeitig.« Diese Wortwahl ... passte das?

»Das klingt doch, als hätte er auf diese Entwicklung gewartet. Wenn es um ein Foto von Frieda ging, dann hätte er davon doch gar nichts mitbekommen, wenn sich die Entwicklung verzögert hätte.«

Phil schüttete Milch in seine Tasse und rührte. Der Löffel verursachte ein klingendes Geräusch, wenn er den Rand traf. »Und was meinst du dann?«

Etwas rastete in Charlies Kopf ein. Es fühlte sich an wie ein verklemmtes Zahnrad, das sich löste. Die Maschinerie kam in Gang, Worte flossen. Worte, die sie gelesen hatte. Letzte Nacht.

»Das Sommerfest!«, rief Charlie aus und sprang auf. »Das Foto!« So schnell sie konnte, lief sie in Phils Arbeitszimmer.

»Welches Sommerfest?«, rief ihm Phil hinterher.

Doch sie antwortete nicht. Mit rasendem Herzen suchte sie nach ihrer Handtasche. Da lag sie, neben dem Stuhl.

»Und welches Foto?« Phil war in der Tür aufgetaucht, die Tasse mit der dampfenden Flüssigkeit in der Hand. Er pustete hinein, bevor er hinzusetzte: »Kannst du dich mal kurz beruhigen, damit ich auch verstehe, was in dir vorgeht?«

»Ähm, ja ... Moment.« Ihre Finger wühlten sich zittrig durch den Inhalt ihrer Handtasche. Natürlich konnte sie ihr Notizbuch auf die Schnelle nicht finden. Kurzerhand kippte sie die Tasche um und verteilte den Inhalt auf der zerwühlten Bettdecke.

»Verdammt!« Das Buch war nicht darunter.

Phil ergriff ihren Arm. »Okay, was suchst du? Nur damit ich dir helfen kann.«

»Mein Notizbuch!« Charlies Blick schweifte umher. Wo hatte sie es denn zuletzt gehabt? Nicht hier? Doch auf dem Tischchen lag es nicht. Auch nicht auf dem Schreibtisch.

»Ach so. Sag das doch.« In aller Ruhe nahm Phil einen Schluck und grinste dabei in seine Tasse. »Das habe ich vorhin doch mit ins Wohnzimmer genommen. Es lag auf dem Bett, und ich wollte nicht, dass es zerknickt oder so.«

»Was hast du?« Unsanft schob Charlie ihn zur Seite, um an ihm vorbeizustürmen. Wenn er doch endlich den Ernst der Lage erkennen würde!

Immerhin folgte er ihr. »Da, auf dem Couchtisch.«

»Ja, jetzt sehe ich es auch!« Schon hatte sie es in der Hand. Ihre Finger flogen nur so durch die Seiten.

»Hättest du dich nicht unter der Decke verkrochen, hättest du es vorhin schon gesehen. Als ich es fast vor deiner Nase abgelegt hab.«

Charlie sah ihn nicht an, doch seinem Tonfall nach grinste er. Vor ihrem inneren Auge tauchte das Bild von Lupin auf, der Fujiko schelmisch zuzwinkerte, während diese gerade dabei war, den Fall zu lösen. Den Schatz zu finden. Und jetzt war sie Fujiko. Und sie löste dieses verdammte Rätsel!

Endlich rutschte das Foto von ihrem Opa und Theodora zwischen den Seiten hervor. Sie hatte es wohl beim letzten Mal auf der anderen Seite hineingesteckt: ganz vorn statt ganz hinten. Sie ließ ihr Notizbuch fallen und hielt die Aufnahme triumphierend in die Höhe. »Ha!«

»Was, ha?« Phil nahm sie ihr ab. »Die Aufnahme kennen wir doch schon längst.«

»Ja. Aber da wussten wir noch nicht, dass hier drauf der Ort verzeichnet ist, an dem deine Oma ihren Schmuck verbuddelt hat!«

»Ist er?« Phil wirkte weniger überzeugt und beäugte das Bild von allen Seiten. »Hier steht doch gar nichts drauf.«

Damit hatte er allerdings leider recht. Trotzdem ...

»Da muss ein Hinweis drauf sein. Anders ist es nicht zu erklären!«

»Wieso nicht?«

»Na, weil dieses Event am Tag des Mordes stattgefunden hat. Und woher sollte mein Opa bitteschön ein Bild davon besitzen, wenn es noch gar nicht entwickelt worden war, als er fliehen musste?«

»Aaah!«, machte Phil und zog den Laut in die Länge. »Die Entwicklung war nicht rechtzeitig.«

»Ja! Es steht sogar im Buch, dass sie ihm das Bild schicken wollte. Ich war nur zu blind, um es zu erkennen.« Am liebsten hätte Charlie sich mit der flachen Hand gegen die Stirn geschlagen.

»Okay. Dann hat sie Bernhard das Bild also später zukommen lassen.«

»Genau. An das Postfach, das er ihr genannt hat. Sie hat den Brief von ihm vernichtet, wie er es sich gewünscht hatte, deshalb weiß ich nicht, wie die Adresse lautete. Doch im Tagebuch war von einem Postfach die Rede.«

»Okay. Dann gehen wir mal davon aus, dieses Bild ist es, wonach wir gesucht haben. Abgesehen davon, dass wir es peinlicherweise die ganze Zeit vor der Nase hatten: Was soll es uns sagen?«

Charlie streckte die Hand aus. »Gib noch mal.«

Doch er hatte natürlich recht. Wie sollte sie erkennen, wo sich das Versteck befand, wenn es Phil schon nicht gelang? Immerhin kannte er den Garten der Villa viel besser als sie. Dennoch studierte sie die Aufnahme ganz genau.

»Ob da irgendwo was in Geheimschrift verzeichnet ist? Mit Geheimtinte oder so?«

»Du meinst so etwas wie Zitronensaft? Dann brauchen wir Hitze, oder?« Phil runzelte die Stirn. »Das ist sicher nicht so gut für ein altes Foto. Und dieses hier ist ja schon sehr ramponiert.«

»Ja. Dann heben wir uns das für später auf. Wenn wir nicht mehr wissen, was wir tun sollen.«

Wobei dieses *später* früher passieren könnte, als ihnen lieb war.

Charlie hielt das starre Stück Pappe gegen das Licht, in der Hoffnung, dass so auf magische Weise Buchstaben auf der Rückseite auftauchten. Natürlich geschah das nicht. Nur ein Lichtstrahl verirrte sich durch das kleine Loch im Bild, das ihr schon früher aufgefallen war. Vielleicht auf der Vorderseite? Sie drehte es. Der Lichtstrahl bohrte sich nun direkt unter der Trauerbuche, die Phil wiedererkannte hatte, in die Erde.

Und alles fügte sich.

Natürlich! Der Baum! Charlie schloss die Augen. Öffnete sie wieder.

»Mann, sind wir doof!«, entfuhr es ihr.

»Entschuldigung?« Phil trat näher. »Sprich nur für dich.« Doch sein Tonfall legte nahe, dass er nicht sauer war, sondern einfach nur an ihren Erkenntnissen teilhaben wollte.

Charlies Fingerspitze legte sich auf das Loch.

Phil nickte. »Mann, sind wir doof«, wiederholte er und grinste sie an. »Wir werden Schaufeln brauchen.«

Kapitel 33

Theodora
Köln, September 1962

Dora wiegte das Kind in ihren Armen. Es weinte, doch nicht besonders schlimm. Jedenfalls verspürte sie nicht die Besorgnis einer Mutter, von der ihr alle immer berichtet hatten. Dieses Wissen, ob es dem eigen Fleisch und Blut gutging oder nicht. Oder konnte nur sie es nicht spüren?

In ihrer Kehle baute sich Druck auf. Wie ein dicker Kloß, den sie nicht herunterwürgen konnte. Es berührte sie einfach nicht so, wie es bei einer Mutter der Fall sein sollte. Das war es, das war das Problem.

Auch ohne es genau zu wissen, ohne es jemals wirklich wissen zu können, fühlte sie, dass es kein Kind der Liebe war. Und dass sie es nicht ertragen würde, es aufwachsen zu sehen. Wieder nahm sie die Zeitschrift zur Hand. Der Artikel mit der Aufnahme dieser wunderschönen Frau mit den hellen, fast weißen Haaren und den roten Lippen. Auch wenn sie auf dem Bild nicht rot aussahen, sondern dunkel. Dora konnte immer noch nicht glauben, dass sie wirklich tot sein sollte. Gestorben, auf dem Höhepunkt ihrer Karriere.

Doch wenigstens hatte sie eine gehabt.

Sie hatte die Zeitschrift aufgehoben, das Mädchen angewiesen, sie nicht wegzuwerfen. Immer wieder sah sie sich diese Fotografie an, seit Wochen schon. Ein Seufzen entfuhr ihr.

Dann erst merkte sie, dass das Kind verstummt war. Die Äuglein waren geschlossen, und es schnaufte leise. Endlich. Dora legte es in die Wiege, die an ihrem Bett stand. Sofort gab es ein leises Murren von sich, schlief aber weiter. Vorerst.

Dora seufzte. Sie hätte nie gedacht, dass Neugeborene so viele Geräusche von sich gaben, egal ob wach oder im Schlaf. Noch etwas, das nicht so war, wie sie es sich vorgestellt hatte. Wie ihr ganzes Leben eigentlich.

Dabei hatte es so vielversprechend angefangen.

Ihr Blick fiel auf ihre Nägel. Immer noch befand sich ein schwarzer Rand an dem des Daumens, den sie einfach nicht hatte sauber schrubben können. Doch das war jetzt vermutlich auch gleich. Morgen würde es sie nicht mehr kümmern.

Eine Weile betrachtete sie noch das kleine Geschöpf, lauschte auf die Laute, die es von sich gab, und fühlte nichts dabei. Nein, ihre Entscheidung war die richtige. Sie musste es tun, es gab keinen anderen Ausweg. Sie konnte weder zulassen, dass alle ihren Bernd für einen Mörder hielten, noch konnte sie mit der Schmach und der Schuld leben, dass alle die Wahrheit erfuhren.

Sie wandte sich ab und setzte sich an das Pult, das in ihrem Schlafzimmer stand, seit sie denken konnte. Hin und wieder hatte sie es zum Schreiben genutzt, doch meistens hatte sie sich nur daran geschminkt und frisiert. Zum Ausgehen, für die Theaterproben in der Schule, im Kammertheater und auch für all die heimlichen Vorsprechen.

Gut, dass ihre Eltern sich hauptsächlich für das Familiengeschäft interessierten. Sie hatten nie etwas mitbekommen von dem, was in ihrem Leben vorging. Auch jetzt nicht.

Sie schob die Kämme, Bürsten, Bänder und Tiegel beiseite und nahm das abgegriffene Heft aus der kleinen Schublade unter der Arbeitsfläche. Ein Bleistift lag auch da. Tinte hätte sie dramatischer gefunden, dem Anlass angemessener. Doch auf keinen Fall wollte sie hinunter in die Bibliothek oder über den Flur in Vaters Arbeitszimmer gehen und sich einen Füllfederhalter holen. Wenn sie jemandem begegnete, würde sie das nicht ertragen.

Viel wichtiger war: Ihre Entschlossenheit könnte ins Wanken geraten. Ihre Schwester Viktoria müsste sie nur mit ihren ernsten dunklen Augen ansehen und wüsste sofort, dass etwas nicht stimmte. Und das konnte sie nicht riskieren.

Sie setzte also den Bleistift an, atmete tief ein und begann zu schreiben. Die Miene kratzte über das Papier. Mehrmals musste sie absetzen und nachdenken, sich die passenden Worte zurechtlegen. Es war nicht leicht, doch das hatte sie auch nicht erwartet. Da war es schon einfacher gewesen, nur ein Bild in einen Umschlag zu stecken und abzuschicken. Ein Bild aus einer Zeit, als noch alles in Ordnung gewesen war. Oder jedenfalls nach außen hin so wirkte. Ob er verstehen würde, was sie ihm damit sagen wollte?

Sicher würde er das, jedenfalls wenn das Postfach stimmte und er den Brief mit der Aufnahme überhaupt erhielt. Spätestens, wenn die Wahrheit ans Licht käme und er rehabilitiert wäre, würde er verstehen. Von ihrem Tod würde er sicher aus der Zeitung erfahren. Zu gern würde sie ihre Schwester darum bitten, es ihm schonend beizubringen, doch sie wusste nicht, wie sie ihn jetzt noch erreichen konnte.

Irgendwann hatte sie das Gefühl, alles niedergeschrieben zu haben, was sie loswerden musste. Wie ihre Familie es wohl verkraften würde? Sicher wäre es Viktoria, die den Brief als erste läse. Sie kam immerhin jeden Morgen zuerst zu ihr, um ihrer Nichte einen wunderschönen Tag zu wünschen und sie für ein halbes Stündchen zu versorgen, damit Dora sich frisch machen konnte.

Nicht, dass man ihr ihre Erschöpfung, ihre Trauer und ihre Wut noch ansah. Das konnte man sich in ihrer Familie nicht erlauben. Nicht bei den Lamberts, der großen Schokoladendynastie. Da hatte man gefälligst glücklich zu sein. Alles andere passte nicht zu Pralinen.

Sie riss das Papier aus dem Heft, faltete es und stellte es aufrecht hin wie ein kleines Zelt. Dann erhob sie sich.

Wie immer stand ein Glas Wasser am Bett. Ob es reichen würde für das, was sie vorhatte?

Sie öffnete das kleine Holzkästchen, das auf ihrem Nachttisch stand. Die Ballerina erhob sich, doch sie drehte sich nicht. Dora hatte sie beim letzten Mal extra nicht aufgezogen, damit die Walze sich nicht in Bewegung setzte und die Melodie ertönte. Ihre Mutter hatte einen zu leichten Schlaf. Nur bei dem Geschrei eines Säuglings konnte sie wohl hervorragend schlafen. Doch sie hatte Dora schon oft genug das Gefühl gegeben, dass es eine Zumutung für alle sei, sie wieder in der

Villa aufnehmen zu müssen. Die gescheiterte Frau. Die Verlassene. Und dann noch dieser Skandal ... Sie wollte gar nicht wissen, wie viel Geld im Spiel gewesen war, um den Namen Lambert beinahe vollständig aus der Presse herauszuhalten.

Dora schüttelte sich und zupfte mit spitzen Fingern die rote Samteinlage aus dem Kästchen. Der Hohlraum darunter war voll. Keine weitere Kapsel hätte mehr hineingepasst. Die von heute lag noch neben dem Glas. Direkt neben der Praline des Tages. Buttertrüffel.

Schon der Geruch ließ Dora würgen.

Ob sie ihr die Tabletten zuteilten, damit sie nicht tat, was zu tun sie im Begriff stand? Hielten die sie für so labil?

Dora warf die ersten drei oder vier der weißen Dinger in den Mund und würgte sie mit einem kleinen Schluck Wasser hinunter.

Nun ja, sie hätten recht damit. Mal ganz abgesehen davon, wie unverantwortlich sie es unter anderen Umständen gefunden hätte, einer jungen Mutter, die mit ihrem Säugling in einem Zimmer schlief, Schlaftabletten zu verschreiben. Doch es hatte nur drei Tage ohne Schlaf gedauert. Drei Nächte, die sie sich mühsam hatte wachhalten müssen. Dann hatte sie so krank und erschöpft ausgesehen, dass der Arzt der Familie ihr sofort ein Rezept ausgestellt hatte. Die einzige Auflage war es, nicht zu stillen, während sie die Tabletten nahm. Doch das konnte sie ohnehin nicht. Die Milch wollte einfach nicht einschießen. Wenn das kein Zeichen war.

Sie nahm noch einmal vier Tabletten. Wieder ein winziger Schluck aus dem Glas, damit es auch ja reichte.

Sicher lag es daran, dass sie sich nicht als Mutter fühlte. Ihr Körper spürte ihre Abneigung gegen das Mädchen. Das arme Ding tat ihr fast leid. Es konnte ja nun wirklich nichts dafür.

Ob Bernd sich um sie kümmern würde, damit sie nicht in dieser Familie aufwachsen musste? Sicher würde er das.

Sie warf sich weitere Tabletten in den Mund. Eine fiel daneben und lag wie ein kleines Kieselchen auf der Überdecke. Doras Gesicht fühlte sich seltsam an. Lächelte sie etwa? Lächelte sie, weil es sie so amüsierte, dass da ein Kiesel auf der Überdecke lag? Ihr Körper wurde immer schwerer, nur ihre Mundwinkel hoben sich mit Leichtigkeit.

Schnell spülte sie weitere der weißen Klümpchen ihre Kehle hinunter. Ihre Lider wurden schwer. Sie konnte sich nur schlecht auf einen Gedanken konzentrieren. Doch es tröstete sie, dass es Marilyn sicher auch so gegangen war. Ob es Schicksal war, dass sie sich kurz vor der Geburt von Doras Tochter das Leben genommen hatte? War es ein Zeichen für sie gewesen?

Die Zeitungen hatten ja geradezu eine Anleitung geliefert. Sonst hätte sie nicht gewusst, was zu tun wäre.

Dora griff nach dem Glas, doch sie konnte es nicht mehr heben. War es vorher schon so schwer gewesen? Dabei war es doch jetzt viel leerer als zuvor. Sie versuchte es noch einmal. Es kippte polternd um. Flüssigkeit ergoss sich aufs Bett, auf den Nachttisch und tropfte auf den Boden.

Müsste sie jetzt nicht wütend sein? Sie war es nicht. Sie fühlte gar nichts. Doch es waren noch Tabletten übrig. Wie sollte sie die jetzt runterbekommen?

Sie sammelte den Kiesel auf und schob ihn sich zwischen die Lippen. Schon das war so unglaublich schwer. Sie konnte ihn kaum in den Mund holen. Wie ein loser Zahn bewegte er sich hin und her, wenn sie mit der Zunge daran stieß. Sie schluckte, doch er war immer noch da.

O nein! Was, wenn es noch nicht reichte? Was, wenn sie noch mehr von diesen Zähnen schlucken musste, um ihr Ziel zu erreichen?

Sie versuchte es noch einmal, und dieses Mal rutschte der Zahn, der keiner war, ihre Kehle herab. Auf halber Höhe blieb er stecken.

Das war das letzte, was Dora spürte, bevor sie die Augen schloss.

Kapitel 34

Schaufeln besorgten sie sich bei einem Freund von Phil. Charlie wollte gar nicht so genau wissen, woher der sie hatte oder wofür er sie benutzte. Die Gesamtheit seiner Ausrüstung legte jedoch den Schluss nahe, dass er entweder ein Handwerks-Allroundtalent war oder hin und wieder irgendwas Illegales veranstaltete, für das man Werkzeug, Spitzhacken, Seile und eben Schaufeln benötigte.

Wie groß war die Wahrscheinlichkeit, dass er nur ein Extremsportler war? Oder Geocacher mit einer Vorliebe für anspruchsvolles Terrain?

Auf Phils Vorschlag hin warteten sie bis zum späten Nachmittag. Es gab einen kurzen Zeitraum, in dem die letzten Besucher und die zauberhafte Magrit verschwunden, Phils Mutter und Vater jedoch noch in der Fabrik bei der wöchentlichen Teambesprechung waren. Wenn sie sich beeilten, sollte es klappen. Und das würden sie tun, denn ihr Plan musste einfach funktionieren.

Jetzt hockten sie im Café an der Ecke und beobachteten die Zufahrt zur Villa. Phil hielt sich hinter einem Pfeiler verborgen, Charlie trug Pferdeschwanz und Sonnenbrille. Sie rückte das große Gestell auf ihrer Nase zurecht.

»Ist es nicht viel zu dunkel für eine Sonnenbrille? Ich habe das Gefühl, so falle ich noch viel mehr auf.«

»Auffallen?« Phil schob sich ein Stück hinter dem Pfeiler hervor und riskierte einen Blick. »Wie kommst du darauf?«

»Die Typen da hinten gucken schon ganz komisch.« Charlie wandte den Kopf von den drei Männern ab, die ihr immer wieder Blicke zuwarfen.

»Ich kann dir genau sagen, warum die gucken«, schnaubte Phil, fügte aber die versprochene Erklärung nicht hinzu.

»Ach ja? Und wa...« Dann verstand Charlie gerade noch rechtzeitig, worauf er hinauswollte, und brach ab. »Oh.«

Sie bemühte sich, den Männern keine weitere Beachtung zu schenken und konzentrierte sich voll und ganz auf ihre Observation.

»Und?«, fragte Phil nach einer kurzen Weile. »Immer noch nichts?«

Sie schob die Brille zurecht und schüttelte den Kopf. »Nein nich...« Dann unterbrach sie sich. »Moment!«

Eine Gruppe älterer Frauen stöckelte den Weg entlang. »Da sind die Besucher!«

Phil drückte sich gegen die glatte Oberfläche des Pfeilers. »Und Magrit?«

»Augenblick ...«

Tatsächlich, jetzt kam auch Magrit vom Grundstück geschlendert. Sie hielt ihr Handy in der Hand und schien eine Nachricht zu schreiben. Kurz stockte sie, dann drückte sie eine letzte Taste und nickte mit zufriedenem Gesichtsausdruck, bevor sie sich in die entgegengesetzte Richtung aufmachte. Die Rentnerinnen-

Gruppe kam gerade Stock schwingend an ihnen vorbei und schnatterte lautstark. »... dieses Geschirr! Scheußlich!«

»Und niemand braucht so viel Platz.«

»Also, ich fand es sehr schön ...«

Phil und Charlie grinsten einander an, bevor er aufstand und zur Kellnerin an die Theke ging, um ihre Getränke zu bezahlen. Gerade rechtzeitig, als einer der jungen Männer am Nebentisch Anstalten machte, sich zu erheben, kam er zurück. Charlie ergriff seinen Arm und drückte ihm einen schnellen Kuss auf die Lippen.

»Danke, Schatz«, sagte sie laut.

Hinter ihrem Rücken plumpste es – ein Männerhintern auf die Stuhlfläche, wie sie vermutete.

Phils Wangen färbten sich rosa, und schon tat es ihr ein wenig leid. Aber nur ein wenig. Denn die kurze Berührung seiner Lippen hatte sich schön und wunderbar vertraut angefühlt. Nach Wärme und Geborgenheit.

Sie hakte sich bei ihm ein und führte ihn den Gehsteig entlang in Richtung seiner Heimatvilla. Dabei schleppten sie beide ein Bündel mit je einer Schaufel darin.

»Sorry«, raunte sie ihm zu.

»Wofür?«, flüsterte er zurück.

»Für meine Übergriffigkeit. Aber einer der Kerle hatte bereits ... mir fiel einfach nichts Besseres ein.«

Als ob das wirklich nötig war, Charlie. Das legst du dir nur zurecht, weil du keine Fremdgängerin sein willst.

»Schon okay.« Seine Miene war undurchschaubar. Doch dann zuckte sein Mundwinkel. Nur ein kleines bisschen. »Ich bin dir jederzeit wieder behilflich.«

Charlie schmiegte sich ein wenig enger an ihn und redete sich auch jetzt ein, dass es an den Männern aus dem Café lag. Doch das stimmte natürlich nicht. Sie tat es, weil sie nicht wissen konnte, wie diese Geschichte hier ausging.

Ob sie ihn nach dem heutigen Tag jemals wiedersehen würde? Immerhin war es der Schmuck seiner Familie. Sie hatte überhaupt kein Anrecht auf irgendetwas. Ihr Opa war tot, mal ganz davon abgesehen, dass er nicht ihr leiblicher Großvater gewesen war – und Phils aller Wahrscheinlichkeit nach auch nicht.

Doch vorerst hatten sie ein gemeinsames Abenteuer zu bestehen. Und das würde sie verdammt nochmal genießen! Christoph hin oder her!

Als sie in die schmale Zufahrt zur Villa einbogen, die zwischen den Mehrfamilienhäusern hindurchführte, atmete sie tief ein. Es wurde ernst. Obwohl die Männer sie jetzt nicht mehr sehen konnten, ließ sie nicht von Phil ab, und auch er machte keine Anstalten, sie loszulassen. Sie schoben sich nacheinander durch den Bogen und standen nun bereits im Park von Phils Familienstammsitz. Bei ihrem ersten Besuch war Charlie der Weg viel länger vorgekommen, jetzt dafür umso kürzer. Viel zu schnell ließ Phil ihren Arm los.

»Da ist der Baum«, sagte er und deutete auf das Ungetüm aus Zweigen und Laub. Doch so wirkte er nur auf den ersten Blick. Auf den zweiten bildeten die Äste eine Art Laube, unter der man sicher ein wenig vor unliebsamen Blicken geschützt war.

»Hm. Wenigstens kommt man da gut drunter. Was meinst du, an welcher Stelle hat Theodora den Schmuck vergraben?«

Phil trennte mit beiden Händen die Zweige und öffnete so einen schmalen Durchschlupf. Ohne dass er noch etwas sagen musste, huschte Charlie hindurch und nahm ihm die Schaufel ab, damit er beide Hände frei hatte.

Es war eng. Ästchen piksten Charlie in die Arme und verfingen sich in ihren Haaren. Und noch enger wurde es, als Phil ebenfalls in dem Hohlraum ankam.

»Als ich klein war, habe ich mich immer hier versteckt und gelesen. Da ist es mir aber irgendwie größer vorgekommen.«

Charlie brach einen Zweig ab, der wieder und wieder versuchte, ihr das Auge auszustechen. »Ach ja? Woran das wohl liegen mag?«

Phil kniete sich hin, die Hände auf den Boden gedrückt. »Ist es nicht eine verrückte Vorstellung, dass all die Zeit über, in der ich hier war und oft auch recherchiert habe, was damals geschehen war, die Lösung sich direkt unter meinem Hintern befunden hat?«

Charlie sah ihn an und grinste. »Nicht verrückter als alles andere auch.«

Er erwiderte den Blick und das Grinsen. Dann rappelte er sich auf und griff sich seine Schaufel. »Lass uns mal zusehen, dass wir hier ein paar Löcher graben, Hase!«

Sie einigten sich auf zwei verschiedene Plätze. Sie grub rechts vom Stamm, er links. Wenn sie nichts finden würden, würden sie einfach ein Stück weiter rutschen, bis sie einen Graben um den Stamm herum ausgehoben hätten.

»Und was machen wir dann?«, fragte Charlie und wischte sich mit einer erdverschmierten Hand den Schweiß von der Stirn.

»Dann wissen wir, dass wir etwas tiefer buddeln müssen«, erwiderte Phil. »Aber ich habe so das Gefühl, dass das nicht passieren wird.«

Charlie wischte sich die Hand an der Hose ab. Das hätte sie mal vorher machen sollen, bevor sie damit im Gesicht gewesen war. »Wie tief gräbst du denn eigentlich?«

»Na ja, so zwanzig Zentimeter oder so.«

»Ach ja? Da bin ich ja schon tiefer.« Trotz der Anstrengung musste Charlie grinsen.

»Na hör mal. Schließlich hat eine Frau diesen Schmuck vergra…«

»Hey! Vorsicht, Lupin, sonst zeige ich dir, wozu eine Frau so fähig ist.«

»Eine Frau, die es erstens nicht gewöhnt war, körperlich zu arbeiten und die zweitens gerade erst ein Kind auf die Welt gebracht hat.« Phil lehnte sich zurück und presste dabei die Hände in den Rücken. Einer seiner Wirbel knackte laut. Vielleicht auch zwei oder drei. Ein Zeichen, dass auch er keine zwanzig mehr war.

»Gerade noch gerettet.« Charlie nahm eine Handvoll frischer Erde und warf sie nach ihm. Ein Teil wurde von dem Blattwerk abgefangen, doch das meiste landete in seinen Haaren.

Mit empörter Miene schüttelte er den Kopf. »Also ehrlich! Was soll denn …«

Anstatt den Satz zu vervollständigen, grub er nun seine Finger tief in den Grund. Was er zutage förderte, war feucht, und ein Regenwurm kringelte sich darin.

Charlie hob warnend den Finger. »Warte. Denk gut nach, bevor …«

Phil nickte und senkte seine Beute. Aber nur, um einen Teil davon, unter anderem den mit dem Wurm, wieder zurückzubefördern. Dann riss er die Hände hoch und schleuderte den verbliebenen Rest in Charlies Richtung.

Ein Regen aus Erde und Blättern ging auf sie nieder. Es duftete nach Natur. Eigentlich schön, doch auf sich sitzen lassen konnte sie das auf keinen Fall.

»Na warte!«

Und bevor sie sich versahen, feuerten sie Hände voller Erde aufeinander, bis sie aussahen wie Ferkel. Charlie verschwendete keinen Gedanken daran, dass sie keine Klamotten zum Wechseln dabei hatte und irgendwann im Zug wieder zu ihrer Oma fahren musste. Oder wenn, dann nur einen ganz kurzen.

Du bist zweiunddreißig Jahre alt und benimmst dich wie ein Kind!

Sie schob gerade einen weiteren Haufen Dreck zusammen, als ihre Finger über etwas Glattes, Hartes kratzten. Sie hielt inne.

»Was zum Teufel ist denn ...« Erde rieselte aus den Ästen auf sie herab, doch sie schüttelte sich nur kurz. »Warte mal einen Moment.«

»Das könnte dir so passen, jetzt einfach aufzu...« Auf der anderen Seite des Busches scharrten Finger über den Boden und kratzten Erde zwischen den alten Wurzeln weg.

»Nein, ich meine es ernst. Warte ... oder besser, komm her!« Eine glatte, ebene Fläche kam zum Vorschein. Charlie war bereits dabei, die Ränder freizulegen. Diese

Fläche schien ungefähr dreißig mal zwanzig Zentimeter groß und aus einem harten Material gefertigt zu sein. Vielleicht eine Art Kiste?

Phil, der offenbar die Dringlichkeit in ihrer Stimme erkannt hatte, kroch zu ihr. Seine Hände, Unterarme, Haare und das Gesicht starrten vor Dreck.

»Was ist denn?« Sein Blick fiel auf ihren Fund. »Ach, du ...«

Sofort waren seine Hände bei ihren, kratzten Erde weg und legten Stück für Stück die Umrisse eines Quaders frei.

»Autsch!« Charlie zog ihre Hand zurück. Ein roter Tropfen bildete sich an der Fingerkuppe und fiel auf den Boden. Sie steckte den Finger, dreckig wie er war, in den Mund und saugte an der Hautverletzung. Dabei sah sie zu, wie ihr Blut versickerte. Ob an dieser Stelle schon Theodora geblutet hatte? Und wenn ja, machte sie das nicht zu Blutsschwestern? Dann wäre sie doch mit Phil verbunden. Irgendwie jedenfalls.

Der Gedanke, ihn zu verlassen und nicht mehr wiederzusehen, schmerzte gerade furchtbar.

»Was ist denn?« Phil sah sie mit gerunzelter Stirn an. Er schien sich Sorgen zu machen.

»Da ist irgendwas Scharfes an der hinteren Kante. Sei vorsichtig«, nuschelte sie, den Finger immer noch zwischen den Lippen. Doch der Geschmack nach Metall hatte bereits nachgelassen.

»Das sind Scharniere«, meinte Phil, nachdem er sich die Stelle angesehen hatte. »Warte mal, ich habe eine Idee.« Er setzte das Blatt seines Spatens an der Seite an und platzierte umständlich seinen Fuß auf der Kante. Dann drückte er ihn hinunter. Sah nicht einfach aus.

Der Winkel wirkte recht unbequem, und Phils verzerrtes Gesicht sprach Bände. Doch das Metall fraß sich gehorsam in den Boden.

Nachdem er eine Ladung Erdreich entfernt hatte, wiederholte er die Prozedur.

»Sonst brauchen wir ja ewig«, ächzte er zwischen zwei Spatenstichen.

Charlie tat es ihm nach und bearbeitete eine der kurzen Seiten. Sie hatte bedeutend mehr Glück mit dem Winkel und kam entsprechend besser voran. So konnte sie sich bald der anderen Seite widmen. Hier zerkratzte ein Ast ihre Wange, doch sie merkte es kaum.

»Glaubst du, wir haben es gefunden? Den Schmuck deiner Großmutter?«

Phil räumte jetzt an der Vorderseite Dreck weg. »Wir werden es gleich wissen. Hier ist der Verschluss.«

Gespannt hockte Charlie sich neben ihn. Jetzt sah sie es auch: einen Metallbügel, der sich über eine Öse stülpte. Ein kleines goldenes Vorhängeschloss baumelte daran.

»Verdammt!« Phil griff danach und zog. Der Bügel öffnete sich nicht. »Wir bräuchten eine Zange oder so etwas.«

Wut stieg in Charlie auf und verlieh ihr neue Kraft. Das konnte doch nicht sein, jetzt von so einem dummen Stück Metall aufgehalten zu werden! Nein, nicht mit ihr!

»Warte. Geh mal ein Stück zur Seite.«

»Was hast du vor?«

Anstelle einer Antwort holte sie mit der Schaufel aus, so gut es in der hockenden Position und mit all dem Gestrüpp um sie herum möglich war, und rammte das

Blatt gegen das Schloss. Es baumelte hin und her, doch es gab nicht nach. Charlie wiederholte den Schlag. Noch einmal. Und noch einmal.

Dann sprang der Bügel auf. Phil und Charlie starrten einander an. Es war so weit, die Stunde der Wahrheit. Das, was sie brauchte, das, wonach er so lange schon suchte. Es lag vor ihnen.

Phil atmete tief ein, dann deutete er auf die Kiste. »Mach du.«

Charlie schüttelte den Kopf. »Nein. Gemeinsam.«

Jeder von ihnen fasste eine Ecke des Deckels. Sie warfen einander einen letzten Blick zu, dann klappten sie ihn hoch.

Im ersten Augenblick war es enttäuschend. Dunkel angelaufene Metallgegenstände lagen auf einem Haufen. Doch dann blitzten Edelsteine in einem verirrten Sonnenstrahl auf, der durch die Zweige fiel. Gold schimmert hindurch. Viel Gold.

Phil ließ seine Finger über den Schmuck gleiten. »Das Stück hier kenne ich. Von einem Foto.« Behutsam wühlte er sich tiefer in den Berg hinein. »Sicher hat sie die wertvollen Stücke unter denen mit der schlechteren Legierung versteckt. Es macht natürlich keinen Unterschied, aber so würde ich es tun.«

Charlie nickte. »Ja, ich auch.«

Sie konnte ihren Blick gar nicht von dem Metallberg abwenden. Diese Sachen mussten einen enormen Wert haben … vermutlich könnte ihre Oma damit fünfmal ihre Hypothek begleichen und hätte immer noch etwas übrig.

Doch was taten sie jetzt damit?

»Wir holen die Sachen raus und packen sie in die Beutel, in denen wir die Schaufeln transportiert haben. Die lassen wir hier. Ich hole sie ein anderes Mal. Dann können wir in meiner Wohnung eine Bestandsaufnahme machen.« Phils Gesicht strahlte, und seine Augen leuchteten durch den Dreck.

Ein warmes Gefühl erfasste Charlie. War das etwa Glück?

Sie nickte. »Ist gut. So machen wir es.«

Sie hoben nacheinander behutsam ein Stück nach dem anderen aus seinem sechzig Jahre alten Grab und ließen es in die Beutel gleiten. Es klirrte leise und wertvoll.

»Eins für dich, eins für mich«, murmelte Phil und grinste. Charlie stieß ihn an und grinste zurück. »Hey!«

Er stupste sie zurück, und sie verlor prompt das Gleichgewicht. Mit einem Plumps landete sie auf ihrem Hintern, und die Kette, die sie gerade in der Hand hielt, glitt durch ihre Finger.

»O nein, das wollte ich nicht ...« Phil beugte sich über sie und hielt ihr die Hand hin, um ihr aufzuhelfen.

Sie griff danach. »Danke. Nichts passiert.« Dann lächelte sie und zog mit aller Kraft. Dabei warf sie sich nach hinten.

Phil kippte vornüber und landete auf ihr.

»Hey!«, entfuhr es nun ihm.

Er konnte sich gerade noch mit den Händen neben Charlie Kopf abstützen, um nicht mit seiner Nase gegen ihre zu knallen. Doch ihre Gesichter waren jetzt nah voreinander. So nah, dass Charlie seinen Atem spürte und die Erde auf seiner Haut roch. Sein Rasierwasser, ganz dezent. Sein Shampoo. Ihre Augen wanderten zu seinen Lippen, die sich leicht öffneten. Sie spürte, dass ihre es ihm nachmachten, ohne dass sie ihnen den Befehl dazu gegeben hatte. Es geschah einfach, ob sie es wollte oder nicht.

Doch das tat sie. Sie sehnte sich danach, seit sie einander zum ersten Mal geküsst hatten.

Ihre Lippen streiften seine. Er zog den Kopf nicht zurück. Beugte er sich nicht eher noch ein wenig in ihre Richtung? Alles in ihr strebte zu ihm. Ihr Herz klopfte in ihrem Hals, sie hörte es in den Ohren.

»Phillip?«, ertönte plötzlich eine schrille Stimme.

Er fuhr hoch.

Charlies Lippen, die gerade noch seine gespürt hatten, entrang sich ein Stöhnen. Verdammt! Warum ausgerechnet jetzt?

Weil es vielleicht besser ist. Du klärst erst die Sache mit deinem Mann, und dann bist du frei zu tun, was deine Lippen wollen.

Phil kroch ohnehin schon auf allen Vieren aus dem Gebüsch. »Mutter.« Seine Stimme klang emotionslos. Oder schwang nicht doch ein Hauch Enttäuschung mit? »Warum bist du so früh schon zurück?«

»Früh? Es ist genauso spät wie immer! Und was sehe ich, als ich mein Grundstück betrete? Meinen Sohn mit jemandem im Gebüsch!« Sie seufzte gespielt theatralisch auf. »Und wie du aussiehst! Kannst du nicht ein bisschen mehr wie ein normaler junger Mann ...«

»Wie ich aussehe, muss dich wirklich nicht kümmern, Mutter!«, sagte Phil mit fester Stimme.

Frieda Lambert verstummte.

Charlie warf einen raschen Blick auf die Uhr. Es war tatsächlich schon viel später, als sie gedacht hatte. Sie hatten bei ihrem kleinen Abenteuer völlig die Zeit vergessen.

»So.« Die gute Frieda klang verschnupft. »Was sich unter meiner Trauerbuche abspielt, geht mich sehr wohl etwas an. Was genau habt ihr da verloren?«

»Wir haben nichts verloren. Wir haben etwas gefunden.« In Phils Stimme schwang Triumph mit. »Etwas, an dessen Existenz du nicht geglaubt hast.«

»Was?« Frieda Lambert näherte sich dem Busch. Charlie sah ihre Füße direkt vor sich. Dann teilten maniкürte, rotlackierte Finger die Zweige. Ein zornig verzogener Mund unter schmalen Augen kam zum Vorschein. Die Lippen wurden noch schmaler. »Sie?«, fragte die Frau und zog das Wort dabei in die Länge.

Charlie nickte lediglich. Was hätte sie auch sagen sollen? Sie packte die Stoffbeutel mit dem Schmuck und kroch zu den Füßen von Phils Mutter aus dem schützenden Dickicht.

Vor der geschniegelten und gepflegten Frau war sie sich des Drecks, der an ihr klebte, und der schmutzigen Nägel noch bewusster.

Ein Blick in Phils Augen bestärkte sie. Er zwinkerte ihr zu und streckte ihr seine Hand entgegen. Sie reichte ihm die mit dem etwas leichteren Beutel darin. Einen schrecklichen Augenblick lang fürchtete sie, er würde ihr nur den Schmuck abnehmen, um ihn seiner Mutter zu zeigen. Doch das tat er nicht. Er ergriff ihr Handgelenk so, dass sie seins umfassen konnte und zog sie auf die Füße. Seine Hand war so dreckig wie ihre, sein Gesicht erdverschmiert. Doch er sah ihr fest in die Augen.

»Ich habe Sie gewarnt: Lassen Sie sich hier nicht mehr blicken!« Friedas Stimme klang hart. »Ich werde jetzt die Polizei ...«

»Nichts wirst du, Mutter«, unterbrach Phil sie und richtete sich noch ein wenig gerader auf. »Charlie ist als mein Gast hier. Sie ist meine Freundin, und sie ist die Enkelin von deinem ...« Er stockte.

»Nur vielleicht«, warf Charlie kleinlaut ein.

»Die Enkelin von diesem Verbrecher, meinst du wohl!«

So schnell zerstörte Frieda Lambert den Moment. Sie duckte sich und spähte unter den Busch. »Was ... warum habt ihr ...?« Ihre Augen huschten zu den Beuteln. »Was ist da drin?«

»Da drin ist der Schmuck von Oma Theodora. Der, von dem du nicht wolltest, dass ich danach suche.«

»Also, so habe ich das nie ...« Phils Mutter räusperte sich. Sie riss sich jetzt merklich zusammen. »Du hast ihn wirklich gefunden?«

»Charlie hat ihn gefunden«, erwiderte Phil wie aus der Pistole geschossen und gab Charlie das Gefühl, sie würde schweben.

»Ach. So ist das.« Frieda Lambert strich sich über die fein schimmernde Bluse und bemühte sich sichtlich um ein Lächeln. »Dann ... danke, dass Sie den Schmuck meiner Mutter ...«

Doch wieder konnte sie nicht aussprechen. »Ihres Großvaters«, warf Phil dazwischen.

»Ihres ...« Sofort wandelte sich der Ausdruck seiner Mutter wieder. »Also Phillip, jetzt ist es aber genug!«

»Ja, ist es. Eigentlich ist es schon lange genug.« Phil legte den Arm um Charlies Schulter. »Der Schmuck gehört ihr. Fertig.«

»Der Schmuck befindet sich seit Generationen im Besitz meiner Familie!«

»Unserer Familie«, warf Charlie ein. Ihre Mundwinkel zuckten und strebten aufwärts. Langsam begann die Sache, ihr Spaß zu machen.

»Unse...« Frieda Lambert wurde aschfahl. »Jetzt hören Sie mir mal zu: Ihr Großvater ist ein gesuchter Mörder! Wir konnten gerade noch verhindern, dass er den Namen Lambert in den Schmutz zerrt!« Sie atmete tief durch. »Sicherlich können wir uns auf einen Finderlohn ...«

»Mein Opa war kein Mörder«, sagte Charlie ruhig. »Er hat die Schuld nur auf sich genommen, um *deine* ...«, sie betonte das Wort extra deutlich und grinste dabei innerlich, »... Mutter zu schützen, *Tante* Frieda!«

»Wa...«, machte Frieda und sah aus, als würde sie sich gleich an ihrer eigenen Spucke verschlucken.

»Sie hat recht«, warf Phil wieder ein. Auch er wirkte inzwischen, als amüsierte er sich hervorragend.

»Ach was! Jetzt gebt mir den Schmuck. Er gehört schließlich mir. In meiner Familie ist er schon immer von der Mutter auf die Tochter übergegangen. Das werden Sie nicht ändern.« Frieda streckte die Hand aus. Sie zitterte leicht. Dann zog sie sie wieder zurück. »Oder soll ich doch lieber die Polizei rufen?«

Sie sah nicht so aus, als würde sie leere Drohungen aussprechen.

Charlie wurde mulmig zumute. Sie war kurz davor, ihr einfach den Beutel zu überreichen. Doch dann legte sich eine Hand auf ihre. Eine warme, starke und ziemlich schmutzige Hand.

»Das kannst du gern tun. Dann können wir gleich beweisen, dass deine Mutter den Schmuck eben nicht ihrer Tochter vermacht hat«, sagte Phil mit fester Stimme.

Seine Mutter schnaubte. »So ein Unsinn! Wem hätte sie ihn sonst vermachen sollen?«

»Ihrem Mann.« Charlie hielt dem eisigen Blick stand, den Frieda ihr jetzt zuwarf. »Der sich für sie geopfert hat.« Charlies Handy klingelte, doch sie hangelte es nur an der Kordel heran und drückte auf den roten Hörer. Jetzt war keine Zeit zum Telefonieren.

»Der sie in den Selbstmord getrieben hat, meinst du wohl.« So langsam bröckelte Friedas mühsam aufrechterhaltene Fassade. Ihr überlegenes Lächeln wirkte bereits einen Hauch weniger überlegen.

Doch noch scheute Charlie davor zurück, ihr an den Kopf zu werfen, wie es sich wirklich abgespielt hatte.

»Warum hat Oma dann in ihrem Tagebuch geschrieben, dass sie ihren Schmuck für ihn vergraben hat?«

»Sie hat ihm einen Hinweis hinterlassen, wo er zu finden ist«, fügte Charlie hinzu.

Frieda schwankte. »Einen Hinweis? Tagebuch …? Meine Mutter hatte kein …«

»Doch, hatte sie.« Phil legte eine triumphierende Pause ein. »Und wir haben es gefunden.«

Ein Piepen von Charlies Handy kündigte eine Nachricht an.

»Wo ist es?«, fragte Frieda.

»Das wüsstest du wohl gern.«

Charlie warf einen erneuten Blick auf das Display. Sonst meldete sich doch auch nie jemand. Aber wenn es gerade mal heiß herging, kam einer nach dem anderen an.

Du vergisst, dass Oma sich bei dir melden sollte. Hast du ihr extra aufgetragen.

Friedas Stimme zitterte. Sie war Widerworte ihres Sohnes wohl einfach nicht gewöhnt. »Und wo soll das gewesen sein? Dieses Tagebuch? Wenn wir es all die Jahre nicht gefunden haben?«

»Auf dem Dachboden. In Omas alter Truhe mit ihren Sachen. Es war Charlie, die das Versteck ...«

»Ach hör mir auf mit Charlie! Die ganze Zeit über bringst du nie eine Frau mit, und jetzt muss es ausgerechnet die sein?«

Das klang nicht so, als würden hier noch sachliche Argumente getauscht. Mit fliegenden Fingern entsperrte Charlie ihr Telefon und rief den entgangenen Anruf auf. Tatsächlich, es war Oma gewesen. Schlechtes Gewissen pikste sie in die Seite, und ihr Finger schwebte schon über der Rückruftaste. Doch dann sah sie, dass auch die eingegangene Nachricht von ihrer Großmutter stammte. Also konnte sie genauso gut erst die abhören.

Sie trat ein paar Schritte zur Seite, startete die Sprachnachricht und drückte sich den Lautsprecher ans Ohr. Auch, um nicht mehr hören zu müssen, wie Frieda und Phil sich stritten. Doch sie behielt alles ganz genau im Blick, für den Fall, dass Frieda noch einmal versuchte, ihnen den Schmuck abzunehmen.

Sollte ein Gericht feststellen, dass sie ein Anrecht darauf hatte, war es gut. Doch solange war der Schmuck das Erbe ihres Opas. Und somit ...

Es knackte im Hörer, dann klang es, als ob etwas darüber rieb. Etwas Raues. Was tat ihre Oma da bloß wieder?

»Liebes, ob ich das jetzt richtig mache? Ich weiß es nicht. Jedenfalls habe ich diese kleinen Löcher sauber gemacht, damit meine Stimme auch durchkommt.«

Charlie musste lächeln. Wärme durchströmte sie. Ein schönes Gefühl, diese Liebe.

»Also, ich habe jetzt auch verstanden, was du mit deiner Frage neulich meintest. Von wegen, du fragst für deine Freundin. Liebes, egal wie schlimm es ist, du kannst immer sagen, was du denkst. Ich werde das schon verkraften.«

Oma räusperte sich. »Funktioniert das überhaupt? Wenn ich nur wüsste, ob du diese Nachricht ... ach, egal. Was ich sagen wollte: Im Portemonnaie deines Opas ist kein Bild eines kleinen Babys. Er hat vor deinem Vater nicht schon ein Kind gezeugt. Ach, das ist ja Unsinn, den hat er ja auch nicht ... Aber du weißt das ja. Also, vor seiner Ehe mit mir. Das war es doch, worauf du hinauswolltest, habe ich nicht recht?«

Sie räusperte sich erneut. Sicherlich fiel es ihr nicht ganz leicht, diese Worte auszusprechen. Und dann auch noch, ohne dass ihr direkt jemand zuhörte. Ohne eine Reaktion zu bekommen.

»Du fragst dich sicher, wieso ich da so sicher bin. Richtig?«

Ein Seufzen.

»Wir haben es lange versucht, doch wie es aussah ...
nun ja, wir haben da nie so deutlich drüber gesprochen.
Aber meine Ärztin sagte, bei mir sei alles in Ordnung.
Also muss es wohl an deinem Opa ... nicht, dass ich ihm
irgendeine Schuld geben würde, auf keinen Fall! Es war
alles gut so, wie es kam.«

Dann herrschte Schweigen. Charlie glaubte schon,
dass die Aufnahme beendet sei, da fügte ihre Oma
hinzu:

»Es kam übrigens ein Brief von einer Stiftung. Einer
Stiftung für Frauenhäuser. Die haben mir kondoliert.
Wie es aussah, hatte dein Großvater denen jahrelang
Geld gespendet, richtig viel. Bestimmt auch das Geld
aus der Hypothek.« Eine kurze Pause entstand. »Er war
so ein guter ...«

Die Stimme ihrer Oma brach bei den letzten Worten.
Es knackte in der Leitung. Die Aufnahme endete. Tränen traten in Charlies Augen. Sie wischte sie mit dem
Handrücken weg und hinterließ ein Brennen. Nicht
verwunderlich, bei all dem Dreck, den sie jetzt verteilte.

»Charlie, was ist? Ist etwas nicht in Ordnung?« Phil
ließ seine Mutter einfach stehen und lief zu ihr.

Sie schüttelte erst den Kopf, dann nickte sie. Wenn
ihre Oma Recht behielt, und daran zweifelte sie keine
Sekunde, dann war Bernd auch nicht Phils Opa. Nicht
Friedas Vater.

Das war dann der Vergewaltiger. Das war es, was immer zwischen Theodoras Zeilen mitschwang. Frieda
war die Tochter dieses Freundes ihres Großvaters, der
Dora zum Sex gezwungen hatte. Des Mannes, den ihre
Mutter ermordet hatte.

Phil ergriff ihre Hand. »Charlie?« Seine Stirn war gerunzelt. »Waren das schlechte Neuigkeiten?«

Tja, das war eine gute Frage. Einem Impuls folgend, sagte sie: »Nicht für mich.« Dann lächelte sie. Es fiel ihr erstaunlich leicht. Auch das Atmen fiel ihr leichter als zuvor. »Nicht für uns«, setzte sie hinzu.

Phils Gesicht entspannte sich. »Das ist gut.« Er räusperte sich und sah aus, als wollte er ihr die Haarsträhne aus dem Gesicht streichen, die sie an der Nase kitzelte. »Habe ich das richtig gehört? Dein Opa konnte keine ...«

Damit brach er ab und sah zu seiner Mutter hinüber. Ob er das dachte, was Charlie ebenfalls durch den Kopf ging? Ob Frieda Bernd deswegen so wenig ähnelte?

Sie rief sich das Gruppenfoto ins Gedächtnis, das sie gesehen hatte. War da nicht jemand drauf gewesen, der ein heller Typ war? Doch, sie war sich fast sicher.

»Vermutlich nicht. Dass mein Vater von einem anderen Mann stammte, weißt du ja schon.«

Frieda hinter ihnen schnaubte verächtlich. Als seien ihre eigenen Familienverhältnisse irgendwie besser.

Phils Züge wurden weich. Er sah sie zärtlich an. »Ja, zum Glück.«

Sie konnte den Blick kaum von seinen Augen abwenden.

Doch sie riss sich zusammen. Straffte sich. Nickte und senkte den Blick. Für sie änderte das gar nichts. Sie war immer noch mit Christoph verheiratet. Und bevor sie sich mit ihm nicht ausgesprochen hatte, würde gar nichts passieren. Phil schien das Problem zu verstehen. Er nickte sanft und ließ sie los. »Okay. Lass uns den restlichen Schmuck einpacken und verschwinden.«

»Moment!« Frieda griff nach ihrem Handy. »Da wird mein Anwalt noch ein Wörtchen mitzureden haben. Bevor die Besitzverhältnisse nicht geklärt sind, verschwindet hier niemand.« Sie wandte sich ab und tippte auf dem Display herum.

Phil baute sich mit verschränkten Armen vor seiner Mutter auf, als wollte er Charlie den Rücken freihalten.

Er stellte sich ihr entgegen. Behauptete sich seiner Mutter gegenüber, endlich! Für sie.

Charlie kroch wieder unter die Äste und holte die letzten Stücke aus der Kiste. Dann sah sie es. Etwas lag am Boden, ein helles Rechteck auf dunklem Untergrund. Ein Briefumschlag. Er war von den Ablagerungen des Metalls verfärbt, vom Dreck, der durch die Ritzen der Kiste gedrungen war, und dem Alter an sich. Theodora hatte sicher nicht damit gerechnet, dass dieser Umschlag so lange hier würde liegen müssen.

»Für Bernd«, stand in der geschwungenen Handschrift darauf, die sie inzwischen als die von Phils Großmutter kannte.

Mit spitzen Fingern griff sie nach dem Papier. Es haftete am Grund der Kiste, als hätte jemand es festgeleimt. Dann löste es sich, und Charlie erkannte, dass es zwei Umschläge waren. Der untere zerfiel in ihren Fingern. Nur ein Fitzelchen des Inhalts konnte sie retten.

»... mir leid ...« stand in der oberen Zeile. Und darunter: »...itte versuch, glücklich zu ...« Mehr nicht.

Charlie schluckte, dann zerrieb sie das Papier zwischen den Fingern und zerstreute es unter dem Busch. Es war egal. Der Adressat würde den Brief nicht mehr lesen können. Er würde den Rat nicht beherzigen. Ob es etwas für ihren Opa geändert hätte?

Das würde sie wohl nie erfahren. Aber sie hatte das Gefühl, dass er genau das gewesen war: glücklich. Irgendwie, auf seine Art. Mit ihrer Großmutter, der tollsten Frau der Welt, die nicht einmal für eine Sekunde beleidigt gewesen war, nicht Opas erste Liebe gewesen zu sein. Doch vielleicht war es gar nicht so schlecht, das Glück erst im zweiten Anlauf zu finden. Man musste es nur zulassen.

Würde sie selbst das? Es zulassen?

Plötzlich fegten Phils Worte von letzter Nacht durch Charlies Kopf. Die Frage, die so ähnlich geklungen hatte wie die, die sie ihrer Oma gestellt hatte. *Wenn jemand, den du gut kennst und der dir nahesteht, dich betrügen würde, würdest du es wissen wollen?* Endlich verstand sie, was er damit hatte sagen wollen.

Christoph.

Ihr Mann, der anderen Leuten Nachrichten schrieb, aber nicht ihr. Der sich nur erkundigte, wann sie wieder zur Arbeit kam, nicht nach Hause. Der ihr nicht einmal geschrieben hatte, dass er sie vermisste. Dass er sie liebte. Der das auch so gut wie nie sagte, und wenn, dann nur mit dem Klang einer lästigen Floskel.

Sie kam mit dem zweiten Umschlag in den Fingern und dem restlichen Schmuck wieder unter dem Baum hervor und ergriff Phils Hand. Er sah sie überrascht an.

»Du hast herausgefunden, dass mein Mann mich betrügt, richtig?« Die Worte taten viel weniger weh, als sie erwartet hätte.

Phils Augen wirkten traurig. »Ja. Tut mir leid.«

»Mit Katrin?« Der Name kam ihr spontan in den Sinn. »Dieser Anwältin, die ihre Kanzlei in der Etage unter unserer hat?« Wie oft war ihr Mann nach unten verschwunden, angeblich, um sie um Rat zu fragen oder etwas in ihrer Bibliothek nachzuschlagen.

»Ja«, sagte Phil lediglich.

Sie schluckte. »Du hast es im Internet entdeckt? Wo jeder es hätte entdecken können?«

Er wiegte den Kopf. »Nicht jeder. Aber besonders geschickt ging er nicht dabei vor.«

»So ein Arsch«, sagte sie tonlos.

Doch der erwartete Schmerz blieb aus. Eigentlich fühlte sie gar nichts. Vielleicht ein bisschen Zorn, dass sie es nicht schon früher gemerkt hatte.

»Ja. Und ein Dummkopf, der nicht weiß, was er an dir hat.« Sein Mund verzog sich zu einem schiefen Lächeln, und seine Hand zuckte hoch. Im ersten Moment wirkte es so, als wollte er Charlie am liebsten in den Arm nehmen, doch stattdessen strich er über ihren Oberarm. »Ich habe nämlich auch bemerkt, dass du es warst, die die meisten Mandanten an Land gezogen hat. Vor allem die Frauen, die sich scheiden lassen wollten. Die wären sonst niemals zu ihm gegangen.«

Das stimmte wohl, wenn sie so darüber nachdachte. Wie viele einfühlsame Gespräche sie geführt hatte, wie viele Tränen sie während der letzten zehn Jahre hatte trocknen müssen ...

Und demnächst sitzt du auf der anderen Seite des Schreibtisches.

Doch da würden nicht allzu viele Tränen zu trocknen sein, hatte sie das Gefühl.

Sie lehnte sich gegen Phil. Endlich hob er doch die Arme und umschlag sie. Er drückte sie gegen sich, und es fühlte sich so an, als wollte er sie nie wieder loslassen.

Im Hintergrund keifte Frieda in den Hörer. »... Beweis nie gesehen! Ein Tagebuch, ich bitte Sie!«

Dann sprach wohl die Person am anderen Ende der Leitung, und was sie sagte, machte nicht den Anschein, als würde es Phils Mutter gefallen.

»Aber das ist doch kein Testament!«

Charlie löste sich von Phil. Widerstrebend ließ er sie los. Sie hob den Umschlag, der noch einigermaßen unversehrt in ihrer Hand lag. »Aber das ist eins.«

Sie zeigte die Aufschrift erst Frieda, dann Phil. Dort stand es, in Doras Schrift. Für Bernd und darunter: Mein letzter Wille.

Frieda wurde bleich unter ihrer Schminke. Sie machte einen Schritt nach vorn, doch Charlie zuckte zurück. Sie steckte den Umschlag in ihre Tasche.

»Das übergebe ich *meinem* Anwalt, zusammen mit dem Tagebuch. Du kannst das gern anfechten, wenn du willst.«

Wenn ihr Job in Christophs Kanzlei einen Vorteil hatte, dann den, dass sie Anwälte kannte. Eine Menge Anwälte.

Phil legte den Arm um sie und führte sie an seiner Mutter vorbei. Die wagte es nicht noch einmal, sich ihnen zu nähern.

»Und der Schmuck?«, fragte sie nur tonlos.

Phil drehte sich halb zu ihr um. »Den bringen Charlie und ich jetzt zu der wahren Eigentümerin.«

»Wer soll das sein?« Friedas Stimme klang schwach. Ob sie sich mit der Niederlage bereits abgefunden hatte? Oder war sie etwa doch ein echter Mensch mit echten Gefühlen?

»Na ja, wenn Oma Dora die Sachen ihrem Mann Bernd hinterlassen hat, gehörten sie ihm. Und nach seinem Tod hat er sie wohl an seine Erben weitervererbt.« Er sah Charlie an.

Charlie sah zurück. Ihre Beine fühlten sich plötzlich schwach an.

»Deine Großeltern waren doch verheiratet, nehme ich an?«, fragte er sie.

Charlie nickte. »Ja, sicher.«

»Dann würde ich mal sagen, müsste deine Oma die Erbin sein. Was glaubst du, wird sie die Sachen wohl nur zu besonderen Gelegenheiten tragen?« Er grinste ein typisches Lupin-Grinsen. Nur schmutziger – wegen der Erde im Gesicht.

»Ich würde sagen, die Sachen sind nicht so ganz ihr Stil«, antwortete Charlie und konnte es nicht fassen. Der Schmuck, der ganze Schatz, das Zeug, nach dem Phil all die Jahre gesucht hatte, sollte jetzt ihrer Oma gehören? Und ... war es wohl so wertvoll, dass sie davon diese Hypothek abbezahlen konnte?

»Dann müssen wir mal sehen, ob es nicht eine wohlhabende bis reiche Familie gibt, die ihr die Sachen zu einem fairen Preis abkauft.« Er zwinkerte. »Was meinst du, Mutter?«

Bevor Frieda sich dazu äußern konnte, liefen Phil und Charlie Hand in Hand den Weg entlang. Erst, als man sie von der Villa aus nicht mehr sehen konnte, hielt Charlie an. Sie zog ihn zu sich. Ihr Atem ging schnell, und das lag nicht nur am Lauf.

»Wie geht es dir damit?« Ihre Augen studierten seine Miene, versuchten, jede kleine Regung aufzunehmen.

»Womit? Dass wir den Schatz gehoben haben?« Er lächelte. »Wunderbar! Ein bisschen, als hätte ich mein Lebenswerk vollendet.« Und prustend fügte er hinzu: »So ähnlich muss sich Heinrich Schliemann in Troja gefühlt haben, denke ich.«

»Ja, aber wenn die Sachen wirklich meiner Oma gehören sollen ...«

»Dann sind sie genau dort, wo sie hingehören. Charlie, es ging mir niemals um den Schmuck als Wertgegenstand. Es ging mir immer nur um die Quest, ihn zu finden.«

Sie nickte. »Ja, das verstehe ich.« Das stimmte sogar. »Und die Sache mit dem Vergewaltiger?«

Wobei er bis vor Kurzem ja noch dachte, sein Großvater sei ein flüchtiger Mörder. Jetzt war es seine Oma. War das nun schlimmer?

»Ach, das ist mir egal. Die wahre Familie ist nichts, wo man hineingeboren wird.« Phil legte den Kopf schräg, und ein Lächeln umspielte seine Lippen.

»Ja, ich weiß absolut, was du meinst.« Ihr Finger strich über seine Wange. Sie lächelte und neigte den Kopf. »Und es hat schließlich auch Vorteile, dass Bernd nicht wild überall Kinder gezeugt hat, nicht?«

Sein Mund näherte sich. »Ja, eindeutig.« Seine Lippen legten sich sanft auf ihre. Wie ein Hauch. Sanft, wie Lupin Fujiko niemals küssen würde.

Phillip Lambert Charlotte Wiel aber schon.

Kapitel 35

Charlie lief mit hochgeschlagenem Kragen zwischen den Gräbern entlang. Phil wartete am Tor auf sie. Nicht, weil er sich drückte, sondern weil sie ihn darum gebeten hatte. Auch ihre Oma hatte sie begleiten wollen. Sie war richtig aufgeblüht, seit sie mit Phil bei ihr wohnte, und hatte ihn willkommen geheißen wie ein echtes Familienmitglied. Ihr war nichts davon anzumerken, dass das frühere Leben ihres verstorbenen Mannes sie in irgendeiner Weise belastete. Dafür hatte sie ihn wohl einfach zu sehr geliebt. Bedingungslos, genau wie es sein sollte.

Charlie hätte also jede Menge Rückhalt bekommen. Doch das, was sie jetzt vorhatte, musste sie allein tun.

Sie fand das Grab ihres Opas sofort. Es war immer noch das frischeste von allen.

Sie sah die Blumen, die ihre Oma am Tag zuvor auf den Friedhof gebracht hatte. Sonst war nichts Neues da. Charlie konnte sich nicht vorstellen, dass sonst noch jemand aus ihrer Familie sich hierher verirrt hatte.

Ihr Vater sicher nicht.

Sie kramte einen Beutel aus der Hosentasche. Eine weiße, krümelige Substanz befand sich darin. Wenn das der Falsche sah, würde es sicher Ärger geben. Doch außer ihr war niemand zu sehen, und niemand sprach sie an. Gut so. Dann konnte sie erledigen, weswegen sie gekommen war und dann endlich wieder verschwinden.

Charlie hockte sich an den Rand des Grabs und schabte mit den Fingern ein kleines Loch in die feuchte Erde. Das war gut. So würde sich der Inhalt des Beutels sicher gut damit verbinden. Sie streute die Substanz in die Kuhle und schob Erde darüber.

Dann richtete sie den Blick auf den Grabstein. *Bernhard Wiel* stand dort. Seinen echten Namen hatte sie noch nicht in Erfahrung gebracht. Sie wusste nur Bernd. Es wäre kein Problem, das herauszufinden. Sie musste nur im Einwohnermeldeamt von Köln forschen, wie der Mann hieß, der Theodora Lambert im Jahr 1960 geheiratet und ihren Namen angenommen hatte. In den Archiven der Familie Lambert waren alle Informationen darüber längst vernichtet worden. Doch sie hatte überhaupt kein Interesse daran. Für sie war er immer Bernie Wiel gewesen. Warum sollte sich das im Tode ändern?

»Vielleicht kannst du ja was damit anfangen, Opa«, flüsterte sie, die Hand noch auf der Erde, die sie soeben an ihren Platz geschoben hatte. »Er war jedenfalls an dich gerichtet. Und niemand sonst hat ihn gelesen.«

Es war Phil gewesen, der noch einmal zur Villa zurückgegangen war, um die Schaufeln zu holen. Dabei hatte er die letzten Reste des Briefes von Theodora an Bernd zusammengekratzt und ihr mitgebracht. Eigentlich eine schöne Idee.

Ob er jemals erfahren hatte, was geschehen war? Hatte er von Doras Tod erfahren, sich denken können, dass ihre Familie auch ihr Geständnis hatte verschwinden lassen? Sie würde es wohl niemals erfahren. Dass das Kind, das sie erwartete, nicht seins war, hatte er sicherlich geahnt. Spätestens nachdem er auch mit ihrer Oma keine weiteren Kinder hatte zeugen können.

»Weißt du, ich wünschte wirklich, du hättest mir erzählt, was in dir vorgeht. Woher diese ständigen Sorgen kamen. Ich hab es einfach nie verstanden, Opa.«

Ob es etwas geändert hätte, konnte sie nun nicht mehr sagen. Doch es zu wissen, hätte ihr das Verhältnis zu ihm sicher erleichtert. Vielleicht sogar das zu ihrem Vater.

»Nicht jede Frau wird gleich vergewaltigt, wenn sie allein unterwegs ist, weißt du? Oder wenn sie einen Rock trägt. Oder Make-up. Theodora hat all das nicht getan, und es ist ihr dennoch passiert.«

Die Hilflosigkeit, die ihr Opa bei dem Gedanken daran gefühlt haben musste, konnte Charlie sich nur bedingt vorstellen. Es zerriss ihr das Herz.

Sie erhob sich.

»Ich hab noch was zu erledigen, Opa. Das mit der Hypothek hast du zwar aus einem guten Willen heraus getan, aber für Oma wäre es beinahe schiefgegangen. Doch du sollst wissen, dass jetzt alles gut ist.« Ein letzter Blick, dann wandte sie sich ab.

Ihr Handy vibrierte. Eine Nachricht von Bea, die fragte, wann sie denn in Heidelberg einträfen.

Sie schrieb zurück.

Morgen.

Sofort kam die Antwort.

Super! Du wirst ausflippen, wenn du die Kampagne siehst!

Ein Kribbeln baute sich in Charlies Bauch auf. Sie blieb stehen, obwohl Phil schon von einem Fuß auf den anderen trat.

Zeig her!

Ein paar Augenblicke passierte nichts, und Charlie fürchtete schon, dass ihre Freundin hart bleiben würde. Doch dann tanzten die Punkte, die eine Antwort ankündigten.

Na gut. Du weißt halt, dass ich es nicht aushalte, so lange zu warten.

Charlie musste lächeln. Darauf hatte sie spekuliert. Kurz darauf erschien ein Foto auf dem Display ihres Telefons. Ein Plakat. Charlie lief ein Schauer über den Rücken. Schnell lief sie zu Phil. Der erwartete sie bereits.

»Du siehst aus, als hättest du eine tolle Überraschung bekommen.«

»So wirst du auch gleich aussehen.« Sie zeigte ihm ihr Handy.

Er warf einen Blick darauf und schlug die Hand vor den Mund. »Oh, wow!«

»Meinst du, das hätte ihr gefallen?«

Phil nickte andächtig.

Gemeinsam beugten sie sich über Charlies Handy. Zu sehen war ein Plakat für die psychologische Beratungsstelle, für die Beas Marketingfirma einige Aufträge übernommen hatte. Es zeigte eine Handvoll alter Fotos. Dora, wie sie glücklich war, Dora auf der Bühne. Dora Arm in Arm mit Bernd, Dora mit Babybauch. Und in der Mitte eine Großaufnahme von ihr, wie sie traurig in die Kamera blickte, mit der Unterschrift:

Dora, 1940-1962.

Darunter stand der Slogan:

Lass dich nicht vom äußeren Schein täuschen. Suizidprävention: Bleib wachsam, rette ein Leben.

»Das ist echt super, was Bea in so kurzer Zeit auf die Beine gestellt hat.« Phil nahm Charlie in den Arm. »Und so wichtig. Doras Gesicht auf einem großen Plakat, als Botschafterin für eine großartige Organisation. Ich kannte sie zwar nicht, aber ich denke schon, dass ihr das sehr gefallen hätte.«

Charlie wischte eine Träne aus dem Augenwinkel. »Ich bin mir sogar sicher. Wäre aus ihr eine große Schauspielerin geworden, hätte sie sich bestimmt ständig für wohltätige Zwecke eingesetzt.«

Eine Weile standen sie noch ineinander verschlungen da. Dann löste sich Phil von ihr. »Und jetzt?«

Charlie steckte ihr Telefon weg und hakte sich bei ihm ein. »Jetzt machen wir einen Abstecher zum Bahnhof.«

»Aber wir fahren doch erst morgen nach Heidelberg.« Er streckte sich. »Zum Glück! Das Gästebett deiner Oma ist echt zu schmal für uns beide.«

»Ich finde es gar nicht zu schmal.« Sie schmiegte sich an ihn. Dass es sich um das Bett ihres Vaters handelte, in dem sie jetzt die Nächte miteinander verbrachten, sagte sie ihm lieber nicht. »Aber sobald die Formalitäten für die Scheidung und mit der Hypothek durch sind, fahren wir sofort wieder nach Köln.«

Björn hatte noch ein paar gute Ergebnisse beim Verkauf der Groschenhefte erzielt. Doch auch Frieda hatte sich als großzügig erwiesen, als sie den Schmuck zurückgekauft hatte, den sie eigentlich niemals hatte haben wollen. In der Weltgeschichte wollte sie ihn wohl auch nicht verteilt sehen. Phil hatte eigentlich die Kette zurückbehalten wollen, die sich über Jahrzehnte auf dem Dachboden ihres Opas befunden hatte. Er wollte, dass Charlie sie behielt, doch sie hatte abgelehnt. Was sollte sie mit so einem Schmuckstück, das sie doch niemals tragen würde? Ihre Oma konnte das Geld viel besser gebrauchen. Die alte Frau war wortlos auf den Stuhl gesunken, als Phil ihr gezeigt hatte, wie viel Geld sich jetzt auf ihrem Konto befand. Dann hatte sie ihn umarmt und sehr lange nicht wieder losgelassen.

»Aber das Frühstück deiner Oma werde ich vermissen.«

»Ich auch.« Charlie seufzte.

»Dann wird es dich vielleicht freuen, dass sie mir morgen das Geheimnis ihrer Waffeln verraten will. Sie hat es mir fest versprochen.« Er grinste und schlang seinen Arm fester um ihre Schultern. »Und jetzt verrat mir endlich, was du am Bahnhof willst.«

»Ich suche jemanden.«

»Jemanden? Wie geheimnisvoll.«

Den Rest des Weges legten sie schweigend zurück. Sie gingen zu Fuß, denn es gab nichts, was sie sonst zu erledigen hatten. Sie konnten sich einfach treiben lassen. Was für ein Luxus.

Am Bahnhof wandte sich Charlie sofort in Richtung der Bushaltestellen. Sie ließ ihren Blick umherschweifen. Wo war er nur? Ob er längst weitergezogen war? Kam er nicht von hier und hatte hier nur einen Zwischenstopp eingelegt?

Sie entdeckte den Mann, kurz bevor sie enttäuscht aufgeben wollte. Er lehnte in der Ecke neben den Toiletten und bastelte konzentriert an etwas herum. Als sie näherkam, sah sie, dass er ein Stück Papier faltete. Es wirkte, als wisse er, was er tue.

Als sie vor ihm stehen blieb, blickte er auf. Seine Augen zogen sich zusammen, dann breitete sich ein scheues Lächeln auf seinem Gesicht aus.

»Sie wissen noch, wer ich bin?«, fragte Charlie.

Er zuckte mit einer Schulter. »Krieg nicht jeden Tag einen Kuss von einer Fremden.«

Aus schmalen Augen fixierte er sie. Seine Finger arbeiteten weiter, auch ohne dass er hinsah.

Charlie fischte einen Fünfziger aus der Hosentasche und legte ihn in den Becher, der neben dem Mann stand. Einen Schein, kein Geldstück. Ein paar Münzen lagen bereits darin, unter einem kleinen Fläschchen Schnaps.

»Wie ...?« Der Mann starrte den Schein an, als traute er seinen Augen nicht.

»Ich schulde Ihnen doch noch Geld.«

»Aber nicht so viel.« Er leckte sich die aufgesprungenen Lippen.

»Mit Zinsen.« Charlie grinste.

»Zinsen hab ich in meinem ganzen Leben nicht bekommen.« Jetzt hielten seine Finger still. »Und warum das?«

»Weil ich etwas erlebt habe, das ich ohne Ihre fünfzig Cent niemals erlebt hätte.«

Sie dachte an ihren Entschluss, sofort zurückzufahren. Dann wäre sie nicht bei ihrer Oma eingezogen, hätte die Kette nicht gefunden, hätte sich nicht mit Björn getroffen, hätte Phil nicht kennengelernt. Ihr Blick huschte zu ihm. Er war wieder in einiger Entfernung stehen geblieben und sah lächelnd zu ihnen herüber. Er hatte keinen Schimmer, was sie hier tat, doch er schien ihr vollkommen zu vertrauen. Ein schönes Gefühl.

»Na gut.« Der Mann sah noch einmal auf den Schein und nickte dann. »Kann ich akzeptieren. Aber wie das in einer guten Bank so üblich ist, gibt es ein Geschenk dazu.« Er streckte die Hand aus. Das Objekt aus Papier lag darin. Oder besser, es hockte.

Es war eine kunstvoll gefaltete Figur. Auf Charlies Gesicht breitete sich ein Lächeln aus, als sie erkannte, um was es sich handelte.

Es war ein Hase, gebastelt aus einem Stück Pralinenpapier. In kleinen Lettern war der Name Lambert auf seiner Brust zu lesen.

Sie nahm den Hasen entgegen. »Vielen Dank. Ich nenne ihn Fujiko.«

Und in dem Moment war alles so, wie es sein sollte.

Danke

Mein Dank gebührt den üblichen Verdächtigen:
Meinem Mann Patrik dafür, dass er mir den Rücken freihält (ist nicht immer einfach mit einer Schriftstellerin!)
Meinen Eltern für all die Bücher
Meiner Freundin Alex fürs kritische Lesen und alles andere (du weißt schon, was!)
Rana für die immerwährende Motivation und Unterstützung
Meiner Testleserin Renate für ihre fantastischen Tipps und Verbesserungsvorschläge
Carina, Anja und dem ganzen Team von dp dafür, dass sie an die Geschichte glauben
Astrid und Martin von RaBe Lektorat für ihre professionelle Arbeit am Text
Die Geschichte sowie alle handelnden Personen sind frei erfunden. Jede Übereinstimmung mit realen Personen ist zufällig und nicht beabsichtigt.
Bei den Handlungsorten habe ich mir Freiheiten herausgenommen, sofern es der Text erfordert hat. Alle Anwohner mögen mir bitte verzeihen.
Auch die Villa inklusive Schatz existiert leider nur in meiner Fantasie ... Aber vielleicht lohnt es sich trotzdem, danach zu suchen! Man weiß ja nie, was passiert.